远去的
乡村符号

许卫国 著

江苏人民出版社

谨以此书

献给

拥有乡村生活经历的所有朋友

序　言

小高庄，一个远去的乡村缩影

一片平原，一片很平的原野，让你看到一片坟墓都以为是群山环抱。

小高庄不高。"高"字名不符实，既无高姓一个，也没见高人出现，甚至连一米八高个的人也没有过。高粱、玉米长起来时，小高庄就不见了，能看见的几家屋顶也像海浪里时隐时现的礁石。

小高庄当时离北边的县城也就三四里，由于之间隔着品字形的三个乱坟岗，城乡差别凸现于阴阳两界。后来缩小城乡距离的是一所医院和陵园。以前乱坟岗野狗出没，尸骨常有，若是赶集上街，乡亲们必须成双结对，过景阳冈一样。这里是死人长期占据的地方，主要接纳三四里以外青阳城的亡灵。据说清朝时期就开始埋人于此，如今已初具规模，千万坟茔错综排列，在平原上如群山簇拥，茫茫一片。每一个新添的坟头总要被家人插上柳树枝，即便赶不上雨纷纷季节，柳树成活能力也很强，不少柳枝都是无心插柳柳成荫，更增添了其幽深而神秘。遇上黑月头或雾阴天，这里一草一木仿佛都沾了鬼气，你疑猜什么就是什么，形似神似，越想越多，越看越怕，不如赶快逃离，到了家门口还感觉后面有鬼接踵而来，腿脚就不利索，脊背凉气无端袭来。逢年过节时，这里才有点活气，烟火四起，活人念起死人的恩德或怕他们制造麻烦，就来孝敬、许愿，一时成了尊老敬老的传统教育基地。

小高庄人着眼于向南面发展。南面三里是一条大河波浪宽，风吹槐花香两岸，乡亲们也听惯了船工的号子，看惯了船上的白帆。实际上，我们看到的多是黑帆——饱经风霜，日晒雨淋，在远方的白云衬托下越发黑暗，常常似桂林山水梦幻一般掠过。

　　这片土地是洪泽湖退却留下的遗骸,陆地上面还长着芦苇,已经退化为旱苇,细瘦矮小;约占泥土十分之一的、发白的贝壳星罗棋布,虽说没有了生命,但是它们在展现历史;汪塘中的鳞草、菱角秧、莲花藕叶、蒿子、臭蒲,还有漂在水上的圆圆的叶子,开着小黄花,这些依稀让人们知道它们都是洪泽湖后代;细小的河沟,纵横蜿蜒,像血管一样通向大河,稍有雨水,鱼虾则逆流而上,争先恐后到小高庄一游。

　　六十年前,小高庄有三个自然村组成的一个生产大队。有一条 L 形圩沟,沟东边是裴庄和华庄,南北并列,沟西边是江庄。江庄两面环圩沟,可见原先此庄是重点保护单位。裴庄、华庄两个庄子没有一个地主老财,而江庄就有两个。土匪多嫌贫爱富,所以圩沟就以江庄为重点。

　　那些年月,几米宽的圩沟也似天堑,类似隔河就千里远了。老一辈人是老亲,有来往,即使不在一起,隔沟也能相互打个是否吃饭的招呼,也有到哪去、干什么的问候;大队干部也常隔沟发布指示和号召;小孩就不太友好,有时虎视眈眈,好战分子还会用原始武器隔岸叫嚣,射弹弓,扔土块,但这是极少数。

　　圩沟水清,明镜一般,水草一尘不染,亮亮的,似明镜上的装饰图。边上是臭蒲,一簇一簇,叶片月光下都反光,蒲鱼就喜欢躲在它的根下。臭蒲是坐月子人家孩子满月洗澡的必备佳品,可消毒祛污秽腥臊。水上是菱角秧、浮萍,半边莲铺着花毯子,青蛙和蜻蜓总是在它们上面换气、捕食、玩耍、休憩,它的肤色和这些水草近似,易于隐蔽,飞虫过来常猝不及防。水下是云朵一样的青苔,随便捞一团上来,里面都夹杂着小鱼小虾。沟边满是柳树,柳枝垂在水面划来划去,写不尽的悠然和寂寞。有人洗菜淘粮食时,小鱼成群围过来,寻觅篮子里漏出的秕糠、碎粮、菜叶等杂物,它们一点也不怕人,倒像见了亲人一样。

　　正午,劳累的人趴在小饭桌子边上打盹,垂涎落地,浑然不知,蒲扇在下意识地扑打着苍蝇等骚扰者。整个庄子静得可以听到门前庄稼伸颈拔节的声音,尽管知了一直在不谦虚地叫着"知了,知了"。

　　植物的藤蔓爬到了屋檐,接着继续前进,又窜到屋顶,好在屋不高,墙是土墙,是竖起来的土地;屋顶是草缮,和植物都有亲缘。和它们结合在一起的多是葫芦、丝瓜和茶豆。葫芦开着白花,丝瓜开着黄花,茶豆紫色白色混合。葫芦有的苦,据说是蛇经过所致。葫芦嫩的时候可做菜吃,老了破开做舀水的瓢,叫水瓢。瓦面的瓢叫干瓢,掏个洞可保存老鼠易破坏的东西。陈年葫芦据说可治肾病。还有船上人把葫芦系在孩子腰间当救生圈。丝瓜在果实前头长花,表示我开的不是谎花。茶豆成串,葡萄一样,多了就用开水煮一下,晒干,长期食用,与肉联合,味美倾倒朝野。其藤蔓密稠,黄鼠狼和蛇借以潜行其中。这时节,玉米的叶子快要碰到墙了,有点影响出行,人们就把它精简一部分。有条件人家还为土墙披上盔甲,即用去粒的高粱穗子倒垂,一排排泥在上面,虽遮风雨,但有时也怕引火烧屋,利弊各有。

　　小高庄有院子的人家很少,除非堂屋、前屋、偏屋齐全的人家,这些人家很少,也森严,多当官,一般人都不敢去或不愿去。堂屋一般三间,东西头住人,中间叫当门地,除睡觉以外的室内活动,外边来人都在这个地方活动,有点会客厅的意思。后面墙是形象墙,过去是祖宗牌位,各种神像,下面是长度一间到顶的供桌,好的是木料,差的是黄泥垒成,下面有洞,藏一些零碎物品。供桌上逢年过节,根据家庭条件,放点馒头花生等贡品,平时什么都可以摆放,只要它承受得起。后来神像不放了,放马恩列斯毛像,现在增加了山水、明星、寿星,墙上越来越丰富了。堂屋侧面多有一间锅屋,泥土垒成,有烟囱的叫高灶锅,没烟囱的叫地灶锅。地灶锅一点火就一屋子是烟灰,多是最穷的人家。1965 年,上级要求锅灶改造,既卫生,又省柴火。小高庄干部执行不彻底,地灶锅一直到七十年代后期才逐渐消失。一家一般两口锅,一大一小,大小根据人口而定。锅的大小以丈来定,一般三丈锅通用,一个烧饭,一个烧菜,困难年代一口锅能正常冒烟就足够幸运了。锅屋水缸是不能干的,草是烧多少抱多少,锅门寸草不留,"穷锅门,富水缸"是安全消防的警句。做饭时分,家家烟囱昂然挺立,不约而同先后冒出烟来,青龙白龙一样竞相升天。烟囱冒烟,庄子就生机勃勃,蒸蒸日上,下地的人就想着回

家了。

大多数人家门口会留出一块空地，供很多活动使用，门前栽几棵不生虫的楝枣树。谁家树大，谁家可能也是大户人家，谁家树底下来人就多。温热季节，有时生产队开会也在这里举行。夏天吃饭，人们就在树底下完成。吃饭时分，如有一人从东向西，或从西向东走过，不管熟悉不熟悉，就会有此起彼伏的"进来吃饭"的邀请声，虽是随口说说，但反映出热情淳朴的乡风。

大树还是乘凉、谈闲、玩耍主要场所。乘凉多是睡，打把树叶，席地而卧，特别是带花的楝枣树叶，清凉清香，蚂蚁虫子却不敢接近。谈闲主角是老人，他们贪睡的时代已经过去，谈闲好像就是睡眠，或者是回忆睡眠，印象派、先锋派一样谈闲，小孩听不懂。

玩耍是孩子的职业，贫穷不影响玩耍，摘下楝枣，这枣味怪且恶，不能吃，只能玩，或做弹弓子弹。楝枣黄了，有人来收购，见其外黄里滑，乡亲们习惯望文生义，就说收去做臭胰子(肥皂)。有一年村里选队长也用楝枣子当选票，每人一个，丢在你拥护的那个人的碗里。个别不喜欢热闹的孩子，自去菜园里捉蜻蜓。那红蜻蜓精明、轻巧，不易捉到，黄黑相间的大头蜻蜓较呆，好捉，稍微动作轻点，两指一捏就行，可它会反身回头咬你的手，受不住的则可能松手，前功尽弃。有精力充沛又聪明过分者摘来辣椒，剥开将辣椒汁涂于一些贪睡者右食指一侧，醒来者睡意未退，必用此处揉眼醒困，顷刻必感觉剧痛难忍，泪眼婆娑，倒确实清醒很多。

孩子们出于孩子的思维，常常不计后果，甚至对于死亡也很模糊。夏季发大水，处处是死亡陷阱，家长担心孩子落水，就好言相劝，没有效果就动用迷信的威力，以水鬼吓之，说那水鬼会掐脖子、拽腿。如果水鬼也吓不倒，家长们就原形毕露以棍棒代替教育。父母对孩子的种种手段，哪怕近似残酷，也都是充满爱心。

小高庄的家长，大多没有文化，早年更没有环境保护法，不仅没有，当局还鼓励打麻雀呢。但是他们对动物之爱近似子女。春天燕子来了，就把门敞开，风也罢，雨也罢，门还是敞开。有时家中无人，门要关，就在门头墙上凿一个洞,那是给燕子随时进出而留下的专用通道。有时雏燕不懂事掉了下来,家长会搭凳子梯架把它送回窝里。小孩子是不能插手的,他们会把小生命当玩具,玩到没有生命为止。家长就说,小孩不能玩,会生秃子。这是比较有效的阻吓。因为那时卫生条件差,庄子上秃子不少,先是流脓淌血,后是光秃无毛,很恐怖。话说至此,孩子们就觉得头皮发痒难忍,因此对燕子畏而远之。还有癞蛤蟆等益虫,家长也都会用善良的谎言警诫他们,从而使这些动物得到保护。

庄上人辈分极为严格,长辈纵是三岁小孩,晚辈哪怕年过古稀,你还得称呼那三岁的他爹啊、爷啊的。他能骂你,你绝不能还口;你官再大,势力再强,辈分不能乱。近房的以数字排列称呼,如二爷、三爷,最小为老爷……远房则用姓名后边字称呼,如德庆爷、永良爷、胜安爷,也可前面加老字,后面去爷字,如老德庆、老怀信等。再远还有用绰号称呼,如头秃就叫秃爷,烂腿的叫烂爷,拈花惹草的就叫花爷……但还是长幼有序,爹是爹来娘是娘,毫不含糊。

那时候,小高庄人重义轻利,借你家一碗面,用原来那碗还你,要在上面按结实的手印,高度还略高于原来。庄上谁家生了孩子,谁家就倾其所有的麦面,起早和面擀面条,一碗一碗挨家端着送,叫作吃喜面,共享生儿育女的欢乐。客人来贺喜了,要酬客,主要靠肥猪肉做红烧肉,这是大菜,如果从头到尾都是猪肉,这个席第就叫一条龙。那是要在十里八乡传为佳话的。肥肉是红白喜事宴席上重头戏中的主角,能得到好评的就全靠它。实在没办法,就用油煎老粉代替,油也少得可怜。乡亲们谁不知谁锅大碗小呢?所以没有微词,庆贺要紧,礼尚往来而已。

二十世纪六十年代初,小高庄东边挖了一条小河,实际上是为了给县城里人排污用的。那时县城里也没什么污水,粪便也不是随便用水冲走的,城里人集中起来,乡下人给点钱拉回去养地,地就松软不结板,叫有机肥。种粮粮香,种瓜瓜甜。所以小河非常清澈,是孩子们夏天主要游乐场所,有时还有小船溯流而上来到小高庄。河里鱼很多,晌午谁想吃鱼,拎个篮子河边

一走，手摸篮子捞，就能满足需要。后来淤塞，后来污染，水不仅单是黑，而是五颜六色；味不仅是臭，还能使人窒息，连苍蝇蚊子都受不了。

小高庄东南五里处，原是一大片荒地，专长黄蒿青蒿，半人高，一团一簇，气味奇香，百虫不沾，牛羊不吃，据说是好药。鸡鹈喜欢在那里做窝、繁育、歌唱，在肉眼遥不可及的云端里不知疲倦地唱，但它一旦落入他人手中，一旦失去自由，就咬断舌头，不再作声，不再吃喝，直至死去。这片荒地人迹罕至，是野狗、野兔出没的地方，现在想来很有点非洲大草原的感觉。传说也就是四十年前，老鹰还在这里叼走了小猪小羊，野兔子窜进农家锅台找东西吃，黄鼠狼的窝就在人家草堆里。曾几何时，上级看到这里的优势，在这里办了一个砖瓦厂，把这些沉睡万年的泥土变成砖瓦，在城里昂首挺立。小高庄人就蠢蠢欲动了。虽说砖瓦厂还是和泥土打交道，虽说这里泥土和他们身边泥土还是一样，却不是一个命运。这里泥土一经锻炼即可卖钱，还"红"得很，像经过革命烈火锻炼似的。这里泥土不在锄头、犁铧上，而在搅拌机、卷扬机里；锄头、犁铧上的泥土，永远在农村；搅拌机、卷扬机的泥土摇身一变就进城了。于是，小高庄的人在大队书记、生产队长的恩准下，也按等级进厂了，有合同工、正式工、临时工、计划外工、计划内工、季节工、计件工，如此这般。我那时十来岁，干的是最低级别的工——拾搅拌机掉下来的泥头，再扔进翻斗里，机器不停我不停，从日落西山一直干到朝霞满天。为此，我想到课本上在资本家那里干活的童工。在这里，我连姓名都没有，别人以这个那个代替我的姓和名，报酬由介绍人到时把工钱代领给我。五毛钱一天。

不久在小高庄西南河底，更诱人的事情来了。那里拉来木箱封闭的机器、草绳缠绕的管道，知情人告诉老百姓，这里要建化肥厂了，还有说是兵工厂，因为毛主席号召要准备打仗。化肥经过多年使用，大家都见识了它的好处。原先，上级发下来，不要钱，老百姓也不相信，叫撒地里，他们却偷偷丢在沟里，自以为得计，也似乎发泄了对当官的瞎指挥的怨气，硬是不相信这东西能肥庄稼。后来一看还真管用，撒和不撒的地方绝不一样。撒过的像得了仙气,噌噌往上长,不撒化肥的苗子且黄且瘦,个把月趴地下就是不动,青蛙走里面都露半个身子。先前,老百姓至死不知化肥从哪儿拉来的,更不知道化肥是怎么造出来的。现在化肥厂搬来了,不就是造化肥吗?听说是用煤炭,黑的进去,白的出来,真是神了。县里领导也不清楚化肥厂如何了得,反正是现代化的好东西,于是都把子女安排到这里来,别的不说,最起码时髦吧。

建化肥厂的人清一色是南京、上海、扬州、无锡等地人,里边很多人不喊他名字,不喊他职务,只喊张工、李工。一旁看热闹的小高庄人纳闷好长时间。是讲男女吗?还分公母啊?化肥厂用的砖头也不是东边砖瓦厂的,也是外地拉来的,整齐光滑,工艺品一样。不久银灰色管道上下连接,乳白色、米黄色、草绿色的机器一一就位,青灰色的楼房,高耸的烟囱,童话般地出现了,进化肥厂工作的人无不光彩夺目,兴奋难眠,小高庄的身价也随之大增。我们在里面拉几天煤炭,都觉得高乡下人一等。到其他村庄说是高庄来的(无意中就省略"小"字),好像后来说是港台来的一样,人们就会羡慕,就会叹息自己天时地利不及。到小高庄提亲说媒的成倍上升,一夫一妻制度似乎严重制约这里的供求关系。可惜起初的激动兴奋很快就带来担忧,那废水废了河道,水中万物不生,鱼翻起白肚皮都漂在水面,水面泛着油花和刺鼻的怪味,空中时而飘着黑雪一样的煤粉。后来知道这叫工业污染,后来就有了治理污染这个项目。习惯了就不新鲜了,习惯了也就能忍受了,何况还给我们带来不少好处呢。

进入二十一世纪,青阳城一条水泥路修到小高庄,路像一条河,城市里的东西潮水般流向小高庄,淹没了小高庄的外形和历史。村子改为居委会,不久又叫城南社区,反正变来变去都是为老百姓服务或者管理老百姓。

历朝历代村级职官多是来自本地家族,以前小高庄亦是如此。先前地方官员不外乎三种,一是德高望重、文武双全、一言九鼎之人,治理村庄全靠威望德才,这种人当然稀少,如此威望者也不会局限在村庄为官。二是当地顽劣之徒,滚刀肉之类,花点钱就可以混个一官半职。这类人虽说品行不好,

但对上可以当工具来用，对下可以喝大呼小维护基本秩序。百姓谓之"刀子快"，上面有苛捐杂税要靠他们敲诈勒索，一般人不忍心在父老乡亲面前施威，下手。三是中性的，既可以狐假虎威，狗仗人势，拿鸡毛当令箭，随便拿一张印刷品当法律命令，吓唬不识字老百姓，也可以和稀泥，为家乡父老做点好事。

小高庄的村官多年来就在许、石、江三大姓中来回循环选拔。不是外姓小姓无此能力，问题是他们身单力薄，就算你英明、伟大、正确，稍不顺大姓家族的心，就会立即推翻你。民国初年，小高庄还沿袭封建社会的教化，无论是愚化还是奴化，老百姓还是在乎重义不重利，重德不重法，重教不重罚等一些传统乡规民约等风俗，靠这些维系着小高庄在很大程度上的自治。

家族势力，既是历史传承，也是上行下效，一朝君子一朝臣，朝廷有人好做官。石大头做头领时，副手和会计都是本家人。其他姓有意见，他还振振有词说，肥水不流外人田，打仗亲兄弟，上阵父子兵，用自家人放心。后来，石大头过于独裁，手脚还不干净，被上级停职，一时找不到合适人选，隔了几个月还是他干。

一段时间，村官权力诱人，小高庄凡自认为能做头领的人都竭尽全力，使出各种花招试图取得宝座。上级被搞得很烦，选谁都不好开展工作。最后，上级考虑来考虑去，外派一个头领来，这头领以为手中权力可以所向无敌，他也采取了不少手段，比如分化瓦解啊，比如打击歪风树正气啊，典型示范啊。这些手段用完，发现效果不佳，以前有矛盾的家族间，现在反而亲密无间，团结一致对付这位与小高庄毫无渊源的头领了。有一回，头领提拔了一个小姓人当会计，立即有人当面骂他眼瞎。头领找不到办法治他，只有生闷气。有一次，南河堤发大水，派人抢险，大喇叭响了几遍没有一人出头。在千钧一发之际，老人们说话了，咱们不要跟他较劲，这是我们自己的庄子。于是，家家户户才拿锹抬筐去加固堤坝。还有一次，头领要罚三野猫超生，第二天晚上一个砖头砸在头领的头部，住了半个月医院。头领一口咬定是三野猫所为，但是，派出所说，我们得要重证据，不能靠主观猜想。头领吃了闷亏,不再想去小高庄,就打报告要求换人。这次上级权衡再三,派了农机站长裴秀斌来小高庄做头领。这人和小高庄源远流长,和许、石、江三大姓都有拐弯亲戚,这人能说会道,嘴甜得很,从不指名道姓,开口就是我表叔、我姨哥、我表舅、四表弟,对晚辈也是小表侄啊小姨侄的,小高庄都说这人乖巧,没有架子。小高庄人你给他一寸,他就会让你一尺。有时有个别愣头青不买账,老人就骂,你看秀斌哪点对不起你? 你还想叫大眼(前任)来治你?这样,秀斌就干得顺利,起码没有人闹事了。三年以后,秀斌走了。小高庄还是从本地产生头领。这时江姓新一代人才辈出,优势明显超过许姓和石姓。上级审时度势,安排江姓做了头领,许姓、石姓分别做了二头领、三头领。这代人忘却了先前人们的矛盾,开始自己的执政手段。但是,万变不离其宗,离开家族势力,很快就会觉得身单力薄,力不从心。家族势力稳固,头领地位就稳固,即使他有点毛病,上级也拿他没办法,村子里人也是敢怒不敢言。来人调查,人家是大多数,上级也相信大多数啊,认为该同志群众基础还可以,再说完人又哪儿去找啊,继续干吧,不要背包袱。上级还得哄着他干。

如今小高庄被夷为平地,只剩下一个名字,这个名字也将逐渐消失,原住民也五零七散于各个小区、楼层;那些历代头领、爪牙、领导也都该死的死了,该病的病了,该老的老了,新一代也失去了世袭根基,也没有组织了。小高庄几百年深厚的、错综复杂的血缘关系,也如狂风中落叶,离散纷飞;几百年的故事烟消云散,越散越远,越消越缥缈;几百年的家族文化如洪水流向沙漠,最终被沙漠吸干;几百年的血缘被搬迁分居稀释了;几百年的语言、风俗、习惯你连捕风捉影的收获都不会有了。

有人说,回忆是衰老的表现。我说,回忆是感情的升华,回忆是记忆的凝练。回忆恰恰是年轻的表现,是追寻青春,是寻找未来。如果你连实实在在的经历都忘记了,你对尚未到来的明天又能有几分的把握? 正如,你连家族都忘了,祖宗都忘了,你的根又能扎多深,你的路又能走多远?

小高庄,一个普通村庄,是一个时代的缩影。一夜之间,门前那棵几十年朝夕相伴的大树没有了,让出一片蓝天;大树上的喜鹊窝没有了,喜鹊喳

喳几声也走了;门前那汪塘被填平了,它再也望不见星月蓝天,也没有鹅鸭在那里荡漾游弋了;等青蛙醒来已经更加迷糊,或者就根本醒不来而被水泥、柏油覆盖到永远;那熟悉的脚步声没有了,二大爷去哪了? 那些摇头摆尾,来去匆匆,聚散自由的狗都哪去了? 主人会带着它们吗? 树上的各种鸟呢? 它们一直在门前叽喳,今天又该去了何方?

一个村庄消失,对于一个外人似乎什么也没有发生,对于生活在这里的人,目睹眼前的一切都感到空前的震撼。这里有依恋,有记忆;这里有恩爱情仇,甜酸苦辣。那些司空见惯的环境失去时才觉得珍贵,那些习以为常的生活规律失去时才觉得无所适从。

忽然想起毛主席的"我们不仅善于破坏一个旧世界,我们还将善于建设一个新世界"。这多少给那些离散纷飞的人,给化为乌有的小高庄些许安慰。

目 录

那 些 人

老　队　长

生产队长在人民公社时代是最小的官,也是和老百姓联系最紧的官。一个生产队谁家锅大碗小,谁家锅门朝哪,谁家床是南北铺的,还是东西铺的,生产队长都一清二楚;谁家小猪下几个,甚至几公几母,他心如明镜;谁家的媳妇娘家是哪个庄的,以及姊妹几个都了如指掌。要说接地气,生产队长双脚本来就踩在泥土里;要说群众路线,他想不走都不行。在他的心目中没有准确的时间概念,没有节假日的意识,一年四季,只要天色微明就知道该起床了。先去村头敲钟,然后再挨家挨户去喊人起床,下湖干活。接下来就顺便分工,谁去耕地,谁去挖沟,谁去锄地,谁去割牛草,谁去抬肥料。一番喊叫之后,队长就会在社员途经的要塞那里,检阅似的,又监督般地目视一个个男男女女、老老少少从身边走过。谁先到,谁后到,队长记在心里,走在最后一个的,轻则批评,重则扣工分。在干活过程中,队长对那些嘴讲话,手打挂的社员要提醒,要催促。半天过去,队长说声收工,社员们便急匆匆地回家了,全不是来的那时神情。一天三遍,队长就是这个职责。

三月的阳光开始发情,幽灵一样闹得人全身痒痒,不得不扭腰耸肩,坐立不安。老队长索性脱下棉袄,趁开沟休息间隙,细心查看棉袄里是什么东西让他心烦意乱。老队长鹰一样巡视,居然没有发现衣缝里有什么猎物或敌人,于是就赤子一样接受太阳抚摸,竭力地把手伸向够不到又痒痒的地方。手指走过,白痕顿生,皮屑雪花般地在阳光里飘荡。

　　眼看就到了清明前十天这个节点,这十天是种玉米的最好时节。虽说清明后十天也可以种玉米,但季节不饶人,清明前后种的玉米收成差距大了去了。玉米怕水,清明后老天就泪雨纷飞,配合人间缅怀故人。所以,种玉米前就要把墒沟开好,一弓子六尺,会计他算得过来,五弓子开一条沟,沟深多少,上下多宽,会计讲公分厘米,说明他读过初中。社员用拇指和食指杵开,当尺测量,自己掌握,也所差无几,表示实践出真知。开沟是两人一组,一人顺着会计画好的线用铁叉挖,剩下的土由对面人用铁锨吃,同时洒向两边,土要撒得均匀,下面都是黄土,无营养,不撒开对苗子就不公平,黄土堆积的地方这一季都会寸草不生——这做法都是老队长规定的。

　　两人一组,谈闲聊天那是最好不过,容易进入内心,也容易专注。嘴讲话,手打挂,这话意思就是讲话耽误了干活。老队长把痒痒的问题解决了,注意力就转移到生产质量和进度上。他不仅以赛跑的心态起带头作用,当他已经遥遥领先,还深一脚浅一脚走过来检查督促别人。他不懂公分厘米,手里拿着三根树枝,一根管深,一根管上口宽,一根管下口宽,那是会计给他定制的度量衡。实际上按他说,两手指一拃开就知道了。会计说,那不行,公社来开现场会,人家技术员是来用尺子量的。

　　一个小队,似乎只能有一个老队长,另一个哪怕比他就差一天,也不能叫老队长。若有人提起老队长,无人质疑,只能是那个老队长。他可能住在地势略高的庄西头,那里树多,有点高深,黄鼠狼依仗丛林白天也有鸡吃。他也可能住在村东头,那里靠圩沟,老队长老婆爱干净,嘭嘭的捶衣声一半是她的。老队长也有住在中间的,门口可能很宽敞,有大树,树上可能就有废掉的犁铧当钟敲,下地干活的人有时会在那里停留片刻。叽叽喳喳的是妇女,喧喧嘈嘈的是男劳力。

　　老队长之老,一般都参加过土改、民兵什么的。这些人没文化,后来想提拔当大官费劲,再说当父母的也有哭喊着拖着孩子不让出去工作,只愿留在身边看家守室过安稳日子。听说什么朝选(鲜)又打起来了,贪生怕死的二和尚,还找了一个比他大五岁的麻脸女人连夜结了婚,躲避兵役呢。反正

地方也有革命工作嘛。后来相继成立了互助组、生产队,就正好让他们当队长。这些人天性积极,并不考虑什么待遇享受,能领个头就有劲头。一年365天,只要不是狂风闭目,暴雨击顶,大雪封门,老队长的声音就会雄鸡报晓一样准确,呼唤社员们下地干活,干什么话,带什么工具,自会在走过各家门口交代得一清二楚。

老队长不仅资格老,辈分也高,做事稳重,极少开玩笑,是个孤独的长者。干活休息时,他一个人独坐一旁,闭着眼睛打盹,装着耳聋养神,不去介入那些同辈男女毫无结果、略带流氓习气的嬉闹,实在听不下去、看不下去,老队长就不耐烦了,就拿起挖叉说,都干活去!干活能这样就好了!久而久之,老队长德高望重、一言九鼎的威信就养成了,一直维持到二十世纪末。

平时看不出老队长有什么贪污行为,一般老队长家里日子过得都很殷实。从不缺油缺盐,糕果蜜食不断,老婆也不下地,早上经常摊油饼给老队长当早饭。孩子基本都去上学。男孩子大了就去当兵,只要身体合格,政审是绝没有问题的，混得好了是国家干部，混得不好是地方干部，总之，不做纯粹的劳动者。孩子孝顺，在部队，每月津贴六元钱还寄三元给老队长吃烟。老队长说，妈的，我就少你那三块钱？存那，留给你回来带亲！老队长女儿一般都穿新衣服，在全村子里属最早刷牙、最早抹雪花膏的女孩。只要智力允许，兴趣允许，老队长就会培养她读书，直到最后落榜。回村了，必是大队宣传队的主角，是赤脚医生的培养对象，是民办教师的当然人选，是在部队当了军官的农民后代的猎物。这些军官当年在家时见这些女孩都"望穿欲眼"，油然自卑，只是到了部队当了军官，才有底气回来找人提亲，看见老队长还像看见自己首长一样毕恭毕敬。这种良性循环使老队长在政治、经济等方面都得到可持续发展。

有的人几乎和老队长同时参加土改，参加"三反五反"，有的甚至比他还早，就是经不起考验，耐不住欲望，中途退场，半途而废，与"老"字无缘。

如今老队长们大多都已长眠在一生流血流汗的那片土地。他们的骨头、骨灰与他们的血汗融化在那泥土里，泥土年年长出新苗，生动可爱，老队长们也很少有人再提起。

老 书 记

现在人都怕老，除了掩耳盗铃般改小年龄，还竭力用化妆品、时装、保健品和装嫩来努力奋斗。而在当年乡村，一个人能混到名字或职务前面加个"老"字，那是多么荣幸和欣慰！

现在，他每天早上从老年公寓往家去，他的家离这里七八里路，还要过一座桥。他在任时这里没有桥，是几块石头摆在沟底，汛期石头淹没，只能摸着石头过沟。那里的家是他当大队书记近三十年的一个村子。这种回家的行动近似梦游，他总似闭着眼睛。他讲不清为什么要回去，也根本到不了他当年的领地，有时连方向都不对，也许就是这点念想使他年近九旬还依然活着。归宿，对于老人是最后的希冀了。

老书记当年还是青年突击队队长时，见公家一张芦席要被风刮进已结薄冰的河里，他几乎和席子同时入水，把席子捞了上来，浑身是冰块划破的血口子。炼钢铁那年，一根铁钉从脚底穿过脚面，他拔掉钉子继续干，最后累得嘴里饭没咽下去就睡着了，终于他又被钻心的疼痛唤醒，睡在他身边的人又被他火热的手背灼起，连连叫道，大伙快起来啊，明安身上着火了。这不是着火，是高烧，他在医院睡了三天三夜，一点翻身、伸胳膊蜷腿的动作都没有，一个戴眼镜的医生说，准备后事吧。梁县长说，救不活，我开除你！他是我们的积极分子，绝对不能死！医生哭了，我们实在尽一切努力了，到南京也只能这样。

医生再次把听诊器在他心口按来按去，脸色好看了一点，好像偷听到里面的秘密,对梁县长小声说,也许会发生奇迹。话音刚落,当时还是突击队长的老书记说,水,水,水……护士水没送到,医生眼里先流出了水,话带哭声:你活了,我也可以活了。

做了大队书记,梁县长点名叫他到党校学习三个月。学习对他来说比干活还累,坐不住,就去党校食堂帮挑水。之后,老书记就会写代办条了,但还不会记录,会三三得九,还不会除法,就这便觉得全身都是知识。他不想独享知识,就经常在晚饭后给社员们开会。老书记记忆力惊人,每次去开三级干部会,不仅每一个领导讲什么话能记住,连那些数字,百分比都能说出来。百分比他并不懂,但照样讲出来,老百姓也不懂,越不懂就越佩服明安快要成"土马列"了。

那时老百姓评判文化水平高低,一切以马列为标准,大领导他们是洋马列,明安能跻身土马列也就不简单了。不冷不热的晚上,大伙没有娱乐活动,就听明安书记开会,讲前途,讲楼上楼下、电灯电话、洋犁洋耙;讲点灯不要油,耕地不要牛;讲每顿四个菜,就连每天早上都吃有盐的;讲亚洲讲越南;讲过火箭再讲原子弹,讲得社员们像在听神话故事。目标实现不实现无所谓,好听就行。

老书记比老队长管的范围大,三四个自然村都得隔三岔五去转转。有时,有的地方老队长辈分比老书记大,老书记就得以商量的口气说,我大爷,你那南湖地里窝水了,怎么不放啊?老队长就把手在嘴上抹两下说,乖,你妈的你光看东头那点水,你看大狼几个在南边干什么呢?农村人讲的是辈分,工作上听你的,你要是卖老味,平头百姓只要比你辈分长,照骂你。古代大官回乡,老远就得下马下轿,就是免遭人骂。后来干部不讲伦理辈分了,都坐在高度密封的车里,骂也听不到了。

有少数老书记会闹出点绯闻,原因是他们早年艰苦奋斗,倾心工作,对于家庭婚姻并不在意,等到闲暇时就觉得少了点什么,特别是冬天水利开始,男人都远离家乡到外地扒河,一去个把月不回来,书记就披着大衣,走东串西,小媳妇见书记走过,一是尊敬,难免热情呼唤,二是书记多边幅整齐,

穿戴利索,看着顺眼,比照自家那和尚就令人亲近多了。一来二去,难免会发生点什么。

老书记的孩子都比较多,用三麻子话说,人家油水足,原料也多,往年,我们都饿得嘴淌清水,哪还有那心思?孩子们当中有好的就借助家庭优势,当兵的努力表现,家中就是小党校、干部训练班,耳濡目染,到部队都能说会道,做派也不是一般农家子弟,提干的机会较多。爱学习的家里就供着,完成学业。有的孩子素质不高,爱扛势,以为老子就是皇帝,他就是皇储,天下就是他们的,整天打三挟两,老师批评两句,还威胁老师叫他老子把老师开除。这些家伙后来要么思想解放,不计后果,趁改革开放早期发了财,要么后来入了大狱,有的在老子消沉后也随之消沉,算是同甘苦,共患难了。

如果老书记是文学爱好者,他完全可以写出鸿篇巨制,一生一世,一草一木,几荤几素,万家灯火,风风雨雨,烟酒人生,生生不息,历历在目。论风光也风光过,当年村上谁家红白喜事,定亲过帖,生孩子剃毛头,劁猪杀羊,上梁支锅等活动,书记都是主角,都是吉祥物。老书记不到,没气氛,主家心里也不踏实。一天三顿酒是农民的最高理想,老书记实现了。那时每天醉眼朦胧,看什么景物都是大写意,脚下的路从来就没有平过。乡亲们大多数靠他过日子,遇到自己做不了的事情就托他去办,不少事情就办成了。这样人就是犯点错误,有点缺点也能得到乡亲的原谅。不少书记后来当了乡长、局长,乡亲们就引以为荣,就自豪,到哪讲话都硬实!

很多老书记老年都得了心脑疾病,很是难受。但乡亲们说,不管怎么说,人家这一辈没白活,划算。

会　　计

　　会计可能是全大队第一个穿泡沫凉鞋和尼龙丝袜子的人。他出现在田埂上,比阳光还扎眼,因为不光是鞋袜,还有的确良白衬衣,见风抖的粘胶布裤子,一身泥水的社员就总是把他当大学生、国家干部看待。

　　东沟队面朝东一排,全是外姓、小姓,常常受到大姓欺负。姓宋的媳妇来自外村大姓,嫁来宋家,娘家大姓的惯性依然,不服这口气,精神可嘉,可是实力不佳,稍一能嘴犯犟,就被大姓打得头破血流。俗话说,光棍不吃眼前亏,何况已经是成家立业、枝繁叶茂了呢? 三个孩子相继出生,旋即又到了读书年龄,宋家媳妇就千篇一律地告诫他们,一定要把算盘学好,当了会计,看谁还敢欺负。

　　谁当会计,倒不是看你大姓小姓,如果连算盘都不会打,大姓也没用。宋家媳妇宁可自己三年身上不添一尺布,也要给孩子买上等的算盘,每天背着上学去。一碰到那算盘珠子就哗啦哗啦响,她听得出和大队会计那算盘声音是一样的。她盼望孩子能如雨后春笋,拔节长高,当了会计,腰就硬了。每晚她看着孩子打算盘,打错打对她不懂,能把算盘珠子拨上拨下,心里就很甜蜜。直到第三个孩子初中毕业,也没有一个当上会计,原因是此时能当会计的人太多,竞争激烈,同等水平就得紧大姓先来。接着土地又分到个人了,小队会计的编制也没有了,只保留大队会计一个。当大队会计就不那么简单了,光会算盘还不行,还得上面有人,最起码有乡里领导说话。上哪找领导说话? 宋家会计梦就从此结束了,不说她抱憾终身,起码也是大半辈子。

人常说，队长对队长，票子哗哗响；会计对会计，洋钱满抽屉。不说穿比人家强，就是吃吧，平时油盐不断，逢年过节、鸡鱼肉蛋、粉条酸菜也都有人送，吃到翻过年二月里头，还剩一大半，梁头上还挂着咸鱼咸肉，一般人家早已连鱼肉味道都消失了。那时上边经常来人，会计家地方宽绰，有四方大桌，墙壁除了主席像，都是白纸糊的墙壁和吊顶，窗户上有玻璃，两口锅台和紧靠锅台的墙上还用石灰水扫了。媳妇爽手溜麻，干净利索，烧茶做饭也在行，上面来人，就在他家做饭。大队出钱买菜，烧队里的草，拿队里的米面，一顿饭总要结余不少。庄上人经常闻到会计家香味，都默默地品味，默默地羡慕。

会计和老队长、老书记不一样，会计是知识分子，经常要在屋里做账、填表，还兼有秘书业务，还要写总结，写报告，写标语，等等。老书记、老队长就得饱经风霜，栉风沐雨。表面看老书记、老队长当家，实际上往往会计当家，因为涉及钱、粮、物都得有会计的手续。老队长带人到公社送公粮，中午吃了一顿杂烩汤、厚饼、两包飞马烟，得写代办条子找会计报销。会计说上面有规定，烟不能报销，书记队长就干呷嘴，为难。会计就说，非要写香烟吗，改农用品不就行了？书记队长就点头会心地微笑。

会计干的时间长短，首先决定会计老婆省心不省心。老婆若是低调，不事张扬，戴手表也不到处捋袖子，还会哭穷，有意把棉袄的棉花露出来，在众人面前啃山芋饼，就不会有人背后捣鬼、告状说会计贪污，就不会有人来查账；其次就得看和老书记、老队长的关系了，合作得好，利益均等，或大致差不多，也相安无事，除非上级发现合伙贪污，最后一锅端。

一般来说，会计知识水平都较高，不少是县中毕业的，一旦有机会都会向更高的层次发展，或上大学，或转干，或经商；也有的不能与时俱进，看不到时代的发展，只顾打自己的小算盘，时代一变，措手不及。一旦不干会计了，就落得四体不勤，五谷不分，什么都不懂。种地不甘心，还要面子，总是错开人们正常下地时间。

会计最权威的是手里有公章。虽说公章是木头刻的，你拉一车木头，或者给他再多的木头，他也不换，也不敢换。它是红灯的颜色，但盖上去就是绿灯的效果，买计划控制用品，到外地住宿，迁个户口，办个出生证，以及当兵、入党、上大学、结婚乃至死人，都得这个章说话。这个章在会计手里，锁在三抽桌里，用塑料布包好。会计给你盖一个章，有时从答应到开抽屉，拿出公章，再盖到纸上，往往要很长时间。这期间，你不能有任何急躁情绪，你急躁，他会把章放下，扯开话题，不紧不慢地练练你的耐心，你得气都不能大喘，微笑着，背躬着，直到盖好章拿到你手里。不要以为老书记、老队长发话了，要怎么就怎么。会计会算计，会有一百个理由拖延、否定、重来。

会计多维护老百姓利益，每年上缴余粮总是隐瞒少报，做点假账，想给老百姓多分点口粮，不像有的队干部，为了成绩，为了夸奖，为了提拔，常常把种子都上缴给了国库，害得老百姓过过年以后就整天喝稀饭。德庆做会计那几年，乡亲们最拥护。德庆胆小，保管几十块钱一天要数几遍。有一次被老鼠偷吃了一块钱，对不上账，德庆只好悄悄卖家里小麦给垫上。德庆死脑筋，和老书记不保持一致，老书记用钱他总是割肉一般，老书记就不高兴说，德庆啊德庆，幸亏我还不是用你的钱哪！好多年过去，老书记还为德庆抱屈，说，德庆人是好人，就是死脑筋，要不，也不至于四个孩子一个也没出来。

德庆后来老年痴呆，临死时告诉家人，抽屉拐角还收着几尺布票。此时，早已不用布票，到处衣衫店铺都长期写着"大甩卖，跳楼价，放血清仓，最后三天"。

民 兵 营 长

张强究竟到没到过朝鲜,无人可知。他说到过,问他朝鲜如何,他又说不出个道道来。兵肯定是当过的,黄帽子为证,民兵营长为证。后来得知,他们车到丹东,战争结束了,他就回来了。作为一名开口闭口抗美援朝的志愿军,这正是他心中最不能说出的秘密,不能说的秘密也最痛苦的。姚克章睡过女人都要把经过讲给人听,所以他一辈子很快乐,心底无私,他坦然了。可张强就怕人知道他没去过朝鲜。志愿军是最可爱的人,他想做最可爱的人。张强虽说是军人,但在一般人看来,还不如没当过兵的朱发贵——朱秃子。

张强之前,是朱秃子当民兵营长。朱秃子没有当过兵,但是能说会道,表现积极,当上了民兵营长。那一年去县里训练三天,队列、瞄准、班进攻、利用地形地物,他知道的还真不少。老书记说,朱发贵,民兵营长可不是闹着玩的,眼下蒋介石要反攻大陆,我们这里可是第一道防线。朱秃子脑袋像钢盔一样发出金属的光泽,对老书记行刚学来的军礼,说,请组织放心,他来一个打一个,来两个打一双。老书记感觉到炫目,就说,好,就这样,我还有事。

有天夜里,老书记有意试验朱秃子的功力。那晚,朱秃子睡得很沉,老书记在他耳边放了三个鞭炮才开始揉眼。老书记面色严峻地说,不好了,国民党空降特务在我们南湖小树林了。朱秃子一听,忍不住发抖,把褂子当成裤子穿。老书记说,这大热天你抖什么?朱秃子有点不好意思地说,老书记,我是气的,你想这蒋介石早不来晚不来,怎么夜里来,我可是没练过夜战啊。老书记说,你整天班进攻连进攻的,走,抓特务去!朱秃子抓起一根棍子勉强地跟在老书记后面,埋怨老书记不该把枪都交到公社保管。老书记说,你没听说小八路笤帚疙瘩抓俘虏吗?朱秃子说,那,我回去找笤帚疙瘩。说完就跑回家了。老书记暗自发笑,心想,这狗日的真要遇上战争不就完了吗?还营长呢?事后,老书记要撤他营长职务。朱秃子跪在地上说,老书记啊老书记,这不是没真打仗嘛,要是真的,你看我打给你看看。老书记没办法,还让他继续干。

那一年,上级要检查民兵工作"三落实",挨个大队检查。眼下苏联在边境屯兵百万,我们这边也不示弱,我们七亿人民七亿兵,万里江山万里营,我们希望早打,打大仗,打核大战,任何敢于侵犯我们领土的反动派,都要他淹没在人民战争的汪洋大海之中。事关国家存亡的大事,老书记问朱秃子,民兵"三落实"能否过关?朱秃子说,能!

朱秃子有个习惯,重视吃喝,这也是他从政的主要动力。那天早上汪小鬼家劁猪,请他去喝酒,忘了当天的检查。早晨喝酒,酒力加倍。朱秃子出了汪小鬼家,见太阳如月亮,以为半夜,就昏昏沉沉回家睡觉了。这时,公社武装部长已经赶到,第一个项目是民兵紧急集合。武装部长下达命令后,找不到民兵营长,老书记只好拿起铁棍猛敲犁铧。民兵们听到这特殊的约定,都往大队部跑,民兵连长把队伍整好,还是不见营长。老书记私下派人去找,朱秃子正在长吁短叹地酣睡,被来人拖醒,告诉检查组已到。朱秃子顿时触电似跳起,舀起一瓢凉水就往头上倒。水无遮挡,流速极快,几乎没有感到凉意,于是再来一瓢,神智恢复,脚跟坚定,一口气跑到大队部。武装部长问道,你们这样能应对苏联的突然袭击吗?人家飞机十分钟就飞到北京了。朱秃子说,我向你汇报,我们搞了一个"加餐"训练,那就是在营长牺牲的情况下,看民兵能不能集合起来。武装部长听着笑了,嗯,人说麻子点子多,你秃子我看点子也不少啊。武装部长并不认可朱秃子的狡辩,但是检查验收是通过了。在全县民兵工作总结大会上,朱秃子经验被武装部长说成

规定动作得满分，自选动作有创新，而受表彰的是武装部长。朱秃子没有去争这荣誉，只是居功自傲，常在众人面前说部长沾了他的光。部长说，你哪儿有光？不就是你秃头吗？我要不是运用辩证法，一分为二看问题，把矛盾转化，你那就叫临阵脱逃。

张强当民兵营长最兴奋的是征兵时节，小青年们整天马蜂一样叮着他，还嗡嗡地嚷着。他就疾走，边走边说，等支部研究再说。他讲得没错，当兵谈何容易！不像战火纷飞年代，去了就很难说能不能回来，回来的是残废军人，还是烈士证书也说不准。时下当兵，吃得比家里好，早晚都有油盐；穿得比家里好，军装一穿，罗锅腰都能直挺挺的，真威风啊！往年还要唱"妈妈放宽心，妈妈别担忧，光荣服兵役，不过那三五秋，门前栽棵小桃树啊，桃树结了桃，回来把桃收"。现在不要唱，哭着争着要去。

支部研究，就得老书记讲话，哪家孩子老实肯干，哪家家庭成分好，才可以去。去什么？先体检，身体合格了，还要政审，最后上级拿着一张纸颠来倒去，能不能实现凤愿，就看那手怎么颠来倒去。张强是武装部长的直接下级，说几句好话，部长也会嗯嗯应答，做个顺水人情。应征青年家长就塞条把烟给张强。张强就说，不要这样，你要这样，本来能去我也不让你去。有的人心里就不踏实，就去公社、县里找得劲的人。

倒是老营长朱秃子得到实惠，也不知真帮上忙还是假帮上忙，总是对录取人家大人说，你这孩子，危险哪，差点就被人家抵去了。这个时候，朱秃子耳朵上夹满了烟，多管火箭炮似的。酒喝得歪歪倒倒，在草堆旁睡醒后才回家继续睡。张强老婆就骂张强没本事，当职的还不如下台的。后来张强的老婆跟人跑了，张强一气之下又带头做了结扎手术，在全县宣传，还发了奖金。

民　兵

　　最使我们气冲霄汉、扬眉豪迈的是——七亿人民七亿兵，万里江山万里营。生在那样的时代，有毛主席那样的统帅，就连我们这些孩子都不会做噩梦，不担心，也更不害怕日本鬼子、美国鬼子和新沙皇再来侵略烧杀。我们庄子上一千多人口，基干民兵三百，普通民兵五六百。一个大队一个民兵营，设营长一人，每生产队一个连，设连长、指导员各一人。有人会问，大队有营长朱发贵，怎么没有教导员？要知道教导员、指导员都是搞政治的，党指挥枪的原则就是在民兵这里也是决不能动摇的，民兵营教导员当然是由老书记兼任。

　　从抗日战争建立根据地起，我们这里就有民兵。从站岗放哨、巡逻值班，到支前送军粮抬伤员，民兵一直存在，只是基本没打过仗。但是，民兵工作年年都是要抓的，任何时候，即使其他组织撤销，改编，乃至瘫痪，而民兵组织一直是雷打不动。

　　那些年，公社武装部长一年要到大队来两次。一次是暑天，在树下给民兵开会，查名单、对人数，名曰验兵，做到"三落实"，即思想落实，军事落实，组织落实。部长看到营连排班满员，干部配备到位，就给予表扬，接着就召开大会，宣讲国际形势，讲帝修反的威胁，讲要备战备荒为人民，讲民兵的重要性。还有一次是冬天，此时水利工程结束，部长又来了，这次主要看基干民兵，不能光说不练，纸上谈兵。练什么？练队列，练木棍当枪拼刺刀，练匍匐前进，把坟头当碉堡炸。如果条件允许，把这些基干民兵带到靠二里坝的

靶台进行实弹射击。这是最有刺激的活动,虽然一人只能打三枪,但就那经历,回来可以讲上三个月。

那一年,听说第三次世界大战就要爆发了,气氛骤然紧张。公社组织武装拉练,我虽少年,拖一根竹竿,也被拉去练了,也许是人民战争还需要王二小、海娃、张嘎吧。武装部长颤抖地拉练动员讲话,像激动,又像害怕,搞得大家也都既像激动,又像害怕似的。黎明时分,拉练部队在春寒料峭的农历三月天气里出发,到太阳出来已经走了二十八里。这时前面传来敌机袭击的消息,于是大家立即卧倒在路两旁防空。不一会又有消息传来,敌机已经被我防空炮火击落,部队继续前进。一会又传来穷凶极恶的敌人使用了原子弹,于是大家闭上眼睛,顺风趴在洼地里。到了中午,太阳越发有力,我们不行了,春天的西南风火一样往鼻子里钻,饥渴又火上浇油,三四里长的队伍不打就开始溃散,武装部长骑着大马就通知各班排连营自行活动。我们没战斗,就是行军。

这一年,每家都特别选一块地方,放上鸡蛋、米面、纱布棉花等各种战时急需品。为了防止霉变还要定期更换,但必须保持一定的数量,名为全民办后勤,随时准备打仗。基干民兵家就比一般人家要求更高。

朱秃子掌握兵权那会子,有一次,他走错了家门,上错了床,被人家男人回来撞见,按倒痛打。他还虚张声势地大喊,民兵呢,民兵呢,有人搞破坏了!有一次,我进城,在县委门口橱窗里看到一张照片,一个女民兵全副武装,英姿飒爽,卧倒瞄准,全神贯注。我也全神贯注一看,竟是我中学的同学,看她中华儿女多奇志,不爱红装爱武装的腰身,我觉得我该当民兵营长。

老 队 委

队委这个职位很少有人知道，不知是生产队自己任命的，还是上级安排的。我们唯一知道的、别人称呼的老队委叫张景福。队委是干什么的，我们不知道；队委有什么权力，我们也看不出来。别人上工他上工，别人回家他回家。但是他很受人尊敬，原因大约是：一、他的辈分较长，年龄偏大；二、对人和气，老少不欺，对动植物都笑嘻嘻的；三、给我们印象最深是他什么都会，是能人里的能人，是我们庄上能人中的总工程师。

他会种瓜，像水果一样的甜瓜、香瓜、西瓜。这些瓜对于孩子们就是物质上最大的追求。有的孩子嗜瓜如命，不吃粮食，一个夏天下来瘦得干柴一样，但对瓜依然是锲而不舍。队里要搞点副业，给队里创收，种瓜是很重要的一个方面。种瓜是技术活，从打墒沟、下种子到瓜下肥、压瓜头、去谎花，以及摘取成熟的瓜，都十分讲究。外行的，不仅产量上不去，而且瓜也不好吃，更卖不出好价钱。土地和人一样，有好肥料吃，就地味肥腴，长出的东西香甜可口。所以，每年老队委总是要求队长弄点豆饼和大粪干下瓜地，队长都会照此办理。

老队委种瓜时到能看出队委的权威。他的瓜地基本是禁区，不经批准，谁也进不去。有一年，来了一帮城里男女，欢天喜地般来到瓜园的路头。老队委远远看见，就在离瓜园五十米的地方拦截。会计史无前例地惊讶问为什么。老队委说，你要是不怕西瓜妞子全瘪了，你就叫他们去。一位戴眼镜的人说，大爷，我们不是来吃白食的，我们是来买瓜的。老队委说，你们闻闻

你们身上的味道。那些人还以为这老农民是嫌他们洋里洋气,引起了他的反感。会计也似乎感觉到这一点,就说,人家毕竟是城里人嘛,这有什么关系?老队委说,他们身上那些雪花膏、花露水味道,西瓜一闻会全死光。一行人一听就知道利害关系了,竟以为老队委是下放劳动的化学教授。老队委说,你们可以在这里等着,你们要什么样的,我就摘什么样的,保证让你们满意。会计和城里人都摇头说,原来是这样啊!

小孩子见瓜,像见了亲人,甚至比亲人还亲。对于瓜,生的、苦的、烂的,只要能弄到都狂吃不已。胆子小的就在瓜园边软就,老队委怜悯这些弱势群体,就摘个把不重要的瓜给他们。那些贪心而胆大的家伙,就采取"三要不如一偷"的强盗战术,奇袭与强攻结合。老队委出于对集体利益的负责,发现了这些家伙,也一改平时的和颜悦色,虚张声势吓唬那些盗孩。到了晚上,他就声称腰疼,叫队长安排那些凶悍的人士来看守,自己则明哲保身了。

老队委还会撒网,那撒网是个十分讲究技巧的活。把一个锥形的长网撒出去在空中形成一个圆,沉到水底还是圆,圆以内游鱼则祸从天降,待他慢慢收这纲绳,鱼就逐一出现,透过网眼看到它们在做无谓的挣扎。能否捕到鱼,关键在网出手的那一刹那,身体旋转姿势和手指放出的网面必须自然、协调、迅速。那种感觉比弦乐的指法、杂技的技巧还妙不可言,只能亲身感受。要不然,撒出去就是一团纱,最终结果无非是把鱼吓跑。老队委出网迅速,而且把网的圆度撒到最大值。更绝的是,他根据地形不同,三角的水面就撒出三角的网,半圆就是半圆的网,椭圆就是椭圆的网。鱼遇上他真是心服口服,束手就擒。

他家的日子一直过得不错,荤腥不断,因为他还会下套子、夹子逮兔子和野鸡。一年,有一个要饭的和尚路过他家,看满院子挂的野兔野鸡,鱼虾黄鳝,连说罪过,不该杀生,以防报应。老队委不解。后来,老队委唯一的儿子被水淹死。那是十几年前的事情了。

治 安 主 任

在拿枪的敌人被消灭以后，不拿枪的敌人依然存在。他们必然要和新的统治阶级做垂死的斗争，夺取政权也许容易，但是，巩固政权就不那么简单。所以，各级组织不仅围绕巩固政权来工作，还有专门机构，在大队就专门设立治安主任，就是专门直接与各类敌人作斗争，与危害人民生命财产的行为做斗争。大队出了刑事案件，首先要找治安主任谈话，因为他知道庄上哪几个是好人、是老实人，哪几个是坏人、是危险分子，这样就大大缩小了侦查范围。

平时，治安主任主要掌握哪家人出远门了，哪家来亲戚了，是老亲，还是突然冒出来的，来的人穿什么衣服，讲什么话，治安主任都要了解一下，可疑的就找他要单位介绍信。那时候谁都有单位，农民就是生产队，生产队给你写个证明、介绍信，你就可以出行，就可以住旅馆；没有，不仅连旅馆都住不了，还有可能被拉去审查是不是外流人员或逃犯。别看治安主任平时不动声色，心里是却装着一本账，几号召开"四类分子"训话会，几号开治保人员碰头会，都安排得井井有条。既然以阶级斗争为纲，那么，阶级斗争这根弦就要时时绷紧，一刻也不能放松。

如果蒋介石叫嚣反攻大陆，如果发现天空有气球撒下传单和面包糖果等好吃的东西，治安主任和民兵营长顿时就是最高统帅，全村人都被他俩指挥得团团转。老书记坐在大队部抽烟，他不慌不忙，他从抗日时期就跟上了共产党。他知道，只要毛主席在，天塌了都不怕，你蒋介石还要反攻大陆，大

陆在你手里都没守住。倒是治安主任涉世不深，刚懂事战争就结束了，就知道斗争，但不知道斗争策略和根底。他就夜夜值班、巡逻，吆喝不断，把四类分子集中到社屋里派基干民兵看管，挨家检查草堆、水缸，交代各家既要防火，又要防毒。火是敌人放的火，毒是敌人投的毒，还要防特，见到鬼里鬼气、贼头贼脑的人要及时报告，砖井还派人日夜把守，并放几条泥鳅在井里。上级说，它们对毒药敏感。

有一天夜里，村子上空有飞机的轰鸣，治安主任敲锣高喊，朱秃子就挨家敲门大叫，有灯的灭灯，不要出声，能跑到树林就往树林跑，把整个庄子人折腾得一夜没睡好。老书记就批评他说，社员们劳累一天，你也没弄清是我们这头飞机，还是蒋介石那头飞机，就瞎咋呼，真是劳民伤财。可是上级知道了，还表扬了治安主任和民兵营长朱秃子，说他们阶级斗争觉悟高，警惕性高，斗志高。后来，听说安徽淮南来了一帮名曰"五湖四海"的帮派，见东西就抢，武装部长亲自来到我们庄上，对这个具有对敌斗争光荣传统的村庄做了动员，家家做了坚壁清野，把柜子抬到玉米地里，把衣服藏到树梢上，忙了一夜，最终没有见到什么"五湖四海"。

有治安主任在的年月真好，庄子上丢一只鸡都是罕见。虽说不是路不拾遗，但是你丢了东西，花点工夫总能找回来；虽说不是夜不闭户，但门上的锁只是做个样子，大风一给劲就刮开了；农忙季节，全家老少都在湖里干活，家里也不用担心有小偷。

治安主任的历史功绩不可抹杀啊！

记 工 员

刘柱子是记工员,他当上记工员圆了三代人的梦想。刘柱子他爹(我们这里指祖父)一辈子不认识一个字。有一年去泗州做买卖,被一个奸商所骗,他给奸商一百斤黄豆,奸商给他一百张过期的纸币。一气之下,恼怒心痛成疾,病卧不起,临终告诫儿子,就是砸锅卖铁也要念书。儿子当年正是兵荒马乱年代,庄上唯一秀才张瞎子办了两年私塾,收不到束脩,就去乡公所做了小写。刘柱子赶上了好时代,新社会人人要有文化,村子里办了夜校。刘柱子牢记父亲的教导,发奋念书,一个冬天夜校下来就识了二百多字,几年后,当时教他识字的老师都没有他识字多了。

有了生产队,刘柱子才华得到发挥,队长任命他当记工员。当记工员,识字是主要条件。还有,刘柱子小时候得了小儿麻痹症,一条腿当两条腿使,这也是别人不好竞争的一个条件。老鸭子说,赖人有赖福,你有胳膊有腿的,不如人家。

记工员是会计的助理。会计主要是算账,特别是到了决算时候,谁家多少工分,粮食总产多少,一家可分多少粮食,透支户要给队里多少钱,工分多的人家要得多少钱,工分计算值多少钱一分……项目还没有说完,听的人就头大了,不得不承认会计就是了不起。那么会计在家算账,地里的事谁管?谁来谁没来,老队长以前三天之内能记得,这年纪大了,一天之内事情就模糊了,就得记工员跟着。记工员并不是脱产,记个工也就是半个钟头左右,但是记工员的身份和形象就在这半个钟头体现出来了。他手里拿着小本本,一条腿用力地帮助另一腿站着,巡视田里的人,一一过目,人们就抬头望他,生怕他遗漏。再

远一点地方的人就喊，刘柱子，我在这呢，不要让我白干哪！

为了防止出工不出勤，出勤不出心，队里实行计件按劳记工分。比如挑肥料，按斤重给工分，你挑得多，工分就多。这就使积极分子不吃亏，懒惰和落后人员也因此积极。几十人来来往往，记工员就显得紧张和重要。这时还有比记工员地位低的，但比挑担子地位高的是过秤的人，由队长临时选定，或拉保管员来代替，或找一个公正的老人。老人报一个姓名，一个数字，刘柱子就记下这个姓名和数字。大伙争先恐后，还得看一下刘柱子确实把重量落实到白纸黑字上，这才挑起担子，大步大步摆去。有的不识字也郑重地望望，看刘柱子笔动没动，动了，就放心了，就"哎嗨"一声把一二百斤的担子顶起来，走了。有爱占小便宜的妇女就小声对刘柱子说，给我多记一百斤，说着还用手在刘柱子身上摸摸掐掐。刘柱子也老大不小了，被那妇女弄得心猿意马，乱了方寸，但刘柱子是不会给她多记的。他妈妈说过，柱子啊，干记工员可要一碗水端平，自家也不能多记半天。

刘柱子干了半年，有人来提亲，女方很有眼光，也不嫌弃刘柱子一腿长一腿短，人家有文化，自然可以取长补短嘛，所以很快婚事就成了。刘柱子脚下的路走起来似不平坦，人生的路倒不错。他办事认真，老少不欺。老书记就说，刘柱子你要是懂账理，我就叫你干会计。老书记也许是随口一说，刘柱子却当了一回事，回家夜夜搞起了账理。半年之后，刘柱子说，老书记，我懂账理了，我还会算盘小九九哪。老书记不食言，正好会计生病，就让他代理。一年之后，会计病入绝路，刘柱子却渐入佳境，当上正式会计。有一年，公社财政所招收一批脱产会计，干部性质。刘柱子去参加考试，考中了，体检时发现腿脚有问题，于是便搁置一旁，老书记就找公社书记说情。公社书记知道详情后，就说，妈的，会计又不是邮递员，腿脚好坏怕什么？公社书记一句话改变了刘柱子的身份，一直干到财管所主办会计退休。刘柱子不忘老书记栽培之恩，不忘公社书记知遇之恩，逢年过节，总要买点东西去看望他们。

那一年过年时，刘柱子老爸跪在父亲坟前，老泪纵横，一字一句地说，大大，你合眼吧，你孙子刘柱子当大官了，就是管钱的！

卫生员和赤脚医生

卫生员与医生不是一个级别,而老百姓见到穿白大褂或在医疗室工作的都叫医生,内行人知道他们之间差距大了去了。为了提高卫生员地位,后来把卫生员改成赤脚医生,虽说是"赤脚"的,但好歹算"医生"了。农村人常说"好八不如孬九",就是这个意思。

大队部最东头一间,草屋里面刷上石灰水就是医疗室。以前生病要么用糊饼、生姜、鸡黄皮等熬水喝,要么就请小狼他爹用缝衣针戳虎穴、脑门,或者请小双妈妈念咒语,烧火纸撵鬼。有一回,大雨,我听见大船的孩子半夜哀号不止,一阵高过一阵,大船冒着雷雨跑到我家抱去了老鹅,还借去了渔网,说是他家院子里可能有偷生鬼在勾孩子的魂,老鹅、渔网可吓退偷生鬼。以上方法是否有效,不得而知,没去细问。后来有了医疗室,大多数乡亲们都倾向于医疗室。

幸运的大队有城里下放的医生,医疗室就好办,但城里医生如晨星,大多数大队里没有。要想有,就得自己培养,派人到县里学习。同样条件,当然紧书记、队长家人去。没有高小以上文化,书记、队长也不敢让自家人去,人命关天,这是硬杠子。

小麻子当时正在泗洪中学上初二,大队里最高学历。眼下学校搞大批判,不上课,他就提前毕业回家了。老书记说,唉,正好,我正愁这医生叫谁去学呢。顿时,小麻子还没去,他的脸就洁白无瑕了,用放大镜也看不到一个凹陷似的,让众人刮目相看。一个月后,小麻子背个药箱回来,把瓶瓶罐

罐、铝制饭盒子、注射器往桌子上一放,墙上贴两张人体经络图,医疗室就开张了。

　　小麻子有个习惯,女青年来看病,他总是声东击西,人家明明说膝盖疼,他总是顺势往上摸,一摸就到了小腹,还边摸边问,这里还疼? 那里还疼? 人家若是头疼,他就往下摸,直到胸口,一脸严肃认真的样子,让人家说不出讲不出,只能扭动身子表示不满。小麻子就说,不动不动,影响诊断呢。小麻子没有什么过分行为,但闲言碎语还是有的。

　　午收的时候,小麻子就背着药箱,在田头、社场转悠,白大褂在金黄的田野像白天鹅飘落,叫人好生羡慕。有的人就围过去叫苦连天,请小麻子排忧

解难,救死扶伤。老队长说,小麻子,你等休息时再来,眼下正抢收抢种,黄金铺地,老少弯腰啊,比救火还紧哪。小麻子说,三爷,磨刀不误砍柴工嘛。勤快的人就说,轻伤不下火线,医生不来也不说大气卵、小肠气的,怎么医生一来,就什么病都来了? 小麻子觉得有争议,就在田埂边拔点草药回去了。

不久,城里知青到农村接受贫下中农再教育,到生产第一线参加农业劳动,让他们知道粒粒皆辛苦的滋味,让他们不要忘本,保持对劳动人民的深厚感情。省城梁笑笑就是百万知青中的一员,她来的时候就带来了当医生的父亲给她的基本医术。正好书记听说小麻子会乱摸女人,就找麻子谈话,说,大队缺一个助理会计,有实权,支部研究你最合适。小麻子二话没说就答应了。之后,梁笑笑接替了小麻子。

不久,人们发现书记的病多了起来,三六九去医疗室,一去就是半天。

……

有一天,书记娘子去找梁笑笑,说,我们家那死鬼昨晚是不是跟你去城里看电影了? 梁笑笑说,是的,还有妇女主任呢。书记娘子说,小梁,我送个信给你,这样电影你今后少看。梁笑笑莫名其妙地望着书记娘子走远……梁笑笑把这件事告诉了书记,书记回家就打了老婆。书记老婆更是肯定事出有因了,焦尾(yi)巴有外心了,于是就以喝农药来威胁书记,最后还是梁笑笑抢救过来。

不久,梁笑笑请假回家。至于什么事情,还是在十几年后才有所解密,还是小麻子披露的,只说那次是他写了证明让她去流产。他还煞有介事地检查一番,说身上粉皮一样滑溜。至于是谁的,那就不要再说明了。十几年后,书记变成了老书记,纵然提起此事,他也只能沧桑一笑。

很快,梁笑笑假期刚到就回来了,没什么变化。小麻子说,怎么没有变化,你看她的走势? 夏天,上级给大队一个名额上大学,书记让梁笑笑去了,把医疗室又交给了小麻子。小麻子说,书记把梁笑笑优点写了很多,什么尊敬领导,吃苦耐劳,默默奉献……小麻子说到这里,肯定而正经地说,嗯,她这几点做得确实不错。书记听到有人反映,就找小麻子谈话,说小麻子不懂

政治,要吃亏的。果然,有一天,大队开批判会,几个民兵把小麻子拉来批斗,腰弯九十度,罪行是调戏妇女。小麻子一恼二气之下走了,闯江湖卖灵丹妙药,到了改革开放时,已经是闻名遐迩的"主任医师",广告中还增加了一段军医生涯,上过越南。患者喊他老军医,他也爽快答应。老队长说,小麻子啊小麻子,麻子不多点子多,一点也不假。小麻子给老书记治腰疼,腰似不痛,全身痛了,差点给治死。老书记说他是报复。医政检查人员说,他要是真有报复的技术,那还就真不简单了。

小麻子成了"名医"以后,又听说学了风水,科学加迷信,左右逢源,老百姓深信不疑。后来医疗室改革成私人诊所,往日"一根银针治百病,一颗红心暖万家"的美好时光黯淡了。墙上"救死扶伤,实行革命的人道主义","疟疾蚊子传,吃药不要钱,得了虐疾病,快找卫生员"等墙字,和雨水一道奔流到海不复回。诊所、药店比厕所、粮店还多。病也比以前多了,小麻子的队伍也逐渐壮大了。

文艺宣传队

淮北农村最萎靡的季节,是秋雨连绵的时候。这雨不大不小、不紧不慢,攥一把空气都是湿漉漉的。雨丝死死拖着满天铅云,好像天地要合并一样。田不能下,路不能走,泥泞之外还是泥泞;草屋漏了,草堆漏了,潮湿之外还是潮湿。草锅本来就倒烟,加上柴火湿水,吹口气,亮一下就灭,直熏得妇人泪眼婆娑。

一个夏季失去的睡眠,被这连续的阴雨给补足了,床上的欢娱短暂而越显单调,留下更大的寂寞和空虚。猪圈里的猪变成泥猪,在反复朝圈外突围,圈里泥水让它无安身之地。羊也在棚子里瑟瑟发抖,熬心地叫唤着。潮湿的鸡失去美丽的外表,羽毛烂树叶般披在身上,露出片片肌肤。猫在打盹,麻雀在养神,老鼠在休眠,屋檐的雨水在耐心地滴落。低矮的小屋成了囚笼,要离开囚笼,使身心解放一下,那只有去大队部。

大队部里,二胡、笛子,阳光一样明亮,姑娘们的歌声蓝天一样宽广,毛泽东思想文艺宣传队,传播着阳光和热闹。这里没有阴暗和寂寞。姑娘们是几个队精心挑选的,不说她们如何漂亮,光十八岁的大红子,已经有十九个媒人来提亲了。有化肥厂的,有县城青阳街的,还有一个排长寄来照片左一张右一张,有手握钢枪的,有胸怀红宝书的,那做派一看都是为姑娘而表演。那些后生也都是县中刚毕业的,细皮嫩肉,腰杆挺拔,像个演戏跳舞的材料。几个老朽,别看他们老,别看他们成分不好,拉胡琴的是地主儿子,人家会拉胡琴,就不讲究敌我了。再说有毛泽东思想在,你个地主儿子也翻不

了天,况且人家还是为毛泽东思想伴奏呢。吹笛子的是知青老狗,资本家后代,可人家会谱子,还会舞蹈。白毛女那个倒踢紫金冠,给你旁人把腿给砍断了、腰折了,也达不到那个动作标准,知青老狗就行。老书记就说,就这点事,干好了,都给你们满劳力工分。

当然,就这点事,也不是让你们整天在那里玩耍,定期要给乡亲们汇报演出呢。演什么呢?马少文会编节目,什么表演唱《四大嫂学毛选》、对口词《学习大寨掀高潮》、天津快板《毛主席指示放光芒》,一夜间就编出来了,再移植《红灯记》《沙家浜》《智取威虎山》等几个样板戏片段,唱几个流行歌曲,一台节目就出来了。词出来,就谱曲,不会谱曲,就套现成的其他歌曲的旋律,效果一样的好。马少文能编会导,就是经常弄得姑娘们心烦意乱。在公社汇演,晚上睡到姑娘床上,硬说是发癔症了,脑子不听使唤了。书记说,戏你都会编,这个你能不会编? 下次不要再发癔症了,再发癔症,我送你去淮阴精神病医院。后来就没听说马少文再发癔症了。

每到晚上,刚刚还说今天锄地都累死了的小青年,饭碗一撂就来了。厚脸的站第一排,找空子和熟悉的姑娘说话,胆小的就趴在窗户或人群后边窥视。区位不一样,心情都一样,都巴不得视线如手,能在姑娘们身上抚来摸去。这时民兵营长朱秃子风暴一样进屋,边推人,边大声嚷嚷,我看谁再挤? 破坏宣传,我能治你,你信不? 人群后退,他转脸,面对姑娘们,副导演似的,手一摆,说,好了,不挤了,重来一遍。

人群中,光棍朱翠侠,取了一个女人的名字,试图以此来弱化自己的欲火或自慰。每晚他都默默凝视着女孩,最亢奋。

不久,宣传队开始公演,戏台子搭在大队部门前。所谓戏台,是社员们堆了一天的土、平成的一个三十见方二尺高的台子,台前左右各站一个木桩,上端一根木料横着连接左右站着的木桩,上面挂两盏马灯。朱秃子此时越发兴奋,大声说少了少了,不亮。刚接任他民兵营长职务的刘志军说,各家都找遍了,就这两盏。朱秃子还是说不行不行。大队会计说,不行,你站那儿就行了。众人大笑,朱秃子摸头退下,复又上场,摆摆道具,示意大伙鼓掌,指点场面秩序,每一个节目似乎都有他辅助表演。

演出之前,老书记把国内外大好形势又说了一遍,把当前生产又强调了一遍。完了,他说,演出开始吧。他前排就座。刚坐定,锣鼓就排山倒海地响起来了。黑暗中,四个年轻后生,头戴军帽,腰扎红绸,威风凛凛,一个箭步,一个震脚,左右手前后呼应,一人一句:山在起舞,海在歌唱,风在怒吼,凯歌嘹亮,南疆春早,北国花香,红日照大地,红旗迎风扬,狠斗封资修,消灭野心狼……全场顿时鸦雀无声,未满月的孩子,妈妈把乳头紧紧堵在其嘴上。后生们刚下,胡琴笛子泼水一样响起来,一个小过门一结束,搽了胭脂,抹了口红,画了眼影,姑娘们天仙一样飘然又奔涌而来。人们一下傻了,不知哪个是大红子,哪个是彩侠,连巧云妈妈都认不出自己的闺女了。心明眼亮的人,就得意地说,第一个不是彩侠吗? 那个拿红宝书的不是三凤吗? 旁

边的人就夸他眼力真好。有人就感叹自己没生个这样的孩子,你看她们将来不会刨大土了,小高庄盛不下她们了。

"咔嚓"一声,树上的孩子掉了下来,部分人稍稍回头,又立即把注意力集中到舞台,孩子的死伤似乎不是大事,重要的是节目还在演。听说还有两个人演小两口子的,笑死人喽。大五子和海平子演《夫妻学毛选》,海平子妈妈在下面脸红一阵,热一阵,不敢左顾右盼,人家海平子跟没事人一样。后来这两人并没有成为夫妻,原因是海平子眼高,嫁给了一个公社干部,据说他们有过类似夫妻的活动。大五子后来只是麻纺厂的工人。三十年后,他们在老年活动中心相遇,唱啊跳啊,大五子老婆知道他们年轻时的事情,就来干扰。

文艺宣传队不知怎么散的。红火的时候,秋雨连绵也不像以往那样使人萎靡,使村庄肃杀。是形势变了还是老书记下台了?又好像是后无来者了,那一茬男女娶的娶,嫁的嫁,有玩好的,也有玩孬的,有玩得身败名裂的,也有玩得白头偕老的。总之,宣传队没有了,村庄复于死寂。鸡鸣,狗吠,猪哼,牛喊,羊嗲,虫吟,鸟啼,老鼠叫,风啸雨滴答,树叶哗哗……依然是村庄的主旋律。

民 办 教 师

　　大队小学一般在牛屋或磨坊，后来就独立出来，变成真正的学校了。外调老师不够，就从本大队找，要求比赤脚医生稍微低一点，因为教书一般教不死人。外来的教师大多是公办教师，拿月份钱，次等是民办教师，全称应为公办民助教师，待遇是国家每月发几块钱，队里再记点工分。还有就是代课教师，临时补缺，拿的全是队里工分。公办教师是上级调遣，民办教师是大队上报，上级教育主管部门批准，代课教师只要老书记说一声就作数。

　　有个民办教师随军了，户口转城市了，人家就不在乎这个职务了，但是在乎这个职务的大有人在。老书记家整天人来人往，出出进进，几乎都是为了一个共同目标。小麻子想让他弟弟去教书，抵那个随军人的名额。老书记不同意，说，一家两个都上班，社员意见大了。这里把种地叫干活，种地以外就叫上班，有点城里的含义。公社文教助理想让他侄女去。老书记说，老地丁不用，人家不说我吃里爬外吗？最后还是选知青，没亲没故的，还有文化，谁也不好咬屈。知青小郑确实不错，干活踏实，不躲不滑，不嫌老百姓身上有汗腥味，大伙就看这一点，也该人家去。小郑开始还客气客气，说是来接受再教育的，怎么能去教育别人呢？老书记说是革命需要，小郑这才走马上任。

　　小郑天不亮就到学校，备课，打扫卫生，为的是心理平衡。你看人家晴天一身汗，雨天一身泥，我总得多干一点才对啊。晚上改作文，批语比学生整篇作文字数还多，字写得横平竖直。老书记女儿每天回家就说郑老师的

字如何好，普通话像广播里一样。老书记心里一动，女儿也不小了，眼下正门当户对，便叫朱秃子提亲。朱秃子就对小郑说，我以民兵营长的身份跟你说话，教师也是民兵，要服从命令听指挥。现在，书记女儿看上你了，算是你家祖坟冒烟了，上辈修行好，你算是糠箩跳进米箩里了。老书记没有儿子，将来家产还不都是你的？小郑家里贫寒，父亲在码头累出劳伤，在家每天不是坐就是躺，母亲拣点破烂换点钱。说是城里人，也是徒有虚名。小郑毫不犹豫结了婚，过了一段吃不愁，穿不愁的好日子，还把母亲接来住了几天。母亲回去逢人便说，农村真好啊！其实是老书记家真好。

谁知那个时代是为投机者和聪明人准备的。小郑一心教书，忽视了进修，后来整顿民办教师队伍，要考试，成绩不行便辞退。老书记去找上级说，他教孩子还是可以的。上级说，自己考试都不行，还能教孩子吗？而投机者兼聪明者则谎称生病，在家关门上锁，每天复习不止，遇上考试，你小郑就是兔子也跑不过乌龟啊。小郑还一直教育孩子拿乌龟与兔子说事，不曾想自己成为寓言中的角色。小郑被降为代课教师。接着是师范生不断毕业，两口子就面临失业。合格的，也就是会考试的民办教师也开始一一转正，转正的民办教师连自己都不敢相信自己一下子进入天堂，鸡变凤凰犬成虎，晕了好长时间才平静下来。

小郑还算幸运，这时来了文件，被上级的知青政策安排到县棉纺厂，是国营单位，劳保福利都不错。短暂的困惑和失落换来上调进厂的荣耀，妻子却永远地离开那所她唱过歌，踢过毽子，打过毛衣，看过小说的学校。那时，她经常会穿一件新衣服让同事们羡慕得要哭；现在，是她羡慕别人，自己要哭了。

到了恢复高考，民办教师成为一部分人的鸡肋。有的去参加高考，就有人希望他能考上走人，马上补缺；参加高考的人，又担心考不上，再把这头给耽误了。遇上开明的领导会给他们假期，给来去自由的政策；遇上私心严重、良心不良的领导就要逼你破釜沉舟，考试还是教书，二者必居其一。

早期的民办教师也是藏龙卧虎，大多来自城里的下放知识青年，有文化、有特长、有家庭背景,一旦机会到来,就会大显身手,他们不少人后来做了高官,发了大财,出了大名。

在教育战场上,这支庞大的地方武装,阵亡的、掉队的、逃跑的、叛变的、倒戈的,直至改编的,到如今,建制全面崩溃,队伍早已解散,几个老朽的残兵游勇也都生活在无奈的回忆中……

朱秃子讲得好,老子瞎字不识,也没比哪个少吃一顿!

一　号　社　员

在人群中，大小多少能排第一的，总有过人之处。

一号社员，是老百姓送给一些虽不是队干部，却能呼风唤雨、吃香喝辣的社员的荣誉称号。其实，他们都是普通社员，不普通的是他们或有专业技能，或有大红伞(后台)扛着，或者就是滚刀肉、亡命徒，或者巧舌如簧，善于巴结，等等，这些人都可能成为一号社员。

富恒、保才这些人，算得上一号社员。人家有专长，识字多，很多技术活，很轻快，还不少拿工分，但是别人干不来，或者干也干不好。遇到技术性问题，他们还是高参、顾问。在社员们看来，他们无官无职，队长、会计还要听他们的，真是日鬼了。这些人，聪明能干，但大多家庭出身不好，用你，也只用你技术专长而已，很少参政。

也有什么都不会、又不识字的人，也可以进入一号社员行列，比如水牛，他三爷在公社食堂里烧锅，和公社书记关系特好。他父亲早年在淮海战役中支前身亡，因公殉职，也算是半个烈士。在队里，队长几乎是由着他的性子，看他脸色，哪件事情他要是不想干，就不要强求他。不过，有时他愣劲上来，你不要他干，他还拼命干呢。他有两招跻身一号社员行列，一招是，干部若惹他不高兴，他会声称去公社告状，说队干部如何不好。那时候，领导都喜欢听群众意见，而基层领导又都怕社员告状，有告必查。这一招对付队长会计很有效。还有一招就是在如果队长会计不怕他告状的情况下，他就装可怜、耍赖。若有一事得罪他，惹他不高兴，若惹他的是老百姓，他们更不怕告状,怎么办?那就在人家门口大呼小叫,说,欺负孤儿算什么本事?说着叫着还睡在地上打滚,大喊大叫,我大大啊,你要是不死,有人敢这样欺负你这儿子吗?大伙就同情弱者,都说你这家不应该和他一般见识。长此以往,一般社员没有的特权他就有了,他也就进了"一号"行列。

庄上人欺生,外来户如果没有亲戚朋友关系,很难有大声说话的机会。张广福从北方来混穷,觉得这里不错,就把户口迁了过来。他知道首先要过欺生这一关,孩子最大的才八九岁,即便自己不被欺生,孩子在外也常常被老地丁的孩子打得鼻青脸肿,哭着回家。张广福口才好,江湖春点一套套的,还说在他老家三岁孩子都学拳脚功夫。这里没人见过拳脚功夫,更没有练过,就叫他表演两下。好不好,大伙没标准,就那动作我们这里也没人能做得出来。这样一来,就有后生委身于他,请他传艺。那年月武术不仅神秘,而且还不给公开,张广福就秘密教几个弟兄多、势力大的几家后生。很快,张广福就有了一帮崇拜者,身价大增,底气上升。他还会见到三岁孩子喊大爷,见到老太太喊大姐。如此颠倒行为,庄上人倒觉得好玩、有趣。两年下来,张广福站稳了脚跟,腰也硬了起来,甚至对一般老地丁,他也敢指手画脚。一段时间,庄子上闹派系,老地丁也不是铁板一块,双方都拉拢他参加自己一伙。他成了红人、要人,只要他中立,双方就平衡;他倒向一方,另一方就面临失败。

张广福虽然不是队干部,但在生产队一直占便宜、讨巧。生产队种瓜,他就去看瓜,卖瓜时,他就去卖瓜;生产队杀牛,他就要先尝几块大筋、活肉;生产队榨油,他也要去喝几口。有时队里招待人,他就主动坐下来,他能喝能吹,也活跃了气氛,客人还说,人才人才,幸会幸会。社员们看到他整天和干部在一起,只能无奈地说,狼行千里吃肉啊。你看张广福,一个侉子,跑来我们这里混穷,混得比我们都好呢。

张广福始终没有当上干部,一是因为他过于散漫,形象不佳;二是因为在大是大非问题上,特别是后来不再搞派系,老地丁还是能统一思想的,肥水不流外人田,井水不能往河里放。虽说张广福混得如鱼得水,那"水"还得

老地丁掌握，他混得再好，也永远是"鱼"。

像富恒、保才这样一号社员不可多得，像张广福、水牛这样一号社员不可多有。老书记三爷，老队长舅舅这些人，人家虽然享受一号社员待遇，也不过就是干个保管员、饲养员而已，人家老实肯干，还不惹事。

拖 拉 机 手

那一年,庄上不知怎么弄来一台手扶拖拉机,引起巨大轰动,男女老少,络绎不绝去看个新鲜。那手扶拖拉机扶手上还扎着红绸子,在阳光下熠熠生辉。观看的人不敢靠近——不光刺眼,还有几个干部在把守。

谁来驾驶手扶拖拉机,大队党支部进行了反复慎重的研究,开了几次会,摆条件,讲理由,最后让在宣传队吹笛子的杨大嘴和高中刚毕业的许彩民担任驾驶员。这两人家庭出身好,都是贫农,在庄子上口碑好,老实憨厚能干。老书记一一找他们谈话,千叮咛万嘱咐,天降大任似的,并连夜写了保证书,于是,老书记郑重地把手扶拖拉机摇把和工具箱的钥匙交给他俩。

手扶拖拉机先是摆在花庄的社场上,发动起来,在那里空转不干活,说是磨合期,一直在那里轰轰隆隆响了好几天。这期间,不时有人来看热闹,本庄的、外村的都有。那两个驾驶员兴奋期还没过,脸还是红得矜持,不时煞有介事地擦着机体,擦得一尘不染。不久,手扶拖拉机磨合好了,开始使用,先耕地,两铧犁,油门一加,不说是牛,马也没这么快。就在大伙的叫好声中,手扶拖拉机犯了脾气,一头栽进田头沟里——他们还不熟练。这可把老书记心疼死了,抚摸着油箱,说,怎么回事,这边还有这么宽路呢? 杨大嘴说,转向把有毛病,不听使唤。老书记说,那赶紧去县农机厂请潘师傅。

潘师傅更牛,不仅会开拖拉机,还会修拖拉机,听说还造过一台拖拉机(实际上是组装)。他来了,老书记就不时地递烟,会计就骑车子去城里买菜、打酒。本来该先问伤人没有,来人却都是问机子伤得怎么样,这让杨大

嘴心里多少有点伤感。好在手扶拖拉机尽管翻车、甩头，似乎都是习惯动作，轻易伤不到人。真不知设计师用的是什么绝招。

一年过后，杨大嘴被招进县文工团，许彩民去了黑龙江当兵，手扶拖拉机交给了第二代驾驶员，一个知青，一个书记侄子。这一代也还算重用，只是没有第一代那样开那么多会议研究，老书记提议一下就行了。这时拖拉机已经掉漆、生锈，拖斗子也开始咣当咣当响了。到第三代驾驶员时，手扶拖拉机已经不太神秘了，胆大的，人人都可以上去做那几个简单动作，油门一加就走。掉螺丝的地方也不再去买配件、找潘师傅，而是找根铅丝绕上代替了。除了磨曲轴、换气缸、装油泵还不能自理外，其他都敢拆卸了。此时这台手扶拖拉机已经由原来的红红绿绿、明明亮亮，变成漆黑一团。拖拉机手不干体力活，拉土、拉粮食、装草有别人负责，他们只负责开，上街赶集、带个重物，还有优势。只是拖拉机的价值、拖拉机手的水平都在同比下降。

不久，清江拖拉机制造厂出了东风—35轮式拖拉机，是方向盘的。高大、气派、功率大、舒适，时速最高可达五十公里。手扶拖拉机就相形见绌了。公社进了三台，一台负责我们北面几个大队。那拖拉机手我们不知道他是怎么荣任的，但看他人就气宇非凡。他戴着绿军帽，下身是草绿色的军裤，半个解放军似的；他穿着篮球鞋，里面是海魂衫，运动员一般，外面是蓝涤卡中山装，还有点机关干部的样子。就这一套行头，就知道他复杂的关系。他来到村子里，老书记给他上烟对火，老队长给他拎油桶，朱秃子给他倒茶水。那拖拉机，小孩子摸一摸，他都不允许。他一吆喝，朱秃子就马上双手拍打双腿，同时跺脚，厉声驱赶小孩。

早上，为了抢季节，拖拉机手在田里耕地，就得在田里吃饭。会计把摊好的油饼、煮熟的咸鸭蛋、熬烂的绿豆稀饭送到他跟前。拖拉机手说，我想吃炒豆芽。会计就连忙说，中午中午，中午就炒。拖拉机手脾气大，不吃肉，耕不透；不吃油，不到头；不喝酒，开就走。大队小队你管不到他。他一走，季节耽误了，损失就大了；他耕不到头，还要你再用小犁一点一点耕，费事不说，苗子也不一致。所以，想来想去，就这几天，全力以赴，装孙子也得把拖拉机手哄好。

晚上,自然是喝酒,小公鸡是当年的,鲤鱼是河底现买的。老书记嘴上说,多喝一点,晚上开机子暖和。其实内心想说,少喝一点,不要把地耕得囹囵半茬的。拖拉机手根本不需要客套,直喝到站不起来,还要喝。只有这样,才有精神。酒足饭饱,带上一个队干部伴怕,做帮手加水加油,便去继续耕地。反正夜里没人,地里就更没人,尽管开。半夜里,回去还要吃宵夜,老书记他们都在等着。秋冬之交,夜凉如水,他们睡在会计家锅门的草里,时时醒来,担心拖拉机手会说他们在享受。

做过拖拉机手的,越是落魄,越会自豪地回忆起当年的辉煌岁月。

保　管　员

保管员在我们村都叫"看仓库的"。生产队一切主要建筑设施都在庄子外边，可能有多种因素，怕火啊，怕人们顺手牵羊啊，怕庄子上小孩子以及猪羊来骚扰啊，等等。

在生产队牛屋一端，隔着几十米，一般情况下建筑材料是最高档的，若是土墙，墙根必是砖石加固，这就是生产队的仓库。仓库坐北朝南，南面必是社场，开阔平坦，有的地方叫打谷场，打谷场前面必是水沟或者水塘。老书记、老队长经常或几乎每天都路过这个地方，须知，仓库、牛屋、社场、水塘是队里重要机关和设施。生产队没有专门办公室，老队长有事就到仓库或牛屋商议，风雨天开会也在此。仓库对于他更为重要，老百姓身家性命，生产队一年乃至多年心血、多年财富家产都在这里，谁来保管，选保管员就和选飞行员一样。

保管员年龄有规定，不到五六十岁绝对不行。你想那年轻人怎能经得起那里物质极为丰富的极大诱惑？寒夜炒个黄豆，吃点夜草，开个小灶是家常便饭；吃点还不怕，若是玩火玩大了，烧了仓库事就大了。即便不这样，小青年有几个能在这庄子外边忍受寂寞？有老婆的，一晚离不开；没有老婆的，夜里前后二庄乱转打野，仓库防务就形同虚设。就是年龄够了，烟瘾大的烟鬼也不能要，那要是睡着了，连人带屋都烧了，生产队受损失不说，那一家老小还要找老队长哭哭啼啼地要人要补助。太老了也不行，不堪一击，若是遇上强盗喊人都来不及，声音都传不到庄子上。

老队长思来想去，就请教老书记。老书记说，怀庆爷那不是一把好手吗？老队长拍着脑袋说，乖，你瞧我这记性，真是属老鼠的！怀庆爷，六十左右，血气方刚，年轻时参加过小刀会，练过拳脚，常常把老婆打得死去活来，恋家他不会；他像老虎，喜欢独处，耐得住寂寞是肯定的；他不和人同吃一根葱，外号"老肘子"，坚持原则，谁也改变不了。他嘴不馋，心不贪，给人家帮忙，到中午丢下工具就回家吃饭，既然表示不去，就是酒肉飘香，三邀四请他也不会去，你要硬拖，他就变脸。

老怀庆接受了这个差事，每晚饭碗一撂就走了，仓库的一角有他的床铺。仓库真是恐怖，夜深人静，老鼠开始学着孙悟空大闹天宫，偷粮食的偷粮食，打架的打架，哗哗啦啦，唧唧哇哇。有时打得失了足，掉在怀庆爷身上，怀庆爷一把抓住就捏死了，它们根本反应不过来这是什么猫。风起时，仓库独立，四处无遮挡，到处发出奇怪的声音，有的像人在敲门，有的像老太太在哭诉，有的像狼嚎。老怀庆并不害怕，只觉得烦人，手握苗刀，起身巡视。本庄有一人，有一个怪癖，每晚出来，四处转悠，回家必带一件东西回去，实在没有什么可带，见到人家尿盆也拎回去。可他就是不敢到仓库这边，这边可取的小零碎很多，他不怕鬼，就怕老怀庆。

仓库的粮食都是芦苇编成的褶子一圈圈螺旋上升围起来，大致圆柱或圆锥体，顶端无法封闭，就用印版盖上。印版是一块木板刻上"公平""丰收"等字样，再分成两块木板，由两人掌握。若要动用褶子里粮食，那两个掌管印版的人一起到来，看一下他们的印记没有变动，老队长才说，上去。有一次，字迹不清，印记好像被动过。一个掌印版的说，不对头啊，字呢？老怀庆上去就是一巴掌，妈了个巴子的，你什么意思？那人丢下印版就跑了，说，我不干了，我不干了。老队长就说，怀庆，你看你，人家不是没说什么嘛，你那脾气就是……老怀庆问道，就是什么？老队长不语，朝着那几个来抬粮食的社员说，还愣着干什么？看不见那是老鼠在上拿急干的事吗？老怀庆脸皮松弛下来，和大伙一起扒粮食。

和我一队的老怀本，人老实，脾气没有老怀庆厉害，但也有个性，十几年他的保管员职务无人可以取代。他晚上看仓库，白天还兼饲养员。他会铡

草,别人掀起明晃晃的铡刀,他会熟练地把草填进去,铡刀"扑哧"一下就把尺把长的草铡成寸长,好让牛吃得轻松,消化良好。草铡完了,问题来了,麦草稻草上总有余粮,滚子打不尽,铡刀还能铡一点下来,每次总能弄几斤。另一个就说,怀本叔,这小麦我拿回家喂鸡了。老怀本总说,算了吧,你想倒霉啊?那公家的东西还是给公家保险。那人就说,你真是死脑筋,这跟公家有什么马猫(关系)?老怀本也不坚持,就说,你看呢,不要沾扯我就是了,你跟我没有什么马猫!

有一回,另一个饲养员杀了一只鸡。这鸡是饲养员春天散放在社场上的,因为生活富裕,到了秋天长得很肥大了,饲养员宰了一只,见不够吃的,就找老怀本要点黄豆兑兑。老怀本当然不答应。后来老队长来说,我当家,给二斤,算我一份。晚上,一锅鸡肉黄豆,鲜美无比,还有山芋干酒一瓶。老队长把门关上,三个人便悄悄地、热火朝天地准备吃喝。老怀本说,我还有事呢,就走了。队长说,怀本哥就是不搁人缘,一辈子大嫂也不知怎么和他过的。饲养员说,他不会出去乱说吧?老队长说,你放心,怀本哥才不是那种人。

老怀本一直干到生产队解散,仓库分给社员。社员变成村民时,老怀本得了肝癌。医生问他,年轻时喝酒多了吧?老怀本说,我一辈子就没沾过酒。那食品卫生呢?老伴在一旁插话,嘿,庄上有名的假干净,死猫烂狗,霉的馊的一口不吃。医生有点迷惑,那就怪了。翻书查找,书上没有。不久老怀本就死了。他死后,成为一些人人生的反面教材。这些人整天烟酒无度,别人劝说,节制节制,他们就以老怀本为例:老怀本一辈子怎么样?不还是肝癌吗?该死脸朝上,不死翻过来!

七队李金山是个半路光棍,队上原以为他无家眷可恋,必定会忠于职守,安心看守。哪知他夜夜难眠,夜夜不归,长期上演空城计,到庄子上寻找联欢的女性,哪怕跟人家媳妇说说话也解渴。那仓库是烟炕改建的,远离村庄,孤零零像个炮楼,门是秫秸编的,想要进去易如反掌,可是就在那粮食匮乏的年代,除了老鼠偷吃,没有发生过一次盗窃事件。这也算李金山不幸中之大幸,没让光棍再雪上加霜。

饲 养 员

以前老百姓不知道什么叫饲养员，喂猪人就叫"喂猪的"，喂牛人就叫"喂牛的"。

一排高大的房子，七八间，就是土墙草房也不影响它高大壮观。房子朝南，估计当时全中国生产队大多都这样。三间仓库，四间牛屋，一间车库——牛车库。牛屋前是青石铣的牛槽，一排不够就两排。牛槽帮子都是一拃厚的青石，尽管牛脖子、牛头与之对抗、摩擦，青石只会越发油亮，不会断掉。牛槽长方形，上口大，下口小，一个单元两米长，一般四条牛可同时一道伸头进食。牛槽上方是牛棚，夏天遮盖防晒，冬天拆掉便于晒太阳。

饲养员的年龄，若按基层科局干部要求那样，都是二线的，但这个年龄对于饲养员却都是一线的。一般不熬到五十岁以上，很难进入饲养员队伍。就算你过了五十，那还要看你什么背景，"四类分子"那是万万不能的，那要是害死一条牛，比死一个人还轰动。所以，饲养员一要有威信，二要有爱心，三要是老地丁，根红苗正。

我舅爹任四爷从我记事起他就是饲养员，一直到生产队解散，集体无牛可喂，依然喂自家的牛。他的威信来自他少年时代独自闯南京，在下关码头扛大包，按阶级成分属于码头工人，比贫下中农根子还硬，何况他还兼贫下中农。其实，他当码头工人，用他自己的话讲还享福。

那年，我们学校搞社会调查，几个孩子去找他忆苦思甜，控诉资本家剥削，了解怎么用皮鞭抽打码头工人。老师知道这个老人是我舅爹，就委我以

重任,把我们这个调查作为重点,因为有特色。结果令我们以及老师大失所望,舅爹根本不承认受罪。他说,虽说扛大包,不累,我一次扛过五百斤一包呢。有时包里是糖果饼干,我就偷偷抠开装在衩包里,一吃好几天。我问有人欺负你吗?他说,下关码头谁不知道我任四爷?我手下百十号人呢。他脾气上来,把工头像扔烟头一样扔到长江里。当然,他的遭遇不代表广大受苦受难无产者,或许是特例,有其特殊原因。

后来回到家乡种地,他的脾气还是有增无减,一是根红苗正,二是确实力大过人。庄上有两家打架,他一发火,再发声明,双方就立即停火。他爱打抱不平,维护正义,威信至高无上,就连老书记、老队长和他说事,脸上有一个地方不笑都不敢。他还很有爱心,对于牛,亲如亲生。

其实,饲养员是很辛苦的,起早睡晚,讨巧就是少熬点太阳,少遭点雨打。马无夜草不肥,牛无夜草也不肥,牛肥胖健壮是任四爷最大的幸福和光荣。夏天还好,青草是牛的高级食品,淘净即可,冬天就事多了。牛吃的是干草,老牛一口草要嚼上半天才能咽下去,过了半天再吐出来加工,这样不瘦是不可能的。任四爷就要给它们加料,料是黄豆,炒熟磨碎,香味扑鼻,营养丰富,牛就摇着尾巴,哞哞地讨好任四爷。个别思想不好的饲养员,经不住黄豆的诱惑,把给牛的那一部分给自己吃了,胆大的还拿回家给老婆吃。直到牛瘦了,弱不禁风,而自己却胖了,越发地稳重,老队长就看出端倪,端掉这个饲养员。我舅爹说,你跟畜生争口粮,你不是缩了吗?

冬天,为了保暖,牛要全部拴在屋里,在牛屋的一头燃上一堆死火。死火会使满屋浓烟弥漫。老百姓口头语,烟暖烟暖。是的,烟一熏,泪眼婆娑,刺激血液循环,满身燥热。牛在这时满足地伫立、静默,像菩萨在接受香火。勤快如我舅爹任四爷的饲养员,夜里还得时时起来——他和牛睡在一起,用粪桶给牛等屎等尿,不让牛的身下有丁点潮湿。那年月农民渴了都喝凉水,牛却喝着热水。夏天雨季到来,就是牛的暑假,由放暑假的孩子把它们牵到荒地里、河堤上去放牧,牛自在,孩子也自在。

中午时分,水牛拴在队屋前面大塘柳树下,绳子长度足够牛到水里潜伏,痛快不可言说,就看那牛昂头,卷起上嘴唇,舌头上下错动,像个受宠的孩子,时而嗯啊地抒情;带着乡间庄稼青黄味的风不时吹来,黄牛则站在牛棚下、树下闭眼打盹,嘴角一直念念有词似的搓动,尾巴还不时地驱赶苍蝇牛虻。

春天的时候,牛就要吃苦了。饲养员也要吃苦,三更天就要拌草料、烧热水,天蒙蒙亮,耕地的人就来套牛了,这时牛必须也一定是吃喝完毕。

一年之计在于春。每年春耕春种国务院要下达文件,《人民日报》要发表社论,不管文件和社论,只要牛不架势都白搭。这个时候就是检验饲养员功劳的唯一标准。春天,牛身上虱子多得让人看了顿时觉得自己身上奇痒不止,特别是水牛皮无毛遮挡,经不起春风的搜刮,道道裂痕,红血渗出,黑血凝固。饲养员就理直气壮向会计申请去买豆油,名为“油牛”。这也是惯例,一是润肤,一是灭虱子。虱子嗜血却怕油。有个年轻会计图省钱,说,就放点手扶拖拉机肚里柴油抹抹行了。我舅爹任四爷听了大骂,你他妈的还不如给你爹抹抹呢,牛要烧死了,你能担待得了? 会计只有笑。

饲养员最重视牛的香火传承,也懂得优生学,强壮的犍牛皇帝一样霸占所有母牛,权利是饲养员给的。每逢它们交配之后,都安排双方休假几天,犍牛还有半盆黄豆麸子加餐。

饲养员最高兴的事是牛下犊子。第一窝没把握还去把兽医请来接生。饲养员也重男轻女,要下的是公牛,就买红布扎在它脖子上,很是威风。若是小母牛,就没有红布的荣誉了。老母牛还有产假,不到恢复元气,不得下地耕作。

凡正常耕作的牛,由饲养员安排配对,有点组织人事的概念。当墒的牛,类似主角或一把手,配一头弱一点的牛即可,不能两头牛都弱,那样牛把式一刻不吆喝,牛就能睡着了;两头都强也不行,会发疯或窝里斗,又能把牛把式跑死、累死,所以,稳中求快的发展模式也适合耕地。谁和谁配合,饲养员心中有本账,合理使用,根据其脾气、力量、品性、年龄、身体状况等合理搭配。

最令饲养员难过的是死牲口。牲口年长后都通人性,痛苦时那哀求的目光,撕心的呐喊、挣扎,饲养员心里一点也不比它们好受。兽医都说没办法了,他们还不死心,还希望兽医能妙手回春。死了以后,队长指挥剥皮烀肉,会计骑车打酒,孩子在牛头大锅一旁,赴汤蹈火抢骨头,不少人还拿着碗盆来抢肉汤喝。饲养员躲到一边独自伤心,有的还眼睛红红的。队长一脸油光,说,我大爷你来喝杯酒吧,你看你,这又不怪你,人也有一死嘛,哪有牛不死的?

社会发展,时代进步,牛将不再耕田,都成了菜牛、奶牛、斗牛,没有了苦力,也没有了工龄,饱食终日,无所事事,只可惜寿命也短了。饲养员也后继无人了。

护 林 员

在我们村子里称护林员为"看树的"，如果称他为护林员，那看树的自己都觉得别扭。

当年，很多地方看重粮食，很少栽树，即使想栽，也不忍心栽在良田里。即便栽在田埂地头也会拔地劲，影响地里庄稼，老百姓知道吃饭是天下第一件大事。我们队靠大河，辖区内有大河堤坝十里，唯有栽树最好。树多了就是财富，能卖钱，能做农具、家具，作用越大越值钱，越值钱的东西越有人喜欢，喜欢不到，就偷！于是，生产队看树的职业就应运而生。

我们村子大堤上有洋槐树、柳树、泡桐树、枫杨树，堤下有紫穗槐、腊条子、簸箕柳，还间杂着癞葡萄、臭橘子、椿树、楝枣树，家族庞大，夏无天日，冬不走风。心术不正的，来了就有收获。老队长说，朱秃子你整天吹牛皮，什么都不怕，河堤上树林交给你看管，只要不少树，就拿常年工分。朱秃子急流勇退，还说，我一个老民兵营长干那个，不是大材小用了吗？他垂涎那工分，可惜胆量太小。

看树和看青都是轻快活，不一样的是看树，你没听庆安讲，就是"鬼"这一关，不少人就过不了。

江庆安自告奋勇。早年听说他跟土匪都干过仗，脾气很大，被土匪摁在身下，动弹不得还咬掉土匪一只耳朵咽下肚。他跟家里人也合不来，老虎一样，喜欢独居。他二话没说，就去上任，在河堤中间盖了一间小屋，木料当然是就地取材随便用。朱秃子其实想去，轻快又实惠，但怕鬼。朱秃子就说，

你不怕鬼吃了你？庆安说，走黑路回家，你要是看见四周刮旋风，草叶乱动，你不要跑，不要喊，装作啥事没有，鬼就走了。朱秃子听罢头皮一麻，原本还想吓唬庆安呢。于是，朱秃子镇静一下，又说，要是半夜里鬼去敲你门呢？庆安不耐烦了，说，哪来那么多鬼啊，我带条狗就行了。狗能看见人看不见的东西，包括鬼。我抹点狗血在门上，什么鬼也不敢来。

朱秃子总想把人吓住，大伙都不敢去，然后自己就附加条件，可以带个人一起去，于是继续说，听说那河堤上夜里有小孩子哭呢。庆安说，我只要咳嗽一声就不敢哭了，你见过我那把苗刀吗？朱秃子眼看庆安上任，叹息一个肥差被一个"不懂政治"的人弄去了，心里产生了几分怀才不遇的悲观。

看青只负责白天，晚上就是派上部队也不能保证颗粒不丢；看树却着重在晚上，白天谁也不敢大张旗鼓地砍树锯木，更不敢青天白日，扛着大树往家去。晚上，月黑风高，风吹树叶声是最好的掩盖，刀斧锯子合奏也闹不出交响乐，惊不了天地；月黑是最好的保护，纵然发现，也能逃脱。这样，庆安就得夜夜在树林里逡巡，夜猫一样窥视。他不在乎鬼，他只在乎人。

那一年，朱秃子家盖偏房，差一根房料棒，不值得去城里买，值得去河堤上一偷。那是一个雾大月黑的晚上，他带着儿子和平子去河堤锯树。一切顺利，但返回时被庆安看见。庆安大喝一声，就奋力去追，朱秃子负重拼搏，不是对手，眼看就要追上，把木头往地上一扔说，我，你也看不清吗？庆安说，我管你是谁，老书记说过，天王老子也不能放过。朱秃子就说，好了，我这是军事演习，就想考考你的警惕性。不错，明年你继续看树。庆安被说得云里雾里，眼看着朱秃子走了。他知道朱秃子干过民兵营长。

河堤上适合养鸡鸭，喂猪羊，庆安不仅养了、喂了，还开荒种菜，日子好得很。一天有个卖油的路过，说是家住下面毛山村，回不去了，就在你这里住一晚上。庆安也没防备，留他住下。夜里，那卖油青年，把庆安捆住，翻找庆安的钱财。庆安无力反抗，就一口咬掉他腿上一块肉，而且还连着裤子上一块布。卖油的一棍子把庆安打昏，跑了。待庆安醒来已是翌日中午，路过的放牛孩子把他绳子解掉，他提着刀就去毛山村找人。毛山村人有认识庆安的，就说，我们庄从来就没有卖油的。庆安发狠,狗日的,下次碰到,我剁他喂狗!

人都说庆安命大,上次没被卖油的打死,已经是第六回死里逃生了。到了七十岁,他还在看树,春天有的树要整枝,他还能爬上树梢,那树梢足有七八米高。有一回,树枝被虫掏空,他一脚踩上去掉了下来,只见他起身拍拍身上泥土,又上去了。管水的刘四就说,庆安哪,你是属狗的,沾土就不得死。

直到树都给私人承包,还有人请他看树,没有工资,给条把红南京烟就打发过去了。他依然养鸡鸭,喂猪羊,开荒种地,还住着地窝庵子。渴了,喝河里水;饿了,生熟都能吃,可从来没见他生过病。老鸭子就高度概括说,他那杂毛脾气,鬼都怕他,还病呢。

管　水　员

　　在我们生产队这个职务是队长安排的,讲"管水员"有点官方化,村里人说得直白,就是"管水的"。

　　有的地方种水稻,种得连三岁的小孩都知道不知种了多少代;有的地方不种水稻,连百岁的老人都从来没见过什么水稻不水稻的。后来,不少地方看到水稻高产、好吃,就学着愚公移山,推平起伏的土地,开沟挖渠,引水上岗,种起了水稻,这个过程叫"旱改水"。水稻水稻,水不到,哪来稻? 管水的就应运而生。管水有讲究,几百亩,上千亩,栽插时间不一,用水各异。刚落谷的稻芽,水要不干不湿,似有似无;刚栽上的小秧要在寸水以下,扬花灌浆的要水分充足,稍后又要及时脱水。脑子不好的记不住,腿脚不勤的跑不过来。老队长、老书记常常为物色一个管水的犯愁。

　　老疙瘩是个管水的,因为他是从种水稻那里移民过来的,还识字。队干部就不搞任人唯亲,开始几年都让他管水。他整天扛着一把铁锨,一头捆一抱稻草,哪里缺口该堵,哪里缺口该开,就有那铁锨决定;哪条渠道漏水,哪个涵洞需要密封,那捆稻草就派上用场。

　　一个生产队的水稻田,从大渠到斗渠、毛渠,其中还有很多小桥、涵洞、闸门、田埂、缺口等,不计其数;从哪儿走,到哪儿去,面对至今还是"井田制"纵横的田埂、沟渠,如果心中没有一个完整的地图,累死也跑不过来。队长不懂,但是他会时时责问管水的,怎么回事? 那块地水怎么上不去? 管水的就实话实说,沟西队的双猫太厉害了,他把我们总闸门堵死了,水全往他们那里去了。队长就去找沟西队长，老歪队长还一本正经地说我不知道啊，就把双猫喊来对质。老歪说，你怎么把水都放来了？双猫不敢说"这不是你叫这样做的嘛"，只是不作声。

同一个大队这事友好协商可以解决。若是两个生产大队，就好比家族出了五服，不再亲密，协商不好就大打出手，因为流水而流血的事情经常发生。有的地方抽水机站供几个大队使用，遇到干旱缺水，矛盾就会随旱情上升。这时机站扳闸刀的小顺子就受到重视，经常有大队书记夜里请他去喝酒，喝到半夜，回来趁酒兴给他们抽水。其他大队得知，采取同样办法。小顺子采取法官策略，吃了原告吃被告，结果双方等于没请，请不请也一样了。

潍河大队书记最先觉悟，告到公社，把小顺子撤了。公社因为此事也很烦恼，于是勒紧腰带，公社拿大头，大队拿小头，各大队修建一个机站，这样一来矛盾就少多了。

管水的还一样管，不一样的是老疙瘩。几年后，管水不再神秘，会计就把自己老爹安排去管水。会计知道，管水是拿常工分。所谓常工分，就是挂了"管水"这个身份，不必按时上下工，没事了，在家睡大头觉，工分也不会少一分。会计就是管算计的，你说他爹不干谁干？会计老爹并不是懒汉，反而是勤快人，没事割草薅稗子，一季下来干草够烧半年的。他还在田头挖了一个水塘，平时逮着小鱼小虾扔里面养，家里长年鲜味不断。

会计老爹有气管炎，喘起来，头往脚那儿去。自从管了一年水，腰直了，好像高了一截；脸宽了，也有血色了。小麻子说，刘四啊，你好长时间没来医疗室了，去找洋医生了？刘四说，日鬼呢，这天天跑，给痨伤跑好了呢。小麻子说，有道理，城里人整天没命地跑，一年到头跑，图什么？改善心肺功能嘛。

倒是老疙瘩自从不管水，常常闹关节炎，经常找小麻子针灸。小麻子就说，你就不如刘四了，人家管水给病管掉了，你管水给病管上身了。小麻子只顾说话，老疙瘩只顾提裤子，提到一半，只听他"哎呦"一声，说，还有一根针没拔呢。

刘四管水直到生产队分田到户,那时各家顾各家,刘四就下岗了。人老了,眼也花了,晚上看见水,以为那是白路,从容地往里走,随之,又迫切地往岸上爬。年老的刘四经常梦到那无边的绿油油的稻田,就在稻田上飞翔,秧苗像水一样浮着他,任他荡漾。秧苗在微笑,青蛙在歌唱,流水淙淙,他又顺水而下,好似鱼一样的快活,忽然被号称"小疯子"的老伴一脚蹬醒,说,裤子又潮了吧,还管多少年水呢,自己水都管不住了。

看　青　的

在我们村子里不讲护粮员，都讲"看青的"，"看"是看守看管，"青"是青纱帐，即庄稼。一眼望不到边的庄稼，那是集体的，个人不能独自享受。虫子吃，我们打农药，若是有个别思想觉悟不高的人偷吃，或被散放的猪羊等糟蹋，那就得有看青的。

看青是生产队季节性的一种职业，是一种较为舒服但需有高度责任心的工作。看青的人，需要具备三个基本素质：首先得身强力壮，所向无敌；其次要大公无私，六亲不认；最后还要眼好腿好，土生土长，家族庞大。有的只具备其中一个或两个条件，比如老十八，大脑炎得了后遗症，你叫他六亲不认可以，但面对反抗，他身单力薄，毫无战斗力；大嘴眼好腿好，就是在回家时口袋里总有集体的果实。

我三表舅具备了上述所有素质，没有竞争者。他时年十九，就当上了民兵排长。此时，四百亩玉米正在扬花，和他一样朝气蓬勃。队长就说，桂阳，今年大秫秫长得好，你可要看住了。特别是东北拐子那里，靠二里坝，割草放牛的小孩你要特别注意。

三表舅扛一根槐树棍子，走马上任。他在东南角最高处，把四棵洋槐树用木棒连接起来，搭起棚子，好似瞭望哨。定时或不定时上去瞭望，然后就在棚子下编席子编箩筐。一个夏季下来，家里用不了，还拿到街上卖。有人就跟队长说，老扁是看青的，还是给自家编箩筐卖的？队长就跟三表舅说，桂阳啊，你要在心哪，不要让旁人说闲话。三表舅说，他说他的，我只管大秫

秫棒子一个不少。三表舅不怕人说还因为他是大姓,家族也大。

他巡视时还会学着电影里鬼子的战术,朝大秫地喊,快出来,我都看见了,瞧你往哪跑!喊几声,没动静,继续走。田埂上多是茅草,他的脚皮厚,茅尖不足以使他疼痛,秫叶纷纷从他膝盖以上划过,激动得像接受检阅。他大脚踏过,蚂蚱乱飞,青蛙扑通扑通,导弹一样潜入水中,少顷露出大眼痴望他的背影,吹着气泡,又回到岸边。

回到棚子下面,他要我教他认字写字。我那时已经小学二年级,在他看来已是了不起的文人。他是有志向的青年,而青年不识字就如同老年。他弟兄姐妹八九个,无一人识字,到了这个年龄还想识字,可见很有理想抱负。对于我这个只有七八岁的晚辈,他拿我当老师对待。他给我粘树上的知了,找坟头上野瓜给我吃,找不结棒子的秫秸给我嚼,甘蔗一样的甜。他以这些作为报答,算是学费吧。

他学字很特别,不是我们那种"大小多少,上下来去,东西南北"的学法,他是从村西头数起,把一家一家的家主名字讲给我听,然后,由我写出来,再教他那些只会说、不会认的家主名字。好在乡亲们起名字简单,没有冷字,也没有怪姓,我基本上都能写出来,可他记住很难。他一认错了,还不好意思,就说,你让我想想。一个暑假,他就认识了全村家主的名字。三表舅拍着我后脑勺说,等着,我再去打一棵甜秫秸给你嚼。

三表舅的意思,后来我知道了,他想当记工员。这个职务不受季节限制,级别也高点,有点文化含量,眼下他正在为找媳妇着急。大秫秫收完了,山芋长到鸡蛋大了,黄豆开花结荚了,还要继续看,不然,小孩子要尝鲜了。这时的田野,视觉好了,秫秸一倒,秘密去了大半。三表舅坐在大渠上继续看全村家主的姓名,边看边用树枝在地上写,写过用脚擦掉,再写。

三表舅结婚以后,不再担任此职务,居然做了副队长,成了老队长的助手,专门带领一帮年轻人干重体力活。看青依然需要,这时来了省城知青韩胖子。韩胖子外号叫八斤。这八斤是出生时的重量,曾经是省报的新闻,是社会制度优越、好日子的证明,后来成了乳名、流行名,全城一半耳闻。韩胖子就更适应这个职务了。除了传统的三个素质，人家还是初中毕业，不会因为要学认家主姓名而耽误看青。韩胖子的同学说，八斤是省举重二队的，有成绩。韩胖子刚来农村，弟兄们都去干又脏又累的活，唯有他整天像在散步旅游，站在树下，临风观望，好不自在，有时都有点忐忑不安了。韩胖子就想要用点成绩和真功夫来回报老队长的厚爱。

有一次，瓦房庄的牛闯进了八斤的防区，八斤知道大显身手的时候到了。他不去驱赶，而是抓住牛的尾巴不放，试图将其制服。那牛也不曾有过这样的经历，一时不知所措，拉开四条腿伸头等待这个蛮人下一步动作。人们看见八斤和牛角力，就围拢过来。有了观众，八斤情绪高涨，遂发力，把牛拖得连连倒退，牛蹄子几次差点踩在八斤的脚面。这时的牛才开始觉醒，知道遇到麻烦了，于是，发扬拉犁拉车的精神，一用力，把八斤拖倒在地。八斤捋了一手牛毛，眼瞪着牛哞哞而去。乡亲们并没有笑话八斤，反而说给邻村的人听。话到了十里之外，八斤就是传说中的武松再世了。

不幸的是，看青养成了八斤好吃懒做的习惯。冬季春季无丰收果实可看护，人家知青仍然每天劳动不止，工分依然不断增加，分到的粮油当然逐渐丰富，八斤就来靠山吃山那一套，到其他知青那蹭饭。可是一顿两顿可以，床头百日还无孝子啊，何况他们才是什么关系？再说这都是血汗换来的，岂能助长不劳而获之风呢？鉴于他的余威尚存，其他知青烧点稀饭先装着与他同甘共苦的样子，之后，悄悄地拿面去老乡家做饼吃。

八斤的特长是力大，若不是来农村，或许就是个奥运、亚运冠军。特长，是一个人发展的优势，用得不好就是劣势。一次几个人开拖拉机进城，在饭店喝完杂烩汤不过瘾，见饭店门口有一桶油，足有二百多斤，搁一般人，送给你，你也没本事弄回家。八斤眼睛一转，见四下无人，形势大好，两臂一夹，一桶油上了车厢。过后，饭店人见一桶油没了，愣了半天，只说是出鬼，没说是人偷。

偷油也许是他们聪明之举，但吃油就有点愚蠢了。有了油，他们用油如水，屋里整天热气腾腾，蒸蒸日上，香飘万里，炸完面条，炸薯片，炸了小鱼，

炸粉丝，反正有的是油。曾经的民兵营长朱秃子不仅政治觉悟高，嗅觉也超出常人。他逆风而来，闻香进屋，看见偌大一只油桶，就知道阶级斗争新动向了。

不久，八斤就被公安带走了，油也带走了。看青就没有了合格的人选。再后来，随着大家粮食够吃了，看青的意义也就不大了，乡亲们大多是看不起偷鸡摸狗拔蒜苗这类人的。

峰山有个看青的，本可以全国闻名，把"看青"载入史册。他徒手夺下盗窃分子镰刀，惊动全村、全县，很快惊动省报记者来采访。记者问，你为什么有这么大勇气？他说，是逼得。记者又问，当时你是怎么想的？过了半天，那看青的说，怎么想的？我想我要是不夺下他手中镰刀，我小命就没了。当时记者也没有今天记者的创作能力，听他此言，感觉这英雄既没有政治觉悟，也没有思想基础，壮举纯属保命，就放弃了这个选题。后来有人说，这个孬熊要是会吹能侃，说不定北京人民大会堂都去过了，说不定毛主席还和他握手呢。

看青就是看青的，一个人足矣。庄稼黄了，就是熟了，但没有看黄的，此时青黄已接，看青不是很重要了。有时上万斤成堆的山芋丢在湖里来不及运回，就得一伙人去看守。搭个一次性的茅棚，挡个露水，报酬有工分，还可以风月相伴，尽情烤山芋吃，火光熊熊，人鬼都怕。

下 放 知 青

1969 年冬天，大雪纷飞，天地苍茫，村庄似乎从地球上消失，要不是几只顽强的狗跑来跑去，我们连家的方向都搞不清了。男女老少在家里烤火的烤火，搓绳的搓绳，纳鞋底的纳鞋底，从不寂寞的小孩子还时常偷把玉米、黄豆丢在火盆里，啪的一声炸出一个花来，硝烟四起的样子，妈妈惊吓成怒，训斥、驱逐孩子。孩子跑了，剩下的只是寂寞，仿佛时间都凝固了。

就在这时，远方传来拖拉机垂死的吼声，还夹杂着敲锣打鼓的声音。拖拉机上有几面红旗，也冻得发抖似的，在冰天雪地更显眼。庄子上像通了电，呼啦一下，人们都好似被电击一般，纷纷出了门，三三两两聚在一起，议论纷纷。朱秃子扯着嗓子，大呼小叫。队长也在后面强调，快，快，都出来迎接知青。

拖拉机在泥泞雪地中，一路歪歪倒倒，终于到达大队部。车厢掀开，跳下几个花花绿绿的青年男女，村庄顿时多了几种颜色，亮丽了许多。这几个男女手里拿着网兜，网兜里有瓷盆有热水瓶，有靴子还有雨衣，有拎皮箱子和旅行包的，里面是什么大伙儿看不到，就越发神秘。朱秃子转了一圈，举起双手，招呼大家，来，来，欢迎，欢迎！一片稀稀拉拉的掌声，几乎和他头发成正比。队干部和公社来的人簇拥着知青去大队部腾出的几间房子。房子刷了石灰水，很亮，雪地一般。

过了半天，大家才知道，原来这就是知青啊！他们从省城来，他们有高中生，初中生，都有文化，识很多字。他们是响应毛主席伟大号召来接受贫

下中农再教育的。乡亲就开始谦虚,说,我们能教育什么啊,斗大的字不识几个呢。

知青刚来,是笑脸和锣鼓,还有细粮供应,还有畏惧和崇拜的目光关注他们,优越感依然不减。大家集体住在一块,说说笑笑,还蛮有意思,蛮新鲜的。一天就这样不知不觉过去了。晚上,小龙还吹起了口琴,是《莫斯科郊外的晚上》。班长蒋志红说,注意点,这是什么时候? 小龙说,这是什么地方,乡下二哥听得懂吗? 蒋志红就说,小龙,你这样下去很危险,我们是来向贫下中农学习的,不要老是二哥二哥的。

春节时候,公社考虑到这些孩子会每逢佳节倍思亲,于是,把他们都集中到公社食堂过一个革命化春节,有鱼有肉,还放了一场电影,总算把他们的"军心"稳住。

春天到来,雪化了,露出了土地。看清了吧? 这就是毛主席讲的广阔天地,来吧,孩子们,大显身手的时候到了! 知青干农活,开始难免有表演的动作。大伙都新奇,有的说像新娘子上轿,有的说像小鸭子下水,有的说像大姑娘绣花。老队长就说,你们少废话,哪有天生的就会庄稼活的? 大伙还是禁不住偷看他们的动作,只是不再议论。

很快知青感到了艰苦,开始还修修边幅,后来就率性而为了,衣服轮换穿,就是不洗。这个要病假,那个要调休,老队长仁爱之心,满口答应。蒋志红就说,你们这样下去,怎么向党交代? 蒋志红坚持和贫下中农一样艰苦奋斗,经风雨,见世面,两年后,被光荣推荐上了大学。老书记、老队长一致同意,一串红章,一路绿灯。临走时,蒋志红说,大爷,大妈,我还会回来的。结果听说十几年后在美国安家了。那是后话。

小龙这时才知道表现的重要性,和李亚男、刘思青几个成立青年突击队,决心晒黑皮肤炼红心,以此得到上级和贫下中农的肯定。刘思青吃不了那苦,半途退却,还和八斤一起去偷油,被抓住。关了几个月出来,继续回村劳动。女知青胡晓莹经不起劳苦,看不到前程,被民兵连长小疤瘌威逼利诱,搞大了肚子。胡晓莹写信给父母请示,父母不同意。胡晓莹说是连长,父母以为是正规军连长,也就答应了。现在再看胡晓莹,一点知青的影子都没有了,一个典型的农村妇女。满脸疤瘌的小疤瘌还经常给她罪受,原因是胡晓莹一度想背叛他。

几年后,小龙按政策回城,进厂当了工人。不久下海,发了横财,回到当年下放的庄子上,捐款铺了一条路,还给老队长带去脑白金。老队长说,小龙这孩子就是仁义。小龙说,老队长,要不是农村那几年,说不定我还真是个废物呢。看来这苦也不是白吃的。

历史不能复制,但值得回忆。2009年春天,我来到南京牛首山一个知青纪念馆,儿时模糊的记忆如在昨天。知青岁月,让我羡慕不已,感慨不已,人生的每一个足迹,深深浅浅,都是对大地母亲的追寻、回归。2010年5月1日,我见到了当年《知青之歌》作者任毅先生,一点看不出他九死一生的痕迹,言谈柔和,举止安详,对生活还是那么热爱,对未来还是那么憧憬。

下　放　户

与知青接踵而来的是下放户。知青是个人下放，下放户是一锅端，城里连张纸片都不留，全家老少，悉数离城。下放户似乎没有知青的待遇，搬家还有期限，也不存在欢送，搬家的车子是即将淘汰的三轮柴油车。在城里大马路上，三角形稳定性的定理是成立的，在坑坑洼洼的乡村路上，随时都有翻车的可能，下放户一家老小就宁可步行，也不坐车。据说，下放户不少是有问题的，主要是政治问题，放在城里不放心，下到农村分散开来，单门独户好管理。一经劳动锻炼，黑可以变红，坏可以向好的方面转变。

与知青一样，他们开始都很讲究，经常洗衣服，晒被单，门前一根绳子上经常花花绿绿的，是乡村的一道新风景。乡间孩童看了不过瘾，就在里面穿来穿去玩游戏，闻肥皂香味。下放户的主妇就惊叫，就呵斥，就驱赶，顽劣少年就逮牛身上虱子偷偷放在雪白的被单上，以示报复。

下放户最担心的是孩子，他们要念书，就要融入这些乡野的顽童之中。他们很多都是知识家庭，知道近墨者黑，近朱者赤的道理。尽管当下不太看重知识，但他们有远见，深知人类终究离不开知识。孩子们大的十几岁，小的七八岁，从书香扑鼻的庭院家舍来到这穷乡僻壤，家长们的担心是有根据的。

乡村没有学校，即使有，也就是三间草屋，两个老师，一个初中肄业的民办老师，一个小学毕业的代课老师。与其说是教育，不如说是放羊，老师只是负责看管而已。农村家长的期望就是不许孩子去玩水、打架，不出纰漏就行,等稍年长一点就回家种地苦工分。下放户的孩子想要正规教育,公社才有算得上是教育的完小和初中。乡村到公社有好几里,家长为孩子们准备好饭盒,配好饭菜,中午在初中食堂代饭。他们不买食堂的馒头,他们亲眼看见伙夫老向正和着面,两手沾满面粉,突然就去茅房大小便,回来手都不洗。

家长把唯一一辆自行车给孩子做交通工具。小家伙开始很优越,服装优越,饮食优越,动作优越,讲话优越,交通也优越,乡间孩子就挑战优越。他们还不知道虎落平阳被犬欺的格言,他们也没想做欺虎的犬,但是他们知道,你下放到我这里,住我们队里的队屋,烧我们队里草,你拃把(狂)什么?因此就去抢他自行车骑,乡下孩子根本不会骑,下放户孩子当然誓死捍卫。可乡下孩子人多势众,他寡不敌众,不服气就得挨揍。有个下放户孩子在城里是武术队的,会几路长拳,他不知道那主要是表演的套路,用此来攻击乡野顽童恶少,收效甚微,结果激起他们加倍的惩罚。

"城乡"矛盾日益恶化。校长就开大会,吓唬乡村,也教训城市,说,我们要欢迎城里的学生到农村来,这是中央的号召;城里的学生也要和农村的学生搞好关系,增进对贫下中农的感情,这也是中央的号召,谁不听话就开除谁。小孩子打架不记仇,过会就好了。再说校长说话了,中央也号召了,这样事件发生一次,就没有了第二次,不久这些城里孩子也很快被"乡化"。广阔天地的农耕文化,你离开吃喝你还神气什么?

城里的孩子去割草,去放牛,去偷瓜,去玩水,家长也不再过多干涉;细菌啊,病毒啊,卫生啊,这些词也就逐渐淡出了;也开始试着和队长、会计搞好关系。和干部搞好了关系,社员们就顺势而为,大家就和谐了。其实,农民的心里很脆弱,就是想要那点面子。你下放户要是早给他点面子,主动和他们打个招呼,递根烟,他们就诚惶诚恐,转而就要报答。分山芋,几百斤,没有运输工具,你只能肩扛手提,通宵达旦也运不完。老百姓和你处好了,他们会捎带你家的山芋,给你送去,一挑就是二百斤,更不会偷你家小鸡和香肠了。二羔子有次偷了下放户家的年糕吃,被他妈妈打得满脸手指印。

后来,上级估计下放户锻炼得差不多了,很多人被地方机关择优启用。他们都是人才,当医生的就到公社医院,做教师的就到公社中学,是干部的就到机关单位。我们县委书记就是一个下放户,劳动两年,一下子就做了县委书记。知情者就说,下放之前人家就是高干呢。回城政策下来,绝大部分争先恐后地走了,一小部分因为这样那样原因,无可奈何或心安理得地留了下来。他们习惯了这里的生活,结交了这里的关系,还有以空气好、水质好为托词、为安慰、为依靠,在此修身养性,繁衍后代。

当 兵 的 人

　　和平子那年当兵走的时候,骑着大洋马,戴着大红花,转了整个庄子,庄子上像是升起了红太阳。战争年代,这里是革命根据地,当兵打鬼子无上光荣。人民公社时期,农村人出人头地有两条路,一是读书,一是当兵。读书不易,当兵稍容易些。

　　贵友当了三年兵回来,早上还是按时起床,刷牙洗脸。起床号没有了,生物钟依然走着,门前看看,家后转转。没有军号激荡,没有一二三四的喊叫,部队的氛围就逐渐淡化了。不久投入水利工地,起床就得队长喊叫,好似军号的回归,但没有军号激越,动作也没有在部队那么麻利了。贵友刷牙从一天一次到两天一次,再到三四天,直至个把月一次。开始还说普通话,问什么东西都说"这是啥家伙",干什么都不说是干,而说是搞。现在又回归到方言中,人们就逐渐把他的军旅生涯淡忘了,他也懒得再重复部队的事情了。

　　庄子上每年都有去当兵的人,原先只要是去公社体检,就以为去当兵了。小肥猪的妈妈就抹着泪去河底船上买鱼,回来到门前沟边迟鱼。邻居间,我大娘啊,这不年不节的,买这么大鱼干什么? 小肥猪的妈妈含着泪说,小肥猪不是就要走了嘛,熬顿鱼给他吃吃。鱼还没有烧好,小肥猪回来了,血丝虫,去不成了。小肥猪妈妈长吁一口,去留无意,一副笑看花开花谢的情怀。可小肥猪却睡了三天,闭眼就是敲锣打鼓的欢送队伍,就是一身绿军装、胸戴大红花的情景。

　　当兵,对于农村青年实在是太重要了。就算今天去,明天上战场,那也

都是争先恐后的。事实上这些年没有打过一次仗,王大欢当兵三年还没有摸过枪。那小子在炊事班,整天比连长吃肉还多,退伍回来,虽说还是战士,可身材却像团长。不久被公社抽去食堂做饭,后来和马集街上号称小铁梅的刘红霞搞上了对象。这就更加激起我们庄上年轻人当兵的热潮。

庄子上青年大多不识字,但不识字有不识字的优点。识字人花花肠子多,不讲实话,明明想去当兵混个一官半职,把脑袋削尖往里钻,却声称是为了保卫毛主席,保卫党中央,还甘洒热血写春秋。小蛤蟆在带兵的问他为什么参军时,他说,听说部队红烧肉尽饱吃的,我就是为了混个肥肚子,弄两套军装回来找个媳妇结婚。带兵的咬牙坚持不笑,转脸暗称此人才是可靠的军人。结果,小蛤蟆没有去成,因为他连决心书也不会写。也是幸好不会写,要是按他说的那样写,被心怀鬼胎的人拿去,岂不大祸一场?

当兵的人有两次最为辉煌的时刻,一是入伍通知敲锣打鼓送来时,全庄子轰动,接着到城里换军装,全家亲友簇拥着,塞钱的,给粮票的,给糖果的,给煮鸡蛋的,给炒花生的……要不是带兵的禁止,恐怕还得再带一个大口袋。第二次是探家回来,多了帽徽领章,人也长高了,脸色也红润了,腰板也直了,词语也多了,一庄人都来看热闹,小孩可以得到小糖吃,老人可以得到香烟抽,还是锡纸包的。

过了两天,庄上人来的少了,媒人何彩霞就来了,还带着一个姑娘来,说,红花是宣传队的,湖里家里都是好手,干净调到,针线茶饭又好。当兵的若是将要退伍,就说,咱们去城里看电影吧,新片子;要是还有提干可能,就说,先认识认识再说吧。有的优秀的、走运的,当了军官就要毁约,就说没有共同语言。陈亚辉,高中毕业去当的兵,在家谈了一个民办教师,后来自己当了参谋,和师长的女儿搞上了,就借口原先老婆影响他不能安心工作,回来和她离婚。那女人也没有血性,就如胶似漆地死死缠着他,他就死死地打她,她宁死不离。最终事情败露,参谋受到军纪处理,转业回家,师长女儿也另换新欢,参谋恼羞欲绝,悔不欲生,和民办教师进入冷战阶段。参谋依然保持军人本色,对老婆战斗一直不断,直至失去战斗能力。

家里人最盼望的是孩子的第一封信,信来了,还得找会计来念。信上说,已经到了,请二老放心。第一顿就吃肉丝面,中午有肉,早晚都是馒头、花卷、稀饭,还吃榨菜。庄上人没见过榨菜,就乱猜一通。有的还说,我们部队就在六盘山下,就是毛主席写《清平乐》的那个六盘山。一封信带来了全国的信息,很快全庄子、邻庄子都知道了榨菜、花卷、六盘山。

时至今日,当兵的热潮依然高涨。不要说他们都有私心,我们这是一个具有革命光荣传统的老区,都是血性汉子,真要遇上打仗,绝不会有逃兵。部队也确实能锻炼人,亚洲在家时经常惹祸,警察经常找他谈话,后来去了部队,不到一年,军事技能就全团第一,成了优秀士兵,还荣立三等功。回家在路上一人制服两个流窜盗窃犯,不久就被巡警大队录用了。

进 厂 工 人

一是命,二是运,人老几辈子,想成为城里人,眼都盼瞎了,也是白瞎。有时,好运突然降临,你想躲都躲不掉。

那一年,上级决定在我们村旁建厂,需要千亩土地。土地是农民的命根子。几千年来,没地的人朝思暮想,盼望有块地,哪怕是立足之地。省吃俭用加血汗拼搏,刀光剑影加枪林弹雨,为了土地命都在所不惜。上级知道,土地与农民的情感,就决定土地带人。怎么带?我用了你的地,你的人就不必种地,去城里当工人。这简直是一步登天,还要土地干什么?

按土地面积决定带人数,一家可去一个青壮,老地丁优先考虑。有的队干部家里没有合适人选的,就连夜把嫁出去的、倒插门的迁回来,参加竞争。仪式是隆重的,先填表,政审,再体检,然后再择优录取。这期间竞争手段形形色色,可谓八仙过海,各显其能。硝烟散尽,最后通知下来,有谁没谁也就这样了,生米煮成熟饭,上级的决定,谁敢推翻?于是复又平静。

不平静的是那些榜上有名者,上午西大街剃头,下午牛市街洗澡,晚上到裁缝铺量身定做夹克衫,忙得不亦乐乎。那些小青年几天过后就穿上小白鞋和尼龙袜子。做老子的就骂道,你家哪个死了,穿这倒霉晦气的鞋?小青年就说,这是田径鞋,青阳城里哪个小年轻不穿啊?老子哼了一声下行音,不去深入理论,去叹息。女孩子几个星期就烫头了,头一次夜半未归。翌日回来,做母亲的看到闺女头发疯子一样,以为夜里受了非礼,就急问原委。闺女说,烫的。母亲拉过就端详脸皮,查看脖子,遂轻推开,长叹一口,说,我亲妈妈,幸好没烫着脸哪,下次可要留细啊!闺女嘻嘻一笑走了。

其实,在工厂也不外乎劳动,大小夜班,到点就要起床,可这时正在觉头上,一般懒散农民还不适应呢。问题是劳动和劳动不一样,人家在屋里,风不打头,雨不打脸,下七天七夜雨雪,人家照穿绣花鞋;天热了有电风扇吹,自来水手一拧就来了,厕所里都有电灯,这屋到那屋还有路灯,阴天晴天夜里都不走黑路;到月就拿钱,拿小本子去粮站买大米洋面;还有劳保福利,发肥皂发毛巾手套。简直把没有进厂的人羡慕得要死,昨天还在一起放牛的,今天到一起就天壤之别了。

进厂的人,还不时地回家干农活。一是怕家乡人骂忘本,二是家里需要更多的工分收入,没有嫌钱戳手的,这完全是锦上添花。有的青年家境宽裕,本人娇生惯养,就趿着拖鞋,拿着鱼竿在门前沟边钓鱼。树荫下,微风徐来,柳枝不时洒下黄绒绒的花朵,在误导鱼儿追逐;彩蝶在身后的菜地飞来飞去,金属感很强的蜻蜓却颤巍巍地停在水中的蒲草上;水深黑碧透,水面也颤巍巍的、亮亮的。青年掏根烟,点上火,惬意地吐口烟圈,斜靠在老柳树上,等鱼上钩。不远处,社员们正在晒肥料——堆积沤了一冬天的粪肥、草木灰和烂泥。翻的翻,抬的抬,热火朝天。

眼看到了婚嫁年龄,男女差距立即明显。土地带人进厂的农村女子被城里人悉数收留,近半数均被打折处理。而男的想找城里女人几乎比进厂还难。个别男的想实现当时"双职工"最高理想,和城里女工一谈,有的家长连人影没见就否认了。有的去见面,女方家长像审问反革命似的,问这问那,还提出比"三大纪律,八项注意"还厉害的要求,几乎没一个能达标或接受这些苛刻要求的。这时,这些进了厂的农村孩子看到,自己和城市的距离还很远,进了厂,只是成为城市人的万里长征第一步,还是老老实实、安安稳稳在乡里找个对象成家了事。

辉煌的日子直至下岗,但瘦死的骆驼比马大,他们还有养老保险,到退休还拿工资,反正老婆在农村,还有地,东方不亮西方亮,黑了南方有北方。土地带人的农村人还是幸运的。没有进城的富友整天说,还有比农民更孬的吗?

五　保　户

　　按理说,五保户是最自在的,衣食住行,生老病死,都是集体包下来的。但是,很多人不愿做五保户,有时还把五保户当作骂人的话来攻击对方——焦尾(yi)巴了——绝后代。此骂,恶毒之极。

　　几乎每个生产队都有五保户,多的五六个,少的一两个。这些人一般没有儿女,或光棍或寡妇,或残废或痴呆,不能自食其力,是弱势群体,社会底层。五保户还受年龄限制,比如光棍、寡妇等,须失去劳动能力才开始享受。

　　老十八是个天然的五保户,他还没出世,父亲即病故,吸着妈妈冰凉的奶头,不知妈妈已经咽气。他从小就寄养在他二爷家,队里每年给他二爷家一些粮食作为抚恤补贴。待到七八岁时,安排他去念书,念了三年,数不到十八。每年老师问多大了,他总说是十八岁,于是老十八的名字为他终身所有,是年龄,也是姓名。十八岁起,老十八开始给生产队放猪,一放就是二十多年,一窝猪由小到大,由弱到强,由少到多。老队长说,这孩子,你看看,念书不行,喂猪可是能手,三百六十行,行行出状元呢。有一段时间,老十八受母猪交配启发,陷入成家立业的思考中,一度歌声不再嘹亮——须知以前他每天黎明就起身,在庄子上东西来回,喊着一二三四的口令,唱着《三大纪律八项注意》,几乎成了全村的时钟。老队长就问,十八啊,这两天不舒服啊?去找小麻子看看。老十八说,我大爷,你有我大娘了,我没有啊。老队长说,个愣熊,什么都能比,实真想要,到秋给你划拉一个。老十八歌声复起,准点准时。有人问起,老十八,老队长真的给你找媳妇了?老十八斩钉截铁说,到秋!

"到秋"这个词一直被老十八引用到他人生最后一个秋天,"到秋"成了他追求的一个虚幻的节日,一个海市蜃楼的目标。老十八一生没有沾过女人,最值得他记忆的是贸然闯进大队部,看到小蛮子昙花一现的屁股,为此的代价是被老书记训斥为流氓分子。还有一次在医疗室看到妇女主任的屁股,老十八又蹦又跳地蹿出医疗室,脸如日出。走远了,还回头愣愣地望着医疗室,好像那里有定时炸弹。

庄上青年见老十八走火入魔,就男扮女装来骗他,骗他买烟,买糖。老书记就训斥后生们,你们哪个都想赚,他都愣实心了,你们还捂屏露出的干什么?后生们就不好意思再玩他了。晚年老十八买了些女明星的画子,贴在墙上,夜夜相会,天天意淫,度过了他人生最满足的时光。后来地分了,猪也分了,他也曾在毛主席逝世四年以后,还要找毛主席告状。虽然毛主席不在了,但毛主席思想还在,党还在,政府还在,大队给他吃了低保,逢年过节,鱼肉油面,队长亲自送来,够他一个月享用。后来,年轻书记三耳朵,看他生活不能自理,就安排他到敬老院,那里每天有人捧吃捧喝,有人专门洗浆,铺床叠被。别人打牌,老十八不懂,只能陪坐。看报纸只看画子,报纸拿倒了,还硬说,报纸上人都是头朝下走路的。后来听说和一个聋子老太太在一起,有点斩不断,理还乱。有人就报告朱秃子,说老十八要流氓。朱秃子瘸着腿,半身不遂地说,都这个岁数了,还往哪儿要?

大房子也是五保户,祖父辈弟兄多,他是老八的儿子,比他大哥的儿子还小八九岁。智力比老十八稍强,若是读三年书,倒是完全有把握数到十八的,可他天生与书有仇。他侄儿几次把他拖去学校,这边刚离开,他那边就跑了。稍大,队里看这孩子胆大,用其所长,就叫他看青,兼看临时露天的财物。他远远看见小孩子偷山芋,一声大喊,箭一般追去,直追得自己和小孩一起吐血。他最大优点是六亲不认,这个优点是保管和守护者必备的素质。有一次,队长在社场上看见南湖麦地几只羊在吃麦苗。队长说,大房子,你看那南湖麦地里是什么?大房子头一抬,立即刘翔一样地奔去。片刻,几只羊纷纷咩咩惨叫。

　　大房子也是一辈子未娶。父母去世后,后来也享受五保户待遇,但是他拒绝五保户称号,谁喊他五保户,就和谁翻脸。因为他一直生活在侄媳妇家,他从不认为自己是孤家寡人,侄男侄女成了他不是孤家寡人的重要依据。他也曾经有过老十八的困惑,而且和一个侏儒女孩结伴而行几次,最终在剩男不剩女的条件下,侏儒女高就他人。大房子毫不失落,一副去留无意,闲看雁来雁去,花开花落的大家风度。

　　五保户虽然名声不好听,也有人积极争取,比如朱秃子、赖毛他们,有儿有女,还整天要五保。老书记说,秃子,你又没焦尾巴,你吃什么五保?朱秃子振振有词,我那儿子跟废人一样,不差不多嘛,管他什么名声不名声,讨巧就好。

能　人

阴雨天气,四处湿漉漉的。最要命的是做饭成了问题,烟囱倒烟,烟赖在屋里不动,大白天满屋伸手不见五指。草在锅膛,只冒烟,吹一口气,就冒一点火星,不吹,浓烟更浓。一屋里人,不是喉痨气喘,就是泪眼婆娑。饭不仅夹生,还满是烟火味。主妇红着眼对当家的说,趁这雨天没有事,干脆叫富恒爷俩来支口炉底锅吧,我实在受够了。

富恒姓江,人称小能人,本村建筑掌门人,特别是支锅,堪称一绝。富恒支的锅是节能锅,去县里集中学习过,不少人白吃三天白米饭,唯一富恒把支锅的技术学回来了,这在农村就是一场厨房革命。以前叫地灶锅,和好薄泥,做锅膛,分三次完成。第一次,最底下是锅口,需要什么锅,就留多大直径,用薄泥做一个圆圈,一拃高左右,等两天泥干了,再来一拃高。到三拃高处,留个巴掌大锅门,就差不多可称作锅膛了,和成人膝盖等高,晒干,翻过来,底层变上层,放上铁锅,地灶锅就组装成功。对火,即可做饭。这种锅制作工艺简单,估计原始社会就开始使用了,优点是不花钱,但是烧起来,无论是做饭者还是烧火者都要受烟熏。

有一年,庄上绍民两口子收麦子回家,已是半夜,绍民嫌热,裸体贴饼,弯腰过度,忘掉裆下还有超长的物体下垂,搭在了锅帮上。等绍民跳开,海绵体的皮已留一块在锅上,散发出肉焦煳的味道,老婆闻到味道还以为加餐。绍民痛定思痛,决定也请富恒支锅。

这种锅,首先要准备土坯。土坯是砖头的原始版,和好泥,放入长形的

木框内，木框规定了土坯的长宽厚度。待泥按实抹平，拿掉木框，土坯成型，三五日暴晒，土坯可用，当然有条件砖头更好。砖头是经火锻炼的土坯，坚硬，不怕水，尺寸标准，支出的锅也秀气，特别是竖烟囱时大大减轻了工艺难度。富恒支的锅分上下两层，中间加炉底，下面存灰，空气流通，就燃烧充分，火力加大。炉底有卖的制式炉条，没有制式炉条，就找点断叉股、断勺柄、粗铅条排列在上，不漏草，只漏灰即可。锅台高于成人肚脐，大人易于操作，小孩还不易烫伤。烟囱直上屋巴，穿出屋顶，高出屋脊，烟顺着烟道，一溜烟似的高高飘扬。支烟囱要技术，功夫不到家，可能倒塌，可能在烟囱与屋巴交接处处理不好，不是漏雨就是漏烟。

富恒支，就尽管放心。富恒说，再给你锅台里面留个洞，加一个温水的罐子，罐子放在靠近烟囱与锅腔后连接处，既可利用多余之火，也不碍事，饭做好了，罐子里水也热了，冬天洗手就是享受。锅支好，有条件的用石灰把锅台上下粉刷一新，生活就立即变得生动起来，一家老小也激动。富恒点火试效果，火，腾腾上窜；烟，贼一样逃走，屋里明亮而清新，就连懒婆娘都要积极上锅台做饭。富恒还会写字，用红土和点水，棉花蘸红水，写上"节约粮食"或"连年有余"等。主家就要用新支的锅做饭，请富恒喝酒。富恒说，等锅台干了才可以，还是再烧两顿地灶锅。

像富恒这样的人，一个庄上一般不超过五个。全能的要数富恒，其他各有专长，比如小老头，他会抓鱼，空着双手，往沟边一走，黄鳝泥鳅、老鳖鱼虾好像在那里等他去拿。家里来了亲戚，他就说，你先坐坐，我去去就来。亲戚以为他去买菜，还客气地阻止。他说，我一分钱不带呢。一会赤脚拎鞋回来，兜笼里鱼虾翻腾。在洪泽湖，一片大洋江，他看准一个水泡，一个猛子下去，鱼就跟他上来了。人都说他是鱼鹰。习惯逮鱼的人和家庭都难以富裕，老百姓常说，逮鱼摸虾，误了庄稼。种地人以庄稼为本，鱼虾再好，不能当饭。信佛的贵安还说，杀生、吃无鳞鱼都要遭报应的。这话还真灵验，小老头一辈子光棍，没人嫁他。直到不能逮鱼的年纪，还住在破草屋里，但从不缺吃喝。

老县长不是真正县长，因为他说话和其他人不一样，满嘴大道理，一个农民，你哪来的这些名词呢？他的步伐也不是农民那样急急匆匆，他每天总是迈着八字步，上朝一样，乡亲们就戏称他为老县长。老县长也有绝技，不然他满嘴大道理也没人听。他会泥墙，他的泥抹子从来都是铮亮，也从来不借他人。他泥的墙能照人影，那泥是黄泥麦糠合成，要是用石灰沙子掺和，苍蝇都站不住。乡村在没有水泥地坪的时代，老县长泥的地面，一般人都不忍进入，即使没有看见城里人串门要换拖鞋，乡亲们进老县长泥的地面也如履薄冰，实在不忍心践踏啊。

能人还有老华，个大力大，却心细手巧，他会盘砖窑，泥土经火一烧，顿时身价百倍。盘砖窑，那拱形窑洞要是专家来讲，来画图，讲几何，讲力学，讲结构，足以使老百姓晕倒。老华什么也不要，用眼一瞥，几步量过去，图纸就出来了。什么解析几何，结构力学，咱不懂，也不需要，窑就是窑，就这样砌，不会倒，还省炭火。分田单干那段时间，河堤上排排砖窑，因为家家要盖瓦房，老华成了总工程师，整日有酒有肉，还发了一笔小财。直到水利部门反应过来，才停止烧窑。此时河堆都比河面还低了，唯有老华血压却高了起来，不过他的钱也够养老和降血压了。老百姓常说，学会羊角风，过河都不要船钱，可见技术多么重要。乡间很多家庭，眼看孩子做不了队长、会计，就想法子给孩子学门技术。

乡村的能人，是一个乡村的财富，乡村的骄傲，很受大伙尊重，日子也大多都过得不错。

大　支

在庄子上,婚丧嫁娶是经常发生的大事,特别是丧事,时间不固定,有时来得突然,事情就更大了。既然有这些经常发生的大事,就必须有大支。大支是乡村民选的非常设职务,很多大支相对固定,比如秀文、立成、富学这些人。婚丧嫁娶人家,一般都是当局者迷,心情纷乱,又缺乏经验,大支也就应运而生。

大支首先必须有很高的威信,好的人缘,几乎无劣迹于世;其次必须有很强的策划和组织能力,能驾驭、调度复杂的局面,还必须有丰富的社会知识,口才也是不可或缺的。

凡是家中有事,都先找大支来商议,请哪些人,买多少菜,摆多少桌,抽什么烟,喝什么酒,还有具体分工,具体程序,仪式的排场……还没商议完,主家就头大了,说,一切听你大支的。大支当然也会不负人望,既顾及主家利益、面子,也要来宾满意。

若是喜事,择好日子后,待催妆前两天,大支就得来,和厨子一起计划买菜,安排家里帮忙的人借庄上各家桌椅板凳,请登账的、写对联的,这都是前期工作。正日子头一天,即催妆,就得把凉菜卤好,大菜炖熟。厨子近水楼台先得月,大支首先得把厨子陪好。厨子多没有大支的素质,一旦不顺心,就会使坏,多一点,少一点,口味好,口味坏,损失就大了。

正日子上午,大支最忙,安排来客就座,哪些人坐一起,他得心中有数,年龄、性别、关系好坏都在考虑范围。有矛盾的如坐在一起,酒一喝高,就会借酒撒气,闹得大家都不愉快。有疏漏怠慢的要赶紧补救,道歉解释,特别是老舅爹这一级,你冷落了他,他会依仗特权,他就是砸你家锅你也得忍着。酒席结束,大支就慢慢轻松下来。事情结束,圆满成功,主家就千恩万谢,塞条把飞马烟以示重谢。

丧事很多是突发的,大支就更显水平,紧急策划指挥,报丧的,买黑布白纱的,找厨子,找唢呐班子,找给死者净身穿衣的、抬棺材的,以及还有很多和喜事类似的事情。真是千头万绪,全靠大支。在"开门"那天,即正式吊唁,磕头、送花圈、出礼、猪头祭等仪式逐一开始,大支指挥若定。中午有酒席,档次显然不如喜事酒席,但大家都不计较。这种氛围,喝酒也是无兴致的,除了酒鬼。若是喜事酒菜过差,就有非议,大支难辞其咎。

红白喜事都有乞丐搅和,放两个小鞭,要几十倍的回报。他们多是老江湖,按江湖规矩来刁难主家,若不答应条件,会召集众多乞丐在你家门前,扰得主家心神不定。为了吉利,又不便发火来硬的,否则更麻烦。大支若是老相家、老江湖,会先来几句春点,再用粉笔画一人在墙上,要乞丐们给请下来。若乞丐茫然不知,再问他他家门前几口井,来者若还答不上来,乞丐们会心服口服会地知趣离开,知道遇到上级了。大支就知道他们是个空子,翻不起大浪。

大支多年老,好像不过五十以后,还没有做大支的。可能这么复杂烦人的工作,毛头小子没耐心,无法胜任。

肉 头 户

我们村周满仓家是个"肉头户"。能称得上肉头户的得具备这几个条件:一、到青黄不接的四月天,他家还有油饼吃,去年的草还没有烧完;二、极少和人家来往,多是独门独院;三、性格内向,还会哭穷,谁向他们借钱,肯定没有;四、人家大多心灵手巧,也省吃俭用。能当肉头户很不容易,以前土匪会来骚扰,来抢劫,来绑票;共产党执政后土匪虽没有了,但庄子上会有人嫉妒,说闲话,敲竹杠,所以肉头户一般都很低调。

老周是从北乡逃荒过来的,到这里已经五代了,最早那一代来时还在清朝。他之所以能成为肉头户的很多基因都是老家带过来的。他家单门独户,显然是当年当地人排外造成的。他家从外表看像神秘的城堡,周围乔木灌木混杂密布,高低错落,风雨不透,墙头上还栽上蝎子草和其他带刺的植物。进他家,好似盘陀路,绕过猪圈,拐过茅房,钻过草堆,推开柴门,才进入院子。院子里还错综复杂地长有石榴树、桃树、枣树。西边是磨坊,黑咕隆咚,只给自家用,从来无人借用。东边是锅屋,冬天挂草帘子,夏天用树条编的门。梁上挂的是气死猫篮子,里面是剩饭剩菜。后边是三间正房,两道山墙,中间是当门地,是全家室内活动、偶尔接待到访亲友的重要场所。两头山墙开小门,前墙都有一个碗口大的窗户,西头老两口住,东头孩子们住。屋里霉湿的发酵气味常年不绝,但也很好闻。一条狗,整日睡在猪圈旁,一只猫、一只小鸟路过领土领空都狂吠不已。从整个格局上看,家里好像任何东西都只进不出,财气也绝不会外泄。

新中国刚成立时,他手里还有很多老头票没舍得用,一直收着,备战备荒,没事的时候还拿出来数数,数完,长吁一口气,心里很是欣慰,然后睡在床上,望着屋巴,琢磨明天的活动安排。几年后,他去买东西,拿着老头票给营业员。营业员一看,脸一沉,说,你等一下,我叫我们领导来……领导审问他从何来,身上怎么还有国民党的钱币?老周吓傻了,闭关自守,不知道世道变得这么快。后来老书记来带人,给百货公司领导说,他不是坏人,只是个肉头户,从没做过坏事,逃荒要饭留在我们庄子的。

老周回家见那花花绿绿的老头票差点心疼死了。没办法,舍不得当柴火,只好沤成纸浆,做了一个纸篓子盛东西。这事传出去,很多人幸灾乐祸,就说,不屈,哪叫你舍不得借给人家呢,成废纸了吧,揩屁股都不舒服吧?老周没有因此而灰心,擦干眼泪,勒紧腰带,继续勤劳致富,日子过得依然比别人家强。麦收时节,天不亮就把一筐桃子、杏子挑到青阳街,卖了好价钱。馋嘴的小孙子也没吃上一个熟透的杏子,他自己连个包子都舍不得买着吃,就接着下地干活了。家园里养着鸡、猪,还有羊,由于封闭,也不染病,都茁壮成长。庄上人估不透他家究竟有多少钱,而老周一直是裤子一条,褂子一件,老棉袄棉花露出一团又一团,穿了一年又一年。吃饭时,他家的前门总是关上的,吃油饼总是在晚上那一顿,吃过的鸡骨头、猪骨头都要埋起来。后来孩子们渐渐大了,经常在外面遭伙伴奚落,讽刺挖苦。肉头户是大人们对他家的称呼,孩子们有自己的语言,喊他家孩子小头猫,于是大儿子就把麦面饼拿出去给小伙伴吃,老周气得三顿没给他饭吃,骂他是败家星。

老周的儿子是个木匠,传承了父亲肉头户的家族文化,视财如命。在周满仓死时,他把他搁在院子里树下,不去立即请人来安排后事,而是匆匆往南湖跑。亲友们后来质问他怎么能这样,他解释说,我考虑过了,他放在院子里不会有人偷,可我那二亩西瓜就不保险了。

其实,老周这样的肉头户虽然丰衣足食,那全是靠勤劳节俭,精打细算,集腋成裘,要是和会计家那样的肉头户比起来,老周是可歌可泣的。会计家

算是肉头户,一年到头吃细粮,青黄不接的早上也要动锅铲子。会计娘子从不下地,棉袄是三面新的,褂子是的确良的,老奶奶给她做的鞋从来不穿,都是在大百货商店买的那种板绒大口鞋,还带祥的。他家也是长期关门,深宅大院似的,很少有人去串门。

会计老爹经常告诫子女,不能暴露家底。人家说小麦吃完了,你就说我们家也只有碗把了。会计做得到,老婆喜欢张扬。老爹就骂儿子说,你那个媳妇不管管,将来能坏事。

果然不错,"一打三反"时,其中有一反是反贪污,就有人检举揭发,会计娘子如何抹花露水,搽雪花膏,如何梳头油直滴,如何天天往小县城跑。三个"如何",钱从何来?一查,不仅把会计拿掉了,连老爹的保管员也拿掉了。老爹一气之下分了家,到南边大河堤上挖了个窑洞住,开荒、养鸡、放羊、砍树枝卖,自己动手,丰衣足食,几年过后,还是肉头户。

红　炮　手

　　不是军人，不在部队，没有炮，没有炮弹，却有炮手，而且叫"红炮手"。那是当时个别乡村，领导临时命名和授予的称号，是阶级斗争需要成立的组织。在"以阶级斗争为纲"的那年代，人被分成左、中、右三种。左，当然是好的、是革命的、进步的；中，是可好可坏的，看谁能争取过来；右，就是坏的，和左势不两立。在农村，那些老是讲落后话、风凉话，干活总是拈轻怕重，老是背地跟领导过不去、对着干的，领导就说这些人是右的，是坏分子，就要斗争。怎么斗争？先开会批判！

　　谁来斗争？这也和扫地一样，笤帚不到，灰尘照例不会自行跑掉。坏分子不会主动说自己是坏分子，也不会自告奋勇站到台上自觉地接受批判，最要命的是他们根本就不承认自己坏。于是，红炮手应运而生。领导把桌子一拍，说，把坏分子押上来！红炮手则爱憎分明，雷厉风行地把坏分子押了上来。坏分子还不服气，红炮手一边一个，一手按头，一手掀膀子。你不服气也无能为力，运动力学，反关节擒拿，中华国粹，你一个人怎能违抗得了？

　　台下集中不少社员，有积极分子，有随大流的妇女，其中也有些属于将要被吓破胆的四类分子，都坐那里一声不吭，只有在主持人呼口号时，才敢鹦鹉学舌地应声。领导开始历数他的罪行，随后要求大伙发言。首先发言的是青年书记，他上纲上线，批判这个家伙，偷集体树苗，破坏农业学大寨；破坏学大寨，就是反对毛主席；反对毛主席就该把他打倒。青年书记一番逻辑推理，把下面人推晕了。那个被批判的家伙才恍然大悟，茅塞顿开，知道

自己原来问题这么严重。于是就渐渐瘫痪下来,不再挣扎,红炮手得以休息片刻。接着还是发言,有的人就满腔怒火。可是发言人文化不高,不仅没有青年书记的逻辑,而且还常常把事情讲反了,更有甚者,自己还做起了检讨。那个坏分子倒清醒了,他妈的,我问题有那么严重吗?就把腰板直起来。领导喊:红炮手! 红炮手迅即上前,强迫那坏分子再做腹背运动。

一度时间,红炮手在个别乡村,就是一支武装力量,而且特别能战斗。他们立场最坚定,身体最强壮。红炮手,红是思想过硬,炮手是战斗力坚强,两者合二为一,攻无不克,战无不胜。他们养兵千日,用兵一时。尤事时在大队部打牌吃小灶,有事也就是抓个人来批斗批斗。一时解决不了问题的,即认识不到位,态度不老实,就得关押,继续帮助提高认识。山芋窖是关押的最佳地点,只有一个通道,四壁是地壳,坏分子插翅都难飞。看守的红炮手有夜餐、有工分,白天睡觉还有工分。你坏分子什么也没有,还不让睡觉。两天一过,不怕你脾气暴躁,不怕你不服气,最终都痛哭流涕,跪地求饶,赌咒发誓再也不敢了。

红炮手带来生产力的解放,社员们热情高涨,上工的速度,劳动的进度都有明显提高。红炮手功不可没,于是,作为回报,有的入了党,在党旗下宣誓为共产主义奋斗终生;有的提了干,决心再接再厉,百尺竿头更进一步;有的推荐上了大学,还保证把这优良的战斗作风带到学校去。只有朱秃子的二儿子和平子,干了三天红炮手累出疝气,失去士气。朱秃子直骂儿子没出息的东西,经不起考验!

红炮手一夜之间说没有就没有了。而这种没有建制的力量,没有法律约束的组织,总会以不同的形式,出现在不同时代,且常常以"管理"冠名,这当然比"打手"的名称文雅、好听多了。

四 类 分 子

　　一娘生九等，人分九族，还有四类，在乡村，地主、富农、反革命、坏分子统称"四类分子"，在电影、戏剧、小说里统称反面人物。在乡间以地主、富农居多。他们在政治上没有地位，只许老老实实，不许乱说乱动，平时干活要带头，脏活累活不许讲条件。如果这样，一般没有什么麻烦，听说蒋介石要反攻大陆，气氛就不一样了，老书记，民兵营长，治安主任，三六九就把四类分子叫来训话，要他们交出变天账，丢掉幻想，不要白日做梦，还把我海岛民兵捉特务的报纸给他们看。

　　四类分子家庭，多识字，家中还有藏书、字画等。尽管多次抄家，对于祖上遗物他们还是拿命来保护的。其实，他们受的教育和贫下中农都是一样的，无非四书五经。他们怎么也想不通，说剥削，我也没有剥削；说勤劳，我也没少吃苦；说享受，也无非就是比一般人家多吃几顿面条，现在穷富还不是一样吗？

　　我认识一个老地主，叫江善良，壮实如牛，善良如羊，父辈勤劳，苦点银两，买了十几亩良田。日子刚刚过好，土匪闻讯而来，父亲被绑了肉票，还失去一只耳朵。土改时，被划为地主，于是，家境不再宽绰，子女来到世上就低人一等。五个儿子，都是犍牛一般，若是当兵或做工，必是勇士模范，可是任何希望都不会拥有，老老实实在农村劳动是唯一出路。

　　很多四类分子的子女，即使才貌双全，也得降级婚嫁，如花似玉的女孩子，找个疤瘌麻子的贫下中农是个常事。老队长三儿子看上一个地主女儿，

不仅部队警告他是想提干还是想站错立场，连老队长都差点党内严重警告处分。

江云高，出生在新社会，是个进步青年，劳动积极，表现突出。老书记说，这个孩子要当着可教育好子女的典型来培养，还给他一个预备团员的荣誉。他按照老书记的教导去做，去和地主父亲划清界限。这界限很模糊，一锅吃饭，一屋子睡觉，他又没有独立能力，这样划了十几年，界限也没划清。后来时代变了，他也不再年轻，也用不着划清界限了。

他年轻时想当兵想得几乎发疯，血书都写了，也不行，还要考验。等到江云高的孩子能当兵了，小子死活都不去。

四类分子中有没有坏人？肯定有，其实哪个社会都有巧取豪夺的富人，为富不仁，不是随便说的。有几个有钱人看得起穷人？能帮助穷人？有些富人即便慈善义举，也是各有所图，心怀鬼胎。很多地主坏在老婆身上。陈大眼是个地主，和庄上乡亲相处很好，就是老婆会惹事、会张扬。她喜欢当着穷人面前说，猪肉腻人；会把雪白的馒头当人面扔给狗吃；和同村的妇女说话，每句话都在人家话上面；经常数落人家孩子脏，不许人家小孩到她家找她的孩子玩。这些后来都成了陈大眼的罪行，每次批判时，就把这些罪行复述一遍。陈大眼暗自叹息，妇人不贤，家必遭难啊！

我们村里的个别四类分子我还是喜欢的，也许那时我还小，不懂阶级斗争。我喜欢他们的理由很多。有的善良，我们去玩，像接待贵人一样，这是在其他人家没有这样礼遇我们这些调皮鬼的；有的有本事，汪小鬼会针灸推拿，捏捏揉揉就叫你愁云密布的脸顿时笑逐颜开；有的家里有古书，即使看不懂那字，看那古人画像也很迷人；还有的会乐器，叫他拉一个歌子，他就会拉出来。正是这些四类分子，活跃了乡村的文化，传授了技艺。很多贫下中农子女后来有了出息，启蒙老师还是这些四类分子以及四类分子的子女。

媒　婆

　　乡间爱情是含蓄的，自由恋爱讲了多年，就是自由不起来，哪怕夜夜想得翻身打滚，白天见了一点动静也表示不出来。如何捅破这层窗户纸，跨越这个鸿沟，加快男女联系、联手、联欢的速度？媒婆就是解决这个问题的关键人物。

　　胡三老婆，人称何仙姑的何彩霞就是媒婆中的代表人物。她口才好，泼辣大方。遇到羞羞答答的双方，她就现身说法，讲自己如何去敲胡三的门，如何让死心眼的胡三开窍的，说到高潮处就假装害羞一笑，把女孩子往男孩子身边一推，说，好了，自己去学着谈吧，我的任务完成了。何彩霞那现身说法不是胡说八道，她一番添油加醋的婚恋历史，把男女青年的距离、胆怯、虚伪一下子去掉百分之九十，开始你一言我一语地叹服人家何彩霞的潇洒、大方，很快就当着榜样学起来。当何彩霞下次来问进展如何了，人家已经把该办的办了，不该办的也都给办了。

　　庄上人都喜欢找何彩霞说媒，主要是她的成功率高。本来看双方差距较大，没什么戏唱，经她导演一番，重新编剧，于是，起承转合，一台戏就演出成功了。民兵营长朱秃子二儿子找对象，找了几个都是秤砣打锣—— 一次性交易，女方好似鳌鱼脱得金钩钓，摇头摆尾再不回。何彩霞就说，不怕你秃能，再找，恐怕连相面的机会都没有了。朱秃子这儿子小时发烧，烧过了度，把温度表给顶爆了。后来烧退了，脑子不好使，讲话表达也有问题，但是干笨头活计还是可以。何彩霞来到大刘庄，找到上次相亲没成的那家人家，说，大热天，我也不图什么，我大老远来你家，完全是为你家好。朱营长那儿

子，要个子有个子，要吃苦能吃苦，你嫌人家不会说话，人家又不是广播站的。话说回来，我们庄子油嘴滑舌的二流子多得是，你要不要？这孩子天生老实，别看他表面愣不呱唧的，实际上心里一肚子数。你要是嫁给他，管你一家都享福。你说他呆？那是老实、憨厚，你进门就当家，还不是什么都听你的？你们难道喜欢猴子手的男人，家里事不问，尽在外面打野？再说，他大大还是大队干部，吃蚂蚱少不了你们家大腿，这样家庭你哪里找？

何彩霞吃饱喝足回到庄上，朱秃子急问如何。何彩霞说，准备钱，到秋带人！朱秃子高兴得直搓手，说，何仙姑奶奶，死人你也能讲活了。何彩霞就说，你不要要嘴皮子，这六月辛天的你还能让我白跑？朱秃子说，你放心，到时我保管上席是你坐的。

何彩霞似乎还有跟踪服务，终身保修的本事。由于她的游说近乎文学化，与事实就难免有了差距，有的家庭就不和，就吵架，就要闹独立。这时，弱的一方依然求救于何彩霞，或者质问何彩霞为甚与事实有出入。有一个男的嫌女的不会做饭。何彩霞说，那你干脆去县招待所吃，叫王胖子单独烧给你吧。家庭过日子，又不是下饭店，讲究那么多有什么意思？再说，新社会男女都一样，你觉得不合你胃口，你自己做顿把看看？女人在一旁有救兵似的，说，他连水开不开都不知道呢。何彩霞就说，哎呀，你也少讲两句，没事跟大为妈妈学学，看人家那饼是怎么烙的。不一会，两口子就消气了。有个人当了小队会计，就嫌老婆老了，整天阴阳怪气地对待她，还听说和三凤子钻高粱地。会计老婆找何彩霞算旧账，说，那时可是他来求我的，你不说他老实吗？何彩霞无语，就去她家，共同回忆当年情景，语重心长对会计说，你家孩子妈当年也是小大姐啊，她变老了，难不成你越过越年轻吗？你想漂亮的，青阳街剧团里多着呢，恐怕你养不起，人家也不要你。小队会计被说得不好意思了，开始忆苦思甜，不再阴阳怪气了，安心过日子了。

何彩霞没有从事外交工作是一大损失，如果有良好教育，必是出类拔萃的外交人才。朱秃子说，你将来死了，给你那嘴留下来。何彩霞就说，人家不常讲秃能秃能吗？朱秃子就只有讨好地笑了。

兽　医

兽医并不是每个大队都有，只有公社兽医站才有。一个兽医要负责几个大队，所以，社员们隔三岔五就能看到范兽医，武工队一样骑着自行车，自豪又庄重地穿梭于各个庄上。兽医公私兼顾，看生产队的牛马，也看私人的猪羊。给生产队看牛马，是公事公办，报酬由公社统一处理；给私人看猪羊，不是招待，就是掏钱。

兽医的行头很简单，一个皮革制成的夹子，形如扁长的葫芦，一拃长，里面排满大小标枪形刀具，锋利无比，这些都是劁猪骟牛用的。还有就是一个不锈钢的注射器，中间只露出一道窄窄的玻璃，上面有刻度。兽医只带青霉素，当时是万能药，不管猪羊什么病，都用青霉素。

到庄子上的兽医，一般不用药，用药那是重症了，得去兽医站。范兽医主要是劁猪骟牛。有人传说，范兽医骟牛，不要捆绑，跟在牛身后，趁牛不备，手出刀随，牛只觉得被牛虻咬了一口，微微一颤，牛蛋就下来了。据说县里兽医大比武，和上塘老兽医宋保干不相上下。这都是历史，我们看到的，他多是劁猪。

社员家一般喂母猪的，猫三狗四，猪五羊六，猪五个月可下一窝，一年能下两窝，一窝下十几个猪崽就能发财。卖钱多的是肥猪，肥猪必须经过绝育才能肥起来。要不然，公猪思淫欲，母猪忙生崽，就是恶性循环了。兽医的能耐就是使它们绝育，然后安心长肉，先把你当大爷养着，肥了，养他的人就是大爷了。

小猪仔到了一个月，断奶了，就要绝育。这时有的已经春心萌动，事不宜迟，大了也不好手术，影响健康和长肉。兽医来到主家，主家说，不

忙,先歇歇,吃颗烟,喝点茶。兽医问,下多少啊?主家说,十三呢。兽医说,你家抨到了,到秋还不盖大瓦房啊!主家谦虚地嗯嗯,不做回答,心头暗喜。

主人把老母猪引开,就开始逮小猪,顿时一片唧唧哇哇,撕心的喊叫,响彻云霄,惊动村野。老母猪被关在圈里呜呜地不满,昂头,撞墙,几个人轮流给范兽医递上不甘就范的猪仔。兽医坐在小板凳上,从容不迫,一一发落。公猪好办,性器外露,一刀划开,两指一捏,睾丸突出,一刀两断。兽医拍一下猪屁股,挤出尿来,就松手放猪。被阉割的猪仔哼哼唧唧,战战兢兢围在一起,不知发生了什么。母猪比较麻烦,兽医需要水平,那得从猪仔下腹部划开,理出一大段肠子,所谓"养肠",找到一个"花头"割掉,然后还要用线把创口缝上。技术不行的兽医,处理不好,可能感染,可能死猪。一般人家都找有把握的兽医,一刀下去,花头就出来。有的就得找好长时间,猪就受罪,即使活了,个把月也算白喂了。还有的兽医,手术不彻底,性功能仍在,使猪仔凡心不退,容易减肥,不能集中精力长膘。

猪仔阉割完毕,兽医洗手,眼久久地盯着一群惊恐的猪仔,说,那一个,你看,嚓嘴头那一个,是约克夏种,三百斤没问题。这时,主家锅屋飘出香味。兽医就说,简单一点,昨晚酒性还没退呢。主家说,回头叫老书记来陪你喝酒。兽医就说,乖,我喝不过他,我就怵他。

书记、会计如期到来,兽医正在把战利品——小猪蛋往包里装。老书记不是一般社员,他不需要尊重兽医,就说,没有个屌出息,小猪蛋也是好的,炒给我们下酒。兽医说,不是我没有屌出息,是公社孙委员要我给他留的,给他孩子吃气管炎呢。书记说,小猪蛋还能治病?兽医说,那当然,你那家伙要是不管经,给你弄几个试试,包你跟棍似的。书记摆摆手,说,乖,你讲讲就下线了,那留你用吧,老母猪见你都走不动路了呢。于是几个人拉拉扯扯、说说笑笑往屋里去。

兽医早上大多是醉意朦胧,在乡村的小路上,自行车蛇游一样,嘴里唱着"甜蜜的工作,甜蜜的工作,无限好了喂……",找到一棵大树,朝上撒尿,水花四溅,还四下望望,完毕,把那物抖抖装进裤裆里,浑身一激灵,好似想到劁猪的情景。

合作化时,兽医还有牛马生死大权。那年月,死了牛马,公安要调查原因的。失职的要处分,故意的要判刑。只要兽医说,这病就是不治之症,神仙也没办法。饲养员就没有责任,继续干这个轻快的活计。牛死了,兽医要来验尸。验过尸,剥皮,去骨,炸肉,喝酒。社员们拿碗盆来舀汤喝,孩子们抢骨头,苍蝇一样,挥之不去,驱之又来。队长把牛头扔进塘里,孩子们捞上来继续敲骨吸髓。

只有任四爷看着牛皮,眼睛发红,用扫帚在牛皮上不停地打扫…… 现在,很多医生对病人,还不如那时兽医对禽畜负责呢。

剃 头 匠

我见过小双妈给小双剪头的情景。那时，庄上没有剃头匠，小孩子头发实在长了，长到和野人一样了，母亲就用缝衣服的剪子把孩子的头发一截一截地剪短。短发效果达到了，审美价值没有了，梯田一样的发型，局部还露出头皮。稍大，孩子们就反抗这种行为，自觉自愿地在剃头匠面前低头。

一个大队有一个剃头的，就是这个大队福利，剃头的也是这个大队的明星，热点人物。即使他家庭出身不好，也不能剥夺他的劳动技能。一旦剥夺，全庄老小头发疯长，个个都像贼、像坏人一样，还怎么好意思说他是坏人呢？头是一个人的形象焦点，发型就是头颅的外衣，稍有点身份的人，没事就想叫剃头匠把自己头发收拾收拾。

剃头匠平时正常干活，中午早晚，茶余饭后剃头。集中剃头的时间是下雨天，地里活不能干，头上的活就忙了。很多人就集聚在剃头匠家，一个一个排着来，除了队长和其他领导，他们说等会有事，就得他们先来。反正下雨天没事，多待一会，也好听剃头匠说笑话。剃头匠接触人多，收集信息也多，为了打发那剪子咔嚓咔嚓的单调响声，就讲故事，讲见闻，讲笑话，大伙听得也不急，一上午就过去了。再看地上一片漆黑，全是毛发，剃头匠扫起来，堆在那里，公家不收，他就洒在地里做肥料，很壮。

剃头的报酬，开始是社员拿工分去，作为代金券，二分工剃一个头。后来队长为社员着想，干脆集体结算，所有社员包给剃头匠，年底兑现，粮草皆得。剃头匠也乐意，都远亲近邻的，抬头不见低头见，那二分工分票收还是不收,双方都不自在。不收,自己吃亏;收了,心里不踏实。难免有人在背地说,那夯熊只认钱,不认人了。

那年月,小孩一律光头,几剪子下来,斩草除根,光秃秃灯泡一样。这样周期长,一年三刀足以。成人,特别是到了谈婚论嫁年龄的青年人,就要讲究,时常到剃头匠家切磋发型的塑造,指点剃头匠,这里留长一点,那里剪短一点,还要光胡子、光脸。老队长来,不仅理发,还要掏耳朵。他耳朵常常堵塞而听不到鸡叫,误了喊人上工。小孩子剃过头就走人,不洗,简单快速。夏天就一头跳进剃头匠家旁边的沟里,几个猛子一扎,就算洗了。成人知道享受,还要洗头。剃头匠家里有炉子,冬天也有热水,但限制用,一般洗头不超过两遍。毛巾把头湿过,抓把碱粉在头上搓,头皮被烧得发热,被烧的人还叫好,说,煞痒啊,虱子这下该死光了。碱面化开,用水冲洗,顿时一盆水酱油似的。

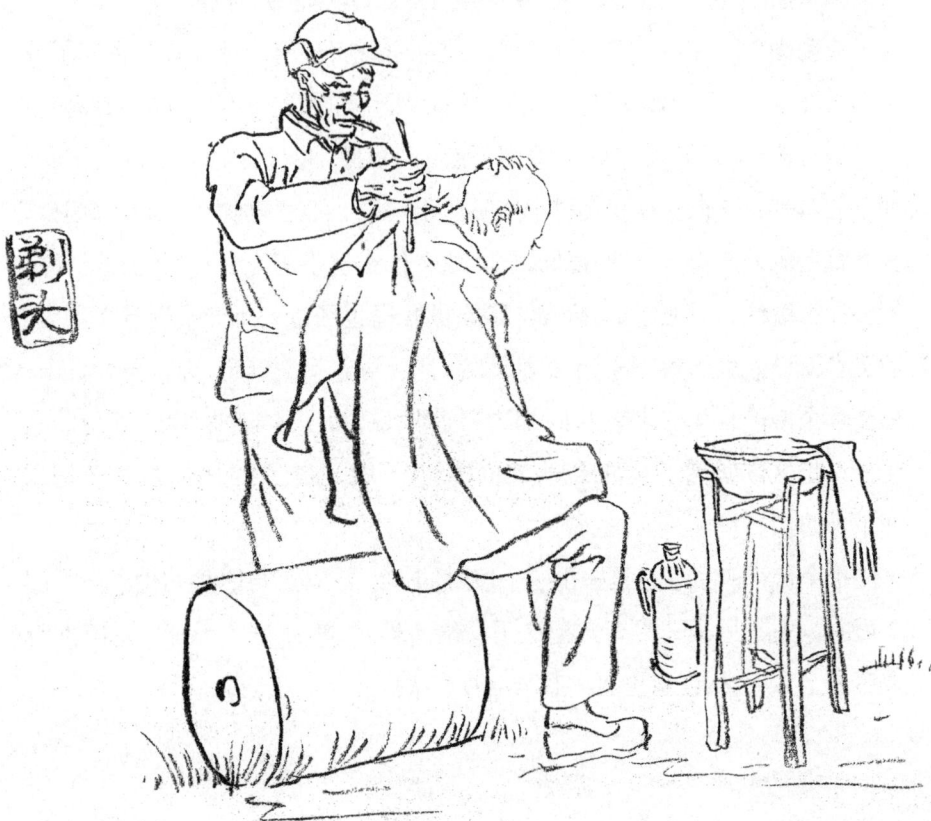

刮胡子是剃头匠最高境界,据说会刮胡子还不算本事,能磨好刮胡刀才是真功夫。那刀锋利无比,风吹头发,触之即断。忠孝不全的徒弟,师傅都不会教的。不少徒弟出师,还时常来找师傅磨刀。不服气的就自己磨,一磨就毁一把。剃头匠一把刀可以用十几年,那刀不仅钢火好,还不生锈,关键会用、会保管,就是老祖宗也不能给他乱摸。那块帆布,似乎也来之不易,常年牢系在那笨重的木椅子把上,刮胡子光脸期间,不时地左手拉直帆布,右手持刀在上面反正摩擦,帆布由白而黑,油灰铮亮,越旧越显得剃头匠的资历和水准。好刀好技术,刮在脸上,嘶嘶作响,心里都快意非常。反之,呼哧呼哧,刮过之后,脸上针扎一样,火辣辣地疼。

一般正规剃头匠都要拜师,过去得三年。三年期间主要是挑水、烧水、扫地,给师傅捶腰洗脚。有时师傅高兴,就教几下拿剪子,如何下剪。对于有培养前途的还教些江湖术语,以便将来走江湖不吃亏,好混。

流动剃头匠往往对这些地方剃头匠冲击最大。有一年,从北乡来了一个剃头匠,挑着担子到我们村子里。他说,听说你们这里有钱,剃头勤,俺就来了。有道理,穷的地方剃头都剃不起,只有像小双妈妈那样,自家了断。那个北乡剃头匠很快在我们村子里站住了脚跟。他手勤嘴甜,到一家门口,张嘴就是俺大娘俺大爷的,摆好摊子,缺个什么也不需配,乡亲们被他一喊,就要什么给什么。他仔细,给人洗脸连鼻孔里也经过一下。虽说意义不大,被洗者就说人家周到心细,于是就开始对比,对老剃头匠说,你再不好好干,就被那个侉子顶了。老剃头匠竭力平着气说,顶了才轻快,我还真想歇歇呢。说是这样说,十几年的统治地位被动摇,就是自己主动放弃,也还是恋恋不舍的。

那个侉子剃头匠在这里干了一段时间,晚节不保,与四寡妇生了一个闺女后就消失不见了。四寡妇把这闺女给人养了,那家是个干部。这闺女听说后来上了大学,在省里大学教政治哲学。

锡　匠

我们村里有个锡匠，是个瘸子，人称"锡瘸子"。锡匠这一行在当时属于高科技行列，适合到集镇，于是他就搬到了街上。别看人家身体有残缺，但人家干的工作却是修残补缺。他虽然身居那小街的拐角里，可谁都知道那个地方。那个地方因他而出名，好比曲阜，若无孔子，恐怕知道的人要减去百分之九十。

锡匠的腿要靠拐杖支撑方能站起来，可是搞这行工作不需要站，更不需要走，只需坐那儿，腿，似乎还是多余的。

每天早上，锡匠摇着自己仿造的手摇车，摇摇摆摆来到那个地方。那个地方似乎是他的专属经济区，谁也没有异议，也没想过来霸占。他每天到了以后，开始生炉子。炉子不烧煤炭，那时煤炭还没有时兴到小城，他烧的是干柴，准确点讲是树根。柴火灭了，留下火红的木炭，他就把一块块铁块放到火里，然后在箱柜里往外搬东西，小锤啊、錾子啊、钳子啊，还有皮围裙。皮围裙乌黑发亮，往膝盖上一摊，进入工作模式。他拿出昨天尚未补好的茶壶，先敲掉里面的茶垢，再用抹布擦净水汽灰尘，然后从炉子里夹出一块红铁，往那锡块上摩擦一下，不知热气还是烟气，骤然升腾，一团沸腾的锡水在红铁上挣扎，他迅即把那挣扎的锡水点到茶壶的裂口上，那锡水顷刻平静地、心甘情愿似的贴在茶壶上。

不一会，顾客就纷至沓来，有拎漏斗的，有拿洒水桶的，有提挑水桶的，还有拎茶壶的。锡匠把活一个个接下来，先是诊断，再根据难度的大小，说

出大致需要多少钱。有的很破旧了,锈蚀很严重了,没什么价值了,他就劝客户不如买个新的。整个过程有点像医生接待病人。

锡匠不光是修补焊接,他还制造一些家庭用具,凡是铁皮可以做的,他都会做。有人就说,瘸能瘸能,他做的锅子跟百货公司卖的差不多呢。人家就靠一个小锤,一个大剪子,剪来剪去,敲上敲下,叮叮咚咚,一个桶,一个盆,半天就出来了。别看人家腿没劲,人家胳膊那力气,你连腿加上也没他那劲大。有一年,有两个利令智昏的地痞来抢他钱,他就坐那儿,一手抓一个,手似铁钳,把那两个地痞钳得在地上直打滚,如出水落地的泥鳅。事后两个痞子都说那瘸子是武林高手,有绝技。殊不知,那是上帝的公平,腿不行,手一定要行,医学上讲是功能代偿。

锡匠心灵手巧,生意红火,日子富有,被乡村美丽的姑娘看中,嫁给了瘸子。小城很多自以为是的人就嫉妒,就不服气,就来占那姑娘的便宜。锡匠家铁器多,随手都能成为武器。那些自以为是人就说,一个瘸子有什么了不起,你看中他哪里了?我哪儿不如他?姑娘说,你哪儿都不如他,他瘸子又怎么样,是没有你能干,还是没有你聪明?

锡匠的三个儿子,老大考上了大学,学的就是船舶焊接专业,小城轰动,估计现在都参加航母建造了;老二参军,当了指导员,不搞焊接,搞团结,定军心;更绝的是老三,学习成绩虽说不好,人家被选上省体工大队,专业就是长跑,把父亲一辈子没走的路都跑完了。

弹　棉　匠

　　一场秋雨一场寒,十场秋雨要穿棉。主妇翻出棉衣棉被,开始整理,那里面的棉花都死板了,成团子了,发霉了。棉花要暄,否则即使是新面子、新里子也没有意思。要使棉花焕然一新,暄如发面,更加温暖,就要请弹棉匠。

　　庄上请来的那个弹棉匠像是威虎山下来的小土匪,戴个瓜皮帽子,还耷拉着两个长长的帽耳朵,鼻涕总是源源不断。为了不影响弹棉花,他的两个袖头就轮换清除鼻涕,有点邋遢。棉絮弥漫,他整天像个雪人,眉毛都是白的,又像个圣诞老人,给人洁白无瑕的感觉。

　　弹棉花的弓很像二胡、小提琴的弓,只是很大,是二胡、小提琴的弓数倍,这就赋予它产生音乐的可能。弹棉花弓上不是马尾,而是一根牛筋,它连着弓子的两端。牛和马也是有联系的,所以弹棉花的弓,真好似一个乐器。

　　弹棉花开始前,他选择一家宽敞的地方,找一个大床,上面铺上席子,把要弹的老棉花撕成碎块平铺在上面。他像吉他手一样,把一根带子系在脖子上,挂住棉花弓,左手掌握弓的方向,右手拿一个类似哑铃的木器,不是弹拨,而先砸再刮,触动棉花弓上的那一根筋,那根筋因此而振动。那根筋与棉花若即若离,砸与刮以大约每分钟四十拍的速度进行,振动产生的弹性和冲击波使棉花飞舞起来。

　　随着那一根筋翩翩起舞,发出蓬蓬的声音,开始音高一直没有变化,听听就单调了。再过一会,不知是弹棉匠也感觉到单调了,还是他有点吃累,

或是那一根筋松紧程度开始变化，这时，声音也开始变化了，旋律感就越发清晰而强烈，不仅节奏变化，音高也在变化，就连调式调性也在改变，听起来既是弹棉匠独立创作的曲子，也可以和你熟悉的旋律混在一起，你想它是什么旋律就是什么旋律。

半个时辰过去，棉花原来死面饼一样，现在全是泡沫了。随着那弓子不断抬高，棉花也随之上升。主妇在一旁看得满心喜欢，就说，行了，行了，给我网线子吧。演奏停止，弹棉匠把弹好的棉花铺平，开始用细线经纬长宽，把棉花固定在细线里，缝上被里被面，一床新被就出来了，松软、轻盈，更暖和。

吃饭的时候，弹棉匠口袋里有玉米面，见人家锅上有块空地，说，这地方不用也浪费了，就自己动手把面调好贴在锅上。主家说，来喝点汤，他就去喝点汤。主人家说，饼要是不够吃，那面条你吃吧。弹棉匠知恩图报，主家弹的棉花也就免费了。

嘭嘭的弹棉花声很快就响彻全村,需要弹棉花的人家就大包小包往这扛,看见屋子里如雪如雾,就在门口迟疑,故意大叫,人呢,人呢?就是大叫,弹棉匠也听不见,直到看到外面人影憧憧,他才放下棉花弓,出来接待业务。弹棉匠称称各家棉花重量,用圆珠笔在包棉花的单被上写上姓名,说,管了,后天来拿。来人还要交代,要弹均匀,不能折秤扣秤啊。弹棉匠就会发急,说,我这也不是干一年两年了,我也不想在你们庄子断后路啊。各家主妇们就嘻嘻哈哈地走了。

有人说,干哪行有哪行好处。一顿吃一两,饿不死司务长;一顿吃一钱,饿不死炊事员;弹棉匠一家揪一团,也就棉衣棉被都全了,一辈子也冻不死弹棉匠。弹棉匠确实没受过寒冷,因为本身工作决定就得在屋里,工作对象就是温暖的棉花。一天夜里,不知棉花怎么突然起火,弹棉花的老人被呛得根本没法起来,就被活活烧死了。正如人说,他是冻不死的,却被烧死了。

举　　重

　　庄上老人死了，不叫人死了，叫人"老"了；哪家死人了，通用说法是那家"老"人了，含蓄中带有尊敬。"老"了的人，先是铺地铺，把尸体放到金色柔软的麦草上，嘴里塞块糖，脸上蒙张火纸，头顶放一碗倒头饭，点一盏长明灯，一侧放一个大黄盆，里面不断添加、不断燃烧着豆腐干大小的火纸。然后，庄上学安来给死人洗身，换衣服。第二日、第三日均可以开门吊唁、磕头、献花圈、酬客。到第三天早上，最后一个程序是入土为安，就是要掩埋。有条件的预先找阴阳先生看好地段和方位下葬，没有条件的，找个空地则可了事。按照略大于棺材的尺寸挖个五六尺深的坑，埋下即可。

　　关键是谁来把棺材抬到这坟地，坟地一般都远离村子三四里，以便人鬼分界。抬棺材的人，你也不能直接说是抬棺材的，这对活人死人都不雅。名曰：举重。乍一听还以为是搞体育，而这里举重特指就是抬棺材。这个重是对死者的尊重，当然还有物质的重，包括棺材。

　　找举重的人是要颇费周折的，非亲非故，人家是不会来的，没有感情，还害怕晦气。但是能参加举重的，也不是随便就来的，就算是家里的亲友，他还得有儿有女，这叫"全面人"，据说能给死者后代带来儿孙满堂、烟火不熄的福报。全面人是资格审查的第一关。好在当时不限制生育，有男有女的人家不少。全面人还得身大力不亏，棺材抬到肩上必须到墓地才能放下。如果走到半路体力不支，放下，那就不吉利、不顺利了。人说死尸最重,那是指背在身上的感觉,因为它们已经不知配合了,才显得重,其实主要还是棺材重。条件稍好的人家,都选好木料,还要铁钉铁环加固、装饰。选好木料、配铁环是决定死人之后居住的条件好坏,也是后生们孝心的最后体现。棺材大多是在人还没"老"的时候打好,让没"老"的人能在生前看到,他们拥有了棺材,就视死如归,瞑目含笑。棺木多是举一家之力打造,犹如盖一次房子,所以都比较重,一般都得六到八人抬。扁担不行,都用杠子,杠子短了,就直接用房料棒抬。

举重的人,胆量最为重要。把死人从地上搬到棺材里,胆小的离得老远,胆中的抬个脚腿,胆大的才敢托脖子和后背。在入棺的时候,胆大的总是大呼小叫,不停地训斥那些不敢上前的人,这倒是起到壮胆作用。待盖上棺材板,铁钉钉死,举重的人胆量似乎都有所增强,靠上前去,捆绑绳索,插入杠子或房料棒,领头的喊声"起",外边的黄盆几乎同时摔碎,一群送葬的人,前面打灯笼的是孙子辈,后面扛柳树枝的是儿女辈,接着就是撒火纸的,最后是徒手的,披麻戴孝的,都跟在举重的后面哭哭啼啼,徐徐前行。不能太快,那是不严肃;不能太慢,那会要了举重的命。

到达地点,举重的改为挖坑的。几个人轮番上马,顷刻,一个棺材外套似的土坑挖好,足有大半人深。如果是喜丧,有人就对在坑里还没上来的人开玩笑,说,不要上来了,跟我三爹一起埋了。落棺材的时候,要缓慢而平稳,这也是尊重和庄严使然。待落实,抽出绳索,哭声再次汹涌而起。举重的人开始覆土。不一会,坟堆像个小山包,在顶部戴一顶圆锥形的坟头,类似帽子。这"帽子"须选草根密集的土块,用铁锹切成,不易被雨水冲散。没有这帽子是不好的,好似人没有了头。每到清明节都要重新换一顶,那时正是草长莺飞季节,找这种帽子的土块容易。

烧过纸,抒情接近尾声,哭声渐止,大家开始散乱回村。此时举重的人才真正体会到如释重负的快感,中午那顿酒将更会使他们飘然若仙了。

乡 村 屠 夫

　　过去乡村屠夫,限于政治和政策,而不是宗教信仰,真是不杀生的。一般是猪生病到了不可救药,屠夫才敢亮刀,所以乡村屠夫多是业余,人家那国营食品站才是专业,而且是事业。

　　猪死了,最大问题就是褪毛。有的人家自以为褪猪毛如褪鸡毛那样容易,就自己烧点水烫起猪来,结果,猪毛没褪掉,把猪却烫熟了。大强子是土地带人的厂里工人,自学杀猪绝活,休息在家时,就给庄上人杀猪,类似兼职。

　　杀猪第一关是把松垮垮的死猪变成气球一样,全身没有死角,便于褪毛。首先要在猪的后腿上开个口子,用五尺长、手指粗的铁棍,叫梃——是名词,也是动词,戳进那刀口子沿皮推进,也可叫往里梃。一道梃到头,抽出来,再走一道,全身通了五六道,大强子就用嘴对着那猪腿上的刀口子吹气,双手紧紧把握这进气口,气,只进不出,往里吹气时手松开,喘息时手捏紧,不一会猪就开始膨胀,不由自主地四脚朝天。大强子就叫助手用棍子在还没有鼓起的地方敲打,打通气道。待猪变得气球玩具猪一般,就扎紧那口子。他朝地上吐一口唾沫,算是对猪皮腥臊的清理,接下来开始往木桶里倒热水。木桶只有大强子家有,也是为自己的业余职业定做的。热水倒差不多了,兑凉水,大强子手拿铁皮卷的猪刨子在水中划一下,就计算出水的温度。他说"好"后,就和助手先把猪头入水,不停地用刨子向猪头抄水。万事开头难,猪头褪毛也难,故从头开始。到全猪在热水里翻了几个身,大强子那刨子就机械一样在猪的身上做往复循环运动。刨到腹部时,就叫再加热水。热水是贴着木桶边倒下去,不能直接朝猪身上倒,这里是有学问的。

不一会,原来漆黑的死猪,变成一只雪白生动的猪,冰肌玉肤,让女人们看了都羡慕万分。这时,大强子再次吹气,猪瘪的地方又浑圆了。再经过小尖刀精修刮削之后,精彩时分终于到来。大强子口含尖刀,把猪四脚朝天,再手持尖刀,从猪的下颌开始,一刀划到猪的肛门前一寸停止。此时围观的人就围得更密了,差点把大强子推倒在猪身上。大强子把尖刀在空中一挥,人们散开了一点。猪肚子破开,像冰川破裂,还没见五脏六腑,那护心皮很薄,要庖丁解牛才行,不然划破肠胃那就脏死了。大强子绣花一样用刀尖试探前行,这时,肝肠肚肺泥石流一样奔涌而出,大伙终于看到最后一幕,开始逐渐退开。他们最关心的是这头猪有多少花油和板油。花油在肠子上,花一样,顾名思义;板油在两肋,板子一块,也是顾名思义。大家都要买花油板油。食油对于农民太重要了。

猪被抬出木桶,全身松垮,被挂在木架子上,大强子开始把猪分解成两半,去头去蹄去尾巴。小孩子就开始去桶里捞猪鬃给货郎换糖。这时,若是早晨,大强子会趁热气,剜下猪身上板油一块吃到嘴里,油水从嘴角溢出,使观众惊讶而垂涎或恶心。这时若在冬天,老人们就拿个板凳坐在木桶旁边,把开裂的脚掌放到余温还在的水里烫。水上泛着油花,据说可治疗脚上裂口,木桶旁边有时能围着好几个裂脚的老人。好开玩笑的妇女就说,我大爷,刚才烫过猪,现在开始烫你了。老人就说,快去喊你老爹也来烫烫。

分地单干以后,养猪的多了,杀猪的人也有独立判决权了。大凡红白喜事,客人多,就杀一口乃至多口猪留酬客的宴席上使用,实惠而方便,而且都是重头菜。屠夫任务完成,厨师跟进,厨师就会说,来借你刀,把排骨剁剁,给大腿卸下来,给猪头劈开。大强子后来又学了厨师,延伸了服务项目,一专多能,庄上人就更喜欢请他帮忙,不另求人,一事两

够啊。

　　大强子杀猪不杀狗。狗是用绳子挂在树上勒死的,放到地上就会苏醒。这里好像有迷信,他不敢。庄上狗都是外地人来买走,死在异乡。不知那些杀狗的人是什么人。

聋 木 匠

　　把木匠单列来写，是因为这个木匠比较特殊，他的特殊在于他是个聋子。他的聋既不是先天，也不是疾病所致，而是被日本鬼子吓聋的。他十来岁的时候，庄上来了鬼子。那时的鬼子狰狞面目还没有露出来，见到小孩，还撒糖块给他们吃，小孩子去抢糖吃，他们就开怀大笑，好像很融洽似的。木匠那时还不是木匠，也不是聋子，只是一个抢糖的孩子。有一次到城里，看见鬼子用刺刀从一个小孩左耳透过右耳，然后挑在枪尖，扛在肩上，像打了一只兔子。从此他耳朵就失聪了，从此就大门不出，二门不进，在家专心学木匠。他不拜师傅，自学成才。家里见他耳聋口钝，就不指望他学而优则仕，学个手艺也罢了。他闭门三年，不仅板凳、桌子做得漂亮，连难度很大的箍桶技术也无师自通。箍桶十分讲究，一块块小木板，做成桶底，围成桶帮，丝丝合缝，滴水不漏，不凸不凹，三百六十度，不多不少，真是浑圆。这恐怕几何大学的学生也难做到，真不知道他是怎么计算、制作出来的。两耳不闻窗外事，是读书的境界，而对于木匠也大致如此，一心只做木匠活，也会有成就的。

　　就在人们几乎把他忘记时，有一天一个小孩翻墙头玩耍，不慎失足，掉进他家的院子，木匠出来，竟把小孩子吓傻了。木匠脸白得像鬼，讲话也像鬼叫。孩子回家就发烧，小麻子给他药吃，一颗不行，吃三颗也退不去烧。找广军奶奶念咒，也不太灵。后来家人把他带到出事地点，再次看见木匠，木匠家人说明原委，那是长期不见太阳，那头发都披肩了还没

剪呢。小孩子看清是人，烧才渐渐退去。

直到中华人民共和国成立了，鬼子也早已滚回老家了，聋子才到门口，和乡亲们见面，一转眼就八九年了。有一天晚上，大队放电影，他也去看了。他站在反面，看见银幕上的鬼子，他回家拎把斧头，揣在怀里，悄悄来到银幕前。这时，鬼子已经被俘虏的俘虏，枪毙的枪毙，就在这时，他拿起斧头朝银幕上猛砍。这下，他成了俘虏，几个民兵把他拿下。那时放电影的人比书记还牛，硬说这个人破坏政治宣传，必须问罪。后来老书记好说歹说，说他是聋子，是傻子，脑子不好使，又说是对敌人仇恨。放电影的才说，那就交给你们地方处理吧。

聋子又懵了，砍鬼子也有错？于是，又是闭门不出。父亲眼看他老大不小了，不能一心当木匠，误了传宗接代的大事，就找媒人何彩霞给他介绍媳妇。何彩霞说，该人老实，不爱说话，就知道干活，手艺方圆二十里没有能比的。再说了，不爱说话，也不是包谈(缺陷)，你就不要和他说话，过日子又不能拿说话当饭吃。女方家还没等何彩霞讲完就答应了。结婚时，木匠一直没说话，新娘子早有心理准备。当得知他还是个聋子时，自己已经想吃酸的了，还讲什么呢？嫁鸡随鸡，嫁狗随狗是了。这样也好，骂他两句，他也不知道。

到了八十岁，聋木匠不再做木活，似乎与改革开放与时俱进了，整日往县城里跑，到处观看，好似市容执法队员。回来路上，碰见庄子人就问这问那，他问的问题不仅叫人恍若隔世，而且每一个字的发音都不在应有的位置。

在他死的前一天晚上，睡进自己亲手打制的棺材里，第二天早上就再也没有醒来，身旁是跟随他多年的角尺、墨斗和一把利斧。大概这些就是他选择的陪葬品吧。

货　郎

　　拨浪鼓当啷当啷地响起，穿过浓密的树丛、玉米、藤蔓，就越发显得振聋发聩，小孩子知道货郎来了，于是就循声而去。货郎挑着两个小箱子，上面是铅丝织成的网子，网子里面摆满针头线脑、小糖、抹手的润肤油、人丹丸子、老太太头上的包网子、簪子、姑娘头上头绳、卡子等日用品。村庄的小路很窄，两旁庄稼总是拉扯他的货郎担，等货郎担放下，那上面总是沾了不少植物枝叶和汁水。货郎还兼收废品，没钱照样买货，那绳头、废铁、猪鬃什么都能换到东西，要是有霜后的黄鼠狼皮那就可以换很多东西。本地人胆小，都惧怕黄鼠狼报复，所以很难有这贵重的东西，都是废铁废盆绳头什么的。这时小孩就或蹲或趴围上去，拿出收藏已久的废品来和货郎交换。货郎看一眼就知道废品的价值，于是就说，好，多给你一块糖。实际上他绝不会贴本，而且要占几倍的便宜。小孩子不懂斤斤计较，废品终究是废品，在孩子们那里，哪怕再不公平的交易，一块糖即可摆平。成年人就要和货郎谈判，说三道四，讨价还价。货郎都喜欢和小孩子做生意。

　　货郎有一种洋火炮子，孩子们很喜欢。一张十六开红纸，上面整齐排列一个个小疙瘩，整整一百个。小疙瘩里裹的是火药，一经撞击即发出巨响，一个小疙瘩可发一响，如枪声。孩子们做把木枪，用皮筋带动类似撞针的木块，剪下一个洋火炮子夹在中间，扳机一动即撞击发出"啪"的一声，很刺激。这是乡间孩子高科技玩具，一把木枪几个十几个争着玩，条件是我出枪，你

们出子弹,子弹就是洋火炮子,都靠货郎提供。

　　货郎似乎是有规律的,大约过几天就来一次。他服务态度很不错,上次张家媳妇请他带的松紧带子,这次就带来了。李家婆娘这回要的纽扣他货郎担上没有,他下次还会带来。如果有新来的货郎闯入村庄,乡亲们都不响应他拨浪鼓的号召,最多当个观众,很少和他交易。老货郎来了,喝口水,吃顿饭,到家里坐坐都是可以的,新货郎则没这个待遇。

　　有的刁钻货郎只卖一样东西,比如那个薛忠厚,只卖煤油,乡亲们说洋油。那个家伙名不副实,煤油里常兑水,故意高喊,煤油煤油,一端子五两,两端子半斤。乡亲们一听还以为这家伙缺心眼,连账都不会算,大伙就去买,闻闻,不错,是有煤油味,晚上一点灯就炸花子,不着火,上面漂油花,下面全是水。这家伙都是一锤子买卖。也有人说他,你骗人不图下回吗?他说,中国这么大,哪天骗到头啊?打一枪换一个地点,这家伙《地道战》算没白看。还有的货郎只卖芝麻香油,也多是豆油掺在里面,这点伎俩骗乡下人轻而易举。淳朴憨厚是骗子最喜欢的性格,只是他们自己不需要。

有个城里卖油条的老头,一度出现在我们庄上,成了庄上的时钟。每天太阳一竿子高,他的叫卖声就到了——油条噢——一块钱十条!那声音不仅如雷贯耳,让帕瓦罗蒂感到压力,而且让口中发苦的社员顿时垂涎生津,食欲大增,精神随之抖擞。不少手头宽裕的人家,就老早站在门口迎接那老头的到来。老头挎的是一个大篮子,大约百十条左右,一个庄子转一圈,基本上就卖得差不多了,剩条把条就是他的早饭。

他有时向庄上主妇要点水喝,主妇就假装小气,说,我们乡下水难道就不要钱哪?老头就面带愧色,不好再争取。他不知道乡下人厚道,难得开个玩笑,话没说完,水就端来了。和老头熟悉了,就拉家常,对老头说,还是你们城里好啊。老头就说,城里又怎么样?我三个儿子都是狗不吃的东西,把他们培养出来,拿了月份钱,都不当女人家,我连一个子也看不见。

当年还有在乡间行走的补锅补碗的,磨刀磨剪子的,理发的,卖狗皮膏药的,玩土电影的,现在都已经消声匿迹。我们当年看到的货郎担,不就是今天的超市吗?

寡　妇

那时乡间，很多女人家没有男主人，不是死于战乱，就是后来饿死、病死，所以庄上有人说，她家是娘们过日子，不容易。这些娘们带着三四个孩子，真可谓含辛茹苦，真不容易。乡亲背地里对她们不雅的称呼叫寡妇。

她们大多是封建社会过来的人，封建社会的教育并不是没有可取之处，即便这些不曾读过四书五经的妇女，仅仅家教就深入骨髓，至死不改。她们大多在三十岁左右守寡，正是青春好年华，可她们很少有绯闻。人说寡妇门前是非多，那都是捕风捉影，是一些卑鄙男人泼人家脏水。她们不忘初心，终身不嫁，带好孩子是她们奋斗目标。在她们心中，孩子重于一切。

兵荒马乱年代，瘟疫饥馑岁月，男人出头露面，事事在先，出危险的概率最大，所以，早婚是需要的，早育也是重要的，一旦男人早逝，香火就不会断了。这就使我们理解了那时为什么流行早婚早育，而且有那么多寡妇的原因了。

我家邻居大为妈妈守寡五十一年，丈夫死时，她正好三十岁。要是搁现在这个年龄的一些女人，还似乎没有走出少女时代呢。而她擦干眼泪，掩埋好丈夫尸体，带着两男两女，兼顾亡夫的父母，艰难困苦地活着。她，在外要顶起门户，代表一家之主；在家要维持生存，养活老小。合作化时，大的上学，二的自治，三的搀着，四的背在后背下湖干活。她年轻貌美，队长和会计先后引诱、挑逗过她，光棍夜夜去敲门，去哀求，去恐吓，都被她斥骂而退却，末了还默默地对亡夫祈祷、忏悔，好似被玷污了一样。为了多拿工分，她和男劳力干一样的活。大儿子十三岁就去扒大河，大女儿十六岁就嫁人。半个世纪下来，儿孙满堂，日子过得红火。每逢节日，她去给亡夫烧纸祭献酒菜，还给亡夫的父母——老爹老奶坟上也同样待遇。坟头添土年年不断，规模都像大户人家那陵墓了。

大为妈在死前还在湖里拾柴火。实际上，家家都烧煤气灶、电磁炉了，可她光荣传统丢不下。她看过停电停气一家就没饭吃的情景，老人就有忧患意识。可惜，一失足成千古恨，她掉进水塘淹死了，三天后才被发现。水塘就在丈夫坟地旁边。老人们就劝她的孩子们，说，都不要哭了，就让他们团圆吧。

痴情的还有四寡妇，因为他男人是老四，人们就按她丈夫排行命名。四寡妇的丈夫是国民党军，后来去了台湾。四寡妇名字就因此在村子里叫开。四寡妇既不承认自己是寡妇，也不许别人这么叫她。海外关系，敌军老婆——这两顶山一样的帽子也压不住她维护自己尊严与身份的气概。

四寡妇是城里大户人家小姐，细皮嫩肉，身材苗条。村上姑娘多粗手大脚，和她站一起，连少女都不自信了。民兵营长朱秃子打过她主意，结果本已十分金贵的头发，被她又薅去三分之一。朱秃子吃了闷亏，就找老书记要批斗她。老书记说，寡妇一个，犯不上和她计较，你秃子肯定没干好事。秃子知道"秃子头上虱子明摆着"的俗语，知羞而退。有人说，四寡妇怀里有把剪子，谁沾她，就给谁一剪子。

其实，四寡妇的男人在台湾，早已和一个语言不通、肉体相通的洋妞搞上了。但是，四寡妇坚信，不管他怎样，没有休书，没有离婚证，他还是她男人，她会永远忠于她的男人，对得起她的男人。

大汉子也是个寡妇，而且没有孩子，搭一个树庵子，住那里一辈子。娘家人来过几次，说，新社会新风俗了，还可以改嫁啊，没儿没女又没有什么拖累。大汉子说，我给那死鬼说过，我一辈子就找他一个。她男人是得大肚病死的。临死时，她告诉大汉子再找一个。不知是大汉子情深似海，还是一时激动，哭着说，我这一辈子就找你一个。君子一言，驷马难追。君子食言的比比皆是，唯大汉子，一介妇人，并非君子，倒是一言九鼎，终身未再嫁。临

死前,一再交待她侄儿,把她埋在丈夫一起,别忘了在两个棺材中间搁一块木板,那是桥。

大汉子病重期间,生产队给她打的棺材,油漆一新,摆在她面前。她抚摸着闪亮的棺木,精神抖擞,脸上笑容回春,眼睛明亮,如同看到了美好的未来。对老队长说,我表叔,我到全安(亡夫)那边也忘不了你的恩情。老队长脊背直冒凉气。

如今不管哪个地方,包括庄子上不仅很少有寡妇了,即便有,也都很快就会再婚。时代不同了,寡妇也将成历史。

老 白 毛

　　把长辈称为"老白毛"，这在我们这里很普遍，因为他比一般人高出几个辈分，乡亲们不知如何称呼，就一律称为老白毛。

　　我们村的社场上有间独立的老屋，东边是牛棚，西边是水塘，几棵老树簇拥着老屋，围绕老屋的三面围墙不是泥土筑成，而是参差不齐的树枝插成的。有的树枝命大，居然发芽生根，使篱笆更为牢固。传说很早以前院子里树上还挂两个吊环，庄上人说是铁圈，后来被小孩偷去换糖了。里面住一个老人，年龄七十左右，在庄上并不是最老，头上白毛也不是最多，他的晚辈还有九十多岁的呢，可家族里都称他老白毛。这并不奇怪，这是辈分的称谓，毫无戏谑之意。在小高庄，一般辈分高于四代就称老白毛了，而他的辈分比庄上最高的辈分还高三代。小高庄人最忌讳、最厌恶那些没家教的人和人打招呼时，没有称呼，总是喂喂，哎哎。遇到这样少知无识的人，小高庄人一般不予理睬。如果那人还是穷追不舍，喂喂，往孙台子怎么走啊？小高庄人又有点助人为乐的习惯，就不忍心，虽然会告诉他怎么走，但是会说，你是跟谁说话啊？是跟那墙讲吗？小高庄人总是把辈分称谓作为发语词，比如见了大娘，就会说，我大娘，你吃过了？你上哪儿？大娘就会一五一十地愉快回答。这叫嘴甜，老少喜欢。

　　石姓老白毛是个光棍，这个光棍是他自己造成的。据说上几代也是大户，到他这一代就没落而变穷了。以前没受过亏，一下子也接受不了，他还读过几天洋学堂。人家本来是在书中找颜如玉和黄金屋，谁知世道变了，什

么都变了。上辈人忍受不了这大起大落,都郁郁而死,最后老白毛硕果仅存。他存在的原因是当时土改缺少画线记账的人,老白毛这点水平绰绰有余。再说人家毛头小伙子也没沾染什么政治,就让他参与土改工作队。当时他很红火,计算面积懂得几何代数,速度快还准确。有的百姓担心差错,就用自己的死方法去量,居然分毫不差。就这样,工作队长还经常请教他,时间长了,就以为队长在他领导之下。他不知道人家队长是需要你,因为你,人家还受到县里表扬,还来开现场会。老白毛摆不正位置,有时自觉不自觉地指挥队长,队长就有点不高兴。人家队长打过仗,还立过战功。果然,土改一结束,有的留用了,老白毛回到了小高庄。

到了婚嫁年龄,老白毛低不成,高不就,后来好不容易找到一个,没过几天就把人家赶跑了,说人家不懂科学,也不刷牙。政治运动来了,老白毛本家族不找他麻烦,其他队人听说其德行,就要拿他做典型,批判他小资产阶级思想和生活作风。有长年不刷牙的妇女就生气,说,假干净,抓来叫他一年不刷牙,看他还能活下去? 姓石的抱气,再怎么说他是我们的老长辈啊,怎么能给你们外姓随便糟蹋呢? 祖宗的在天之灵会如何是好? 在当时政治气候下,姓石的你就是石头也经不起革命的铁拳。什么如何是好? 老白毛说,自我革命。你们把我拉去批判不就完了! 后生就问,那您老人家不会怪罪? 这不是闹家包吗? 老白毛说,废话,这不是煮豆燃豆萁,内部处理总有个疼热吧,在他们外姓手里轻重就不是你们掌握了。于是,他们就每天煞有介事开批判会,口号传到许姓江姓那边,他们也就消气了。你看人家大义灭亲,老白毛子都敢斗了,说不准哪天来我们庄子要人回去斗,我们还背理哪。老白毛就这样转危为安。但他脾气难改,后来和一个女民办教师混了几天,说人家水平是误人子弟,整日和她抬杠辩论,挑人家错别字。教师本来是见贤思齐,结果落得个无趣无味、无地自容,就抹着眼泪走了。

老白毛经不起岁月打磨,几十年一过,贵族气息、文人秉性所剩无几。在凭实力的时代,他是一无钱,二无人,三无身体,虽然还不时拿起线装书在吃劲地诵读,已经没什么意义。后来庄上给他吃了低保。直到今天,贵族遗风还在,理发还是到小城去,村子里剃头匠他看不中。人家都说,老白毛子倒驴不倒架子。

早些年,有个大城市防疫工作队来到小高庄,一个女队员对那个世外桃源般小屋感兴趣,就问那里是何人。社员告诉她,那是老白毛住的。她以为又发现一个白毛女,立即写信给当记者的男朋友叫他来采访。男朋友几次转车才来到小高庄,立即去见老白毛。那时老白毛不仅没有一根白毛,而且眉清目秀,面容白皙,毫无苦大仇深的痕迹。记者误解了未婚妻,以为是想他深重,故意以此来吸引。未婚妻听了,勃然大怒,怒斥记者,我们正在争分夺秒,多快好省地建设社会主义,你竟能想到这么龌龊事情,当时就要毁约。记者连赔不是,直到防疫结束,才略知老白毛的本意。

逮黄鼠狼的

黄鼠狼在我们这儿叫黄狼子。黄鼠狼神秘诡秘,白日偶尔出现,贼头贼脑,如鬼如蛇,稍纵即逝,专在夜里使鸡鸭死于不知不觉中。第二日,只能看到一地鸡毛,几滴血。这倒还不是黄狼子的可怕,可怕的是在它年岁渐高时,由黄变黑,再由黑变白,那就成精了,就叫黄大仙了,就有神威鬼气护佑它们还在成长中的晚辈。谁招惹它们谁倒霉,断其腿者,你腿必残;剥其皮者,你必全身溃烂。朝远里说,有三里庄经久不衰的传说,有个青年割了黄狼子的生殖器,过了几日,这青年神经错乱,拿刀把自己那玩意也给割掉了。往近里说,宋庄的宋启双家,扒了黄鼠狼的窝,得罪了黄鼠狼,夜里黄鼠狼打翻他家油灯,大火突起,房子烧个精光……总之关于黄鼠狼的传说时时都在乡村流传,形成了黄鼠狼文化。

我们小时看见黄鼠狼,实际是黄鼠狼怕我们而惊慌逃走,而我们却被黄鼠狼惊出一身冷汗,惊得头皮如过电。黄鼠狼消失,我们阴影还在。我们尽管顽皮,敢上九天揽月,敢下五洋捉鳖,就是不敢招惹黄鼠狼。周满仓家有个陈年草堆,就是无草烧锅断了顿,也不动那草,据说那里有几窝黄鼠狼。平时,我们走过那草堆旁或远望草堆都敬而生畏,只有那些无知的狗敢和它们叫板。有人说黄鼠狼怕鹅,鹅能辟邪,但是很少人家养鹅,也不知为什么。

倒是有一支队伍胆大包天,每年霜降以后,从外地来到我们庄上,清一色灰头土脸的半糟老头,五六个人,两三条狗。人是常人,口音略与我们不同;狗是常狗,有的比我们庄子上狗还小。只是他们不平常的举动,让庄上人见他们如同天外来客。

那些人带着削尖的长棍,背着行囊和篓子。到了庄上,不打一声招呼,见到一个大草堆或者是堆积的乱石草丛,就在四周围上网子,开始朝草堆里猛捣猛戳,嘴里还好像念着咒语似的呜呜叫。不一会,黄鼠狼箭一样弹出,四处逃命,慌不择路,撞到网子里,顿时就被眼疾手快的人掐死,还在乱穿乱冲的,狗和棍棒一起上,黄鼠狼就抽搐而死。再看草堆,被搞得乱七八糟,乌烟瘴气,就这主人也不敢怨恨这些捕手。你想人家连黄大仙都不怕,还怕你区区凡人?

战斗结束,他们就在庄子一头找个避风的地方,开始剥黄鼠狼皮,肉体从一头抽出来,皮用麦糠撑开撑满,保持黄鼠狼生前的体形,高高挂起。稍干,就从胸腹到四肢全部划开,用有弹性的树枝撑开成一个平面,还是高高挂起,风吹日晒,引得几条狗伸着舌头仰望。黄鼠狼的内脏大多都是几条狗的战利品,褒奖它们奋勇出色的表现,以再接再厉。黄鼠狼的肉就是那些人晚上下酒的菜。黄鼠狼有臊筋,不懂的,拿不掉臊筋,不仅会使满锅臊不可闻,而且还可弥漫全村,令人作呕。这些人是内行,把黄鼠狼烧得比野兔子还好吃。

有人战战兢兢问老年人,这些人为什么不怕黄鼠狼报复。老年人也多是自以为是地解释,因为这些人都是光棍绝后的人家,黄鼠狼对他们无可奈何。去问那些逮黄鼠狼的人怕不怕黄大仙报复,他们不作回答,故作高深。只是后来人们看到黄鼠狼的皮卖到供销社,卖了高价;供销社再卖到皮毛厂,也卖了高价;皮毛厂做成毛领、皮衣就价值连城了。大刘庄刘国忠说,飞行员都穿黄鼠狼皮的衣服。我们后来念书了,写毛笔字,知道有一种毛笔是狼毫做的。经过老师解释,才知道狼毫就是黄鼠狼的毛。用狼毫做的毛笔就是好写,字写得不好的,用了狼毫毛笔也能自然提高几分。是不是真的是沾了黄鼠狼的仙气啊?

眼下,到庄子上,黄鼠狼还经常可以看见,但是逮黄鼠狼的队伍见不到了,难道他们真的都绝后了吗?

那 些 事

盖　　屋

盖屋是一件大事,是一生都不能忘记的大事,不亚于生死离别。

两口子从田头讨论到饭桌,从饭桌讨论到床头。白天讨论只是大纲,夜深人静就研究细节,多宽? 多高? 木料从哪来? 缮草从哪取? 还跟门旁官山(屋山)? 要官山就得和邻居打招呼,房子高矮长宽要和邻居房子一致,否则就有矛盾,可能要闹事。请哪些人帮忙? 当然是知己的、家里的,出心出力,人选很重要。供饭就要算出早上吃什么,中午吃什么,要炒几个小菜,什么样的菜? 晚上要不要弄点酒给帮忙盖屋人喝? 还得要上街买点菜,几碟几碗那要齐备的,一辈子或许就盖这一次屋,不能留话头给人讲。盖屋工具从哪家借? 小气人家就是借了,怪话你得听。是不是再给老队长说说,借一条牛来和泥? 后天晚上请他来坐坐……女人被那些剪不断理还乱的事情愁得睡着了,男人还在计算箱子里的那点钱如何合理使用。

盖屋一般在农闲季节,最好是春天麦头前,天长出活,西南风如火,泥坯干得快,周期短。一切准备停当,决定明早动工。头天晚上主人带包烟挨家通知,明早来我家吃早饭。

这是真正的拔地而起。先把一大片土翻起来,然后众人挑水,待水足够了,就撒上麦草,牵牛上去踩,没有牛就大伙一起上去踩。待土变成了泥,就停下来再挨排翻一遍,再全面踩一遍。深一脚,浅一脚,直踩得粘性十足,看不见做筋的麦草了,类似总工程师的老者用铁叉翻了几下,说,好了。于是大伙走出泥淖,拿起扁担筐,把泥巴抬到不远的地基处,两位手拿精致小巧挖叉的能人开始把泥巴一块压一块,渐渐垒成墙头。一天下来,三间屋的第一坯墙就出来,约一米高,经能人再精雕细琢,把墙按线取直。这一天,妇人不断烧开水招呼众人喝茶。喝茶,其实是喝白开水,连树叶子都没有。这一天男主人不时地散烟,早早地催促,歇歇吧,吃饭吧。这样叫唤反而激发众人的干劲,好像管理学的一种激励方法。

晚上就可以喝酒了,中午喝酒误事,要遇到几个贪杯的醉倒不干,就会把主家急死。晚上没事,喝过回家睡觉,酒能舒筋活血,喝点好睡觉。菜不在多,有油有盐,够吃就好;酒不在好,有辣味就行。主人说着感激的话,不停地派酒,众人也都功臣一样坦然地喝着,还知恩必报似的不断提示主家做好善后工作:看看天气怎样,披点草或塑料布给墙上。酒足饭饱,大伙暖着酒气,打着饱嗝,歪歪倒倒都陆续走了,主人一一送到门口。

一般盖屋要踩三坯墙。几天过后,第一坯干了,足以承担第二坯,就和第一坯一样如此办理,接着是三坯,还是办理如此,只是需要脚手架了。三

坯完成，整个墙框子就出来了，接下来开始脱土坯。用一个长方形木框，放进泥抹平，拿掉木框，一块比砖头大的土坯就出来了。这些土坯是垒屋山用的，既考虑坚固美观，也考虑便于摆成屋山的金字塔形状。三坯以后，墙干了，就开始总装。搭好脚手架，开始砌檐口和屋山，这时增加了木匠来"头"(整理的意思)檩条，打梁头。梁头即大梁，它包含三角形、对角线、平行、夹角、角度、比例，这无疑都是几何学的范畴，他们没有读过书，但都很自然地应运自如，很贴切地摆在上面，料子一点也不孤废。最高的叫脊木，脊梁的意思，当然要粗要硬，往下排列一边两排，分别叫一路檩条，二路檩条，下面人在扎苇子或者高粱秸的屋巴，即屋的肋巴骨的意思。屋巴摆在檩条上，摊上稀泥，几位老人把凌乱的麦草一根根熟练又快速理齐，扎成碗口粗的捆子，用铡刀平分两半，从屋子的最底层，把麦草一排压一排压上去，排排衔接压实，覆盖整个屋顶。屋脊还要用泥"压脊"，主要是防风。屋山两头最高处用几块青砖摆成龙抬头的架势，名曰望砖，有美好寓意。这些都是技术活，技术高低就看第一场雨漏不漏。

梁头架好，三角形两腰下要贴红纸对联，内容通常是"集体架起白玉柱，众手擎起紫金梁"，这得找会计或小学老师写。接着要放鞭，要撒小馒头、花生、小糖块，男女老少一哄而上，吃是一方面，热闹好玩也算一方面。屋子盖好，亲戚来下"水礼"祝贺，两条鱼，几斤肉的。送豆腐、做大糕……这些都有象征意义。

最后，稀泥抹平里外墙体，夯平地面就能入住了。此时，主人已瘦了一圈，也似老了几岁，但心里却是美滋滋的。

榨　　油

　　鸡叫时分，整个庄子还在鸟的呓语中，雾环绕着光秃秃的树枝，像挣扎，又像依恋。先是鸡、狗打破乡村黎明的静谧，后是队屋门前传来的几声咳嗽，宣告新的一天到来。马灯亮了，几个大汉进进出出，屋里不时发出沉闷的轰隆声，油坊的人开始上班了。老怀帮烧锅，富恒掌锅铲，榨油的第一关就是要把芝麻炒好，不糊不生，粒粒过火，粒粒都受到同样的火力。此时芝麻膨胀，几乎可见油在芝麻肚里荡漾，那么这一锅油不仅多，而且奇香无比。

　　今年队里在新开河堤上种了几十亩芝麻，芝麻怕水，种在高坡上必是高产。芝麻获得丰收，大伙在喜庆之余，都在考虑这么多芝麻的去向。有的说拉粮管所卖了，有的说一家分几斤包糖饼，有的说不实惠。最后意见集中到老队长那里，老队长说，队里的油榨几年没用了，我们还是榨点油，一家分一点过年吧。大家拥护。不说过年，平时菜里滴几滴香油，那就是闻闻也辣馋啊。

　　榨油的设备很简单，但制作原料却很讲究。油槽得是巨大的整木头，木纹细密，密封如高分子聚合，不会渗出油。木质还得坚硬，具有钢铁一样的品质，才能经得起加塞的膨胀、挤压。芝麻炒好，立即倒入这个油槽，然后把芝麻用厚木板逼到一端，开始用一块块木塞往里加。木塞一端如刀锋，一端如刀背，"刀锋"是便于见缝加塞，"刀背"便于重锤击打。木塞也得是本槐或枣树，坚固且有韧性。加塞的人必须是大力士，手持木榔头，不遗余力，"哼嗨哼嗨"地往下砸。芝麻经不起这么左右上下的巨大压力，不一会，闪着金

光的香油就流了下来。油把式用端子打一点给加塞打榔头的人说,来,喝一口,加点油,接着干。大力士们喝了一口,顿时红光满面,劲头油然而生。

直到木塞再也打不进去,油也断流,油把式就把油榨拆到原来的状态,继续第二锅、第三锅……直到天明社员上工,这才结束。油坊不能随便进,属于贵重物品所在地,所以一般都在起早进行加工。天亮就把油装桶里,油渣归缸里,油要称出准确数量,老队长、会计、保管员三人要同时在场。有时,不慎把一滴油滴在手上,那人必是把那手嘬得比洗的还干净。油渣不需那么精确保管,喂牛可以,每家分点调咸菜也可以。

油坊的把式都是壮年以上,老年居多,依然需要思想好,品行正。壮年打榔头,老年当技术员,毛头小子不能参与,他们多不稳重,也不顾及面子,一口喝下半斤香油,那损失就大了。芝麻变成香油,身价倍增,而且紧俏。一个地方若有一个油坊,连公社甚至县城人都去买香油,都会闻香下马。香油不仅是吃,也是保健,遇上咳嗽痨伤,身体虚弱,香油煎鸡蛋,一吃就好。油坊把式都在六七十岁,没一个咳喘的,就是证明。

后来,小老头从外地带来小磨磨香油的技法,这种技法省力省事,不占地方,还多出油。把炒熟的芝麻用石磨磨碎,放在大锅里晃荡,油和油渣就泾渭分明地分离出来。那些木制的榨油设备就放入仓库。油爱沾灰,几年一过,那木头就像文物一般。恰巧,某地搞民俗博览馆,便把这堆木头买去。后生们不看介绍,根本不知那是干什么的,更不知道什么是油坊的把式。

有的文人写统治阶级如何压榨老百姓,他要是看到榨油过程,或许会写得更生动、更形象一点。

碓　米

　　稻子外面包着一层稻壳，裹得很紧，只有用专用工具才能使其既能去掉粗糙的壳子，又能完整保持米粒。这专用工具就是碓窝子。

　　碓窝子一般都是大口朝上的倒梯形，由石料做成。石料脆的不行，和田玉再好，也不能做碓窝子。石料太硬也不行，石匠的工具战胜不了，一錾子下去一道白痕，一片金星，等这石头做成碓窝子再舂米吃，恐怕连舂米的人都找不到了，估计不是饿死，也爬不动了。

　　做碓窝子，我们那里方圆百里都去柳山取石头，或者直接找当地石匠定做。这种石头不名贵，粗糙，不善雕琢精美物件，平时做个地基，建个桥墩，可以石尽其力。这种石头有韧性，錾子敲到哪里，石块就掉到哪里，不像有的石头，一锤下去，该断的断，不该断的断了，不该碎的地方也碎了，常常前功尽弃。柳山石不会，它只会按照你的目的和想象，服从你的需要，任你雕琢。

　　碓窝子就是在一个倒梯形石块上面掏洞。洞是大口小底，口圆底也圆，一般是一次可以放进十来斤稻子，多了不容易舂透。碓窝子凿好了，就要配碓窝子头，简称碓头。一根可手的棍子，长约一米，顶端一块约十来斤的柳山石，掏个小洞把棍子装进去，棍子包点破布塞进去会更牢固；另一头是铸铁碓头，狼牙棒似的，上面龇着牙，牙尖一律向下，牙尖尖而不锋，还带点圆滑。

　　若想吃到米饭，把稻子倒进碓窝子里，不能太满，满则易被碓头上下连

带出来,撒了一地。摭碓不要什么技术,只要力气,举起那碓头再顺势捣进碓窝子里面,上下往复,直到里面有一半米粒出现,这时稻壳子阻碍了"狼牙"对稻子的冲击,就得把它们全部瓦出来,用簸箕把壳子扬去,再放进碓窝子里摭,直至带壳的稻子全无,或基本不见,就再次瓦到簸箕里簸去稻壳。此时,米就成了。淘过,蒸熟就是大米饭,那香味可以传至满村子,乃至几里之外。

摭稻子费时费力,好在那时家里稻子不是很多,一般是来亲戚了,就紧急摭一点,够吃就行。逢年过节,劳力也没什么大事,就集中精力摭它大把。这活计只能是大力士所为,小孩子即使能举起那"狼牙棒",也未必能放得下,可能偏离,砸在碓窝子边缘的石头上,砸坏边口,要么落地砸到脚面,要么上面那十来斤的石头与人头发生碰撞。

碓窝子不仅用来摭稻子,需要捣碎的食品或其他东西,都可以放进去摭一摭。只是至今我不明白,摭碓本是用手,可是有地方用脚踏木棒摭,也许要用这个"踹"字。好歹我摭过碓,不管对不对,那感受我是感受了,那经历我都经历了,心里有数行了,说不清也就不饶舌了。

熬　糖

世界上一切美味无不来自土地，土地就是农村，农村人高级美味是鸡鱼肉蛋，比鸡鱼肉蛋更高级的就是油和糖。谁家也不可能天天吃鸡鱼肉蛋，那不成地主了吗？地主也不能这样吃！油和糖是可以细水长流的，它不能当饭，却是生活中的精华，是身体不可或缺的仙丹玉液。老年人对儿女孙子千般好，也只说，哎呀，不要他们多么孝顺，到时候能给我称二斤糖吃吃就是祖宗坟上冒烟了。

糖要糖票，农民没有，但是农民自己会做糖。农民做糖叫熬糖。山芋可以熬，黏秫秫也可以熬，但黏秫秫难度大，而且黏秫秫已跻身粮食行列，山芋五斤才能折算一斤粮食，所以，一般都用山芋。与磨粉用的山芋相反，熬糖的山芋是脆甜的那一种，这种山芋糖分高。年景好的时候，会调剂生活的人家就选点山芋熬糖。

熬糖，也是熬时间，熬人。熬糖都在晚上，白天不可能啥事不干在家熬糖。平时也不行，必须是过年时候。若平时要是白天在家熬糖，邻居知道会笑话这家真是个好吃鬼，队长知道会训斥这家不务正业。

年关前，吃过晚饭，家人把山芋皮削掉，把山芋剁碎，找一口大锅放在里面，加水狠狠地烧，直至烧成糊糊，这时就要放进关键的东西——大麦芽子。这东西是特制，要熬糖得找人去买。大麦芽子放进糊糊里，奇怪的现象就出现，糊糊中残渣和水立即开始分离，泾渭分明，很像挖井渗水。这时要用纱布做的布兜，把山芋糊糊倒进布兜，把布兜吊在梁上，糊糊下坠，里面的水在

大麦芽和地球引力的双重作用下，最大限度地流到一个盆子里。

这盆子水离糖的目标就不远了。这时烧锅人就被性子慢的年长的人或内行的人取代。要说熬糖，现在才真正进入熬的阶段，火要均匀，不急不慢，要不时地看锅里气泡，预测水的含量还有多少，还要用鼻子闻闻有没有糊味，锅铲要不断地在锅底上抄起。这几种综合工作要一刻不停地连续进行，直到锅面热气消失，趋于平静平整，这时糖就基本熬好了。糖要趁热出锅，放在面板上，面板上要预先放上炒好的麦面，这是因为糖很黏很黏，麦面可以制服糖的粘性。

这种糖不能整吃，会腻人烧心，必须和玉米花、米花、花生米结合在一起才显示糖的要义所在，这种结合叫"暖糖"。十斤玉米花、米花、花生米，只要半斤的山芋糖，就足以使它们又甜又香，越吃越来劲。最好吃的就是面糖。这种做法不是巧媳妇巧手，根本无法实现。冷凝的山芋糖，坚硬而坚韧，必须再把它加热化开，温度要掌握好，到不软不硬最好，擀成面皮，再把炒熟的麦面洒在上面，把面皮折叠起来，约三寸宽，用刀切成约一寸一块，冷凉即可食用。心灰意冷的、厌世悲观的人吃过，恐怕都要重新反思人生观和价值观——活着真好！

与之即将失传的还有秃头饼。它的主料是玉米面，加点葱花、芫荽、盐在一起搅拌，玉米面成团即可，然后放进烧热的锅里，用刷把把玉米面沿锅帮平均摊开，摊至三毫米左右的厚度，细火在锅底两侧重点烧烤，顷刻，玉米面由白黄变得金黄，铲出锅的秃头饼和锅的形状大同小异。有条件的放点油在上面炕炕，会比吃鸦片还兴奋呢。

介于饼和稀饭之间的是二抹头，即很稠的稀饭。因为很稠，不能用嘴喝，而是用筷子抹。两碗下肚也能管好一阵子不饿。

后来，脑满肠肥的人们，在吃尽眼前和世界的美味大餐之后，正开始在追寻乡间食物，这就是历史。

浣　衣

　　每个村庄几乎都有一个池塘,大多在庄子门口,池塘南面树木茂密,多为柳树,它们依水而生,枝条多倾向水中。水边也会有芦苇、蒿草、臭蒲之类,算是池塘这个巨大版面上的插图、尾花,点缀得恰到好处。

　　那时的池塘是明亮的,特别是在阳光下,有宝石的质感。几只鹅和鸭子多是知趣地在某一角落或停泊、或寻食,从不破坏那亮丽光鲜的水面。池塘南面坡陡,几乎直上直下,所以不仅栽满了树,还在树的间隙栽上腊条、紫穗槐、带刺的臭橘子等灌木,目的是阻止顽皮的小孩,以免从那里一失足成千古恨。你若从北岸望去,那灌木之下,坡幽深神秘,鸭子总是孜孜不倦地用嘴朝里面掏东西,摸鱼爱好者也喜欢在那里摸鱼,说那里鱼多,特别是黑鱼、鲶鱼喜欢钻那里。池塘的北面坡缓,树少,向阳,妇人们洗衣的台阶和捶衣石板是随着水位升降而升降。

　　捶衣棒多是好木料,经得起捶打和水渍,以桑、枣、槐最好,但不能因为取个捶衣棒就毁坏一棵稀有树木,那是派大用场的,比如做车轴啊,扁担啊。车轴、扁担总有断的时候,大改小,做个捶衣棒正好。

　　早上,妇人们拎着一大桶的衣服来到池塘,这些衣服都是头天晚上打上肥皂浸了一夜,脑油啊,灰土啊都受到了化解和动摇,这时,把衣服折叠近似方正,放到青石板上,捶衣棒就砰砰地响了。这声音当然是衣服和捶衣棒共同产生的,虽说有点苍老,有点粗壮,但经过四面的回响、水波的传递,就成了音乐,它会合着鸡鸣、鸭叫、鹅喊,汇合着阳光、风、树……让人觉得阳光都

有声音。这时,捶衣的妇人基本上是眯着眼睛,抿着嘴,有时还不断调整脸的角度,那是为了躲避因击打溅起的水珠。这种神情,再加上水面的反光,妇人们个个优雅、白皙、清丽、娇羞。

砰、砰、砰……节奏变化不大,但又变化,力度渐强,也有渐弱,那要看是什么衣服,是厚的还是薄的,是老粗布还是细纱布。力度大是针对灰多的粗布棉衣,那些污垢与其说是洗掉的,不如是说被捶衣棒的重力击碎的、击飞的。缺少洗涤剂的时代,体力就是去污的一种好方法,而且很环保。力度轻是保护极其金贵的细绸薄纱,轻轻点点,只相当打梆子木鱼,甚至不要捶衣棒,细细揉揉即可。揉不掉,也舍不得捶,就得用搓衣板。搓衣板是一块长方形的木板,开挖等距离的"V"字形沟,"一"字形的沟埂,就显出"搓"字的动感。说有的妇人罚丈夫跪搓衣板,不知真假。若不穿厚厚的棉裤,那搓衣板绝对是刑具,与其说是对待丈夫,不如说是对待敌人。

衣服打过肥皂,浸泡之后,在搓衣板上不停地搓来搓去,衣服在高洼不平的搓衣板上产生急剧的变形摩擦和挤压,挤出水,水带灰出。搓衣时手必须裹藏在衣服里,若是直接搓到搓衣板上,那是很疼的,你就会深入了解,灰为什么会掉了。

后来有了洗衣机,有了洗涤剂,有了自来水,池塘就萎缩了,水也就污染了,那一代洗衣人也老了。

挑　　水

　　我们村庄离水井很远,来回有四五华里。每天早上,挑水是各家的一件大事。鉴于农活在身,很多人家都是起早去挑水,黑隆隆的,庄稼地神秘幽深而恐怖,人们只顾匆匆赶路,别无二心。到了井边,远方还是黑乎乎的,只有井水是明亮的,有时晨星残月还漂在上面。

　　这条路最光亮,夜晚也显而易见,像一条小河静静地躺在那儿。到了白天,总有水痕滴落,印在路上,像各种可以想象的图案。然而,这都不是诗意,是挑水人辛酸的记录。

　　张家媳妇病故,丢下两个孩子要老张照顾,他又当爹来又当娘。他干完农活就去挑水,除了自己吃,他还给那些有钱而没有劳力的人家挑水,一担水一毛钱。除了烟火油盐钱,还得给孩子攒下衣服鞋子钱。老张挑水因为卖钱而越发专业,无论干什么活计,总是把水桶带着,人们干完活就径直回家,一路轻松,他绕道也要挑担水回家。他不仅耐力强,力气大,途中从不放下歇脚,最多扁担右肩换左肩,再换回来就到家了。他平衡能力更强,满桶的水,总是疾步如飞,也不溅出一滴。买老张的水最划算,一桶就是一桶。其实,是两个嗷嗷待哺的幼儿给了他力量、信心和厚道。

　　夏天是用水最要命的季节,有时喝水都不能保证。井干了,就要系人下到井底用水瓢撇水,一点一点加到桶里。天热路远,路面烫脚,挑水人很少穿鞋。好不容易挑到庄子上,邻居见凉水来了,都纷纷拿碗来舀水尝鲜解渴,挑水人也不好说什么,只好加快脚步把抢水人甩掉,回家把水倒进水缸,

盖好。夏天缸水容易发臭,放几条小鱼就能保持水的新鲜。

到了冬天,村子里水塘清澈见底,人们就吃这里的水,味道虽不如井水,但是省了力气。过年时节,不少人家图个喜气、高兴,还是去远处的井里挑水,增加过年的气氛。

我一个姨哥,年方二十,精干俊秀,轻而易举就说到了媳妇,准备当年腊月二十四成亲。八月十五中秋节那天早上,心情很好,去井里挑了两桶水回来,水桶一放下,说了声,哎呦,妈妈唉,就断了气。中秋佳节,成了大姨娘后半生的忌日。这一天,或前后几天,她的心都是在油里煎的。如今,大姨娘早已寻我姨哥而去,刀绞的创伤也该愈合了吧。

自从有了自来水,轻轻一拧,水就哗哗而来,挑水的记忆都远去了,很多人就很麻木,一任甘冽的清泉肆意流淌。我看到难免有点心痛。

拐　豆　腐

　　乡间用语,常常跨度很大,讲拐豆腐让很多人很难理解,其实"拐"是做豆腐最早的一个动作,若等豆腐出来,还有很多步骤。

　　小福子家是祖传做豆腐的,每天卖完豆腐,再买黄豆,继续做豆腐,形成良性循环。他家做豆腐有专门作坊,一口大缸盛豆浆,几个黄盆泡黄豆。黄豆泡到极致,胖得要炸开似的,就要动用一个水磨,靠水磨转动,把泡胖的黄豆磨碎,这是第一步,"拐"就从这里开始。准确讲是拐磨。

　　水磨上有一个木把子,木把顶端有一个洞,一根两米长的"T"字形横杆,一端连接水磨,安个上下方向的小圆木,插在那洞里,起到轴的作用;另一端有个棍子立地,支撑这根"T"横杆,使横杆始终保持在与水磨一个平面上。掌握水磨一端的是妇人,一手握住水磨上木把子,启动、带动、引导水磨,一手往磨眼里加黄豆;另一端是个男人,来回拐来拐去,推动横杆助力,使水磨加快转动。男人直线运动变成水磨圆周运动,身子像舞蹈,其实他不是助力,是主力。叙述起来很啰唆,看过发动机连杆曲轴就可以知道水磨工作原理了,看过锡剧《双推磨》就更一目了然了。

　　黄豆一半,水一半,这样,磨碎的黄豆就变成糨糊似的流质,瀑布一样流到水磨下的水缸里。他们机械式的运动,一个小时不要,一大盆黄豆就磨完了,紧接着开始吊豆渣。

　　细细的纱布,吊起四角,挂在屋子横梁上,把磨碎的豆渣倒进纱布兜子里,向里倒水冲洗,有限度地摆动布兜子,使豆渣在里面滚动,最大限度地把

豆浆滚下来。反复如此，当布兜流下的不再是乳汁一样的豆浆，而是清水，就赶紧烧锅，把豆浆加热、凝聚，再加入石膏，搅动，仔细观察。片刻，立马摆好箩筐或木框，下面垫上细纱布，这时豆浆不再叫豆浆，而叫豆脑，倒入箩筐或木框，立即用纱布覆盖包好，压上重物，清水流出。冷却后，羊脂碧玉一样的豆腐就形成了。

豆腐可以演化成豆腐干、豆腐乳、腐竹、千张子，早期有豆浆、豆腐脑，据说都很营养。那时我们总觉得它无论如何也没有肥肉有营养。

有人喜欢老豆腐，有人喜欢嫩豆腐；有的是图厚重受吃，有的是图口感滑爽。现在都用粉碎机了，拐豆腐不见了，而石磨豆腐总比机器磨的豆腐好吃。

擀　面　条

　　从前,农村做饭简单,锅里加点水,煮点山芋也是一顿饭,萝卜剁剁往锅里一倒,加点油盐就是下饭的菜。要说还有没有难度大的,若有,那就是擀面条了。擀面条不是轻而易举的事情,就是有擀面条的原料,还要看主妇有没有时间,有没有体力和技术。当然,要是来了客人,时间和体力都是可以随时调剂的,技术不是随时会有的,而是长期练就的。擀面条首先要会和面,麦面好和,先少放点水,调成面瓣,待没有干面粉时就把面瓣往一起揉。若太干,再适当加点水。有的懒婆娘舍不得出劲搋,只顾加水,面团软不拉几,面条就没有劲道,吃嘴里黏糊糊的。蠢媳妇就是水多了加面,面干了加水,本来是和三口人吃的量,她能和出够六口人乃至更多人食用。麦面和好,要缠面,缠面用右手后掌旋转向里揉加搋,揉搋成一个馒头形状,左手这期间只是象征性地搭在面团一边。面缠好就可以擀面了。若是豆面,一般人不仅和不成团,恐怕把手从豆面糊子里拿出来都困难。豆面很黏,叮手、叮盆、叮面箔,没有相当技术,一般人家不敢擀豆面条。豆面条又是面条中稀罕之物,只要有辣椒酱调调,很多心灰意冷的人吃了都会信心百倍,很多达官显贵都会感到自己居然还没有享尽人间美食。

　　面条确实好吃,过去农民生病了,医生会说做点面条吃容易消化。有天夜里收稻子,我们队长说,今晚供应肉丝面,这简直就是面条锦上添花,当晚参加劳动的人也添了不少。过去部队战士生病了,病号饭就是面条,是特殊

待遇。三十年前,我去部队探亲,天晚了,营长破例安排我们吃病号饭。这不是寒碜我们,是尊重和厚爱。

面条好吃,但擀面条是技术活,心灵手巧的人才会。擀面条需要两种工具,第一是擀面杖,说白了就是一根握在手心很称手的圆棍。表面光滑,长度比面箔的直径略长一点。面箔是高粱穗子以下那段细而光滑的杆子排列,用线穿起来,横竖两层穿紧,切圆,就硬如面板。上面用高粱杆子皮做成篾子,编成细席子铺平,面箔成。首先在面箔上洒点面粉,防止面团和擀面杖、面箔粘连纠缠。擀的过程中也要不断洒点面粉,因为面团被挤压,里面水分会渗出。先把面团用手压平,再用擀面杖三百六十度按压使边子变薄,薄至可以卷到擀面杖上连续翻卷、滚动、旋转。每一边都要着力,始终保持面团到面皮是圆形的,而且厚度是一样的。手法不好的人就可能擀出奇形怪状、厚薄不一,别人看了会说,你这是在画地图吧?自己也觉得难为情。按照经验,一团面擀成面皮,和面箔的面积相等或约等于,就可以切面条。先把面粉再洒点在面皮上,把面皮对折成半圆,再继续叠加,折成约三寸宽,就可以用刀切。右手拿刀,左手收拢,用食指至小拇指的第二指关节抵住刀的侧面,决定面条的宽度。手法好的,依次切下去,面条粗细不差毫厘。

　　一剂面团擀下来,腰酸胳臂疼,还满头大汗。农忙季节吃面条,就是苦中作乐,得不偿失。后来有了面条机,压出的面条更规范、整齐,也省事,可很多人说不好吃,没滋没味。于是,能坚持手擀面的人家还在坚持,饭店见机行事就打出手擀面的招牌,把压出来的面条用手搓揉变形,冒充手擀面。可擀过面条的群众眼睛是雪亮的,味觉也是灵敏的,手擀的面条一看就知道。

打　秋　叶

打秋叶如同精简机构一样,裁减冗员废物,使之效率更高,事业发展更蓬勃。植物也是这样,树长高了要剪掉多余的枝桠,以便它更好更快成长。大黍黍和小黍黍,也就是玉米和高粱同样也要经过这个阶段,秆子才能长得硬,棒子和穗子大而饱满。

玉米和高粱都在入夏孕穗,到伏天粒子开始渐趋饱满,这个时候就要把它们从下到上百分之八十的叶子去掉。怎么去? 就是用人们的双手,一片一片去打掉。合作化、大集体的玉米地、高粱地都是无边无际,深似海洋,人进去就像一条小鱼顷刻不见了。太阳出来,地里风不透,雨不漏,太阳的热量无法散失,全部集中在里面,进一步发酵加温,人进去顿时就会窒息。出来时,衣服好比经过劈头盖脸的大雨。

那一年,韩哑巴不知其中的厉害。早饭过后,独自一人去玉米地打玉米叶,放牛的姚二猴子眼看哑巴进去,迟迟不见出来,就估计出了问题。于是,他进去探看,走进二十步,看见韩哑巴已经倒在地上,死人一般。他赶紧去喊锄豆子的人,把韩哑巴抬出来,找来赤脚医生,揭开衣服,凉水擦脸,又在太冲、合谷、人中几处扎了几针,这才睁开眼睛。可他有口难言,他妈妈代他说,多亏你先生啊,哑巴他也不想吃闲饭,可谁叫他打秋叶呢。

打秋叶都是起早,虽说困倦,虽说露水湿重,但比起酷暑闷热,比起叶片划破皮肤汗水腌渍火烧一般,那要好多了。于是,没到黎明时分,天还黑隆隆的时候,人们就下地了。有的赤脚,有的穿鞋,有的舍不得时令衣服被叶片划擦,花粉虫屎草锈沾染,就找件粗厚的旧衣服,有的就干脆赤膊上阵。打秫叶不要任何工具,看准方向,一路向前,右手把叶子打(扯)下来,夹在左腋下,夹满了,就找一两片有韧性的老黄叶子打绕子,把这一抱青叶子捆好,挂在结实的玉米秆子上,等到晒干,收回去堆放到冬天以备牛马享用。若是急用,就在收工时带到牛棚。牛十分喜欢吃这些叶片,也许里面有粮食的成分吧。

黎明是静悄悄的,可地里到处是一片咔嚓咔嚓、窸窸窣窣的声音,几十人、上百人都各自拉开距离,只顾争分夺秒,与太阳赛跑。想到打下叶子,粮食就能增产,叶子还能喂牛喂马,收割玉米高粱时里面就不再被叶子扯扯拉拉,爽,利索得很,想到这些,就听那声音不断,手不停,却无人声。尽管有的人甚至还在迷糊状态,似醒非醒,但是手是清醒的,不停地把秫叶打下来,手里满了,塞到左腋下,腋下满了就再捆成一把,再挂到一棵坚实的秸秆上。有时偶尔会有女孩一声"哎呦,我妈妈唉"的尖叫,那肯定是癞蛤蟆或蛇通过脚面,或蚂蚱钻进裤筒,那些东西凉得刻骨,麻得铭心,不惊叫不足以镇静。但其他人依然充耳不闻,惊叫之后,依然咔嚓咔嚓是主旋律。再说农家孩子太娇气,谁又看得起呢。

天天渐渐亮了,开始有人说话,开始看见自己头上身上沾满了花粉、草锈、蛛网,还爬着被惊扰的小蜘蛛和其他爬虫。衣服也湿透了,不是汗水,就是露水。姑娘们的薄衫在水的作用下显影了皮肤、乳房,于是就不停地拎起贴在皮肤上的衣衫。那些过于封建保守羞涩的姑娘,回家时干脆就扛一捆秫叶,把上身遮起来。

打秫叶是艰辛的、劳苦的,但也有苦中作乐的。个别人打秫叶不行,但面对天时地利人和的大好环境,激情高涨,会说服动员一异性深入到青纱帐里面。好在绝大多数都在全神贯注打秫叶,个别行为无人知晓。

打完秫叶的地里,人们看清了玉米高粱真正的身材,棵棵都显得精神利索,像人减了肥、理了发、脱了冬衣似的——而它们脱的恰恰是夏装。若有时间,人们再粗粗地把地面锄上一遍。此时,阳光直射,火烧一般,杂草片刻枯死,泥土营养为庄稼独享,哪还有不丰收的道理?

漏 粉 条

如果今年山芋分得多,吃不完,那么,老乡们就要拿出一部分山芋,对其进行加工、改造,使其升级换代——由山芋变成粉条。粉条又叫粉丝,粉丝又被现代人中西杂交,胡扯为追星族、崇拜狂的代名词。

从山芋到粉丝要分三步走。首先,要选择一些质地坚硬的山芋(它含粉多),洗净磨粉。常见的是刨子刨。取一块洋铁皮,用钢冲子砸出一个个排列整齐或错落密集的小孔,小孔的反面边沿铁皮被冲翻卷,牙齿般锋利。把整块洋铁皮钉在木框上固定,然后,手拿山芋在铁皮小孔翻卷那面来回摩擦,山芋遇到锋利的茬口,立即粉碎,从小孔中漏下。磨到一定斤重,就用纱布做成网兜,吊在梁上,把磨碎的山芋放在里面用水反复冲洗,用力挤压,把淌下的白水盛在大缸里。过上一夜,倒掉上面黑水,下面便是白玉一般的粉面,取出晒干,即可做粉条。

漏粉条的人被称为粉把式,把式是民间高级技术职称,而且是真才实学,是群众公认的。粉把式有时几个庄子都找不到一个,若请粉把式,就得几家把粉面集中起来,再瞅准天气,才值得去请一次,还得预约。做粉条都在冬天的晚上,先调糊糊,即把一盘散沙的粉面用适度热水调成糨糊。调不好,就不会成为粉条,可能就是一块死饼,或者是糨糊和干粉夹杂的产物,还可能化在水里,变成一锅糨糊,所以粉把式没有这金刚钻,就不敢揽那瓷器活。

做粉糊糊,关键是要掌握水的温度来和粉面。粉把式不用温度计,用手试水即知,心中有数,不可言传,经验为准。糊子调好,开始烧水,水至沸腾,开始漏粉。粉把式手中拿一个类似水舀子的东西,叫粉瓢,上下等圆,白铁皮卷成,下面是排列整齐的手指粗的圆孔。粉把式把糊子装进粉瓢里,一次能盛下三四斤,多了粉把式端不动。这时,粉把式把粉瓢举至沸水上端约二尺,另外一只手,轻轻地敲打端粉瓢的那一只手的小臂,使其产生振动,振动传至粉瓢,感应糊子,糊子开始从下面小孔中漏下。刚开始有手指粗,下落至沸水处正是人们需要的细度,且固定不变,大约铅笔芯粗细。水平不高的可能会使粉条粗细不一,还断断续续。此时,白色的糊子顷刻变成灰色,滑腻透明且富有弹性。这时,粉把式指挥官一样,话就多了,他叫那个拿长筷子的人要不停地把热锅里的粉条立即捞到凉水里,待凉透又叫外边人立即把粉条挂到外面晾衣绳上,和晾衣服一样。这时,外面必是滴水成冰的天气,因为没有这样天气,粉条就会粘在一起,那就不叫粉条了。这个工程是连续的,火要猛烧,粉把式要不停地重复那几个动作,人家穿棉衣,他单衣还汗流浃背。待几十斤上百斤的糊子漏完,粉把式就瘫痪似的歪在锅门的草堆上。主家就立马准备酒菜,犒劳粉把式。

粉条经过一夜冰冻,第二天太阳出来,开始化冻,家里人要拿着棍子,不停地敲打挂在晾衣绳上那瀑布一般的粉条,冰冻纷纷脱落,粉丝粘性失去,互不粘连,根根分明,水也就析出大部分了,再晒一个太阳即可成品。若是阴天,夜里不上冻,粉条粘在一起就不是粉条了,成了"粉骨"了。

做粉条如此复杂,因为在乡村它毕竟是美食,而且是通过努力可以争取到的美食。粉条是统一战线、友好使者,把它放到任何菜里都很和谐,而且只会锦上添花。粉条特别显油,口感特好,老少咸宜。逢年过节,来亲戚朋友,就多几个菜。有粉条,菜也好做,烧也行,炒也行,汤也行,还可凉拌,油炸。粉条还堂而皇之走进都市,在那里被人们牵扯吸溜,经久不衰,它的别名——粉丝,还有着中西合璧的时髦语意。

补 碗 巴 锅

民以食为天,锅碗应该是"天体"的一部分。小时候,我们一不小心把饭碗打了,那么,我们也会和饭碗同样下场,也得挨打,只是不至于被打碎。我们含着眼泪,收尸一样把碎碗片收拾起来,保存好,等它再生。

果然,不几天,那个挑着两个小木箱的小老头就来了,瓜皮帽不分冬夏地戴着,皮围裙也形影不离,刚进村就高声吆喝,补碗巴锅噢,补盆巴锅噢!不知别人听了什么感觉,我们当时感觉他有点幸灾乐祸。这时,做家长的还会旧事重提,对巴锅的小老头说,都是这些倒头孩子干的事。巴锅的小老头微笑着说,小孩子嘛,家家都这样。他的同情也反映他的心情——没小孩子砸碗,我吃什么? 至于锅漏了,盆裂了,家长不会说自己的过错,只说,都用好几年喽,没闲着呢。

巴锅的小老头拿出钻子,钻头有点锈迹斑斑,那钻头肯定不是金刚钻,但他照样揽瓷器活,可见是艺高胆大。那钻子是一横一竖两根木棍做的,竖的是圆木,顶端左手握的地方单独一截,中心有轴,下面圆木转动,它不动;横的是方木,上有牛皮筋连着圆的上下两端,右手来回拉动横木一端,圆木也就快速来回转动,下面钻头就钻进瓷片、陶片的碗、盆里面。打出小孔后,只见他拣出符合被修补器皿比例的洋铁皮圆片,面对器皿那一面还抹上特制的细泥,大约是防渗漏的。圆片中间也预先打好孔,在碎碗或碎盆打孔处里外各放一片,形成里外夹击,在孔中间插入一根铆钉,然后小锤轻轻敲打铆钉,这是功夫所在,渐渐铁片夹紧,碎碗复原,破盆完整。至于锅,碎成几半是没有的,也无法再补,钻子也没用,方法和补碗补盆一样,只是碗、盆叫补,锅却叫巴。一补一巴,其中要义要领,只有那老头明白。

钻孔和夹那铁片(巴子)、敲铆钉都是细活,粗手大脚,没有耐心,干不了这活。那钻头不偏不斜,那小锤不轻不重,分毫不差,恰到好处。若不恰到好处,就会雪上加霜,本来人家的碗是两半,可能在你手下变成四半或若干;本来那锅是针眼大的洞,也会变成拳头大,这行饭你就吃不成了,赔钱就把你赔死了。别看我是碎碗破锅,那还有救,你现在搞成这样,就是补上了,也很难看,到处是黑黑的铁巴子,看了都恶心,还怎么盛饭? 别看碗锅盆貌似很硬,实际很脆弱,没有韧性,一锤一钻在哪一下碎,谁也无法确定。按我推理,一个好的巴锅师傅,要是改行行医搞骨伤科,培训一两个月即可主刀,决不会要五年本科,再加一年实习,还只能给老师打下手。

中国陶器历史悠久,补盆巴锅的人也是随之而来,应运而生的。随着时代推移,巴锅的师傅为他人补碗巴锅一辈子,最终自己丢了饭碗,砸了锅。现在小孩子打坏一只哪怕是最精美的景德镇瓷碗,做家长的也则是笑着说,好,岁岁(碎碎)平安,谁还会想到找补碗巴锅师傅呢?

搓　绳

　　绳在农耕时代，具有连接、牵引、捆绑、编织等多种用途。绳不是天生就像油炸的麻花那样，得要人搓成像麻花那样。绳，离不开苘和麻。

　　搓绳的人多心灵手巧，无论两股的绳，还是更多股子，都搓得粗细均匀，承上启下，结构严谨，首尾呼应，耐磨耐拉。搓绳的原料很多，常见的是苘和麻。它们都是高秆植物，成熟以后，砍下来，捆成捆子，正是伏天，埋到沟塘的淤泥里沤几天，捞出来，青皮退掉，剥下白丝洗净晒干，就可以搓绳。黄麻是从外地或外国引进的，是苘的远房表兄弟，性质大致相同，都坚韧柔软，最适合做绳。

　　阴雨天，农活没法干，会搓绳的人就搓绳，先把两股苘或麻夹在右腿腿弯里，两手搭在两膝盖的上端，这是因为搓绳要力气，仅靠手腕的劲是不能持久的，手腕搭在膝盖上，膝盖就能分担一部分力量，正是助一臂之力。这时，右手在上，左手在下，掌心对掌心搓动，两股苘蔴便交织在一起，就像麻花一样，绳子就出现了。随着绳子越来越长，苘麻需要不断续上去，这不仅可以保持均匀，而且可以无限长地搓下去。只要你有足够的苘麻，最后搓的绳子把地球捆起来都够。

　　搓绳的人是勤劳智慧的人，而且耐得住寂寞，专心致志，身后不断伸展的绳子是他们最大的快乐，好比文人把一个个单字凑成文章一样。当手心搓到发热时，苘麻打滑，搓绳的人就会迅速伸出一只手，一口唾沫吐到手心，随即回到苘麻上，接着再搓，苘麻就不滑了，手心也不热了。外面的雨或雪不紧不慢地下，搓绳人也在不紧不慢地搓，到了中午饭时，身后一大堆的绳子,蛇一样盘绕在地上。

　　绳子原料不同,用处就不同;粗细不同,责任也就不同。妇人纳鞋底用的麻线,那是火麻,很贵的,花钱买上几两都心疼。因为麻线要穿到针鼻子里,所以要细,手搓困难很大,就得用麻线捶纺。

　　麻线捶是牛身上一块两头对称的骨头,估计是胫骨,约半尺长,两寸宽,中间开个小孔,安上细竹节。火麻批子想要变成麻线就得先系在细竹节上,拨动牛骨头,它便在空中旋转,这时适时地续上撕细的火麻,麻线就在转动中生成。杀牛的时候,贤惠能干的妇女不会想到牛肉,而是去央求杀牛者把那块骨头给她做麻线捶。

　　要是牛车上的绳,就得有手脖子粗,最少要八股,那么难度就在于搓只能搓出两股,就得想办法把两股四次搓揉,变成八股。一头把四根两股绳固定,另一头拉紧,一根一根缠在一起。人常说,大家拧成一股绳,就是这个意思。如果要省力、要快当,那就要弄一个绞盘,在一头转动,把四根两股绳子在转动中交织在一起,这样拉牛车的绳子就成了,四条大水牛也拉不断。

　　茼绳柔软,易于编鞋子,特别是毛窝鞋,用芦花和茼编在一起,暖和无比。麻绳坚韧,捆绑不易松动,湿水后越发紧缩,有时逮到坏人,就用小麻绳捆捆扎扎,怎么也逃脱不了。

　　以前油瓶是拎着的,油瓶上的绳子很细,也很讲究,扣子也不是人人都会打的。如果绳子不牢,油瓶落地砸了,那就是巨大损失。捆草的绳子叫柴绳,绳一头有树杈做的钩子,便于煞紧松软的柴草;牛拉车的绳子叫车络;指挥牛耕地绳子叫撇绳,拴在牛鼻上,你绳往哪边撇,它就往哪边去;拴在油瓶上的叫系子;打牛用的绳子叫大鞭,蛇一样形体,打在身上,蛇一样的毒;撒渔网上的绳叫纲绳,纲举目张;拉船的叫纤绳,固定船的叫缆绳;草草编成、一次性使用的叫毛绳;麻搓的叫麻绳,草搓的叫草绳,钢丝编的就叫钢丝绳;最细的绳就叫麻线,扎辫子的叫头绳,牛皮割成线结成的绳叫牛筋……

　　现在很少看到搓绳了,估计不久就会失传。现在只能看到人们常常急得直搓手,以及浴室里搓背,棋牌室搓麻将了。

推　磨

　　合作化以后，大牲口都加入合作社，私人严禁喂养，加入合作社的牲口由社长等领导支配。私人吃面粉就得自己推磨。

　　磨还是那个磨，两个圆盘石头，上下各一，夫妻一样，中间结合处凸凹交错类似牙齿，这里叫磨齿，靠它把粮食旋进挤碎成粉。这个挤碎过程就需要动力推动上盘磨转动，这动力就是人。磨盘边缘有两个洞，打一个绳扣，棍子插进去，手和肚子一起用力，磨就转动了。大力士只要一人，斗把粮食半个时辰即成面粉，妇孺儿童要两三个，前面拉，后面推。

　　没有推过磨的人，我为你遗憾。你已不再可能想象出那间阴暗的小磨坊里的情景。那唯一的小窗洞是白天的月亮，那土墙上条条裂缝，明明暗暗，高高低低，弯弯曲曲，有文字表达不出的意境和情节，凭着你的艺术感觉，你可以任意把它想象成什么故事或图形；那屋顶上经过蜘蛛的长期努力，已经看不到檩条和秫秸了，抬眼看去好似进了原始岩洞或是黑暗的海底世界。你也不大可能想象，我从小就喜欢载荣戴誉，那个临街一身肥肉的胖女人曾预言我将来可以当上空军，以至于我每次为她家推磨总有一种驾驶飞机的感觉。

　　十岁时，我已经成为家中推磨事业不可缺少的一员，到胖女人家当飞行员的机会反而更少了。家做懒，外做勤，就是那时家人对我的评价和特点。开始推磨，望脚下明晃晃的小路，虽短却一扭头便消失在眼前，还觉得路长，还可以想象出是一次难得的远行，似乎还想象前面会不会有座小山，山下会不会有一条欢快的小河,有山重水复疑无路,柳暗花明又一村的期待和悬念。然而,不一会冒汗了,气喘了,就只有山重水复,而没有柳暗花明了,注意力就集中在磨顶上了,盼那粮食堆成的小山慢慢陷落变成盆地而突然消失。就在这时,两片磨中间的缝隙里,面粉随着我们的脚步快慢时如瀑布,时如细雨;盛面的磨盘一周也因两片磨结合处的缺口大小,出现了面粉的群山环抱,连绵起伏。那轰轰的声音至今想起来还有点像飞机近来又像远去的沉雷,有时可以想象出是一首歌的旋律,隐约还能分辨出歌词大意似的。这时,面粉的香味弥漫在这间黑暗的小屋子里,掺和着这里固有的古老气味,醇浓得叫人拼命呼吸。

推磨

随着年龄的增长,这时也知道用自身的消耗来填补自身的要求是天经地义的事情了,因此学雷锋的时间就变得很少了。虽然知道本该牲口做的

事情,现在得人来代替,无奈还得抱着磨棍,一步步沉沉而去,林冲发配沧州一般。

后来终于熬到驴拉磨了,我感到振奋,同时又感到羞辱。振奋的是要是有了充足的驴,我们就有充足的时间或玩或看点书,我们就可以从中解放出来,成为指手画脚的指挥者,当一次驱赶牲口的领导,领略役使他人的快感;羞辱的是,我们居然和驴曾经一样在这黑暗的道路上,往复循环,周而复始地走老路,一点探索、突破的形式都没有。主人为了让驴全神贯注、心安理得拉磨,又要让驴偷吃不到面粉,就把驴眼蒙上,把嘴封住,看不见,说不出,忍受黑暗,忍受重复。

推磨,使我想到愚公移山精神的可贵。

推磨的人用沉重的步伐走过了那段岁月,像磨一样实实在在,他们不会空想。现实像两片磨一样,静止、运动、挤压、粉碎、组合的不断变化……夫妻一样的两片磨,以自我磨损孕育希望,服务人类。拉磨的驴,推磨的人,石匠的钢钎铁锤也不断在石磨身上记录着人生进化的哲学和美学。

没有推过磨的人们,我为你们遗憾。

晒 山 芋 干

山芋,不仅富含多种营养,也是解决饥饿最易得、最管用的食品。虽然它一直没有列入粮食行列,我们当年却一直把它当粮食吃。山芋生长周期短,产量高,小麦一亩地一二百斤在当时已算高产,而山芋一亩地长一二千斤没问题。缺粮的时候,山芋是第一选择。

每年山芋收下来时,家家堆积如山。天冷,山芋怕冷,一冷就和人一样会生冻疮,会溃烂,那黑斑,会发苦,人不能吃,就连猪也不能吃。人们就把山芋窖起来保鲜,在地上挖个坑,上面像盖房子一样,做个房顶。窖起来的山芋可以延长寿命,但也不是万无一失,遇到连天阴雨,山芋窖子会渗水,那才是真正全泡汤了。有时也有在选择时没有发现山芋黑斑病,有几个病山芋在窖子里就会传染,殃及全体。怎么办? 最好的办法就是把山芋切成片,晒干,吃到新山芋下来也没事。

切山芋很苦,一般家庭都是用菜刀切。每到晚上,白天的活干完了,就是切山芋的时间。一家老小围着一堆山芋,拣的拣,切的切,运的运。拣,是拣那些破皮伤肉的山芋,它们绝对经不起寒冷考验,首先要先把它们切掉、晒干。这些活是小孩子干,他们拿不动刀,切不动山芋,倒可以把手切了。切,是主妇的事,她们平时就和菜刀亲密,切山芋近似专业,她们坐得住,也有耐心。运,就是男人的事了,他们要把切好的山芋挑到场上去,撒开,或者撒到屋顶上,实在没有地方就撒到抄埫地。这都是连夜干的,不必等到第二天,再说这一夜山芋干撒开,水分也会飕干不少。最苦的是切山芋干,拇指

145

食指交界处都磨出血了。孩子拿副手套给当妈的,妈妈说,不用,留给你大扒河用。她知道,山芋干晒干了,男人也该去上河堤了。这是每年的必修课。

太阳好,晒了两天左右,一家老老少少就去把山芋干一个一个翻过来。有的半干了,有的地方还水唧唧的,那是山芋干互相压着了,或被落叶盖着了。再晒两天,到了晚上就开始拾山芋干。真是首尾照应了——切的时候是晚上,拾的时候还是晚上。地里黑乎乎,但山芋干白花花,一家老小并排着,蹲着,崴着脚往前拾,有时有一两亩地大的面积,往往要拾到半夜。山芋干到这个时候,拾起来是最繁重的,运输倒不重要了,无论重量和体积都大大缩小了,男人也得蹲下来和家人一起拾。最烦人、最怕人的是夜半时分,忽听得东北风呼啸,有人起床往外一看,月亮不见了,星星也不见了,隐隐约约看见乌云往上泛,就急忙喊醒熟睡的人赶快起来去抢救山芋干。这些人,多是老人,醒得早,也最关心天气,天气决定生存。如果刚拾完山芋干就下起了雨,报告天气的人就会得到感激、夸奖。若是虚惊一场,第二天依然阳光灿烂,就会有人暗地嘀咕,或当面表达怨气。老人会说些久晴备久阴,以防万一的话。

当年,我十分尊敬的一个前辈,时任公社书记,看老百姓种山芋很辛苦,就鼓励大家说,我们马上搞旱改水,全部吃大米,将来山芋要当苹果吃了。老百姓当时听了都不相信。现在果真如此,山芋真当苹果吃了,山芋干几乎就是果脯了。

剥 玉 米

过去，种玉米是很费事的，种玉米的季节却很美好，一般在清明前十天和后十天，这个时候人体舒适度最好。也许这种舒适，就预示玉米会将给人们带来很多麻烦，或者叫不舒适。种玉米时，无论是私人一埯子一埯子点种，还是生产队一条沟一条沟撒种，都得有这两道工序——一个人在前先用锄头刨一个坑，随手有人丢下三五粒玉米，再随手有人撒上一把晒干的粪肥，随即下一个坑已经刨好，土正好盖在刚才撒了粪肥和玉米的那个坑上。紧接着，脚向前迈步又正好踩在上面，压实。这一连串动作只要一两秒钟。生产队是犁耕，犁铧开了沟，也是人跟在后面，一个撒玉米种，一个施肥，等到犁回头，翻过来的土，正好把刚才的玉米和肥料覆盖。玉米出苗至一拃高，开始间苗，一埯子三五棵，择优录取，只留一棵，其他拔掉。接着是锄地，施孕穗，接着还要锄草，还要打秋叶，而最麻烦的还是收获。这一系列劳作都在炎炎夏日。

要把玉米棒子变成一粒一粒玉米，先得把玉米砍到，接着是扳下玉米棒子，尔后撕掉玉米的裤壳——包皮。玉米就黄灿灿地露出来，一排排，牙齿一样。当时没有好的脱粒工具，只有用手剥。玉米粒紧紧团结在玉米瓢子的周围，靠近瓢子那端，还有半截玉米粒像牙根一样嵌在牙槽里。人们先是用竹签开路，在玉米棒子上，间隔强行刺开三两行玉米（一个玉米棒子玉米排列有二十几行），这也如拿牙一样，拿掉一颗，周边即松动，拿掉一行也就松动其他几行，这样人们两手一扭一搓那棒子，或拿一个脱过粒的玉米瓢子

与松动的玉米棒子对搓，玉米粒很快就脱落了。

生产队剥玉米都是大家围在一起剥，为的是好管理，也好监督。但是光靠队长一人在一旁督战，也没有多大效果。这种场合最易交流，闲聊，开玩笑。剥玉米多是妇女，三个女人一台戏，十几个、几十个女人在一起，就是连续剧了，而且高潮迭起，精彩不断。有风骚女人会调侃那些良家妇女，拿着玉米棒子说，大红妈妈，这还有你家男人那个粗啊？那个叫大红妈妈的就红着脸说，有你头粗噢，你拿去家留用吧。于是便一阵浪笑。队长也被讲得心花怒放，但是他考虑政治影响、农活进度，还是假装严肃地说，快干，快干，不要嘴讲话，手打挂！

后来，队长吸取别的生产队经验，剥玉米时玉米棒子归个人所有。于是，人们就来劲了。玉米棒子是上等柴火，不到关键时刻不用。什么是关键时刻？那就是来客人，应急；过年㸆肉，火硬，肉易烂；玉米棒子熬火，受烧，省事，丢几个给锅膛里，你该干什么干什么去。玉米棒子还可以当鞋刷子。乡间刷鞋，那时没几家有鞋刷，鞋刷没有玉米穰子好用，玉米瓤子刷下灰还不伤鞋。有的人家把玉米瓤子粉碎当饲料喂猪喂鸡也很不错。既然那么多好处，谁还不拼命地剥啊。于是，女人们也不叽叽喳喳了，主要精力都用在大干快上了。队长说话算话，半天下来，家家都收获不菲，还拿了工分，真是两全其美。

老玉米棒子在城里看不见，嫩玉米棒子受到城里青睐。城里人不用手剥，因为它嫩，他们都用牙啃。

收集草木灰

草木灰，即草木燃烧后的灰烬。过去乡间草木灰几乎全部来自草锅。一般人家，三天两头要掏灰，因为锅膛和锅肚里都满了，烟出不去，火起不来，就得把灰掏尽。霎时，锅膛空空，草木进去轻松自在地燃烧。

烧草锅很有讲究，若是做米饭，火候到了，但草木灰要保留在锅膛，还得不时翻翻，目的是要这死火继续发挥余热，把米饭煮得酥软。炟肉也是，即使停火了，草木灰还在闪着红光，继续文火细炖。要是炒芝麻，芝麻发出香味，就得立即把火取出，若芝麻冒烟，还得用水浇灭草木灰。如果烧火的是小孩子，他们还会埋些山芋在草木灰里，死火闷熟的山芋又香又面，山芋有多种吃法，唯此种吃法简单而且令人百吃不厌。

我们记忆中的草木灰，不是随便倒掉的，每天队里安排两个半大的劳动力，挨家收集。大多在早上，因为早上人家都掏灰，好像过了这个时辰就没人家掏灰了，可能是不合时宜，也许有什么风俗忌讳，反正我们没见过中午或者晚上掏灰的。草木灰被那两个半大劳力用大筐抬走，谁家几斤几两也记在本子上，给你工分。

草木灰是肥料，撒在山芋地最好，那个叫郭瞎子的技术员说，那里面有钾肥。社员们就说，假肥怎么还能壮地？郭瞎子必然要如此这般地讲一大套。后来他看见社员们把草木灰倒在茅厕里，和人粪尿混在一起，他又说，不行不行，酸碱中和，降低肥效。社员们不太相信郭瞎子话，虽然他是大学生，是公社派来蹲点指导的，就给他起个外号叫瞎子，其实人家就是个近视，

戴个眼镜而已。生产队齐(集中)去的草木灰,主要用在小秧落谷上。当稻谷发芽后,撒在含水的畦子上,春寒料峭,撒点草木灰,就可以为稻芽子保暖。社员们不信归不信,但是万一下霜冻坏了稻芽子,谁也担当不起这个责任,所以,郭瞎子叫撒草木灰,大家就去撒。撒了再冻坏,就是你郭瞎子的事情了。

知识分子和工农总是有距离的,他们之间也都有责任。知识分子过于书本化,难免教条,有时不切实际;农民同志有时过于经验化,过于实际,不愿接受新知识。经过互相结合,就融洽了,果然取得了大丰收。

我们那里草木灰大家都不叫草木灰,叫青灰,是郭瞎子叫草木灰的,后来大家也都这么叫了。青灰,有点诗意,却抽象,细想真不如说草木灰科学。草木的灰,谁不知道呢?往日里,形容人穷,穷得睡灰,就是睡的草木灰。父亲在世时说过,有一年夜里被敌人追赶,被迫渡河,此时已是寒冬腊月,河上结着薄冰,几个人凫水过河,上岸衣服就结冰了。他们跑到一个堡垒户家,脱下衣服,那家主人把锅膛里青灰全部扒出来,把青灰塞到衣服里,吸干水分,又把青灰铺到锅门口地上,几个人就真的睡在灰上,既软和又暖和,那一夜睡得真舒服。父亲在我们面前不止一次地讲过。

那时候,庄上不少妇人还把草木灰浸到水里,几天后水发黄,她们就用这水洗衣服,还真掉灰。郭瞎子说草木灰是碱性的是有道理的。大伙儿后来都认为郭瞎子肚里还是有货的。

烧　窑

这里不是指砖瓦厂的工作,我们的烧窑很俗——就是为了一张嘴,一张被青灰污染的馋嘴。

秋天是真正的丰收,因为不仅收获,而且很丰富。丰富的收获,当然叫丰收。午收除了小麦,其他无几。秋收就不一样了,除了稻子,还有高粱、山芋、各种豆子、花生,那真是一个高潮接着一个高潮。

大人忙,小孩也忙。一切都成熟了,就要收获。大人是合格的农民,是收获的主力军,小孩子最多算是助理农民。拾荒,是小孩子力所能及的活,拾起大人们丢下的零碎粮食、瓜果、蔬菜。

大人们毕竟是大人,是干大事的人;小孩毕竟是小人,对于成熟的庄稼哪里等得到它们变成面粉,再变成馒头、烙饼,我们要现场办公,解决问题。于是,秋天在我们手下燃烧。

秋天草黄了,秸秆也枯了,燃料没问题;豆子、花生、山芋虽说不能明目张胆地运输,但偷一点,地里找一点还是可以满足的,所以原料也没有问题,火柴二分钱一盒还是买得起的,接下来就只欠东风了——西风、南风、北风也一样。

众人拾柴火焰高,一点不假。小伙伴唯一敢奋不顾身的就是吃,你去偷山芋,你去扒花生,你去摘豆子,你去拾干草,你去找干树枝,等所有的你都走了,留下的就是头领。他不是不干活,他干的是技术活,他要挖一个窑洞,相当于锅灶的窑洞,以便烧烤各种食物。窑洞要依坡挖,上下两层,上面放

食物，下面烧火，有时有的食物和柴火混在一起烧，到嘴的速度更快。

这个时节，你看我们周围二里坝也好，你看七里沟也好，你看旗杆庄也好，不约而同，田野到处都在冒烟，烟下面必是一帮忙碌如蚂蚁，又像盗贼、小老鼠一样的孩子，那都是我们的同龄人。

香味从烟里冒出来，眼泪也从烟里冒出来，小手伸向火塘，猴子一样敏捷抢出火种里的山芋、花生、豆子……

个大的，手快的，左右开弓，手不停，嘴不停，吃的酣畅淋漓，吞吞吐吐；个小的，力弱的，也是手不停，好不容易抓到的只是烫手的青灰，嘴不停，只是骂得声嘶力竭，吞吞吐吐。一锅吃完，再来第二锅。此时，大家有暇得以互相对视，面面相觑，都禁不住笑了，个个都成了黑头花脸，或李逵，或包公。头领此时就说，下一锅不许抢，我分给大家。我们这些弱小的就是从那时起开始仇恨丛林法则，盼望实现共产主义的。

直到吃得口渴，吃得肚胀，火才由熊熊变为悠悠，于是就去河边双手成碗捧水喝。喝完就有人在地上翻跟头，比谁翻得多，翻得快。消化一些后，就有人不满足于吃这些植物，有的说蚂蚱一肚子仔，肉一样，可香了，于是就去逮蚂蚱来烤着吃。果然好吃，蚂蚱肉像虾子，蚂蚱仔像蛋黄，回味无穷啊。庄稼只能说吃饱，蚂蚱就是吃好，有肉的感觉，虾的意味了。陆地吃完了，就下水吃鱼虾吧。水已经冰凉了，但心中有烈火，何惧秋水凉，扑通扑通几个就下去了。不一会，本来想安度冬日的鱼虾泥鳅黄鳝就被扔到岸上，接下来就是接受烈火的考验。泥鳅卷曲蹦跳，鱼睁着大眼，拍打尾巴死去。黄鳝闪电一样抗争后慢慢伸直修长的身体，再弯曲，头膨胀得夸张怕人。虾很有象征意义——一生清白，死后还红。

果然又是一番滋味在舌头，新的一轮争抢开始。最绝的是，泥鳅的尾巴还在动，上身已经被手快嘴快的小孩吃光。鱼鳞焦黄，肚子里还流着鲜血，吃一半，再回炉。有的孩子经不起这种祖宗的吃法，化不了食，就坏肚子，就连饭也不吃了，家里人就去买大黄烧水给孩子喝。

当大地像动物褪了皮毛一样清瘦，裸露着荒凉的土壤，霜降了，浓妆淡抹都不相宜了,粮食都弄回家了,我们就回家吃了。秋天也即将离开,田里一切也好像都被我们吃光,燃烧也就不再了。

现在人焚烧秸秆,夏天秋天都烧,烧得城乡一片灰暗,令人窒息。这和我们那时比,既没有创意,也没有诗意,更不令人们满意。

堆 草 堆

　　每年午收以后,决定午收最后胜利的有两个方面,第一是粮食颗粒归仓,第二就是寸草归堆。堆草堆,前面的"堆"是动词,后面的"堆"是名词。

　　粮食打下来就要立即晒干扬尽,老队长用牙一咬,咔嚓的感觉有了,就可以归仓。草也是很重要的,耕牛的过冬饲料主要就是那一堆草,其次盖房子,烧锅草,搞水利等也要用这些草。粮草是社员的命根子。兵马不也是未动而粮草先行吗?

　　眼下粮食归仓了,接下来就是堆草堆。这是一项重要工程,要做到风吹不倒,雨打不漏,就必须有一个权威的工程师。这个工程师就是站在草堆上,手拿草叉的那一位,他一定是庄子上的能人,一定是被历史反复证明他堆的草堆始终没有问题。

　　堆草堆,像盖房子,估计有多少草,要堆过高,要多大面积,有经验的人知道,斤粮斤草,就是打下的粮食重量大致和打下的草重量相等。

　　堆草堆首先用麦糠垫出地基,约膝盖高,压实后,有本事的能人上去,次等能人把麦草挑上去,再由能人一茬一茬往上重新摆好,一丝不苟,一叉不乱,层层相连相接。

　　草堆逐渐升高,下面是力大无穷的几个壮汉,挺胸收腹,昂首跷脚,用双臂把麦草翻上去,麦草上升过程中就有一部分飘落纷纷,犹如金属的雨雪重又回到下面人的身上。草堆再升高,人力不及了,就要树起杆子,做成土吊车,把草吊上去。

　　一个草堆大约得两天才能完成,待麦草全部上堆,又要麦糠盖顶,也得膝盖高,有点文章的首尾呼应意思。麦糠上面再用稀泥覆盖泥平,至此,草堆工程全部完成。能人从草堆下来,那神情好像杨利伟从卫星里下来那样,疲惫而自豪。草堆堆好以后,人们才有安居乐业的感觉,才有最后一块石头落地的轻松。这时老队长宣布,所有堆草堆的人晚上到会计家喝酒。

　　一段时间后,草堆固若金汤,堡垒一样。要用牛草,手是难以撕下来的,草叉挑也挑不下来,只有用专用切刀,它锋利无比,一块一块切蛋糕一样切下来。有一个光棍汉,用愚公移山的精神,在我们队的草堆中间掏了一个洞住了进去,在那里点煤油灯,草堆也烧不起来。里面冬暖夏凉,庄上人都说这个光棍会享福。

　　有一年发大水,社场上一人深的水,草堆浮力大,漂了起来,开始移动,活像一艘航空母舰。外行人惊恐,大叫完了完了,草堆完了。能人说,放心,散不了。他叫几个人,在四周砸几根木桩,草堆就不动了。等水退去后,草堆依然坚不可摧,巍然如山。

草堆经过一夏一秋一冬,到了来年午收前,就被喂牛、烧锅、盖房子等用得差不多了,好似一座被开采完毕的矿山。这时节草长莺飞,已经夜来南风起,小麦覆陇黄了。

有的落后社员会拿草堆说事,说什么"集体是个大草堆,哪个不扯哪吃亏"。这种比喻与理念,上升到政治高度就是挖社会主义墙脚。

造　菌　肥

四十年前，我就参加了菌肥制造。说给现在人听都不相信，那不是高科技吗？你一个小学生如何能在四十年前去搞这个高科技呢？

那一年，我们家从一个农村公社所在地，迁移到一个更农村的庄子上。公社所在地怎么说也是街上，而现在这个庄子就是纯粹的农村，听不到广播，看不到自行车，就这点变化也像从地上搬到地下。难怪有的省城下放户说，他们是从天堂到了地狱。

国际国内形势我们不知道，中央在干什么我们也不知道，却感觉有上级在惦记着我们这些农民，他们时时在思考如何让农业现代化，多打粮食，让农民过上好日子。科学家也不是吃干饭的，经过劳动改造，他们和劳动人民的心连在一起了，于是，他们呕心沥血，刻苦钻研，设法让农民兄弟轻快一点，舒服一点，于是就发明了菌肥，准确地讲叫 5406 固氮抗生菌肥。

郭瞎子是技术员，大学生，一个公社就一个大学生，激动地给我们讲解，说这是三大革命的重大胜利。这种肥料不仅抗病毒，而且自身会产生氮磷钾，更重要的是，一亩地只要一百斤，抵得上农家肥一万斤。谁听了谁都鼓舞。

能到公社学习这个技术并非易事，首先要有文化。这个文化是指识字，是狭义文化。就这个狭义，在当时庄子上没有几个，凤毛麟角。而那些凤毛和麟角都已经教书的教书了，当赤脚医生的当赤脚医生了，排来排去，只有我了。多少人想去，采取了种种办法，甚至是以消灭敌人，保存自己的办法，说我狗屁不通，说我懒惰。老书记就说，这孩子识不少字，经常替他表舅老

扁写信呢。你能写信?

我还是去了,当然我一个人不行,还有两个女知青,一个男知青。公社说了,必须四个人以上,这是工序的需要。我们大概学了两天,就掌握了要领。上级发一瓶菌种,是星星之火,据说可以燎原,我们就把菌种护送回来。我们给老书记汇报,先讲好处,再讲还需要一个接种箱。老书记说,你画个图叫聋木匠做。另外还要酒精灯,还要琼脂做培养基,还要接种的金属小勺子,还要一些瓶子。老书记说,乖乖,这得不少钱哪。他沉吟片刻,考虑上级命令和未来希望,就批示办理。

制造菌肥的地点在生产队山芋窖子里,比三间屋子还大,墙是无限宽厚的大地,上面加一个屋顶,一个很小的门,只能一人过去。屋顶上只有一个尘封的玻璃小窗,红日高照也月亮一样。此时正好山芋都运出去育苗了,里面空空荡荡,封闭、安静,真有点实验室的感觉。

东西,即仪器,都配齐了,我们开始操作。按照郭瞎子技术员教诲如此这般,一道道工序,严格操作,层层把关。我们把菌种一点一点通过酒精灯消毒,排雷一样放进营养土里,然后把瓶子封死,摆在那儿,等待书上说的那样,几天以后,瓶子会发热,从外面可以看见一层白色,那就是固氮抗生菌肥了。我每天都去看,每天都去摸,希望它发白发热。结果,一百多个瓶,已经超过了菌种生长的期限三四天了,只有几瓶有点温热,几瓶发白。这也是成功了,就把它洒在上千斤的细土里,方方正正堆好,一个星期以后,就可以下地。

结果也没什么结果,那堆细土也没有发白发热,摆在那里好似我们的耻辱和罪证。后来被小呆子拉回家和泥泥墙了,也算为我们去掉了一块心病。最后不了了之,也没有人追究。不久郭瞎子又来推广杂交水稻,又说出杂交水稻的五大好处,说了半天。老书记说,既然上级叫弄,我们就弄吧。于是,我又被安排去搞杂交水稻制种,又没有成功,只记住一个名词叫雄性不育系。

菌肥这么好,不知为什么没有推广、提高,造福人类。这并不怪我,可能是技术不成熟吧。现在想起来还感觉有点像做梦。

戽　　鱼

我们村庄前后,有水的地方很多,大的叫塘,小的叫汪,长的叫沟,又长又宽、望不到尽头的叫河,高出地面的叫渠。有水就有鱼,有鱼就有人逮。逮鱼的方法很多,有钓的,这很高雅,鱼在临死时还可以吃上一口美食,要是侥幸逃脱了就净赚了。有用网撒的,这需要技术含量。还有用罾、丝网、地笼、虾笼等守株待兔式等鱼进入的,这较专业,也很轻松。

夏季电闪雷鸣、大雨倾盆时,有人头戴斗笠、身披蓑衣就出发了。他们多是年轻人,扛着蚊帐一样的网,叫等网,就是张开网口放到水流湍急的地方,等鱼入网。网绳一动,立即用左手拎起网杆,右手一根长棍,一头系在网上两竹竿交叉中心,一头以大腿做支点,把网举起,大鱼就在网里挣扎。离开水,鱼的本领大大下降,全力地翻卷,眼睁睁地被擒。这种逮鱼方法复杂,张网就得半个小时,不但不容易学会,而且还需要力气、胆量和耐心。有的人站在漆黑的野地水沟里一等就是一夜。

逮鱼方法很多,渔具也很多,而对于没有专业工具,没有充裕时间,只有笨劲的我们这些农民,就只有竭泽而渔,简称戽鱼。这种方法愚笨、累人、残酷,但彻底。秋收前,有一段农闲空档,庄稼已经定型,田间管理也少,耕种还没到季节。这个时候,天气说热不热,说不热还时不时冒汗,干什么最好,就是去逮鱼。经过一春一夏,鱼们没人去怎么它们,它们就自由自在地吃喝,长到了可以上锅的规模了,该出水了。戽鱼简单,挎上粪箕,拿把铁锨,粪箕里放个瓷盆,就齐了。有时是小沟,双手就可以代替铁锨。铁锨是打坝

子用的,是把小沟隔成一段一段,先戽第一段,然后第二段的水就放到第一段,这时就感觉到事半功倍了。

戽鱼根据工作量来组织人,很小的水洼,独立性强的孩子一个人就能干起来。如工程较大,就几个小伙伴联合起来,这时就显得人多力量大的优势。有的劳动力,身强力壮,不屑这些小打小闹,他们用水桶撬起来,一边一人,手拉两根绳子,用水桶瓦水向坝子外戽。小孩逮小鱼,大人逮大鱼。小孩只能选择浅水,浅水里只有小鱼;大人们选择深水,深水藏大鱼。

小孩子没有耐力,也缺少耐心,戽了一气,看水还没有明显下降,就泄气了。为首的就鼓励,说,下去不少了,再坚持一会。于是再来一气,就更累了,小孩子就不想干了,说,恐怕没有鱼呢。为首的也不敢肯定,因为目前还深不可测。于是,大一岁,就有大一岁的智慧,为首的趁那两个不注意,就拿一个土坷垃或泥块迅速投入水中,还故意吃惊地朝水花望去,说,我的乖,有二三斤呢,大鲤鱼啊!小孩子没看见,就继续戽水。如果真有鱼,水下降到一半,鱼就沉不住气了,就开始横冲直闯,寻求出路,不是跳到坝子跟前,就是撞到瓷盆上,小孩子终于来了劲头。有的孩子像小猫钓鱼,不安心,要么一时一时地伸懒腰,要么提前进入塘子里逮鱼。为首的就告诫,不要下去,下去,黑鱼就会钻泥了。于是再接再厉,直到鱼的脊背都露出来,为首的就指挥排着来,从一头挨排拾。这时候他们已经不用"逮",而是"拾",也算是给孩子们的回报。

那些心高气傲、力大无穷的年轻人,好高骛远,选了大沟大河,最后有的坝子被水冲垮,前功尽弃。也有的看走了眼,鱼情没摸清,戽干以后,只见几个腿脚不便的河蚌、螺丝和泥鳅。内行人说,你们打坝子的时候,大鱼就早跑得远远的了。有一次,几个年轻人远征河底去戽鱼,无功而返,怕见庄上人,就趁着夜色回到家里。老婆把准备熬鱼的酱油都买回来了,看着篓子里空空,就说,人家几个小孩还戽三四斤呢。年轻人第一次放下男子汉的架子,任女人数落,翻箱倒柜找饼吃了。

小孩子戽鱼,最精彩的是最后分鱼。如果这一个组合是三个人,为首的掌管分鱼,他先找出三条最大的同类鱼,一人面前摆一条。如果只有两条差不多大的,而第三大的,与前两条大的相差很大,为首的就拿两条算一条。自由选择后,开始分第二批次大的,还是每人一条差不多大的鱼,这样分到拃把长的小鱼时,就一把一把抓,还是三个等分。这样,大伙就心平气和地回家了。到了家里,可能受到夸奖,可能受到夸奖的同时指出不足,比如说,你看衣服脏的,快成泥猴子了。小孩子拃开膀子说,一条这么长鲤鱼跑了。当妈的就说,你哪次跑的不是大的,小的咋就一个不跑?

炕　烟

柴米油盐酱醋茶是人们日常生活不可或缺的东西,就是没有说到香烟。而香烟在广大抽烟爱好者心中,地位也是崇高的,崇高到应该和柴米油盐酱醋茶并列的地位。不管你如何宣传吸烟有害,到处张贴禁止吸烟,不管医生怎么告诫要戒烟,但是,烟总是蒸蒸日上,缭绕不断。有烟瘾大的说,不吃饭也要吃烟。老社员黄玉仁说,我吃饭前不吃袋烟,饭就吃不下去。

庄子上吃的是旱烟,就是把烟叶子晒干,再炕干揉碎,有条件的滴几滴香油在里面掺和掺和,就是上等好烟。盛烟叶的一头是个铜或铝的烟锅,酒盅大小,烟锅通过一根尺把长的细竹杆,这一段安上玉石的嘴子,把烟叶装入烟锅,点上火,用嘴猛吸烟嘴,青烟则缭绕,香味则四溢。烟袋是吸烟人的必备之物,如文人之笔,武人之枪。老人们会以在一起交流烟叶、互相品味为快事。烟袋杆子都坠一个布袋,里面是放烟叶的。那是真正的烟袋,却代表了整个烟具的名称,可见烟叶重要,好比子弹,好比巧妇手中之米。这些烟叶都叫旱烟,很杠,能过瘾,但缺少香烟的醇厚和余香。

这一年,供销社推广先进的种烟技术,送来优良烟种,派来技术员小歪头指导,为的是增加生产队副业收入。烟叶怕水,要把平地弄成畦子,株距行距都有讲究,之间还要追肥,还要打叉,还要治虫、锄草。虽说很麻烦,但是照此做下来,喜人的景象就出现了。烟叶长有一人高,一片叶子也有半人高,比起庄上那些尺把高的土烟,就足以让那些老种烟的人羞愧难当。然而,这只是万里长征走了三分之一,关键是炕烟。

炕烟就得建烟炕,两字颠倒,情形大变。烟炕在地面看是正方形,竖起来看是长方形,比庄子上任何人家房子都高,差不多高一倍。庄上几个能人一边感叹,一边跃跃欲试,心想突破记录的时机终于到来。于是,和泥,搭脚手架,一批批的泥踩上去,整整一个月。顶子封好后,老人们一目了然,说,像炮楼嘛,炮楼就是烟炕啊。是的,烟炕真的很像炮楼。

烟炕建好,就开始打烟叶子,用一根根竹竿子把烟叶子一排排绑在上面,绑好拿到烟炕里,担在烟炕里一层层的木棒上,从上到下十几层。这时有人终于理解烟炕为什么要建这么高,不高,那么多烟叶哪天能炕完?

烧火的人当然是技术员小歪头,那火要掌握火候,每一层都有温度表,一般人看不懂,知识都在小歪头肚里。他不讲,你们只能猜,只能揣摩,或者干脆人云亦云,叫干什么就干什么,免得抠脑筋。小歪头说加煤就加煤,说三铲子就三铲子,到了三天就闷火,之后就出炕。再看那烟叶子,原来进去青翠欲滴,现在再看,金碧辉煌。老烟鬼就趴在上闻,巴不得把鼻孔扩大三倍,只吸气,不吐气,差点没被憋死。他们再看小歪头,就像他们的上帝、佛祖!

好烟叶子拉去供销社卖头等价,剩下的就给庄上人吃。老人们直接把烟叶卷在烟锅里吸,嘴咂摸咂摸半天,说,乖乖,跟"大前门"一个味。有了这等好烟叶他们都对未来充满希望,希望队长明年再种。队长说,那要看供销社收不收呢。他叫种,我们才能种,这是有计划的呢。

果然,种了两年,计划不来了,老人们继续吃自己种的烟,炕烟给他们留下美好的回忆,此生无憾了。烟炕闲着,开始给麻雀、老鼠住了一段时间,后来知青来了,就收拾收拾给知青住。知青一看,和庄子上民房一比较,还以为老书记特别安排楼房给他们住呢。

打 棺 材

在乡村,老人把房子问题解决了,过几年就为自己未来的"房子"谋划了,那就是给自己打一口棺材。其意义和重视程度不亚于盖房子。

那年这场雨下了半个月,紧一阵,松一阵,东一阵,西一阵,阵阵都不留情面,本是从地上升天的雨,却忘了家园,仇人一样打击我们,我们家草屋子也下塌了一间,正是我住的那一间。庄上人都说我命大,躲了初一又躲过了十五。母亲说,去沟东外奶奶家住吧,三间房子就她一人住,你去也给她伴个怕,一早半晚也好照应她,不要惹她生气啊。

此时外奶奶正在和舅舅闹气,不吃不喝,非要舅舅给她打一口幺二三的棺材。舅舅说,你早着呢!外奶奶说,还往哪里早啊,翻过年就七十了。舅舅说,你九十都不碍事,早着呢。外奶奶说,那两个才多大? 说死不就一声吗? 她说的是雨中罹难的知青王华和丁江南。外奶奶不管别人怎么说怎么劝就是不吃饭,哭哭啼啼地说,我妈今夜里又来带我了,说她那里也是有吃有喝,什么都不缺,就少我给她端茶倒水。你们给我那寿材打大一点,我妈走时家里穷,大席子卷了两块薄板就下土了,一个人住都住不过来,赶明个我去了,她就和我住一起了。外奶奶活灵活现,讲得我们一家子毛骨悚然。

舅舅拗不过她,就去买木料,找木匠。这下就乐坏了外奶奶,她每天喜笑颜开,把舅舅给她的一包洋烟全部给了木匠。木匠感动,斧头和锯子就十分卖力,整天叮咚刺啦声音不停,外奶奶就整天围着木匠转,听那斧头锯子的声音胜似生命进行曲,看那棺木从原木变成板材,再变成可以想象的零件。你讲共产主义她不信,天堂她不信,她就相信这棺材是她最完美的归宿,就是她最高理想的圣地。外奶奶问木匠是不是幺二三的。木匠说,大姨娘,比幺二三还硬实呢,两头我都多留一拃长。木匠还把拇指和食指分开到最大限度比划给外奶奶看。外奶奶赶忙端茶给木匠喝,说,老扁哪,你给大姨娘盖的是大瓦房啊。木匠说,等上了三遍桐油你再看,整个屋里都照人影呢。外奶奶就笑得成了神仙一样。

棺材打好,放了鞭炮,小村庄顿时鲜活了不少,孩子们只顾在地上争抢未爆炸的鞭炮,对棺材一点认识也没有。棺材高的一头还系一块红布,为的是冲淡一些阴气,讲棺材难听,一般都说喜枢,很文雅的词,不是悲伤的象征。木匠喝了不少酒,坐那儿几次没站起来,颤颤巍巍像河里树的倒影,望着棺材欣慰得像修了万里长城。外奶奶说,再给老扁倒酒,老扁没喝好呢。此后,只要有老人从她家门口走过,不管别人愿意不愿意,就算人家是去救火,她总要邀请他们进来参观。她从头介绍到尾,一边抚摩,一边拍打,夸木匠手艺好,夸木料结实,夸桐油亮堂,直夸得老人们无不唏嘘感叹,自愧弗如,就说,你儿子有本事啊,我们就没这个命喽。很多年轻人就说,表奶、姨奶、大表婶真老了,以前没这么多话啊。外奶奶对于老不老毫不介意,整日看着棺材高兴,每天擦灰,每天要用手在上面轻轻抚摩,毫无后顾之忧了。

按理说,那是一个很可怕的象征,只要有一点点想象力的人都知道它意味着什么。外奶奶不是不知道,但她把归宿看得更美好,似乎希望这美好的日子早一天到来,对于一个历经沧桑的老人很正常。开始我是有点怕,我见到的棺材里面都是有人的,而且都是肤色煞白,脸上无一丝皱纹,直挺挺的,周围都是白幡孝带、火纸黄盆、倒头饭和长明灯,配合着哀号和眼泪,是一幕悲剧的高潮场景。可在外奶奶眼前的棺材上,只有她的无限满足和微笑。棺材放在窗口,上盖与窗台平行,风吹进来很是凉爽。外奶奶还似乎十分优待地对我说,就睡这上吧,凉快呢。你大姨哥要来睡,我还没舍得呢,怕给桐油磨掉了。在外奶奶言传身教的感染下,我也渐渐把棺材看成一个普通家具。其实就是。过年的时候,她把蒸好的馒头,炡好的猪肉都收在里面,不

馊不裂,不臭不坏,保鲜保险,狗猫老鼠急得撞头也没办法。那里面还有平时的细粮、衣服、被套等一些值钱的东西。简直就是一个百宝箱,哪是什么棺材啊?"文化大革命"时,传说安徽来了一支名叫"五湖四海"的队伍,强盗一般,见什么抢什么,军代表到处宣讲应对防范措施,我们着实吓得不轻,邻居就把几件好衣服放到外奶奶喜枢里。一般土匪不要说他想不到,想到的也未必敢在夜里靠近它。现在它又成保险柜了,难怪外奶奶到处炫耀呢。

老年人不奢望返老还童,他们知道这是不可能的,关键要有一个好的看得见的归宿。棺材——有些人看了害怕,但外奶奶却相见恨晚。

纳鞋底和缝衣服

农闲时节,三五个媳妇在一起聊天,她们聊天不是空谈,手上的针线一刻也没有闲着。农村针线活主要就是做鞋和缝衣服。做鞋缝衣服是一个乡村姑娘的必修课,也是嫁人的一个硬指标。针线茶饭,是一个姑娘家资本,没有这一点,就会一辈子被人瞧不起。大忙季节过后,妇女们打发紧张劳动后的寂寞和失落,就是做针线。

做鞋是高科技,能做好看的、合脚的,一个庄子上有三两个就不得了了。做鞋先做"靠子",就是把家中破布旧衣拆了,调好糨糊,糨糊须得精细麦面,火候必是半生不熟的状态才有粘合力。先在木板或吃饭的桌子上涂上一层糨糊,后在上面贴一层旧布,然后再在旧布上涂糨糊,再贴旧布,大约贴至七八层即可,然后放在太阳下暴晒,干了以后就叫靠子。接下来开始做鞋底。给谁做就找谁的鞋样,鞋样都夹在废旧书里。不识字人家也有一本不知从哪弄来的什么书,里面分别放着父亲母亲、哥哥姐姐的鞋样,这些人都是成年人,尺码基本固定,不是小孩,变化大,要做他们鞋就得拿他们的脚依葫芦画瓢。鞋样摆在靠子上,画出鞋底的模型,一只鞋底基本要四层靠子,当然多一层就是多一层的质量,就是多一层的工夫。把四层靠子糊在一起,开始纳鞋底。这需要三种工具,一是带木把子的针锥,粗而尖锐,是先扩针眼,给大绗针开路;二要用大绗针,是针线活中最粗的针,针鼻子可通过麦秸粗的麻线;三是顶针,金属圈子,戴在食指,顶大绗针鼻子那一端,作通过厚厚鞋底的助力,完成针锥未尽的工作。纳鞋底时,第一针从大脚趾那里开始,步

骤是针锥先穿过厚厚的鞋底，但不能彻底穿通，那样麻线将没有紧密感而失去组织和凝聚力，再把大绗针带着麻线穿入，用顶针顶到对面，露出大半截大绗针，拔出大绗针，把一根长线随之拉到最后，然后再折回对面。往复循环，就这样来回穿过，针眼排列有序，几天过后，一双鞋底就出来了。这时的鞋底已硬似钢板，所以有人打架还用鞋底做武器。

纳鞋底时，有时针拔不出来，还要用牙咬针往外拔。拃把长的大绗针，看似很危险。有的还不时地把针锥、大绗针在脑袋上磨来磨去，煞是怕人，实际一点危险没有，这是为了沾点脑油，减少针与靠子的摩擦力。

鞋底纳好，做鞋帮，这是个技术活，一般妇人没有把握使鞋帮跟鞋底很贴切圆润。别看鞋帮只要一层靠子，弄不好，不是皱就是撮，穿上去磨死人，穿出去笑死人，所以就得找能人，言传身教，手把手，看着做。这样，上好鞋帮，沿好鞋口，一双鞋就出来了。鞋口是椭圆形，不能有丝毫差错。鞋做好，靠子还很硬，就用鞋楦在里面撑几天。鞋楦就是脚的形状，木头做的，塞在里面先当脚试试。

纳鞋底最好的是苎麻，本村里少有，一般人家买不起，大多是用棉花或者火麻。手艺好的，针线针眼，均匀整齐，紧密无间，总是鞋底着地那一面线都磨没了，鞋底还是铁板一块，能陪伴两三个鞋帮。

做衣服比做鞋难度要小，首先不需费那么多力气、那么多工序，身材也不像脚要求那么高、那么精密。农村人衣服肥一点瘦一点都无所谓，而农村人的脚是金贵的，是用来劳动的，支撑、直立行走都靠脚最后完成。鞋就必须既要跟脚，又不能挤脚。做衣服主要是裁衣服，没有把握是不敢也舍不得下剪子的，也得找能人剪裁好了再缝。那种用一针一线做成的衣服，看一眼就能感受到"慈母手中线"的深刻含义。岂止是披星戴月，焚膏继晷；岂止是腰酸背痛，眼涩口干，手指常常防不胜防被针刺破，一针一线的钻心疼痛，一针一线的寂寞和耐心，要是给现在的女孩早已急疯了。

老酱和酱豆子

夏天到来，乡村最丰富的要数阳光。麦子收了，麦面也磨出来了，手巧的媳妇们看到笆斗里还剩点黄豆，就想到一种美食——老酱。老酱上面黑色的水就是酱油。老酱烧鱼鱼更鲜，烧肉肉更香，熬点辣椒做小菜更下饭，省了酱油也图了方便……想着想着就动手了。

先把黄豆泡了，泡胖了就上锅大火煮，煮到稀烂，把麦面搅和在一起，趁热装到蒲包里，埋在麦草里，捂上个一宿两天，揭开一看全长毛了。媳妇们知道，不能再捂了，要立即拿出去见太阳了。

院子里把板凳搭好，上面放上蒲毯或芦席，再上面就是这些长毛的黄豆麦面混合物。晒上两三个太阳，干了，就收进口袋里，再选一个阳光灿烂的早晨，叫男人去井里挑回今晨最早的一担水，把晒干的、砂礓怪石一样的黄豆麦面混合物放进缸里，计算好多少盐，加多少水，搅拌好了，就要放到阳光下暴晒，阳光越毒越好。两个太阳下来，表面灰黄的颜色就开始发红，咖啡那样的红，勤快的媳妇发现上面一层已经近似老酱的颜色，就立马把它翻到下面去，把还是灰黄色的翻上来，继续晒。挨傍晚，就要立即盖上，发现乌云陡起要立即盖上。懒媳妇午睡昏沉，而夏天雷雨总在午后袭来，若是遮盖不及，可能生蛆。民间俗语，一泡鸡屎坏缸酱，而这蛆，更恶心，使人联想到茅厕缸。鸡有时也好奇，一下飞到缸沿，也不知它们会不会验证上面那句民间俗语，所以，得把酱缸放在高处。

晒了半个来月，翻来搅去，上下一个颜色了，黑里透红，闪着金光，那就

是老酱了。农忙时,没有小菜,饼上抹点老酱,味道还真不错。

酱豆子和老酱前期工序是一样的,只是季节不同,做酱豆子要在深秋,同样要泡黄豆,同样要煮熟,要拌面粉,要捂它长毛……只是加到缸里,要放很多红辣椒、生姜,不必太阳晒,只要盖好沤制。过了一段时间,那些毛烟消云散,豆子变成浅棕色,一瓣一瓣,互不相连,水也浑浊,但这不是简单的水了,叫豆汁,也近似浅棕色。酱豆可以当咸菜食用,熬鱼熬肉也可以做佐料。

豆汁剩多了,还有另用,即把冬瓜、萝卜、山芋等埋进豆汁里,几天过后,就不再是冬瓜萝卜,而是美味佳肴。山芋等到来年花开时,取出煮熟,像咸鸭蛋的蛋黄,沙沙的、面面的,口感一流。吃不完的酱豆子,也是在翻过年捞出来晒干保存,天热可能变质。晒干的豆子可长期常温保存,炒鸡蛋时,把酱豆子泡一把放进去炒,实为人间一大美味。

民间美味,不在意营养,按专家说,甚至含有害物质。老百姓则认为,想吃就吃,你专家吃得仔细,还不是什么怪病都得吗?

扒　河

秋收后的田野，麦子种上了，歇茬的地也翻过了，蚂蚱也看不见了，老鼠也在自己的仓库里忙着准备越冬，连茅草都由青变红再变黄。此时只有零星的小孩拾草，放羊，老年人背着粪箕四处转悠，捡拾人与牲畜丢下的排泄物。此时似乎可以清闲几天，可是谁又能心安理得清闲呢。

一般都在这时，冷空气来了，大队老书记也从公社回来了，晚饭前召集队长们开会。晚饭后，队长们便召开社员大会，布置今年水利工程的地点、时间、人物和要求。虽说水利工程很苦，但是社员们并不恐慌，倒是几日游手好闲，坐吃睡喝反觉得惶惶不可终日，常常莫名地烦躁，发脾气。

这个时候的社员，被安排去水利工地的叫民工，在本大队、本生产队搞水利的还叫社员。大家一般都喜欢去外县、外公社扒河。泥水虽苦，油水也是有的，特别是全专区、全县大型水利工程，大米洋面不断。可是名额有限，一个生产队只能去三五个，派谁去，老队长就犯愁了。老队长会说，秀发家孩子多，劳力少，年年透支，叫秀发去吧，省一个人口粮呢。秀发得知，就说，还是我三爷疼我。老队长办事总是公平的，又提议叫朱翠侠去，一人饱了，全家就没事了。他是一个光棍汉，想女人想疯了，硬是把朱保国改成朱翠侠了。

民工主要是靠肩膀改天换地，让高山让路，让河流改道，千万方、亿万方泥土在他们肩膀上流动。一根扁担一只筐，这是力气一般的两人组合；一根扁担两只筐，是大力士单干。泥水加冰冻，天不亮就要下地。喇叭里传来的

那个指挥部里姑娘的普通话是民工的精神春药，即便她说"地冻三尺何所惧，敢叫山河重安排"，民工们听了也感觉像对他们说"我爱你"那样激动人心。

土挖到三尺厚，砂礓变多，开始渗水。没有胶鞋，只有赤脚，泥软砂礓硬，倒霉的总是脚，泥水中时有红色流动、散开，大伙却不知道是自己还是别人流的血。大伙也不介意，反正皮肉冻得麻木，毫无痛觉。上了岸来，洗了泥水，满脚裂口道道，似缩小的山川、老树的皮，这时反觉得撕心般疼痛。上级似乎深谙淳朴勤劳农民的性格，总是弄个帅旗让各单位争夺。各单位头领为了这帅旗，促动、刺激民工暗暗较劲，早起晚归，加班加点，有的甚至彻夜不眠。

砂礓层结束，河坡加大，泥水滴落，无冰则滑，有冰加剧，稍不注意，连人带筐一起滚落。条件好的时候，用柴油机带动绞盘钢丝绳，把板车拉住往上绞。劳动强度虽然减轻了，但是危险常常发生，钢丝绳经常拉断，板车就如脱缰野车，直朝河底飞奔而下，逃得快的也得伤胳膊断腿，逃不掉的就可想而知。即使这样，也没有不想干的，因为除了责任、义务、觉悟以外，还要考虑福利，死伤毕竟是少数，而且谁都不认为倒霉的会轮到自己。

本公社的水利大会战是最为悲壮的，车辚辚，马萧萧，驴驮牛拉，满车粮食满车草，没车的都是肩膀挑，队伍要绵延十几里，往往前锋已经到达埋锅烧饭，后卫还在准备动身。有时男女老少齐上阵，当时的口号是，上至八十三，下至手中搀。手中搀是为了造势，八十三真有去的。老鸭子那年就是八十三，牙全部掉了，嘴一张舌头就滑下来，吃饭只能喝稀的。他不能抬土，就用铁锨上土给别人抬。干到激烈处，老鸭子不堪苦累，就说，老队长，你把我埋这里算了。老队长半开玩笑地说，好吧，过天把就放你回家，真要埋这里，来烧纸都不方便呢。

这个时候，队干部就以催粮草、开会等事宜轮流回家。此时庄上好似战争年代，无一青壮，全是老弱病残以及奶孩子的妇女。有的队干部闲来无事，无事则生非，就有了打野的机会。离开了水利工地，不是直接回家，而是到那些小媳妇家。朱秃子一次晚饭后回家,因为有前科,引起邻居怀疑,邻居尾随到家,果然朱秃子径直去了邻居家。朱秃子刚吹灭灯,一棍子就打在脑后勺,朱秃子"哇呀"一声蹿出去,还虚张声势喊,民兵呢,民兵呢?快来,有坏人了!大叫完,遂逃入黑夜中。

民工的住处,工地若靠庄子近的,借人家房子,这家人的回报是,这期间不必烧锅做饭,和民工一起吃喝即可。走时剩点粮草什么就丢给人家,双方都满意,有的还结下朋友,许了亲家。工地不靠庄子的,就自己搭树头庵子,两檐入地,人基本是弯腰或爬进去。铺上麦穰稻草,挤在一起,有时条件所限,男女不分,如此拥挤任何小动作都无法施展,而且疲惫至极,所以从没有听说有伤风败俗的绯闻。

让民工最激动和最自豪的时候,是工程即将竣工的时候。水利技术员煞有介事地把水平仪摆在坡顶,对着标杆,照来照去,哪儿不够宽,哪儿不够深,全在他一句话,这时他就是大爷。大伙希望他对上负责的同时,对下也要仁慈一点,而这样往往他是很难平衡的。这"上下"似乎是永远的矛盾,不少基层干部埋怨,让领导高兴,群众就不高兴;让群众高兴,领导就不高兴。难道领导和群众是对立的吗?

离开工地回家,站在大堤上,大伙都会热血沸腾,感慨万千。天工造化,就在这一双双粗手大脚,坚韧的皮肉的人群中实现了。血汗埋在泥土里,明年光秃秃的河堤定会绿草青青,野花盛开。

人走了,水来了,民工给水修了床——叫河床,给大地疏通了动脉——叫河流,给未来留下了记载——社会发展史。

加班和会餐

上级总是在制定远大目标，让社员们去努力追赶，而得到的总是劳动指标。今年如若产量要求亩亩必须突破八百斤，那么人人就是掉肉十斤八斤亦在所不辞。收麦子收稻子都是突击性的，天气报告如同催命符一样，它说明天有雨，队长今天就要发疯，连夜要把村南边那块洼地麦子堆到场上。地里妇女们连夜割，路上男劳力连夜运。那场景使人想起淮海战役时期的民工支前队伍。

人的精力、体力总是有限度的，队长人心也是肉做的，他也支持不住了，和会计一商议，一狠心说，今晚加班供饭。这么多人吃，在哪家做饭？那就在下放户家弄，他家地方大，老婆也干净，会做肉丝面。于是会计去城里买肉，红白相间的五花肉，整整半拉，现机的小麦面，三人和面三人擀，队长嫌吃工，也怕不够吃，就对会计说，你去青阳城里用面条机轧吧。

吃肉丝面的消息不胫而走，具体吃面条的时间大约夜里十二点。干活的人就有了精神，也有了目标，就等十二点的到来。大家心里喜洋洋的，干活就快了。到了十二点，队长也困了，就说，收工吧，走，上蛮子家吃肉丝面。社员们丢下工具，回家自带碗筷，殊途同归到蛮子家吃肉丝面了。蛮子家顿时热火朝天，欣欣向荣。社员们在队长安排下，一个一个由蛮子给他们盛面条。蛮子下放户在省城厂里就干过司务长，一勺子下去，不多不少正好一碗，连肉丝都相差无几。队长一边说，不要急，不要挤，尽饱吃，一边维持秩序，保证速度。下放户还是忙不过来，关键速度快的人，后面的还没有打到面条,他一碗就吃完了,又来第二次了。

肉丝面确实好吃,把猪肉切碎放到水里烧开,汤本身就鲜美无比,再加肉丝掺在里面,又放了酱油、醋、大蒜、葱。社员们一边吃着一边赞叹城里人就是会吃。一锅不够再来一锅,直到锅台前不再拥挤,不再前赴后继,烧锅的才把柴火退出来灭掉。下放户感叹社员同志们能吃。队长说,不能吃,哪能干?拖拉机一天一桶油不是白喝的,几十亩地就耕出来了。下放户就说,我是佩服他们的胃口好。

有爱心私心的妇女,端着一碗面条回去,叫醒蒙眬迷糊的孩子,孩子开始还揉眼反抗。当碗对着鼻子,闻到鲜味,顿时清醒,眼不睁,就把一碗肉丝面吃光了。吃光了,才睁开眼,问,还有吗?

队长也回家了,担心明天的雨会不会下,就朝天望一圈,天上星星挤眉弄眼,闪闪烁烁,幽深无比,一轮残月如同生了锈的镰刀,掉进村西头的水塘里。真要感谢天气报告总是不准,第二天阳光灿烂。队长说,今晚就不加班了。

到了秋天,阴雨连绵。稻子虽说比麦子耐雨,但是时间长了,也会发芽。队长就安排关键几天,晚晚加班。秋天夜里凉爽,夜也长了,是干活的好时机。队长在午收加班供饭成功的基础上,进一步提高供饭质量,现在有大米了,就做米饭。新米特香,东庄吃米饭,西庄都闻得见。今晚花庄夜里吃米饭,明天老庄子看青的人就会问,你们昨夜是不是加班了?光米饭还不算,还有红烧肉,还有鸡蛋粉条汤。红烧肉还是下放户来烧,他烧的红烧肉亮晶晶、颤巍巍,到嘴就化,留香长久。二猴子说,我撇点汤调调就能吃下三碗干饭。

晚上,稻子拉到社场上,大家把稻子均匀地铺开,手扶拖拉机拖着石碌子来回奔跑,一遍完了,反过来再打一遍。之后,大伙一拥而上,挑起稻草堆到场边,下面就是密密麻麻的稻粒子,然后再把稻粒子堆起来,盖上塑料布。队长宣布,好了,还是去蛮子家吃饭!这次大家不再像第一次要回家里取碗筷,预先已经带来,收藏在某个角落。

这几个晚上,队长不需要再村前庄后反复喊叫,上场喽!只要把加班吃饭的消息公布出去,出勤的人数会有增无减。有个家伙自作聪明,人家干活,他躲到一个黑暗的草堆旁,睡享其成,不知不觉睡过了头。直到梦里正要开饭,突然惊醒爬起来,社场上早已人去空空,小虫唧唧叫个不停,好像在取笑他。他追悔莫及,气得把碗给摔了。老婆在迷糊中蹬着他腿,还嗔怪道,什么饭吃到现在啊?

会餐多在水利工地上,结束了,上级给了土方钱,拿点出来,大家饱餐一顿,解解馋,解解乏。这是要做几个菜的,几十口人呢,从头天就去买菜,反正工程结束了,闲人有的是,跑腿的,剁肉的,烧锅的,挑水的,抱草的,大家齐心协力就为晚上那顿会餐。酒是有的,但不是放开喝,供销社卖酒有限制,手里的钱也有限制。八人一组,一组两盐水瓶散酒,遇到酒量大的,一个人就差不多了。酒只能是意思意思。

会餐开始,不亚于大典仪式。大家神情庄重,心情激动,表情单一,像劳动竞赛一样不停地吃喝,平时吃饭闹闹嘈嘈,现在只听到吧唧吧唧吃喝声音,不到尾声,无人讲话。每次会餐总有个把人出现险情,大力士小歪嘴有一次被一块肉噎住,嘴歪得更厉害,都占据了耳朵的位置,脸色青紫,大伙灌凉水,捶后背,半天才缓过劲来,害得水利指挥部的医生跑得满头大汗。队长说,就在这吃吧。医生没好气地说,我们也正会餐呢,菜还比你这儿好。

走　亲　戚

　　那时候走亲戚是一家的重要外交活动,两家大人来往,就是两国元首来往,说不尽的友谊和好话。有一年魏营公社铁木厂的王铁匠回安徽老家过年,回来路过我家,父亲留他们吃顿饭。几天后,他写了一封热情洋溢的感谢信寄来,让我们全家人感到莫大鼓舞。

　　农村人最看重亲戚关系,他们并不要依仗后台,也不是为了拉帮结派,只是继承祖上延续的血缘和亲情,是对先人的缅怀和敬仰。即使亲缘已经久远到一缕云烟的状态,他们还积极地把烟云留住,使其定格,或者光大,使之浓墨重彩。即便是外奶奶的姨侄子的表弟,只要叙到一起,顿时就会天涯若比邻,唏嘘不已,随即拉回家中,把酒再叙那错综迷离、基本不靠谱的间接旧情,临别还总说,下回家里有事一定要给信啊!淳朴自然的友情,随着目光,在乡间的小路上延伸着。

　　走亲戚,就是一个“走”字,十里八里,走;二三十里,也是走。老奶奶六七十岁,看似歪歪倒倒,别看好几里路,人家不慌不忙就到了,估计晌饭前到就晌饭前到,说是挨傍晚到就挨傍晚到。那时候,走趟亲戚不容易,不是怕走路,关键是忙。生产队也是集体组织,出趟门也得请假,即使不需请假,冬闲时,别说吃喝,还担心和人家抢床夺被的,那时哪会有闲着的铺盖呢。

　　正如小铁梅所唱,我家的表叔数不清,没有大事不登门。表叔数不清,是因为农村人不仅把编制内的亲戚联系好,还超编结交一些无来由的亲戚,什么干爹干娘,还有表叔表婶,家族里根本就没有这个人——也是为了补缺

吧。没有大事不登门，一般农村人走亲戚都是为了解决或商量一个重要问题而来，有的是红白喜事来报信的，有的是来商讨家庭矛盾如何解决的，也有是请来帮忙干活的，比如盖房子。老奶奶挎着篮子，拎只老母鸡，那一定是去看闺女的，闺女一定是生了孩子什么的。路上小媳妇抱孩子，包被上插支桃树枝，包里还装二斤糖，那一定是回娘家的。

有极少的人喜欢走亲戚，也许是耐不住寂寞，也许天生就爱走动，整日里在七姑八姨、三表叔二大爷之间来回穿梭。他们未必有多大事，到人家东扯西拉一通，吃顿饭走路。有时送几棵辣椒秧子，也能走一趟，拿几个茶豆种也要去一回。乡下人待人真诚，平时里省吃俭用，好东西收不再收，就是为了等亲戚来。也有极少数人就为这方面因素而来，小乱子就有这个坏习惯。他深谙民风的可取之处，他把庄上人家的外界亲戚关系和住址搞得一清二楚，没事就窜到其他庄子上，找到那家亲戚，说，我是花庄来的。那家亲戚反应很快，噢，花庄他姑姑在你们庄啊。小乱子就说，是啊，我们还是近房子，没出五服呢。人家就热情招待小乱子，酒足饭饱，临走时还拎几条干鱼得胜而归。小乱子就是利用当时信息闭塞的有利条件，到本庄上那些人家的亲戚那里，要么说他家亲戚吵架了，来看看是不是回娘家了，要么就说来给你家亲戚找驴找羊的，都跑不见三四天了，令人相信还感激。

有的人走亲戚是很少的，主要是怕讲话，好"作假"，这种作假不是官场那种弄虚作假，他这是客气，或叫不好意思。吃饭时，主人央一声，就叨块菜，不央就埋头吃饭，吃饭也不吃饱，吃了半饱就说吃好了。这种行为是自觉替主人家着想，是给主人家省粮食。主人家热情大方，就说，你要是在我们家过几天不是要饿死了吗？于是就趁其不备，瓦一大勺子饭菜卡在他碗里，逼他吃完。临走时，拿点什么就硬往他怀里塞。送到村外还说，到秋天哪，把我大姑我三姐都带来住几天啊！

走亲戚是交流信息、交流感情，也有点检查工作的意思。娘家来人，总是关心闺女在婆家受没受罪，做娘的要是看到闺女瘦了，脸上有点青紫就问什么原因。如果属于自然，就自然无事。如果是受到虐待，也可能亲戚反目,几个舅舅就来教训那个龟孙东西。亲戚经常走动可以加深感情,也可以发现问题,化解矛盾。一旦在某个红白喜事上没见某某来,亲戚间就要问某某为什么没来。没有来往那么问题就严重了,比两国断交还严重。于是,几天过后就要亲戚去某某家,说服调解,不看活的看死的,你看我大爷活着的时候,对你怎么样? 双方最终和好如初,下次哪家有事就聚到一起,好像什么也没有发生过了。

亲戚还是要走,在乡村,亲戚就是命脉,就是一根绳上的蚂蚱,一棵藤上的瓜。一生中能挂念的,能知冷知热的不就是亲朋好友那几个人吗?

藏 蒙 蒙

我们庄子住房是一条脊,门前每家都有一个猪圈,家后有一个秫秸扎的茅厕。冬天的白天,树叶脱落,庄稼收割,四处光秃秃的,一目了然。到了春天的晚上就处处玄机,深不可测,这时的孩子异常兴奋,春宵一刻值千金对于他们没感觉,藏蒙蒙一刻才值千金呢。冬天不是太冷的晚上也是如此。

说捉迷藏,念过书人都知道,说藏蒙蒙或许也就我们那里流行。春天的晚上,树木的花香散发着激素,暖风中含着酒精,孩子们就经不起刺激,一冬天漫漫长夜,无边的寂寞真是受够了。现在,冬眠的虫子都惊蛰了,万物都在发情,孩子们也在发情,他们发情同样是把自己的喜悦和精力宣泄掉,宣泄的方式主要就是藏蒙蒙。当妈的骂他们是"疯尸"。

藏蒙蒙是一群孩子的集体活动,分成两伙,人数、年龄配备大致相当,决定谁先藏,以剪刀布包锤为准,谁赢谁先藏。输的一方把脸卡在墙上,赢的一方迅速遁入隐蔽处,输方就对着墙喊:好没——! 黑暗处传来诡秘的回答:好喽——! 于是输的一方经过短暂研判,开始四处查找。研判果然准确,草堆下拖出一个,三毛家猪圈里抓出一个,小蛤蟆家枣树上发现一个,发现即为失败,只好从树上下来。坏小子不甘心失败,就在树上面撒尿,还说下雨啦! 这是恶作剧,但是挽救不了失败的下场。于是,输的一方去藏了,刚才赢的一方去找他们。如果总是找不到,时间到,对方就承认失败,呼唤藏的一方出来,重来。还是找的一方继续找,藏的一方继续藏。

有年龄偏小的孩子,计谋尚未成熟,但是想骗人的意识已经萌生。他明明藏草堆旁，看到对方过来了，就心虚，就低声喊道，我在猪圈里哪。他知道声东击西的战术，只是用得很蹩脚。他不知道此地无银三百两的故事，但他做到了。这样小孩往往不在编制，双方都不愿带他，他不能到高难度的地方隐蔽，而且极不懂得保密和忍耐，蜷身时间长了，眼看就要胜利了，对方就要放弃查找了，他忍受不了折磨，叫唤说腿疼，眼迷到东西了。前功尽弃。

小孩子的智慧都很高，古今中外战术他们无师自通。有的小孩，第一次在那个地方被抓住，第二次他还藏那里，对方就以为他会改变地点，结果就上当了。有的小孩就藏在对方眼皮底下，对方压根没想到，而是舍近求远找了一大圈，结果人家"归家"了。"归家"也是一个判定胜负的办法。双方划定某段墙是"家"，只要我不被发现，或者就是你发现，你没有及时拦住我，而我占领了或者说我手摸到"家"了，那么，我就胜利了。"家"只能一个人把守，其余的去寻找。一个人守家往往左右难以顾及，会误判对方来路，常被机智的家伙突袭，或乘虚而入。还有年龄偏大者，奸诈初现，他和他们那一伙约好，藏的时候，大家都悄悄回家睡觉。找的这一方还在傻乎乎地到处探看，心想这些家伙这次一点蛛丝马迹都没留下，一点动静都没有，出鬼了吗？看"家"的那个小家伙见如此平静，也无师自通而巧合地知道树欲静而风不止的哲理，也似乎知道大战前的宁静，眼睛猫一样四处逡巡，直到连狗叫的声音都没有了，鸡开始下半场的演唱了，他们才知受了骗。

当妈的早已睡着了。那时孩子多，少一个两个看不出来，何况都干了一天的活，手上的针线没搁下就和衣睡着了，反正门也没有栓，疯足了，自然就来家了。早上醒来，见孩子正酣，就扯掉被子揪耳朵，说，晚上拿急你精神足呢，早上犯死相了。起来，去南湖割猪菜！孩子们迷迷糊糊起来，背着粪箕镰刀朝湖里去，一路都在梦中。当晚风吹来的时候，他们就全部满血复活，精灵似的。

通　腿

　　那时由于被子少，一床被子要盖几个人，所以床的两端，被子两头都要睡人，这就是"通腿"，也是典型的抱团取暖。

　　我外奶奶四十岁死了丈夫，也就是我外爹。她独自带着三个孩子，我母亲、我姨娘和我舅舅，含辛茹苦，血汗滋润，一个个带大成人。当他们出嫁了，工作了，在那个乡级地图上都可以忽略不计的小高庄，家里就剩下外奶奶一个人。

　　她的三个孩子都十分孝顺，都要求带她一起过，但她坚持独立自主，自力更生，我母亲为此经常和她边吵边流泪。可能是舍不下那三间相依为命的草屋，和草屋前后的七八分地，凭她的双手，那七八分地每年要给她生出瓜果粮食不计其数，这些劳动成果大多送给她的三个孩子。她八十三岁时还在湖里割草，每次能背回几十斤，渴了就喝沟里水，真是勤劳一生。后来我听说一个省委书记，把在农村的老母接到省城"享福"，没几天老母则病了，医院不去，回到老家病就立刻好了。不到老年的人不会知道老年人的心思。

　　等到我上了小学以后，凡是寒暑假，母亲都把我赶到外奶奶家，我做不了什么事，只是陪着她。特别是寒假，我的重要性才进一步体现出来，那就是给外奶奶通腿。有时我犯了大错，造成严重后果，她也生气，也会以武力相要挟，但到最后总是既往不咎。每到开学了，要走了，她哭，我也哭。

　　先前，外奶奶养了一只猫，到了晚上就放在脚头焐脚。可那猫，睡无定时，常在半夜最关键时外出，待她早上起床了，它又回到床上呼呼大睡。外奶奶就说，昨夜冷啊，死猫也不知去哪了，我脚一夜都没焐热。我就不一样了，我的起居时间和外奶奶同步，不同步也不行。小高庄的冬夜，静谧黑暗，除了想到鬼，什么也想不出来。煤油灯驱赶黑暗的能力和范围极小，火头还老是断气一样地跳，整个屋子里好似群魔乱舞，只有早早睡觉，万事大吉。

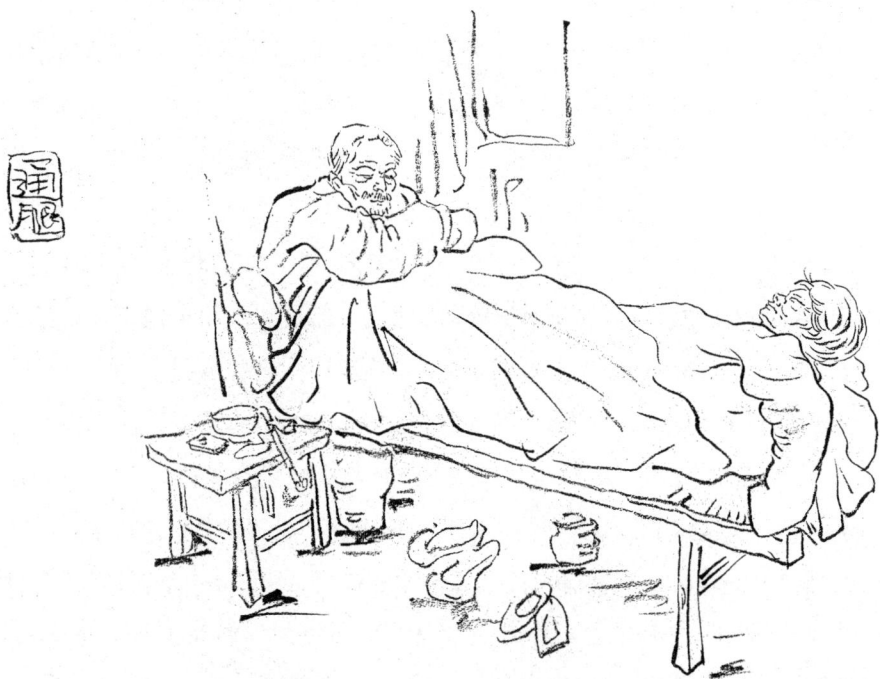

老年人冷是一方面，寂寞更是一方面。寒夜茫茫，孤身一人的外奶奶不怕鬼，不怕妖，就怕没人和她说话。我有时蹬被子，有时乱翻身，把被子翻到床下，她也粗言辣语呵斥我，但那声音不是发自内心，不是愤怒，而是浓厚的惬意。

外奶奶的床靠着北墙，床头靠东山墙，床上铺满了麦瓤，柔柔的、软软的。墙泥得很光，照得见人影，但是真应验了那句古语——没有不透风的墙。每到冬天，风特别尖，脸一露出来，就像无数针尖扎在脸上，那风坚硬，皮肤能测试出它的质感。专家说，蒙头睡觉有三个坏处，他要是睡在我那时

的床上,他一定能总结出蒙头睡觉的十大好处。

自从我来和外奶奶通腿,外奶奶就有了炫耀的资本。几个孤寡老姊妹在一起谈闲,她们就说今年天无歹地冷,腿都不敢伸。我外奶奶就说,乖乖,我家二子(我)就像火团子似的,我脚一夜到亮滚热滚热的。那几个老姊妹就唏嘘感慨,说,我大姐你有福啊。外奶奶就假装烦心地说,嗨,劳死神,他也就睡着那会子老实一点。

通腿的要义不仅是给老人焐脚,打发老人的寂寞,也有为胆小的老人夜里壮胆,服侍老人等,还是当时解决床铺紧张的一个好办法。一个人睡一张床显然是浪费,有的人家孩子五六个也就挤在一个铺上,条件差的就是地铺。他们不懂事,同胞兄弟也每晚打闹,交战武器就是脚,倒霉的总是被子,千孔百疮,棉絮或吐露,或集中到一头。不过几个孩子挤在一起,被子只是个象征,热量绰绰有余。

外奶奶去世后,我只有一次通腿的记忆了,那是在水利工地。临时搭的棚子,很窄很小;男女老少,很多很杂。寒冬腊月,在这种情况下,取长补短,通腿是唯一选择。队长安排,头朝西的是妇女,头朝东的是男人。因为东边是门,出来进去,要是女的睡这里不方便,男人从她们身上过来过去,不雅。大家基本都脱掉罩衣,和衣而睡。有的家伙就说,脱光睡,不占地方。女人们就骂他不要脸。其实,就是脱光了,也无所作为,都挤得密不容针,还能有比针细的东西?我那时还是童男子,当然也有处女,我们朦胧而羞怯,不便参加挑逗、玩笑、调戏,再说也累了,不知不觉就睡着了。

以前夫妻也是分两头而睡,皆白头偕老。后来夫妻比翼并蒂,东施效颦西方睡法,貌似如胶似漆,可是离婚率越来越高。通腿对于夫妻应该还有距离产生美的价值。夫妻不妨通腿,一通百通,值得一试。

求　雨

那一年,夏天我们整天赤脚在外奔走,但是每天晚上睡觉都不洗脚。为了防止已经很脏的被子再脏,我们只好把脚挂在床桄上耷拉着。不是我们一点卫生也不讲,是一点水也没有。一个多月没下雨了,井都干了。井底日夜和天空默默相对,有时渗点水出来,立马就被在井底守候的人用碗撇到桶里。

路面上,蝗虫走过,都会卷起尘埃。本来都很青翠的庄稼好像遇到苦霜,一派深秋的景象。太阳越发明亮、火热,这种天气,在今天天气报告会说天气晴好,这话要是在那时讲,不被打死,也被唾沫淹死。打井队来了,可是给柴油机冷却的水,搅拌防塌方泥浆的水都难以供应。

花庄老队长沉不住气了,眼看就要绝收,他不把希望寄托在打井队身上,他请小神仙许尔常来求雨。是的,人在绝望时,大多想到神灵,只有神灵才可能有奇迹发生,这时你说科学三岁小孩都不信。小神仙说,这要是给公社知道了,不要说我啊。老队长说,治罪你也得去,你要能叫老天下雨,他公社枪毙我又怎么样? 死了我一个,救活了大家。

'但是,他们还是顾忌、畏惧正在大力提倡"相信科学,反对迷信"的公社,一切都是悄悄进行的。他们找了十二个寡妇,叫每人拿个笤帚到南湖大沟里去。要说去南湖大沟干什么,只有小神仙许尔常知道。

队长按照小神仙的旨意,叫她们并排着扫沟底,笤帚着地就顿时烟尘漫天,此时十二个与上天交流的"巾帼英雄",立马就淹没在烟尘里。小神仙对

队长说，那里那里，那个深坑要扫干净，那里，大洼子要扫干净，一根草截子都不能留。小神仙坐在那，时而仰望苍天，如兔子拜月；时而五体投地，闭目念叨，如信徒朝圣。队长怕干扰他的法术，躲得远远的。

回到家里，人们才反应过来，今天干活的怎么这么巧都是那一色妇人，又都手拿笤帚。经过的人就说，还不是小神仙去向老天爷求雨嘛。消息很快传到公社，马上，公安特派员把队长和小神仙带走，边走边说，旱灾就是旱灾，你们怎么还搞起迷信蛊惑人心？治你们亏吗？

公社准备以此反面教材，来开批判会，来促进和推动抗旱保苗掀起新高潮。会场在中学操场，时间在下午三时。队长和小神仙被民兵押到会场，主持人刚开口，只见西北角乌云滚滚，炸雷就劈天盖地下来了，狂风大作，会场大乱，霎时，倾盆大雨。民兵跑了，干部也跑了，群众因为干部跑了就跑得更快了。老队长和小神仙没跑，望着老天放声大哭。哭过，小神仙说，我们是回家还是回公社？队长说，这场大雨什么罪过还抵不了？

果然，这事就不了了之。二十年后，当时批他的年轻干部也退休了，想改年龄多干两年未果，心里不平衡，他找到小神仙学易经八卦。小神仙已经八十多岁，说话都不利索了，退休干部就自学成才。不久，那个退休干部就装神弄鬼起来，像当年小神仙一样，在公园里、家里给人预测吉凶祸福，设计前程，大言不惭地说自己是小神仙的关门弟子，还把小神仙求雨的历史叙说。他常常说，我是亲眼看见，亲身经历的。

洗　　澡

　　小高庄最典型的洗澡是端午节那天,享受的只有少数人,首先是小孩子。这天大清早,大人们采来各种树头加上艾草熬水给小孩子洗澡。据说经此一洗,一年不会生疖疮等皮肤疾患。其次是坐月子的妇女,据说此间气血大败,易受风寒,需要臭蒲、艾叶、透骨草、生姜等来烧水沐浴,以防风湿入侵,落下终身疾患。

　　我们庄上人说的洗澡不是在澡堂子里,那时候大伙压根就不知道什么是澡堂子。我们洗澡是在家乡的沟塘河渠,有时只要是大于我们身体的水面我们都能洗上一洗。夏天到来,小孩子最主要的活动之一就是洗澡,不是我们身上有洗不尽的灰,而是水对于我们这些小孩有无尽的亲和。太阳过于热烈,玩要过于单调,活计过于劳苦,只有水是那么清凉透明,渴了张口就喝,像鱼一样;水又是那么多姿多彩,充满无尽的美丽和遐想,它又是那么温柔体贴,熨烫抚摸着肌肤,任你穿透它的身体,任你劈波斩浪,让它粉身碎骨。水是我们最好的伙伴,我们走向它,也是全身心投入,赴汤蹈火似的,但比赴汤蹈火快乐安然。

　　中午时分,池塘里满是人,开始是小孩,不一会大人们也来了。他们就没有小孩单纯了,他们来不仅冲凉,还要洗灰。他们总是穿着短裤一起下水,我们赤身裸体,鱼一样。大人洗完会走到塘边灌木里,脱下短裤,拧干水分,再穿上,到家就干了。洗衣服也就是这么洗的,洗一次澡,就是洗一次衣服。我们把衣服放在沟边,上去旁若无人地穿上,稍长也有躲避。有调皮的

孩子拿走我们衣服,我们就只能蹲在水里哀求,假装生气,或者答应他的条件。有的万恶的孩子看见有女孩过来,就举起他那还没成熟、目前只能当小便器用的家伙,挑衅她们,叫她们看,惹得她们把他们的姐妹也连带骂一通,疾走。泼辣的女孩会拾起土块往水里砸。

洗澡的时候,大一点孩子会欺负小一点孩子,大的会用自己娴熟的水性来吓唬小的,潜水把小的腿往深水里拖,让小的害怕、求饶、顺从,大的就心满意足。不知这种满足会给他们带来什么愉悦,反正他们很乐意这样做。当小的长大了,他也会如法炮制欺负更小的,有点大鱼吃小鱼,小鱼吃虾米的水中规则了。一些胆小的孩子只敢在水边,两手抓着裸露的树根或水草,两脚在水上拍打。

年龄在三四十岁的人就很少下水洗澡,夏天淌汗多了,晚上就弄盆水在黑暗处擦擦,有时还用点胰子。到什么年龄说什么话,他们这样洗澡似乎做了表率,就总是限制自己的孩子下水洗澡,经常有做娘的在池塘边逡巡,找自己的孩子,叫孩子快上来,其他孩子就掩护他。做娘的就说,某某,你不要出鬼,我马上叫你妈来擂你人皮鼓。果然就有大人在岸上拿着木棍,朝水里吆喝。有的大人心宽,并不到池塘现场劝止,只是回家用指甲划皮肤,检验是否下水,如果一划一道白痕,那是无疑下水了,铁证如山,如同黑纸白字,赖不了。有的孩子既怕打又贪水,没办法,洗过澡就到太阳下暴晒,很有点矫枉过正的意味,然后在全身用手心摩擦,白痕就不明显了。家长证据不足,但是还要举例说明以前被淹死的谁谁,还要警告,约法三章,有则改之,无则加勉。无论如何软硬兼施,池塘里洗澡的场面一直热烈,没有一个小孩不喜欢水的。

妇女们有时也洗澡,她们会选一个十分僻静的地方,或正午,或傍晚,故意等干活的人们都回家了,几个人留下来,找个有水的地方,叽叽喳喳,又战战兢兢地舒展一下,清凉一下,疯狂一下,这是难得的娱乐。有一次,我无意走进一个远离村庄的断头河沟,岸上灌木葱茏,河边一片水边和水面上,有好几个妇女在裸体相互搓灰、拍打,嘻嘻哈哈,白花花的一片,各式乳房漂在水上像救生圈,又像鸭子,不停地荡漾。一个小妇女一手捧一个乳房,低头左看右看,好像是在比较大小或其他差异。另一个说,看什么看,被你男人咬破了?那小妇女松开乳房,两手并拢成盆,一个劲把河水泼向那说她的妇女脸上。那女人睁不开眼,招架不住,呛了水,转身逃走,嘴里还说,你能说你男人没?小妇女说,你个烂嘴的,你才那样呢!话没落音,这时见我出现,她们像见了老虎,惊叫一声,浅水的妇女,青蛙一样跳入水中,深一点的则立即蹲下去,只露出两只眼睛。她们看清我还是个十来岁小孩,还不足以有威胁和猥亵,就哎呦哎呦地敌视我,驱赶我。要是成人,必定要遭到群骂,恶骂。

古人有"靸破鞋,围单被,河里洗澡,庙里睡"的自在、洒脱、宽松、逍遥、清净的最高境界。其中就有"河里洗澡"一项,那是任何澡堂子或者桑拿、洗浴中心都难以比及的心旷神怡。可惜,现在的河塘沟渠,找往日那样的水面几乎不太可能了。

铲 锅 灰

乡间急性子的媳妇,做饭性子也急,眼看锅底大火熊熊,可就是锅上不死不活的,她气得要把锅砸了。不过,气归气,她舍不得砸,那是跟自家的钱过不去。有经验者告知原委,于是第二天早上,她会揭下铁锅,拎到屋外一个平坦又不碍事的地方,锅口朝下,然后用锅铲挨着从上往下铲。果然,那锅——主要是锅脐周围,那灰足有两毫米。这灰都是草木燃烧的烟灰,烟灰含油,黏在锅底,估计还隔热,不然的话,不可能锅底烈焰升腾,锅里反应迟钝。

锅灰被铲,拎起锅,地上就有一个黑圈子。再烧锅,锅果然有了反应,油往里锅里一倒,顿时冒烟,再听那菜被烧得发出激烈的滋啦声,三下五除二,就熟了。急性子媳妇就说,噢,还真是锅灰作的怪呢。

过了一阶段,就要再铲锅脐灰。于是,我们每天几乎都可以看到,有人家拎口锅出来,在刺啦刺啦地铲灰。人们都不喜欢这灰,嫌它脏,但有人喜欢,我们庄上小学校的李怀道老师就喜欢。一开始,人们见到他总是在人家媳妇铲锅灰时,在一旁守候,眼不知是盯着锅还是盯人家媳妇,还没话找话说。人家以为老师先生不正经,民间传说教书先生好色故事也不少,有人就用打油诗说,李怀道,李怀道,人家铲锅他就到;老婆在家不常来,心就不在小学校。其实,这冤枉了李怀道。虽说这人有点黏黏糊糊,爱和别人东扯西拉,但是人家只当是平易近人,或者深入群众,体验生活——老李还搞业余文学创作呢。李怀道老师为什么总是出现在人家媳妇铲锅灰的现场? 不久人们就发现,李怀道想的不是人家媳妇,想的是锅脐灰。那么锅脐灰用来干什么呢?李怀道把锅脐灰拿去,经过他特殊调和,就成了墨汁。不少家长才恍然大悟地说,怪不得,我们家三华子今年没要钱买墨汁呢。

以往,学校很注重写毛笔字,你的字一出手,像鳖爬一样难看,人家就瞧不起你。据说我们这里的一个乡长,以前是赌鬼,有一次被公家拿获,关押在拘留所,命其写检讨,结果所长见其字非凡脱俗,急忙报告局长。局长说,我正愁少一个搞宣传写标语的。于是,他因祸得福,大展才艺,节节高升。所以,怎么说,练字都是一件大事。练字要墨汁,多练就要更多,李怀道知道各家锅大碗小,哪来闲钱买那么多墨汁呢?再说,小孩子也不注意爱惜,有时一瓶墨汁乱涂乱画,不见效果就用完了。还有的甚至还没来得及涂画,就不幸打翻瓶子,更令人痛惜。人们知道李先生原来是这等好人,就叫自家的孩子把锅灰带给李先生。据说,李先生教出来的小学生,字都写得不一般。一个三年级孩子在黑板上写了几个字,没有擦掉,女音乐老师来教歌子,知道是学生写的字,她都不敢在黑板上写字了。

现在只要烧锅,还会有锅脐灰,只是没有了李怀道老师,也没有必要用锅脐灰做墨汁。教育混乱不堪,孩子也不知道该学什么,不该学什么。珠算不再,孩子们手脑退化,书法成了业余有偿家教服务。如今,锅灰有了新用

途——婚礼上,有人以强迫或突然袭击的方式,用锅灰抹在公公脸上,称为"扒灰公公",其中含义全国人民都理解。为什么用锅灰?"灰"字有出处,且锅灰可以就地取材,锅灰吸附力好,不易洗掉,可使"扒灰公公"形象保持得时间长一点,那么大家喜笑颜开的时间也长一点。眼下乐趣实在太少了。

煨　罐　子

　　草锅当年在乡村是家家做饭都用的终极设备，那时你若拿一块煤炭对他们说，这个能烧饭，打死他们都不信，还说你这是吹牛、骗人，这黑石头也能着火？他们坚信世上做饭只有草锅。

　　草锅的地位千百年，我们那时也只相信草锅。老百姓以为草锅好处多，易操作，来得快，火对着，几把草就把一顿饭烧好。等锅膛里的青灰灭了凉了，可以做肥料，可以做除臭剂、洗涤剂，还可以做农药治白菜上的蚜虫。青灰要是刚刚形成，死火未灭，余热尚存，那就要发挥余热，小孩子会把山芋埋在里面烧烤，那味道比烤山芋味道好上不知多少倍。大人们则会把煨罐子填进去，焐水，供洗脸洗手用。

　　煨罐子有碗口粗，半尺高，大了也填不进锅膛。煨罐陶土烧制，十分粗糙原始，黑不溜秋。昨天出炉，今天你说是商周出土的，也有人会深信不疑。烧制煨罐，我们本地峰山窑即可出品。峰山窑据说是汉代初期的土窑，当初军队打仗到此，天气炎热，北方人忍受不了炎热和干渴，战斗力大大下降，瘟疫顿生，军中要人请教当地百姓如何是好。百姓告知，此处是沙土地，水质近似甘泉，只要满足将士水分，则安然无恙。可军队要行走，争取更大的胜利，不能光为了喝水而盘踞于此。如何将水带走，就成了问题。百姓说，可用窑里煨罐，每人提上一罐可解一两日之渴。于是，窑工在兵士的帮助下日夜烧制煨罐，并在罐子上加两个鼻子，便于携带。当初我们也纳闷，那煨罐根本不须提着，干嘛要在边口留两个洞呢？若知这段传说，立刻可以明白。

传统总是顽固的。

每天早上，尤其是寒天，烧好饭，主人就会在煨罐子里加满水，轻轻放进锅膛，把周围还滚烫的草木灰围在煨罐子身边。小孩子要是放煨罐子进锅膛，大人们是轻易不要他们这么勤快的，因为孩子经验不足，毛手毛脚，后果可想而知。

煨罐子口很小，大人一只手就占满了，洗手也基本上都是象征性的，湿湿手脸而已。对于太小孩子，大人也不轻易让他们自己洗，大人们自会一手抓住孩子一只手给他们洗。几个孩子，就这样一个一个来。还是因为怕孩子们毛手毛脚，打翻了煨罐子，流走了水，说不准煨罐子也打碎了。说是洗脸洗手，不如说是擦脸擦手，那点水几个人蘸沾就没有了。能坚持每天早上这样擦脸擦手的人家并不很多，有的小孩，甚至个别大人，一冬天还不知道洗几次呢。

煨罐子也不是都留焐水用，也有把煨罐子用来盛盐盛荤油，还有的老人冬夜里起来不方便，就把煨罐做尿罐子，放在床边，需要时伸手就可以拿过煨罐，在床上解决小便问题。这些罐子小破还有人用来在里面栽花，中破就卡在土墙顶上遮雨，大破就随它去吧。我们村老鸭子在农忙季节，还常常用煨罐子给老婆送饭，既密封又保温。对于那时没有饭盒的乡村此法也算发明，专利属于老鸭子。老鸭子牙掉得早，舌头经常会不经意滑落出来。那一年，队里要他去扒河，老鸭子就犯难，说，那些死面饼我啃不动，没有牙。可是人手紧张，是什么迎新年水利会战，时间紧，任务重，吃在工地，靠三里以外送饭来，你老鸭子牙没了，但胳膊腿还好使，不能不来啊。怎么解决吃饭问题？老鸭子只能吃稀软的。队长就说，你把你家煨罐子拿来，我叫伙夫单独给你下面条带来。老鸭子无话可说，队长可是仁至义尽，别人也不好咬屈你老鸭子老吃面条——我没牙，我有煨罐子啊。水里工程到了结束最后一天，老鸭子不瘦反胖，可惜煨罐子不慎打破了，是绳系子磨断了。老鸭子就说，煨罐子是我救命恩人，我把它埋这大堤了。如今那巍巍大堤还在，那煨罐子碎片也许还埋在那里，没有被水冲走，因为老鸭子埋得很深。几百年、几千年后也算是文物了吧。

闹　　房

　　乡村有很多风俗游戏,闹房是重头戏,而且久演不衰。所谓闹房,就是在新娘子来了以后的当天夜晚,一群青年男女(主要是男)表面上是朝新郎新娘要喜烟喜糖,谓之闹喜吵喜,实际上是想方设法折腾新娘一下,占点便宜揩点油,吃点豆腐或得寸进尺。也许真的是吵喜闹喜——围绕风俗传统的初衷,也许还有其他成分,就看参与闹房人的素质了。

　　过去乡村闹房主要对象是新娘子。这一天,新娘子好风光,新衣裳,新鞋子,还化了妆,仙女一般,谁看了谁动心,特别是那些超龄的光棍,灯下看那新娘子装模作样低头含羞,想到人去灯灭之后的情景,这群人就欲火熊熊,面对着新娘子,能看则看,能用语言挑逗则挑逗,句句都在扫黄范围;能摸则摸,但毕竟人多,不好意思出手,就把灯吹灭。这时,胆大的就在新娘子身上乱摸起来,力所能及,手所能到,无处不摸,手指像鸭子水中寻食,巴不得手能变成生殖器。新娘子终于打破沉默,发出类似被强奸的尖叫,大伙就发出淫荡的奸笑。灯复明,再看一个个醉意朦胧,红光满面。

　　这时有的家里大姐大嫂就来拉场了,不能骂,不能生气,只能说,哎呀,轻一点不好嘛,人家新娘子一天没吃饭呢。主人不能生气的原因是吵喜闹喜。如果大发雷霆,把吵喜闹喜的人骂走了,新房里只有新娘独守空房,那才是晦气。所以,闹房一定要热闹、要热烈,但不能过分。

　　乡村风俗有规定,新娘三天无大小,也就是说,比新娘辈分(与丈夫对等)低的或高的都不必忌讳,不必担心,尽管去闹。这样无疑是解放了一大

批本来该讲辈分而规规矩矩的人,投入到闹房的队伍里。利用三天宝贵时间(有效时间也许就当晚三个小时),乘机浑水摸鱼,热闹一下。风俗规定往往比法律条例还有权威性。假如法律规定长辈晚辈可以闹新娘,未必有几个敢响应,而且法律效力也没有风俗效力时间长,法律今天定,明天改,还要考虑适应这适应那,风俗对谁都一样。

等众人尽兴退场以后,新郎开始单独表演,关门,吹灯,拉窗帘……还真像演出之前的感觉。几个精力旺盛的家伙还是不走,他们要把蒙在窗户上红纸戳破,其象征含义大家可以自己去理解。然后,他们就趴在窗口窃听新郎和新娘说话,或听他们发出的特殊动人的声音。从声音到想象,往往人家新郎还在盎然地忙着,窗外想象力丰富的家伙就情不自禁湿了裤子。好不狼狈,又不敢说,怕同伙笑话,就催促同伙说,听一会行了,走吧,鸡都叫三遍了。

随着社会进步,闹房中的不少陋习已有所改进,逐渐变得文明起来。况且现在新娘子多不是"新"的,不少有孕在身,轻易也闹不得了。

坐 月 子

　　往日,除了传统的风俗仪式外,乡间坐月子是一件平常的事情,不要B超,不要住院,连消毒也谈不上,不出家门,生就生是了。不生,腆个大肚子还耽误干活呢。

　　坐月子的人记号是头上围一个围巾,从额头、耳朵上边绕一圈,好似前线下来的。坐月子,顾名思义,时间是一个月。这一个月基本不参加劳动了,吃的比平时好多了,干活比平时少多了,风不能吹,雨更不能打。五黄六月也要穿棉袄,水不能下,洗尿布都是婆婆和小姑子代理,以防受风湿落下终身"月子病"。一个月下来,坐月子的妇人都养得四大白胖。

　　孩子落地十二天,孩子要"改庵",移尿窝子,其实就是换个睡觉地方。这天娘家来人了,挑着馓子,挎着鸡蛋,拎着红糖,一律红纸红布盖着,浩浩荡荡,红红火火。来的都是妇女,是坐月子妇人的嫂子、弟媳妇、小姑子、姨娘、婶婶什么的。男人是不能来的,要回避的,不然,不仅自己尴尬,惹人犯嫌,还会被邻居乡亲骂为二五郎当。这些娘家人是来"下奶糖"的,带的全是当时的高级营养品。馓子是油和麦面做的,两样都珍贵无比,结合在一起就浑然天成,美味无穷;鸡蛋就不必说了,是被历史反复证明的最佳营养品,当家的男人不管怎么腰酸腿疼、咳嗽劳伤,老婆早上起来煎两个鸡蛋下肚,顿时就精神焕发;红糖,更不用说,是暖性的,和馓子一泡,又甜又香,管那坐月子妇人奶水跟水枪一样往外刺。坐月子人家就染了红鸡蛋,统称喜蛋,发给来客,分享生子喜悦。那时还兴擀面条煮好,给庄上每家送去一碗,叫喜面,

是奉送,不必回报,主要是图个吉利。

正常人家坐月子大致如上,但也有个别特殊的,你讲给念过医学院的人听,特别是高职称的医生听,结论都是不可能。个别会说,也许是奇迹,是特例。李厚宝是清末人,到了二十世纪五十年代,头上还盘着辫子。那一年,正是麦收季节,他们夫妻正在湖里收麦子,老婆忽然说肚子疼,常识告诉她孩子终于要出世了,于是,丢下镰刀站起来对丈夫说,可能孩子要生了。李厚宝说,那还不赶紧回去,我一人在这干就是了。女人就竟走一样步态往家赶,裤裆里有液体产生的湿痒,蛇一样不断向下延伸,流动。她知道那不是汗水,渐渐连鞋壳里也呱唧呱唧响了——鞋也湿透了。她刚一脚门外,一脚门里,孩子的头就下来了。她无法再走动,朝地上一坐,孩子就落地了——这才是真正的落地。她趄着身子,顺手拿过饭桌上的食刀一下剁掉脐带,赶紧爬起来,给孩子身上灰土擦掉,包好,放到床上。自己清洗一下,换条裤子,随手又拿起大碗朝水缸了舀了一碗水,咕噜咕噜喝下去,嘴一抹又下湖去了。男人问,孩子呢? 她说,在家睡呢,我叫门旁三表婶给我望一下。两口子一直干到中午才回来。孩子哭了,三表婶正着急给孩子喂白开水呢。她掏出硕大的奶头往孩子嘴上一堵,小嘴就一撅一撅,无师自通地吮吸着。

李厚宝的老婆是路上拾来的。兵荒马乱年代,李厚宝去青阳城里卖柴火回来,见一女子在路上哭,李厚宝便问,你家在哪里? 她说没有家。没有家,也就是没有娘家,也就没有了娘家的七姑八姨来下奶糖了,自然少了许多鸡蛋、馓子、红糖,可人家孩子喂得像肥贼一样,庄上人都喊他小地主,她的奶水常常还胀得生疼,到处接济那些干涸的乳房。这孩子十八岁考兵,被选上了飞行员,一直开最快的飞机。

现在小姑娘坐月子是不扎头巾的,她们只要美貌,不怕生"月子病",因为生那病时还早着呢,美貌就在眼前。几年前,我带医疗队到村里义诊,一个三十多岁的妇女得了很重的关节炎和偏头疼,还有胃病等,几乎需要一个综合医院,再加一个全科医生才能看完她的病。她给医生诉苦,婆婆在一旁提供背景资料,大意是说她坐月子是如何不注意保健的。

熏 蚊 子

二十世纪六七十年代，小高庄墙上出现"疟疾蚊子传，吃药不要钱，得了疟疾病，快找卫生员"石灰水写的墙字，其实蚊子不止传染疟疾病，很多疾病都是蚊子所为，而乡亲们只知道蚊子咬人难受，影响睡觉。

乡间是蚊子的天堂，青纱帐、水塘、黑屋子，再多的蚊子也能接待下。夏季晚上，时有闷热天气，降温靠大自然有时来风，没有风就靠自己机能调节，扇子虽有点作用，可疲劳的人，扇几下就不知不觉丢下扇子睡着了。等到闷热，等到蚊子骚扰醒了，再找扇子，可能被他人拿走了。那年月人手一扇也是奢望。人们经常感叹——哪怕只有蚊子，你天要凉快，或者天可以不凉快，但没有蚊子。二者取其一，完全不可能，反倒是二者密不可分，狼狈为奸。劳累的人需要睡个好觉，蚊子不会体谅劳累的人，越在你困倦时越猖狂。人对于蚊子，虽说人口爆炸，还是寡不敌众，若是虎狼还可一拼，这些鬼一样的东西，除非神力可以对付。痛定思痛，人们发明熏蚊子。刀耕火种，火烧赤壁，烟熏蚊子，人类就是靠火走向胜利和文明的。

每到晚上，每家都准备点半干半湿的杂草，特别那些有怪味的草。当太阳渐渐失去其威力，被黑暗取代后，蚊子集团载歌载舞向人们袭来。有的闷声偷袭，身体某处会突如其来的痛痒，你本能一掌过去，即便蚊子被打死，你自己也挨了自己一下；有的用靡靡之音来麻痹你，在耳边循环播放，你也许被陶醉了，觉得靡靡之音还在耳边回荡，此时它们已经找到一处适宜地方，同样吸血放毒。

　　人们开始反击,点火,但火不燃烧,只许冒烟。烟带着人们的愤懑卷进蚊群,蚊子招架不住,或翻卷折翅,或贴地躲藏,或远遁逃命。然而,人们也付出了代价,有的被熏得泪眼婆娑,有的又咳又喘。按理说,人们的行为都希求趋利避害,既要有效地消灭敌人,又要有效地保护自己。现在的结果是熏了蚊子,也熏了自己,蚊子不好受,我们也好受不到哪里。到了拂晓,气温略有降低,蚊子怕冷,也许累了,进攻力度和次数明显降低,人们开始安宁一会。可是东方刚露白,人们又要下地干活了。有人难免提起昨晚睡觉的事情,叫苦不迭。有人会说,是作阴天呢,怕是过天把有大雨。经验告诉他们,大凡蚊子猖狂,多在暴雨来临之前。风和日丽,蚊子也会去自娱自乐,很少来袭扰人。

　　政府知道农民被蚊子叮咬之苦,就号召大家起来消灭蚊子,屋里用敌百虫打,水坑、茅厕要放药,要填平,不要给蚊子生存空间。可是蚊子生存空间太大,天上人间,水中陆地处处是家。接着是蚊香出世,一盘蚊香,紧凑简约,烟雾袅袅,蚊子闻之退避三舍,对于人初闻还有香味,似可接受,但科学说,蚊香有毒,危害甚大。蚊香说其是科学进步,科学又说蚊香有毒,反正老百姓命不值钱,顾此不能顾彼,一时痛快也是痛快,好坏都是媒体嘴里说的,你怎么说,老百姓怎么信。

我们村里老扁熏蚊子不用草,不用蚊香,他把黄鳝的骨头晒干燃烧,用它来熏蚊子,对人危害几乎为零。后来被他人发现,就说,死老扁,你为什么不早说啊。后来大家都注意平时收集黄鳝骨头。可是哪来那么多黄鳝?哪来那么多黄鳝骨头?到后来,有了蚊帐,有了纱窗,人们和蚊子隔离,无为而治,互不相干。蚊子吸不到人血,未见蚊子饿死或减少。老人们说,蚊子很少吸血,大多数都是吸露水,哪来那么多人血给它们吸啊。

支　农

我们上小学的时候，儿童节后，就开始放麦假，又叫忙假。农村的孩子回家参加午收，城市的学生在老师的带领下到郊区生产队帮助社员们收麦子。不仅是学生，还有机关干部，还有解放军等。农民很高兴，很有面子，全国人民真是一家了。那时节像过团圆年，哪还讲什么劳累辛苦。

小学生拾麦穗，叫颗粒归仓，大一点的就割麦子，有道是黄金铺地，老少弯腰，所有人这个时候都全力以赴关注农村，支持农村，所谓抢收抢种，不亚于一场战争。老师告诉我们，你们农村的学生回家，十天以后回来，要有生产队证明，是不是参加集体劳动了，是积极，还是落后，都要写清楚。我们就照老师讲的去做，跟长辈们去干活，太阳晒，热风蒸，麦芒戳，都无所谓，只要长辈们，特别是队长说，这孩子不错，一切劳苦就烟消云散。要是队长说，小孩子能干什么，不需要你们。也许他是出于关心，但这对于我们是近乎无情的打击，我们在很小的时候就知道剥夺劳动权利的痛苦和绝望。在我们幼小的心灵里，我们为丰收而欢乐，为自己的劳动而自豪，为那热火朝天的劳动场面而激动，对泥土的感情就是那个时候萌生的。

现在收麦子，再也没有那么隆重的场面，除了四处放火烧麦草和四处派人抓放火的有点隆重。城里不知季节变换，就连农村的孩子都感受不到劳动的光荣和粮食的来之不易，不要说对土地的情感了，就是对粮食也很冷淡，更不要谈什么珍惜了。他们都在万众一心考大学，当状元，准备将来出人头地，光宗耀祖，土地还值钱吗？

那时的干部带着干粮水壶，实实在在地和农民们在一起劳动。他们知道农民苦到什么程度，甜到什么地步，也知道自己好在何处，错在哪里，而不像现在的干部坐在空调车里指手画脚不过瘾，还要警车开道，你叫他们紧密联系群众，关心群众利益，那实在是强人所难。那时的干部身上农民的本色、农民的血脉还在，农民的冷暖他们能感受到，现在一些干部有时也假惺惺地说，老大爷，生活好吗？有时也拿农具表演似的划拉几下，实在做作得恶心。

有小学时代午收的经历，我对土地、对农民始终有着隔不断的感情，即使现在也混到城里，也混个办公室坐坐，还是不敢忘记土地，忘记农民，收麦子的时候，我还会尽可能组织医生去田头给他们医病疗伤，还会给那些困难户送点化肥和种子。虽然我没有共产党员、领导干部觉悟高，我就是农民意识。我知道，没有粮食，不管是谁，全完蛋。

有领导埋怨，我们一天到晚为老百姓做好事，老百姓还是不领情。原因就是他们离土地太远太久，离老百姓太远太久，离基层太远太久，忘记了自己的来源出处，不要根本，只要枝叶繁茂，花艳果硕。

我们那时不仅午收放假，秋收也放假，都叫忙假。现在学生白天昼夜，夜以继日，两耳不闻窗外事，一心只读圣贤书，但我们看到的是无德、无才、无能的人士雨后春笋般地涌现。我们那时虽说少上了十天课，当我们回到教室，我们会倍加珍惜上学的机会。当我们读起"锄禾日当午，汗滴禾下土"，什么意境，什么立意，我们比谁理解得都深刻，根本不要老师再费口舌。

我想如果现在的高中生毕业以后，能到基层劳动一年，再考大学，会比现在状况要好。后来，教育部提出，有条件的学校要组织学生参加农业劳动云云，比我还迟钝。

挤　冒　油

　　我们小时候,冬天来了,孩子们聚到一起,喜欢玩一种叫"挤冒油"游戏。这种游戏简单易行,没有规则,没有技巧。无论室外室内,只要有墙角,只要有一群人随时就可以玩起来。趁谁不注意,把他往墙角一推,大伙蜂拥而上,拼命往里挤,这就是挤冒油。挤冒油,挤冒的不是油,是汗,也可能是泪水。我们小孩子都骨瘦如柴,怎么挤也挤不出油来。

　　伴随着号子,其实也不是什么号子,就是瞎起哄,就是噢噢地叫,一阵高过一阵。里面的不堪挤压,就往外突围,外面的就封锁包围。内外有时僵持,有时被突破,里面人就成为外围的人,开始挤刚才挤他们的人。身大力不亏的始终占上风,矮小力弱者常常被挤在里面,有时很危险。危难之际,他们无非是骂是哭,无论骂还是哭,都是气急败坏的基调。这么一哭一骂,就坏了大家的兴致,挤压的积极性受挫,也许这一轮挤冒油的游戏到此结束,也许等那哭骂之后的小子又破涕为笑,那么,游戏继续进行。不过那个哭骂者不再是重点,大伙认为这家伙骂人不好,不受玩。如果那小子还想参加,会有人说,不带你玩了,你玩不起。

　　因为有了这个游戏,孩子们聚到一起,都有了警惕,一般不靠近墙角,甚至连墙都不靠近,防止同伙一拥而上,受到挤压。有的大孩子就趁有人不注意的时候,一把推到墙角,其他人不约而同就挤上去了,边挤还边喊,挤冒油喽,挤冒油喽,声音一浪高过一浪。声音传到家长耳朵里,细心的家长就过来,看有没有自家的孩子。若有,就怒不可遏地从中拖出来,朝背后就是两巴掌。打完以后,仿佛前奏,这才像说书人那样开了腔,你个小和尚,你看看你棉袄,去年才做的,棉花就露出来了。接着又是一个小过门——两巴掌,整天就知道挤挤挤,我看你明年就精光摇吧。讲这话的,肯定都是母亲,她们关注衣食住行。做父亲的没有管这事的,他们小时候也许比这些孩子还调皮呢。女孩子不会玩这种游戏,男女小孩也不会混杂一起玩,那就会受到普遍干涉了。在小学校,课前课间,孩子们也玩这种游戏,负责的老师在办公室听到那里的叫声就会循声而来,平息暴乱。小学生玩起来还是不计后果的,会殃及泥垒的讲台、挂着的黑板、弱不禁风的课桌,或者墙上的学习园地什么。老师揪住首犯、惯犯,不管也不会说你衣服损坏如何,老师会说,你们损坏公共财物,叫你们看看黑板右边贴的规章制度第三条——爱护公共财物。老师有时还威胁某某要赔偿什么,吓得学生父母顿时可怜兮兮。其实,老师多是吓唬、警告而已,小孩子拿什么赔啊。

挤冒油确实是御寒取暖的好方法,一阵挤过,那些孩子满面红光,头上热气直冒,好像火山要爆发,有的家伙还揭开棉袄往里面扇风。这时若是做

母亲的路过，见到自己孩子在严寒里解衣开怀，汗流浃背也会教训责骂，说，你发热咳嗽才几天啊，你尸炸了吗？再发热你自作自受。也有的孩子正挤得忘乎所以，突然木然地退出，那一定是裤子挤掉了。

后来，我们长大了，自己不再去挤冒油，也再没看见后来者挤冒油，倒是去买紧俏商品、削价商品，乘车、进剧场的时候，还可以看见那挤冒油的架势，我估计他们小时候都是挤冒油的高手。西方人肯定没有玩过这个游戏，他们在任何公共场所都排队。

烤　火

　　四壁透风,没有空调的年代,在三九严寒的时节,烤火是农村最流行的取暖方法。虽然晒太阳是最省事、最经济的取暖方法,问题是到了阴雨天和晚上就不能指望太阳了,而这恰恰是最冷的时候。

　　烤火是全天候的,只要有柴草。我们烤火的年代不是炉子,是火盆。火盆制作很简单,和点泥,泥中放些稻草麦穰子做筋,做成盆的样子,晒干即成火盆。所谓火盆无非是管束烟火烟灰四散延伸,影响卫生,惹出祸端,也便于集中火力而已。一般人家烤火多是把锅膛里尚未熄灭的草木灰挪到火盆里。为了便于薪火相传,不时加点稻壳子、碎木屑等物。烤火不能用明火,那太浪费,也不持久,所以烤火的火,多是死火,死火暗藏于灰中,以不断冒出的烟来表示自己的存在。

　　有的老人在长期烤火中发现好的燃料,那就是牛粪,当然是牛在湖里随地大小便留下的。生产队那里堆积如山,谁也不敢弄回家烤火。老人们在秋天就开始采集牛粪,从湖里背回来,把牛粪做成饼状,晒干,储存起来,待到冬天牛粪给大家带来温暖。牛粪的特点是耐烧,而且烟少,奇怪的是还没有臭味,而是散发出一种类似雪茄的味道,让抽烟的人很是高兴。

　　火盆对人们具有凝聚力,一家老小,门旁邻居来串门,乡村没水果,没茶泡,待遇就是"来,烤烤火,暖和暖和"。大家围坐在一起,伸头亮掌,有的甚至掀起上衣衣襟,把肚皮也贴近火盆。小孩子会趁人不备,不时丢几颗粮种在火盆里,扑通一声炸出一个"花子"来,做母亲的吓了一跳,就会驱赶,大家

哈哈一笑说,小孩子,就这样,图个好玩。有的老人会讲故事,陈猫死老鼠都能翻出来讲,这时小孩子就老实了,眼盯着讲故事的老人,望不尽他肚里有多少储蓄。老人拿着烟袋,朝火盆轻而易举地对火,会说,这一烤火,烟叶就不受吃了。小孩子就催促说,快啊,快讲啊。老人狡黠一笑说,去,去家把你爹烟叶拿来给我吃,我就讲。小孩子立即行动,拿来烟叶。老人就不好意思了,说,这孩子真是,老子跟你讲着玩的呢。

到了晚上,受黑夜的衬托,火盆亮度明显,但还是没有火苗。当妈的就把孩子在雨雪中弄湿的衣服拿来烘烤,衣服冒着热气和臊气,并不难闻,倒使人神清气爽。这时火盆发出噼里啪啦的声音,这不是孩子们丢进的粮种,因为他们都睡着了,那是虱子感觉到下面还有更暖和的地方,就离开衣服,空降火盆,噼里啪啦的声音成了它们最后的绝唱。

睡觉之前,首先要把火盆闷死了。夜深人静,邪风勾引,死火会像鬼一样伸出火舌,舔到易燃物品就会发生火灾。家里大人总会在睡前,看看灶膛,看看火盆,以防死灰复燃。二来也是为了节约燃料,以便明日再用。现在都钻进被窝了,烤火显然是浪费。到了早上,有的孩子很小,难免娇惯一点,嫌衣服铁皮一样凉,迟迟不肯起床。那时孩子少有内衣内裤,裸体居多,有内衣也舍不得在床上搓揉一夜。早上，当妈的就会扯把草点着，把孩子衣服在火苗上快速烘烤，火急火燎地说，快，快，凉了，凉了。孩子会立即起来，享受温暖。

小年轻是不烤火的，那会让人看不起，会说他破劲了，退火了，不是原泡子了。这些词背后包含深刻含义，就是说他已经是"过来人"了，对于那些还没有找到老婆的小伙子，这话虽说是玩笑，也是诬陷、蒙冤。他们也提高警惕，防微杜渐，远离火盆，以免到时有人说闲话，误了终身大事。哪怕浑身发抖，牙齿格格响，嘴唇发紫，也不去凑到火盆跟前。

前不久，我在策划一个展馆时，居然收集到一个黄泥火盆，火盆已经变红转黑。我问哪找来的。那个小学老师说，这是我奶奶的，父亲先后给她装取暖器，安空调，可她经受不了这些现代化带来的口干舌燥，一夜喝了几碗水，爬起来几遍，受了凉，挂了几天水。三天没过，她说什么也不要这些取暖设备，就要火盆。不久前她去世了，我把火盆保存了下来。

尿　床

　　乡里的孩子大多有尿床的经历，因为都是孩子，说出来不算丢人，稍大就要隐蔽了。小孩子白天玩起来不要命，到了晚上家里大人就说他们是死猪一样，特别是当妈的喜欢这样说，而且异口同声。

　　尿床是孩童在梦乡无可奈何的选择，梦里温馨迷人，流连忘返，不想回到现实。尽管春水荡漾，惊涛拍岸，蒙胧中总是找不到合适地方，不是众目睽睽，就是手脚不便，或者怎么也流不尽。矛盾在纠缠，终于脑子昏乱、放松，决堤的机会就来了，一泻千里，热浪袭来，这才猛然回到现实，身下已一片汪洋，皮肤盐腌的一样难受。随着年龄增长就会羞涩，还有家长的打骂。怎么办？一是因为害怕而不敢睡觉，常常无来由地惊醒；二是既然已成事实，就全力用体温把被子焐干。

　　须晴日，晾衣绳上，热气滔滔，一片风骚。母亲边骂边警告，下次再尿床，干脆去猪圈里睡吧。那年月在农村，棉花布匹虽说都是来自农民的血汗劳动，但是农民用不起，麦草当铺被，倒也暖和，睡着了就不想醒来。但麦草也并非丰富，也不能容忍尿的随意浸渍和腐蚀，于是大人们就辛苦地在半夜时分叫醒我们，因为此时是事故高发期。这时已是沉睡，被窝也焐热了，须臾不可分离，因此，能在这个时候叫醒会使水灾发生率大大下降。可有个别人看是起来了，到床下迷糊站了一会，你以为他危险已经解除了，不一会还是在床上泉涌，令人哭笑不得，防不胜防。我们门旁有个地主家，弟兄五人，同睡一个地铺，不要三天，尿就从内屋流到当门地。地主婆是当年有钱人家小姐；最讲干净，如今，天变了，世道变了，眼泪和尿一起暗自流。

老人说，尿床，是赖尿（sei）精作怪，年三十晚上骑个秫秸，把秫秸放到别人家门口，嘴说"送你一个赖尿精"，回头就走，就不再尿床了。我们照此办理，趁月黑风高，贼一样把秫秸放到人家门口，然后低声念念有词，猫一样逃走，以为这下可以嫁祸于人，但效果不是太好。有的就按老人的嘱咐，爬到树上找螳螂的蛹，那蛹叮在树上，小屋子似的，春天到来，即可破蛹，爬出嫩嫩的琥珀一样晶莹的小螳螂。螳螂蛹烧熟了很好吃，有香味，可是百把几十个螳螂后代就没了。效果没有临床统计，因为尿床不是什么光彩的事，大家都不想提起，所以缺乏精确统计数据。

我有一个同学，干部子女，虽说家里换得起被褥，但丢不起人，人至高中还偶有尿床之举，虽属机密，还是暴露，同学都说他"画地图"，把他的事迹写到黑板上，他气得泪流满面。后来地图不画了，一门心思画画子，还真画出了点名堂，成了大学美术教授。

现在孩子有了"尿不湿"，不再担心尿床了，有尿就尽情地尿吧。活人怎能让尿憋死呢！

逮虱子

从我出生到即将步入青年，虱子才离我而去。现在的小孩不认识虱子，更没有受虱子之侵扰。重提虱子，是为纪念。

冬天是虱子最美好的季节，这个时候它们在我们的内衣里隐蔽着，虽然我们可能饥寒交迫，但它们的生活绝对温饱舒适，衣食无虞。除了我们变成僵尸，它们才会有短暂恐慌，立马易主，继续嫁祸于人。

虱子可能牙齿不好，专喜欢我们这些相对细皮嫩肉的小孩子，好在我们好动，白天它们很难下口，稍觉身上作痒，我们就会找面墙，找棵树，对着发痒的地方蹭来蹭去，既煞痒，也警示虱子不要轻举妄动。

一方水土养一方人，一方血肉养一方虱子。头上的虱子是黑色铁质感的，可能与头皮硬，血源稀少，也便于隐蔽在黑发中有关。躯干的虱子多白胖，可能与皮肉丰腴有关。它们虽在一个人身上，但是，头上归头上，躯干归躯干，互不交流，互不侵犯，分工明确。

也许小孩子不太讲卫生，给了虱子可乘之机。那时候我们几个月不洗头，虱子就喜欢这个安定环境，迅速繁衍后代，那孕育虱子的虮密布发梢，像下了一层霜，如不及时除掉，就会像鸡蛋一样很快孵出小鸡，要除掉很费事。剃光头，冬天孩子没帽子受不了，头发是御寒的，比起虱子叮咬，保留头发更重要。当妈的看不下去孩子那早生白发的样子，就找篦子篦。篦子是梳子的加强型，篦子在头发中，篦齿紧密无间，杂物基本扫荡无余，但虮紧紧黏在发丝上，篦齿稍有疏松就使虮漏网，于是母亲会在篦齿之间勒进细线，使篦齿更加紧密无间,有条件的再在上面抹点素油,虮就无处藏身了。

当时虱子在农村普遍存在,也就没有雅俗高低之分了,所以,逮虱子是随时随地可以进行的,不丢人。在地里干活的人,休息期间,太阳晒得浑身暖烘烘的,虱子就蠢蠢欲动,这时正是逮虱子大好时光。脱下棉袄,把虱子暴露在光天化日之下,一览无余,它们和坏人一样,喜欢黑暗,对光敏感且恐惧,迅速往衣缝里钻。逮虱子人自有办法,把几条衣缝依次塞进嘴里,吹口琴一样,咬牙切齿,向前推进,凭牙齿的感觉知道里面有微弱的爆炸感,说明虱子没有逃脱打击。有的人逮虱子忙不过来,就直接丢进嘴里,咬得咔嚓作响,嘴角还冒咸膻膻的黑血,真有点以牙还牙,以血还血的意思了。

做母亲的最关注孩子的虱子。白天孩子蹭来蹭去,虽说阻止了虱子暂时的侵扰,但也蹭坏了衣服,据说还会生疥疮。所以,晚上,逮虱子是母亲特殊的家务。孩子睡去,拿过衣服在油灯下里外仔细查找,把虱子一一揪出,放到板子上,用大拇指甲朝着木板用力把虱子挤死拧死,实在多了就对着火烤,虱子一经热就失去吸附能力,或可能趋炎附势,掉入火中,噼里啪啦作响,很有快感,让人好不解恨。天气转暖的时候,母亲就会反复催促孩子把衣服脱下来,用开水烫,这对虱子是灭顶之灾,是毁灭性打击。

人们在为自己逮虱子之余,还会为猪,为牛逮虱子。不管那猪多么凶悍,只要你扰扰它的肚子,它会温顺地任你摆弄,它们对付虱子办法也只有冬天蹭蹭墙,夏天在泥水里浸泡。当人们为它逮虱子时,它嘴里会发出无比惬意的呻吟。牛身上的虱子有点像臭虫,放人身上似能把人咬死。牛身子庞大,无法用手工逮,人海战术也不行。饲养员有经验,买几斤豆油像油漆家具一样在牛身上涂抹,虱子触之顷刻变形死去,干裂的牛皮也像美容护理过一样变得光滑有弹性。

青年人还是嫌身上有虱子是丢人的,于是就经常洗衣服,经常洗澡。那一年,我在城里中学读书,本以为虱子已经消灭得差不多了,才斗胆穿个衬衣来,谁知天气一热,一个虱子从里面爬了出来,被后边的同学看见。那孩子是城里人,看见虱子像看见蝎子或更庞大的怪物似的,惊叫起来,把大家

吓得一跳。好在虱子很小,多数人没看见,老师批评了那位少见多怪的同学。老师是农村人后代,也许对于虱子他也并不陌生。

俗话说,虱多不痒,债多不愁,是有道理的。满身虱子照样睡着,要是只有一两个就很敏感,奇痒难耐。虱子有点像暗中捣鬼的小人,总是在你不在意时制造麻烦,虽不能要你命,但可叫你不得安宁,可叫你浑身不舒服。

虱子是寄生虫,是小人,虱子这些年虽说少了许多,但虱子一样的寄生虫和小人却在增加。

晒 太 阳

那年月，冬天，乡间的太阳似乎总是姗姗来迟，等它离开树梢时，庄子上一多半人还在沉睡。大公鸡喊了一遍又一遍，起来喽——起来喽——，最后喊得自己也打盹。此时只有炊烟次第上升、蔓延。当太阳由红变黄，这时人们终于醒了，门口鲜活起来，一时从门里出来一个人，一时又出来一个，小狗久别重逢似的迎上来叽叽咕咕和户主打招呼。

大地也在冰雪下沉睡，它的沉睡给了农家闲暇，也给自己在春天孕育做准备，太阳是人们最熟悉也最需要的遥远的朋友。夏天，只要不是旱季，农民们喜欢太阳越发热辣，因为庄稼喜欢这样的热辣。他们汗滴禾下土，并不觉得炎热难耐，只希望太阳更热一点，把那锄起的草晒死，不再复发。收麦子收稻子收豆子，都希望太阳夜里也不要走，希望它能一顿饭工夫就把粮食晒干，放进粮仓，这样心才真正放进了肚子里。

三九严寒，没有多少油水的农民，有的会贫血，会气血两亏，畏寒怕冷，这时太阳就是他们的一种营养。医生说要加强营养，什么碳水化合物，什么增加热量，农民没这个条件，但热量还是充足的，那就是晒太阳。最佳晒太阳的地方是社屋的草堆旁，地上有饲养员扯下的柔软麦草，常常收拾不干净，总要丢一部分在草堆下面。麦草经太阳一晒，温热可人，往上一趟，吸着麦草的香味，顿时就陶醉，就松动筋骨。社屋离庄子有点距离，来这里晒太阳的人很少，只有喜欢独处，又有点浪漫的二流子、光棍和近水楼台先得月的保管员、饲养员他们。

　　另一种晒太阳是在春耕春种季节、乍暖还寒的时候。休息期间，把帽子或什么卡在脸上，四肢放松，睡在冻过的土地上，太阳似发出隐隐的声音晒在身上，好似混沌未开，全身飘逸在黑暗的云雾之中。远处有小鸟在天空气若游丝地传来安魂曲，微风调皮孩子一样，在你脸上摸你一把，抬腿就跑。渐渐地，仿佛世界上连自己都不存在了，直到队长大声喊，时间到了，干到头回家吃饭，这才有回到人间的感觉，掀开帽子或其他遮盖，这时阳光的重量一下全压在脸上，把双眼捂得严严实实，遮挡得什么也看不见。待会，看见一个巨大黑影，山一样矗立面前，是队长。队长说，看你睡得多死，我都喊你十几声了。

　　晒太阳最集中、最热闹的还是庄子上。早饭过后，没事的人就朝一家背风的墙根那里集中，墙就是靠背，两腿伸一般长，眯着眼，一任太阳亲热。他们多是老年人，十分需要热量，晒到浑身发热，皮肤就开始发痒，就尽最大所能去够发痒的地方，抓得龇牙咧嘴，实在够不着就喊在面前玩耍的小孩来帮忙。孩子把手伸进他们的棉衣里面，在老人的指挥下不断进退、探索，触及痒处，老人就不断"哎呦哎呦"地叫好。他们不兴讲谢谢，只夸好乖乖，这孩子能干啊。晒太阳的老人们基本都到了官不差、民不扰的年龄，一上午不吃不喝，也不动，就在那儿晒，实在热得受不了，就把棉衣脱下来给太阳晒，直晒得陈年脑油汗渍冒烟冒汽，散发出他们最喜欢、最熟悉的味道。这时，他们可能会发现虱子光天化日之下往衣缝里逃窜，动作慢的，自然就被他们用手掐死，用牙咬死。

　　如果是年轻人在墙根晒太阳，若是妇女，总会拿着鞋底在纳，拿着衣服在补，身子闲，手不闲。如果是纯粹的晒太阳，那就有点游手好闲的样子了，就有人会说，你看你，也不七老八十的，还能一晒就是半天哪？一晒半天的年轻人，多半是懒鬼。

　　科学证明，晒太阳有利于健康。那时阳光下的乡亲们，总是那么硬朗健壮，很少有现在那些怪病绝症。虽说太阳普照人间，但似乎对农民有点偏心，也许是因为他们和太阳亲近的原因吧。

串　门

　　串门,在我们村里又叫遛门子。往日没事的时候,各家跑跑,说说话,有的还端着饭碗去走动,串门子就形成了。

　　喜欢串门子的人都是活跃人物,坐不住,爱八卦,嘴里也留不住话。要解决这些问题,就得串门子。

　　能去的人家,那一定是关系不错的,不是亲戚,就是朋友,来去自由。两天不去,就觉得恍若隔世,天各一方似的,即使没有什么大事,去了就东一搭,西一搭,有的无的扯上一通回家也好安心睡觉。有的上次讲过的话,这次还能讲,讲讲听听,也坏不了你兴致。

　　不爱串门子的人,一般都是老实头,不善言语,没事也在家找事做,实在没事就钻被窝。这些人属于"不跟人吃一棵葱"的人,就是不搁人缘,貌似清高,耐得住寂寞,习惯自娱自乐。个别人,没事看看书,这样人多是识字的,在县城读过几天书。

　　谁家去的人多,这家人一定很和善,对人一定很热情,男人必是忠厚老实,妇人定是快人快语,阳光灿烂,叫来人不压抑,不拘谨。没人去的人家,男人一定很阴沉,女人一定很叫鸡(计较),见来人,不是脸不脸、腔不腔,就是"哎呦,你也留点细,才洗的手巾弄掉地去了吧"。来人好不尴尬,连赔不是,乘兴而来,败兴而归。更有甚者,长期把家里门关着,有来人,不是重要人物不开门,对着门缝就把人打发走了,生怕别人抢了他家的金银财宝似的。这样的人家在乡村,有,但极少极少,叫作"猫狗都不亲嘴"的人家。

　　串门子经常去的人家，大事也是小事，因为平时沟通得多，有事好说。要是那家从来没去过，或者那家从来没来过，突然登门，必然感觉有事，搞得大家都很振奋。有的是确有大事，比如提亲啦，比如借东西啦，比如打听个人啦，非来不可；也有个别的，心血来潮，怎么一下就来了，弄得人家很紧张，很意外，问有什么事。只说来看看，没有事。片刻就走，旋风一样。

　　串门子多为交流感情、信息，也有闲言碎语惹出是非的，于是双方暗中结怨，来往减少。若矛盾爆发，大打出手，这个门子就管好长时间不来串了。但是，一个庄子，一排房子，吃一口井水，种一块地，抬头不见低头见，说不准哪一天双方有一个先打个招呼，矛盾就烟消云散了。如此快速和解，也许是以前串门子留下的感情基础吧。

　　最爱串门子的是小孩，不过他们还算不上串门，只是东家西家到处乱跑，图个好玩。主人言语高低，粗声辣语也无所谓，他们还没有到享受礼遇的年龄和身份。他们只是好玩而已，有时翻人家墙头，人家还唤狗咬呢，当然，那是吓唬。

　　串门时间长了，家数多了，能说出谁家锅门朝哪，谁家床铺回头朝哪，谁家几口人，男女不用说，就是属牛属马，几月生人都能一口说出来。要是外乡人来走亲戚遇上他（她）问路问人，那就算他们幸运了，遇到专家了。

　　在我们乡村串门子也有忌讳。如果哪家门头上挂一块红布，就是告诉你我家孩子出疹子，你不能来，红布就是交通上的红灯。如果你挑着空水桶直接进入人家，人家会不怕得罪你，把你推出门外。这是因为，这样会使人家孩子今后不能生育，像老母鸡一样，尽抱空窝，不下蛋，不孵小鸡。人家媳妇坐月子也不要去，一来不方便，二来也怕你产生联想。有的人不太识趣，不瞅眼色，有意无意地坏人家规矩，破人家风俗。比如我们邻村的朱秃子，他串门子都在你家吃饭时，而且是来客人吃饭时，他会装模作样说来借东西或找人。于是在人家即便轻描淡写的邀请下，他也会浓墨重彩地坐下来，一醉方休。这样人你还得罪不起，他脸酣皮厚，横竖一般长，三爷还是县官。

他有时还会趁人家男人外出,去串门子,很烦人。有人在背地骂他是狗不吃的。

城里人,一个楼上,门对门都有可能老死不相往来。清净倒是清净,也许会少生是非,但时间长了,都成了孤家寡人。

为了交流感情,国家领导人还经常出国串门子呢。

看 电 影

　　二十世纪五十年代,青阳县城放了一场电影,好似放了一颗原子弹,其震撼力、其影响范围比原子弹还厉害。那块白布上又是飞机撂炸弹,又是汽车栽山底,又是刺刀穿心过,有的看电影人见状掉头就跑。银幕上有个大鼻子外国人给一个老太太吓出病来,之后整天哭哭啼啼说见到鬼了,念叨活不长了。后来,等很多人明白以后,竟像吸毒一样对电影上瘾了。小高庄有电影队来已经是七十年代了。那时全县有三个电影队,一队基本是为县城服务,二队三队在农村巡回放映。设备也是一二三排下来,一队最好,三队最差,能来小高庄的只有三队。三队的发电机最差,经常熄火,但是丝毫没有减少大家兴趣,等上一夜也没人打盹。

　　放电影人的地位是至高无上的。在乡亲们眼里,老书记已经是大官了,但是放电影的一来,就看到原来真是山外有山,天外有天。老书记殷勤地倒茶水,拍打板凳上的灰尘,大运河烟一个劲地递给那些公社来的人。他们不是一般人,他们是放电影的,他们的箱子里有千军万马,有无数个精彩故事,跟真的一样。

　　小高庄民兵营长朱秃子疯了一样去庄上人家逮小鸡,老书记亲临现场安排人扛木料,挖坑。三根木料,两根站着,一根横在两根的顶部。木料放到坑里,摇晃不稳,放电影的王三说,拾些砖头石块塞里面加固。小孩子们终于受到了重用,就四处鸭子觅食一样去找砖头石块,争先恐后地往坑里填,抱到大块的还故意让王三看见。

今晚的晚饭，各家都是敷衍的、草率的，不少孩子们根本就没吃，个别不爱热闹的老人就说，那能当饭吃吗？这对于有些人一时半时还真能当饭，他们的心思都在电影上。放电影人还在喝着酒，社场上人都到齐了，水一样荡漾。社场上叽叽喳喳，大呼小叫。这个小伙伴说，强顺，你来我这里，我给你占一个位子。那个当妈的说，拽柱子，你跑哪去了？那个做姐姐的说，社会子，来姐姐这块，我有板凳。张家媳妇听到发电机响了，抱起被窝的孩子就跑出门，到门外一看，是个枕头，遂又去抱孩子。

人群中最活跃的要数小青年，他们今晚个个油头粉面，在人群中穿来穿去。他们并不是要找合适的地点，而是要往合适的姑娘那里靠近。姑娘也都抹了雪花膏，三三两两在那里兴奋不已。小孩在最前面，后面也看不见，前面也适合他们打闹，成年人在小孩子后面，老人后面差不多就是放映机了。紧靠放映机的是大队高层人物以及小青年。几个机灵的小孩就爬到生

产队大草堆上,享受登高望远和柔软舒适,被保管员用竹竿划拉下来,边划拉边骂道,你们这些小孩子都不吃粮食啊,草堆漏了你们想倒霉啊。保管员平时比较温和,也许是因为放电影这个气氛使他也有点亢奋。

电影开始前,老书记先要讲讲国际形势和最近的农活安排,之后,就开始放电影。有的小青年虽然热衷于电影,但还有比电影更刺激的事情,他会悄悄靠近一个姑娘,用手指拨动她的手指。姑娘若不排斥,就继续互相拨动,力度越来越大,感情越来越深,手语都领会了,就悄悄退出人群,到社场南边树林里放自己的电影了。

老鸭子第一次在电影里看到了外国人,长发男人,还有大鼻子,他也是一路哭着回家,说他见到鬼了,阎王老爷要收他了,回家不吃不喝,一睡就是三天。尽管老书记来做了政治思想工作,但是他内心阴影尚未除掉,整日忧郁,半条命似的。最后还是请广军奶奶来烧了三个小纸人,鬼被赶走了,老鸭子才精神焕发,老当益壮。

电影结束后,胆大好奇的人就问放电影的人,电影布子上那些人都上哪去了。放电影人为了表示高深,会反问,你们问这干什么? 这是你问的事吗? 大伙落个没趣。有随和的放电影人会说,都睡觉去了,你们回家不睡觉吗? 不真不假的,大伙就似懂非懂地散了。

第二天,放电影的要走了,孩子们就来帮助推车子,一送就是老远,还问下次什么时候来。放电影的说,明晚上瓦房庄有一场。瓦房庄顿时就在孩子们心里具体起来——路程,大约七八里,中间还有一道河。当天晚上他们会准时赶到。

有个别家伙喜欢戏弄人,老是散布虚假电影消息,搞得大家心神不定。很多人明知是假的,但心里也希望是真的。

喝 年 酒

过年是中国农民的一件大事。一年到头,所有风风雨雨、艰难辛苦都在今天做一个了结,一年的渴望都在今天得到满足,一年的吝啬勤俭都在今天得到挥霍。吃过喝过,晕晕乎乎伸开四肢死一样睡去,直睡得天昏地暗,筋骨松弛,把一年的劳累都卸下来,把一年的烦恼都丢得远远的。这不是农民面临世界末日的最后消费,而是对未来留一个念想——也就是今天这样的盛况,大家都记着这盛况,我们继续努力,或许明年会更好,肉可能多买二斤,酒可能多装一瓶,新衣可能由老粗布变为卡其布。

即便是兵荒马乱的年代,农民杨白劳被地主黄世仁如此残酷逼债,还要给喜儿买回二斤面包顿饺子,还要扯上二尺红头绳给喜儿扎起来。如此悲切痛心的年,居然还是穷人活着的理由,还是聊以娱乐的唯一重要的日子。

人民当家做主的时代,虽说国家还很贫穷,但过年的气氛还是很浓厚的。那时小高庄过年重要的活动不仅仅是年三十的大餐、除夕守岁、大年初一早上放鞭炮,喝年酒才是过年高潮的到来。性子急的,初一就开始呼朋唤友,你来我往地吃喝起来。按习俗规定,初三才开始大规模请年酒,先是把出门的闺女带回家,此行由娘家的侄子去带,名曰"带姑姑"。姑姑回来,当妈的就喜笑颜开,倾其所有,把表叔二大爷都请来,酒是好酒,所谓好酒,就是他们家从来舍不得喝的,或者不曾喝过的酒。去年喝的是七毛三的山芋干酒,今年咱喝一块二的高粱酒,这就是好酒。应邀的亲友虽然都客气一番,最终还是会来的。他们知道,就是你不来,这年酒各家也要请的,要说有

意躲避,那是很丢人的。今天我去你家,过天把就要准备邀请你来我家,轮流请。大户人家,亲友多的,有的得轮转到二月二为止。大家认为出正月了,就不是年酒了。二月龙抬头了,万物苏醒了,我们也该醒醒准备春耕了。一年之计在于春。

喝酒不需回请的是老书记和老队长,家家都请他们,他们要回请也负担不了。他们未必要家家回请,这也不是乡亲们请他们的本意,否则就失去套近乎的意义。乡亲们可能出于对他们像对待灶王爷一样的敬仰,上天言好事,下界保平安。但是,就算你是领导,家里的亲戚还是要回请的,不然,亲戚会骂的。

参加喝年酒的是以长辈和有身份的人为主。桌上都是德高望重的人,那家实在没合适人选,比如老迈、手脚不便,还比如其他残疾,那就派个后生做代表,这后生也是老成稳重的,懂点规矩,上得了场面。尊老爱老在那时依然风行,老者是理所当然的一家之主,当然的年酒享受者。他们喝酒,吃肉,谈着收成,说着往事,陶醉在云里雾里,神仙一般。有时几个活跃分子还要划拳,或怒目圆睁,或嬉皮笑脸,相互猜测对方出手的数字,五魁首啊,四喜财啊,八匹马啊,六六大顺……洋溢着无尽的惬意和宣泄,听得屋里屋外的人都觉得津津有味,喜气洋洋。孩子们闻讯赶来看大人们表演,却被家长撵得远远的,不准看着长者吃喝,以免影响他们尽兴,更不允许那垂涎三尺、丢人败气的形象在亲友面前出现。有的长者看见孩子,就叨筷菜或骨头给他们解馋。他们理解孩子的心理,也看到了孩子们在珍稀菜肴面前的可怜相,也许他们回忆起几十年前,他们就是这样。

孩子们把长者给的菜或骨头还没完全接受下来,当妈的看见了,就吆喝,快去抱草,没草烧了,把孩子支走了。有的母亲心直口快,见自己孩子在酒桌旁转来转去,就直接揭穿孩子好吃的嘴脸和阴谋,把孩子拉走。有尚小的孩子还不知道好吃好喝丢人,就哭。酒桌上人就说,哎呦,小孩子,怕什么,来,坐四爹腿上。等到客人吃完走了,孩子们才一拥而上,横扫残羹剩汤。尚未动筷子的,或剩大半的,当妈的还是不许吃,端到碗柜里存放,说,你三舅说明天要来带我回你外婆家呢,留着再凑合一顿。孩子们就嚷着说,明天我也去,我也去。当妈的就说,二子三子在家看门,老大还得去搂草,老疙瘩跟我去。

这段时间有公社组织的宣传队来拜年,给军烈属拜年,也给当干部的人家拜年,这是很光彩长脸的事情。拜年的队伍来,七八个男男女女,花花绿绿,打扮得都跟年画人似的,几只锣鼓、一把笛子、一把二胡就载歌载舞起来,花挑旱船来回晃荡,那家门口聚满了人,家主就出来放鞭,临走塞条把烟给文化站长,小气的给三五包亦可,站长往包里一塞,就去另一家拜年。

过年,是穷人的节日,是长夜漫漫的短暂黎明,好似筋疲力尽的飞鸟在茫茫大海中见到的一个小岛,饥渴难耐的行者在一片沙漠里发现的一个绿洲。小孩巴过年,大人怕花钱,这使过年充满了期待和矛盾,但意味无穷。过年也是满足人类吃喝玩乐的天性,如果没有这些,再失去传统文化,过年就难免有人说没有年味了。

换　　亲

　　换亲是一种取长补短的无奈婚姻，如果说有点爱情，那也是结婚以后在夫妻相处的时间里产生。

　　小高庄刘大友兄妹四人，老大为男，下面三个妹妹。小高庄的规矩是老大不结婚，老大以下不管男女都不能僭越。眼看老大快要三十而立还没有立，紧挨着的三个妹妹也都要陆续"而立"而无法出嫁，正是应验那句"大姐不出门，二姐也耽误"的俗语。可是老大越是"年事渐高"，心里越发慌乱。不仅当事人着急，家里老的也跟着着急，这事情在农村是寝食不安、迫在眉睫的事情。社会舆论也随之接踵而来，把这家看成异类和怪物。

　　此时有务实之人自告奋勇来打破僵局，一切从实际出发，采取断然措施，其措施就是"换亲"。所谓换亲，就是男女两家取长补短，互通有无，两全其美。实际上并不都是"其美"，总有一方感觉吃亏。刘大友个矮，对方把个高的妹妹嫁给他。对方哥哥的两只眼不在一个方向，是个斜眼，为成全哥哥，刘大友妹妹只好委曲求全。犹豫惶惑中协议达成，双方就谈婚论嫁，择日迎娶，出嫁。喜酒喝过，入过洞房，所有仪式结束，这件事就基本尘埃落定，接下来姊妹就名正言顺，顺理成章地出嫁了。

　　按理说换亲应该说是亲上加亲，水乳交融，可实际上总是很别扭，男女双方似乎都成了人质，不管婚后生活如何，都得坚持过下去，哪一方有异动，都会牵一发而动全身，全不是自由结婚那样轻松而少牵扯。刘大友妹妹出嫁以后，她丈夫眼疾遗传给下一代，生了个孩子青出于蓝胜于蓝，比他爸爸的眼疾还严重,做妈妈的自卑到了极点,此后再也没回娘家,一直围着锅台转,老死在七里沟的河湾里。嫁到刘家的妹妹也是郁郁寡欢,丈夫袖珍,他们同行,总有人把他们惊奇打量和对比,会议论,会窃笑。有忿忿不平者就来勾引她,正是好雨知时节,当春乃发生,随风潜入夜,润物细无声。而墙总是透风的,风吹到刘大友耳朵里,也冷也热也刺耳,矛盾无所不在,从此日子过得叽叽歪歪,磕磕绊绊。刘大友后来郁郁寡欢,得了不治之症,英年早逝。媳妇因祸得福,解脱一方换亲之苦,嫁一木匠。木匠是孤儿,身世坎坷,老实憨厚,吃苦耐劳,获得二婚也是如获至宝,双方各取所需,夜里心往一处想,劲往一处使,白天各干各的事情,说爱情谈不上,只是感觉谁也离不开谁。

招　女　婿

　　小高庄圩沟最南头有一户人家,屋子西面绿树遮住山墙,后面也是如此,出门一面缓坡,坡面敞亮,还有一棵大树伞一样支在之间,一条青石板小路直通沟底,路两旁菜园子四季见青,蝴蝶、蜜蜂、蜻蜓交替环绕,载歌载舞,整个菜园子就像舞台。若是来此休闲定是好地方,但有人说这家风水不好,阴气重。进去打探,果然只有母女俩过日子。男主人早已过世,那是个勤劳智慧的人,家业没少创,就看那房子,高人一头,宽人三尺,一般人家没能力和他比肩,就没法和他家官山(屋山共用)。男主人弥留之际,最后一句话就是,我们江家不能断了香火,我这家业得有人继承。按理说,家业不是有女儿来继承吗？说是这么说,没有男人的家庭,在小高庄人看来不算是一个完整的家庭。

　　这家女儿叫香芹,人长得一般,但肩负"香火"传承重任。到了青春期也同样要青春一下,下湖割草,与桂湾一个放牛男孩产生友谊,对方要求她嫁过去,老娘至死不从,庄上人也斥责她不懂事。在重大压力下,只好放弃桂湾,后来人家在安徽泗县那边给她招一个女婿过来,这样不出家门就可娱乐青春,真是服务到家了。那女婿家弟兄五个,老大三十五还形单影只,老二怕重蹈覆辙,就下了决心及早解决终身大事,至于什么方式就不讲究了。一般来讲,招女婿是万般无奈,也是比较丢人的事情,不仅屈尊女方,还要改名换姓,从感觉上讲,男的处于女人地位,女人才是主人,这就需要那种能屈能伸的大丈夫——赵富顺就是大丈夫。他来了之后,改成江富顺,很别扭,有时人喊他江富顺,他一点反应都没有,江姓的晚辈同辈长辈都可以用不同级别的话骂他。晚辈说，你耳朵塞驴毛了，我喊你小爷你听见没有？按常规该喊姑父。赵富顺没注意到自己姑父的角色在这里已经改变。同辈说，富顺你眼瞎耳朵也聋吗？没听见我喊你富顺哥？长辈说，你妈的，你是不是七老八十了，我喊你大侄子你怎么不理我？赵富顺真是窝囊憋屈啊，要是老家人知道那才是羞辱呢！但不管怎么讲，白天不舒心，晚上舒服，二十七八岁才尝到女人味，若在老家是肯定没戏的。

　　时间长了，也就习惯了，生活比老家好，晚上有人焐被窝，就渐入佳境，江富顺就江富顺吧，你叫我赵富顺我还不习惯了呢。老婆开始也还以主人翁身份来管教江富顺，可是在这男权社会中不知不觉就自我放弃了阵地，毕竟很多男人的事情女人是无法取代的。习惯势力更是无法抗拒，外人来总是找江富顺谈事，谁也不会找你女人征求什么意见，商讨什么问题，喝酒打牌红白喜事帮个忙也不会找你女人家。渐渐地，那唠唠叨叨的老婆婆也不再把女婿当儿媳妇使唤，其实女人心里天生就是自己轻看自己，刚开始管教江富顺也都是虚张声势，色厉内荏，是下马威，不是持久战。

　　有一年公社搞水利，人家都在岸上休息时，队长带有歧视性地叫江富顺一人到河底开龙沟。所谓龙沟是因为土挖到深层渗水，泥水交加，不好挖土了，就在中间挖一条小沟将水引进去，再用抽水机抽到大堤外，这样河底会保持大面积干土，挖起来方便，抬起来利索，走起来轻松，所以龙沟意义重大。公社书记迈步过来，远远看见只有江富顺一人在那里忙活，就发现了典型，问，那是谁？队长说是我们队的江富顺，招女婿过来的。书记白了队长一眼，心想，你什么意思，招女婿怎么了？我就是招女婿的。随即对秘书说，立即给指挥部写稿子广播。书记问气喘吁吁跑过来的大队书记，你们青年书记配了没有？大队书记说正在研究。公社书记指着正在河底挖沟的江富顺说，还研究什么，就他，我说的！

　　从此，江富顺进入公社书记视线。他的事迹一经广播，全县整个水利工地都知道了，地区报纸也登了，这就等于给下面施加了压力，这样的同志为什么不提拔入党？很快江富顺入了党，进入大队核心层，先后做了二把手、一把手，

穿上了蓝色毛呢中山装,涤卡黄军裤,三接头黑皮鞋。整整七年,漫长的七年,江富顺以赵富顺的身份回到老家,老家人看到他衣锦还乡,开始讥笑他的人都惭愧得无地自容。赵富顺拿出带锡纸的大前门见人就散,老队委拿着香烟,闻了又闻,端详良久,久别重逢似的说,咱县委书记也只不过吃这么好的烟呢!嗨,人挪活,树挪死,一点不假。什么招女婿啊,你们有几个有人家过得好,活得滋润?

后来计划生育后多独生子女,谁去谁家无所谓,不存在招女婿,更没有羞辱感了。

拖　油　瓶

　　小高庄绍明老婆得病那几年,心口疼起来满地打滚,中西医看遍了也没见好转,一气之下上吊死了。绍明两年后续弦,老张庄张明甫死后丢下的娘仁个,一道来到绍明家,组成新的家庭。来小高庄走亲戚的人,见绍明家人口陡然增多,不知原委,就问亲戚,绍明一下子哪来那么多孩子呀? 亲戚说,那两个小的是"拖油瓶"拖来的。这一讲,那人就明白了。很多人并不知道什么叫拖油瓶。书面解释就是旧社会妇女改嫁,前夫所生的子女被带到后夫家去的,俗称拖油瓶。其实这是以讹传讹,正确的说法应该是"托有病"而不是拖油瓶。古时候寡妇再嫁,后夫娶寡妇做妻子的,家境一般都不太好。旧社会天灾人祸频繁,一旦寡妇带来的子女有什么三长两短,往往会引起前夫亲属的责难。后夫为避免这类纠葛,娶寡妇做妻子时,就要请人写一字据,言明前夫子女来时就有病,今后如有不测与后夫无关,因而人们就把再嫁妇女的子女称为"托有病"。由于"托有病"与拖油瓶字音相近,就被人说成了拖油瓶。小高庄人不去这么研究和追究,他们理解就是,娘们改嫁小高庄,孩子就是油瓶,拖他们的就是他们的妈妈。至于油瓶什么意思,小高庄人就这点文化水平,油瓶拖来就是,深究无聊。

　　绍明对两个拖来的"油瓶"视为己出,油瓶也改了姓石,原先姓张,现在姓石,大的叫石来侠,二的叫石爱侠。张家开始还来人干涉,说那女人,你丈夫死得那么悲惨,你怎么也得有点人心,人走了,姓也改了,总得给张家留个后啊。可是你到了石家,里面还夹一个姓张的,石家心里也堵得慌。几经协商还是不成,张家那边省事的人就说了,算了吧,人都走了,还争较那事情干嘛。

绍明让两个"油瓶"先后读书，石来侠一直念到高中，后来禁不起青春期的袭扰，早恋早婚，石绍明正正规规把她嫁出。石爱侠一心苦读考上大学，后来还考上公务员。来侠的婚姻由于过于草率，感情基础脆弱，三年后离婚，重又回到绍明家。母亲唠唠叨叨指责她何必当初，绍明则当是浪子回头，日子重新开始。没想到来侠要求再去复读，母亲说，哎呀，都哪时人了，你就老实点吧。绍明说，既然孩子有想法就再去试试，后来果然考上了。而绍明两个正统的儿子连高中都没有考上。人家说，绍明捡来的这两个闺女真是一个赛过一个。

后来绍明生病住院了，老婆白天昼夜看护他，洗啊，擦啊，喂饭啊，翻身啊，半夜只要绍明哼一声她就触电一样爬起来，就凭人家对待这两个闺女我也要服侍好啊。起初那个公务员爱侠也时常来探望，后来次数越来越少，逗留时间也越来越短。开始一个星期来两次，逐渐减到一次，后为十天一次，逗留时间也从一个小时到后来的十几分钟，几分钟。开始还问想吃了什么，感觉如何，再后来就像领导一样了，批评他平时不注意饮食，不注意锻炼。当母亲的都反感了，绍明不能言语，只有眼角的泪花想开口说话。母亲说，你要是没事就走吧。恰好，大女儿来侠放暑假，整个暑假她替代了妈妈。她不计较性别的忌讳，给绍明接尿接屎毫不犹豫，连眉头也不皱一下，白天昼夜不离床头半步。来侠的事迹在医院传开，在媒体上传播，传到大学被评为十佳青年，并有几家单位要破格录用她，求爱的也络绎不绝。小高庄感叹万分，就是亲生的又怎么样？绍明修行好啊，好人有好报。张家那边知道了，也说，幸好没给留下来，那不是害了人一家三口吗？来侠的前夫在电视上看到她，赶紧关了电视。现任老婆说，你有病啊，你不看，我还看呢。现在别说这老婆不让须眉的脾气，就那满嘴大蒜味就令那小子退避三舍。后悔莫及。

拖油瓶的很多，像来侠这样的"油瓶"简直就是宝瓶，像绍明对后妻的爱情和对后妻孩子的关照也很少。小高庄江姓有拖油瓶的，许姓也有，男的有，女的也有。小高庄三队有个女孩结了婚，不仅忘了后爸的养育之恩，连亲生母亲也不来往了。母亲病入膏肓，唯一念想的就是女儿，因为她唯一的亲人也就是这个女儿，可人家正在远方的城市悠闲地逛街、吃肯德基，在玛雅星光唱"我是一个快乐的小女孩"。

坐 山 招 夫

　　坐山招夫现在一般人基本不知何意,如说坐山观虎斗倒是知道的不少,这既好看又刺激,还与自己无关。坐山招夫其实与很多人有关,讲给小高庄人听都知道是怎么回事。

　　这是一个较为特殊的婚姻形式。许尔辉是一个勤劳善良的汉子,一年夏天在湖里放牛,突然乌云翻滚,雷声大作,闪电连天接地箭头一样射下来,正巧击中尔辉,老牛惊恐跑回家中,哞哞喊叫。家人一看老牛回来,不见尔辉接踵,就觉得不妙,顺着雨后老牛留下的新鲜蹄印下湖寻找,蹄印混乱处,蜷成一团的尔辉已经全身冰凉,没有了气息。小高庄人一直不惧怕雷电,认为只有妖魔邪祟和丧尽天良的人才怕它,老天有眼,绝对不会伤害好人。尔辉媳妇也是这么哭诉的,责问老天爷,尔辉犯了什么法啊,作了什么孽啊,你这样对待他啊。问完不见老天爷回答,就骂老天爷瞎了眼。再下来就没有了气息,昏了过去,直到丈夫埋下地,她茶水没进一滴。家里长辈就反复劝说,春秀啊,你不要傻气啊,尔辉才走,你再有个三长两短那两个孩子就遭罪了。人经不住劝,悲伤归悲伤,但有人晓之以理,动之以情,绝大多数总是可以清醒的。尔辉媳妇擦干眼泪,渐渐恢复元气,开始正视未来。婆婆说,春秀啊,你这么年轻,娘不想耽误你,都是女人家,娘知道你苦处,你想嫁就嫁吧,只是我舍不得我那两个孙子啊。婆婆忽然号啕大哭,尔辉啊,你好命苦啊,你让我丢了儿子又看不见孙子啦,我心唉,我肉噢,你叫我还怎么过啊!婆婆哭得声情并茂,媳妇反被哭醒,转过来安慰婆婆,说,妈,你不要哭,我不走,我哪也不

去,我要把你两个孙子养大成人。

不走也不是个事,二十八九岁的女人,正是花朵怒放的季节。你清高,你可以出污泥而不染,可蜜蜂蝴蝶蜻蜓不管这些,就算你不想男人,男人还想你呢,惹出个伤风败俗的事情更是雪上加霜。家族长辈权衡再三,就出来说,坐山招夫吧,有个丈夫就安稳了,也没有人来刺挠(骚扰)了。就这样,经过多方联络,发现小梁庄有个不幸的男人,是个孤儿,家里贫穷,住牛棚,干的是百家活,吃的是百家饭,穿的是百家衣,但人还说得过去,不痴不傻,愿意接管这个家庭。人穷志就短,没什么可挑三拣四的,条件就是一切顺从。于是这孤儿就成了尔辉的替身。不管怎么说,这个家庭角色齐全了,儿媳妇孙子都在身边,婆婆心里创伤减轻不少。那孤儿从小就缺少父爱母爱,这下找到了感觉,对二老也很孝顺,日子久了,尔辉就慢慢被淡忘了,痛苦也就渐渐消失了。儿媳妇原地不动招个丈夫回来,填补空白。

王永良弟兄两个,老大和尔辉年龄差不多,有了一个孩子后,就得了大肚病死了。老年丧子,永良父母那心情如天塌地陷,五雷击顶,万劫不复。庄子上人人陪着流泪,但也无力改变这个困境,倒是许三老爷见多识广,早年考过举人,后来时局动荡辞官不做,回乡做起了陶渊明,读过万卷书,走过万里路,既有封建传统观念,也有改良主义思潮。眼见这家就要破落,他出面了,说,生死有命,富贵在天,生死轮回万物难免,眼下不是哭天抹泪可以逆转,得有个万全之策方能枯木逢春,死灰复燃,梅开二度。坐山招夫古已有之,不足为奇,苍天有眼,不会绝人之路。众人被他这宗教式的说教忘记了现实,是啊,怎么没有想到,既然镜子破了,就得想法重圆啊。许三老爷又说,伯仲是手足,大同小异,汉青(永良之弟)小永良三岁,永良与妻同年,汉青若与嫂嫂成婚,那才是女大三,抱金砖哪。事到如今,也由不得多想,再加上许三老爷德高望重,热心撮合,同样没出家门,换了个睡觉的地方,新的婚姻关系就建立了。儿媳妇还是儿媳妇,儿子还是儿子,虽说是替补,总比缺损要完美百倍啊。

许三老爷死后,汉青一家都戴重孝,给他老人家磕了三个响头。老婆婆含泪说,不是三老爷,哪还有我这一家啊。想当年,我真不想活,那时要是兰英(儿媳妇)出门嫁人了,到今天我的骨头恐怕早就上黄锈喽。

那些记忆

春夏之交的乡村

俗话说,小满三天望麦黄,再隔三天麦上场。当夜空三星对门的时候,暖风阵阵,乡村夜晚的门口就是老人们聚会的地方。他们吸着旱烟,掰着指头算着四月吃麦二十几,五月吃麦初几,亟待青黄相接。望着密密麻麻的星空,他们叫得出是牛郎、织女、银河、北斗、勺子、扫把的,并煞有介事地预测麦收时的雨水多寡,说早凉晚凉,干断种粮;看星辰疏密,就知明天气温。他们身下是不久前在田埂路边挖来的茅草根,不硬不湿,人们或坐或歪或倚,都柔软宜人,随手捋一根,放嘴里嚼嚼还有甘蔗一样的甜味。槐花花开花落,望星空,天地一片槐花。

扬花似雪的日子已经过去,树叶已经会哗哗地说话了。入夜南风虽然低调地来到村庄,却惊得粗手大脚的玉米手舞足蹈,喧哗不已,一点不像快要生儿育女那沉稳的样子。夜里很安静,因为玩疯的孩子都被一一打骂或恐吓回家睡觉了。麦子的香味不知是确实进了村子,还是乡亲们的感觉,那香味该是麦子的灵魂。不久,它们就要衣锦还乡,拖儿带女回到粮仓,这里是它们躲避风雨的安息地。几个月前,一个冷清的早晨,它们被惊醒,被埋在泥土里,出生就遇上冰霜。经过一冬的折磨迎来春天,短暂的青春变为金黄,随即衰老枯死。麦子不认为青春短暂,它们仿佛知道饥饿的乡亲们在渴望、在等待。麦子经得起埋没,经得起寒冷,经得起孤独遗忘,经得起压榨蹂躏,不惜粉身碎骨,献出的却是最好的——很有农民的血性。这里,春天的美丽全在于麦子。春天如果没有了麦子,就没有了希望,就会饿死人,还何谈美丽?

这时会有人说,哎呦,天不早喽,睡吧。旁人说,明天反正也没什么事,薅不能薅,锄不能锄,要困啊,歪这草堆上打个盹。谈闲聊天是这些人主要的文化生活。这闲适的时辰,宁静的夜晚,其实和恶战前的气氛是一样的。这时又有人说,听说大汉子都睡倒几天了,滴水不沾,怕是吃不到新小麦了。应和的会"哎"地叹一声说,死也罢了,无儿无女,谁去问事啊?沉默,沉默……风又一惊一乍地漫过来。

三天过去,恶战开始,天地一片金黄,晃眼炫目,似乎随时都有燃烧的危险,乡亲们这时也仿佛是在救火。男女没有了性别之别,夫妻没有了性欲之求,老少没有了年龄之分,时间没有了昼夜之差,吃饭可以走着吃,躺着吃,可以在地头吃,可以在田埂吃。乡亲们都是"可怜身上衣正单,心忧炭贱愿天寒"的后代,虽然他们口渴冒烟,身上晒得冒油,还是希望太阳再毒一点,亮一点。他们劳累到了倒地就可以呼呼大睡,还是希望太阳挂那儿始终不动。

白天抢麦子,夜里拔麦根,有粮食还要有草烧。麦草主要是耕牛一冬一春的主食,万不得已是不能烧的。拔麦根是夜里的活计,凭手的感觉碰倒就拔,拔累了倒地就睡,蚂蚁、蜘蛛、梭罗虫、马刀蛇、蜈蚣全身乱爬,浑然不知,睡醒了伸手再拔,只拔得关节僵直,肌肉酸胀。天亮了,看见双手血已干黑,草锈泥土早把双手扮成枯枝。望身后一堆堆麦根,虽苦犹甜。

麦子进仓,麦草成堆,端午节就到了。这个节日含义深刻,现在首要的是买点糖糕,煮点鸡蛋,包点粽子,这是早餐。中午有鱼有肉,还有酒,能喝三两喝半斤,反正下午没什么事了。虽说奢侈铺张了一点,可与这十几天来那血汗付出算什么呢?吃到新小麦,就算活了这一年。值得!

雨季如期而至,天昏地暗,老天爷用这些手段安排着农民的生息。一切作物、植物都在豪雨中降半旗似的静默,一切户外活动停止,唯有那些不惜一切代价似的青年小伙子,折腾起老婆像杀人犯一样凶狠。可老婆个个生命力顽强,"杀"不死,还不依不饶地说,焦烧的,喝鹿血了吗?再叫你去收几天麦子,看你还能?小青年不作回答,专心致志像在收麦子。

以上都是过去的事情。

消逝的庄稼

很多庄稼如同我们的亲人，说不见就不见了。

田青和苕子都是绿肥。田青像小树，由于过高，木犁难以覆盖，就逐渐淘汰了。苕子像什么呢，细细的藤蔓，密密的米粒大小的叶子，伏地而生，和麦子一个季节种下去。当麦子要扬花时，苕子就要面临灭顶之灾——泥土覆盖，放水浸泡，待泥土发黑冒泡，麦子就打完了，农民就来这黑油油的地里栽稻子。所以，田青和苕子统称为绿肥，南方绿肥还有紫云英，我们这里主要是苕子。现在都使用化肥了，苕子不用了。现在有人埋怨粮食不如以前好吃了。埋怨有什么用？国家拼命生产、进口化肥，有机肥没人用了。以前我们到城里与其他生产队争抢打扫厕所，还经常大动干戈，现在一冲了之，污染河流，整天高叫预防疾病，真不知从哪儿开始预防。

以前瓜田里有几十种瓜，现在也就剩西瓜和个把变异的小瓜了。像什么"太阳红""皮条肘子""老妈哼""红种子""酸筒子""天鹅蛋""花酥瓜""冰糖脆"等都很少见到，有的恐怕已经绝迹。这些瓜中间奇特的是老妈哼，大的如西瓜，有好几斤，皮如虎皮，肉厚如馍，长熟后就像煮熟的山芋或豆沙，所以又叫面瓜。夏天行人背一个，既当饮料，又当干粮。至于为什么叫老妈哼，是不是老妈牙不好，别的吃不动，就哼？是不是能治饿病，吃了这瓜就不哼了？酸筒子是皮条肘子的变种，味酸。皮条肘子又叫烧瓜，肘子说明有韧性、劲道，可以凉拌，可以烧汤，可以腌制。早期是青黄白色，有个别变异的就变成墨绿色，甜味也就变成酸味，但酸得纯正，很多人就爱这种变异的酸味。太阳红这种瓜,熟的时候就像初升的太阳一样红,青的时候,种子发苦,难以下咽。红种子瓜,瓜熟则种子红,也可以说种子红了,瓜就熟了。冰糖脆,顾名思义那一定是又甜又脆,天鹅蛋那一定是又圆又白。

小扁豆,圆圆的、扁扁的,淡黄色,几乎都是一样,绿豆大小,有时和小麦混种,有时单独种。和小麦混种,打下来后还是在一起,磨面擀面条,那味道独特,鲜甜喷香,都是会吃的人家这样刻意安排。还有爬豆,可能因为它的藤蔓会乱爬而得名。它的果实是豆角,一拃长左右,里面排列几个或十几个红的或白的豆粒,不太好吃,有异味,可是在饥饿年代就吃不出异味。那时好像还大量种植了一段时间,因为它产量高,生长周期短,救急,过去只讲吃饱,吃饱是硬道理。爬豆一般用于包包子做馅子,放点糖异味就没有了,现在很少见到这些豆子了。超市里有土特产专柜,不少稀有庄稼的后代都人丁兴旺,就是没见到小扁豆、爬豆。

苘,是农村一切捆绑、编织、牵拉必需的物品。油瓶上系子,编草鞋,凉床的筋子,栓牛拴猪以及栓一切动物的绳子,拉犁拉车传动系统……苘是高秆植物,它高过一人,团团的叶子大过人脸,长成以后,顶部和分枝部开黄花结果,果实黑色如米粒,果壳圆似棋子,边缘长出很多尖子。去叶后苘秆子放到水里压上淤泥沤,待皮成丝,捞上来剥皮洗净,头等品雪白,次一点灰暗,都能搓绳,农村处处少不了,进城还能织布。后来引进了黄麻,它是苘的远房弟兄,性质一样,据说比苘更结实、更有韧性。后来我到农科队当技术员还搞了黄麻制种,有所突破,省里还得了奖。再后来都用腈纶尼龙了,苘和黄麻就少见了。

蓖麻,长大像小树,小孩能爬上去玩。蓖麻叶子碧绿,形像五角星上半部分的三个角,比手掌大,结出的果实圆圆的,比葡萄大一点,外面长满肉针,像一种热带水果。里面是蓖麻,腰子形,鹌鹑蛋壳的颜色——灰黑色斑点——有很多不规则点线组成的不规则图形。剥开里面是白色的果肉,黏糊糊油腻腻的,说它可以做飞机上的润滑油。农民没见过飞机,可见过飞机润滑油,于是,响应号召,田埂、地头、河坡、家前屋后都种蓖麻,国家收购。

困难人家还把蓖麻子放锅里榨油熬菜。蓖麻叶子不生虫，用双手拍熟了，味道奇异，蚊蝇退避，贴在疮上，消炎化脓止痛。放牛的孩子采下叶子当席子，当草帽。现在这蓖麻说没有就没有了，可能是因为飞机都用石油了吧。

还有刀豆、玉蜀黍、孔麦、红玉米、黏黍黍…… 在我的脑海里，现在只有怀念和回忆了。

大 队 部

　　大队部是我们庄上的中南海。原先在老书记家,他家就是大队部,整天人来人往,吵吵闹闹,吃饭睡觉都不得安生。书记老婆耳背,喜欢独处,一天到晚叽叽咕咕嫌烦,就抱怨个不停。后来在圩沟南边高地上盖了七八间草屋,除了大队部三间,还有医疗室、代销点、小学。再后来,在西庄社场盖了大瓦房,大队部搬了过去,还买了高音大喇叭,添置了办公桌,锯了河堤上的树,打了几张条椅,就更像大队部了。

　　大队部正门墙上是马恩列斯毛的画像,这是庄上人最早认识革命领袖和外国友人的地方。两边是战斗口号和奋斗目标,还有两个红纸条围成的长方形,一个叫学习园地,一个叫大批判专栏。学习园地里是每个党员写的决心书,表达自己听毛主席话,跟共产党走,为共产主义奋斗终生的信念,从老书记开始,一人一张整齐排列。大批判专栏是根据不同时期、不同批判对象写的批判文章,字体大多重复,内容大同小异,多是会计和记工员的手笔。还有一张红纸是会计画的中华人民共和国成立以来年粮食产量坐标图,看不懂坐标的,就看那曲线即可知道大致意思。

　　大队部是议事堂。自从有了大喇叭,经常会在早上黎明时分响起来,先播放几首歌曲,然后传来砰砰的拍打声和嘘嘘的吹风声,不是口技表演,而是要播报通知了,果然传来了老书记的咳嗽和苍老干涩的声音:通知,通知,大小队干部,全体党员,赶快到大队部开会;通知,通知,大小队干部,全体党员,赶快到大队部开会。老书记只讲两遍,重新放歌子。不一会突然歌声戛

然而止,来了一声:怎么还不来呢? 老婆被窝这么暖和吗? 这声音,一定是朱秃子干的,他只讲一两句,再讲也讲不出什么。老书记就说,大喇叭不许在里面乱说,要严肃。不一会,大伙哈欠连天地来了,得知公社要来检查,顿时大家就精神起来。

大队部是公堂,哪家媳妇吵嘴磨牙,哪家儿子不孝,就要告发到这里。老奶奶哭哭啼啼站在门口不敢进来,老书记就说,我大姐你哭什么,你进来说。老奶奶从来就在锅台转,平时门都不出,这是逼急了,才来的。她站在大队部门外和门里老书记说话——儿子怕老婆,不当家,儿媳妇是个没家教的东西,经常比鸡骂狗给我话头听,我多吃一口就给脸子看。你看,这雪都下了,我还没有被子呢。老书记说,我大姐,你不要哭,你先回去,三天以后,我叫他们跪着给你保证。老奶奶走了,老书记叫治安主任和朱秃子去把那两口子叫来。他们不敢不来,他们怕公家。男人低头不语,女人还不依不饶地在数落老奶奶这样那样不是。老书记说,关起来!

第二天,老奶奶来要人,恳求老书记放他们回家。老书记就说,还没到时候,还要练练。到了顶晚,两口子受不了了,饥寒交迫,跪地求饶、哀嚎。老书记问,冷不冷? 那女人说,我大爷,我都快要冻成人干子了。老书记再问,饿不饿? 还是那女人回答,我妈妈呀,我都前心贴后心喽,就落一口气了。老书记指着男人说,你老娘一辈子没享过一天福,你三岁你大就死了,你们姊妹三个要不是你老娘一把屎一把尿,恐怕你们早已喂狗了。现在知道滋味了吧? 老书记叫他们跪在老娘面前保证,老娘赶忙扶起他们,连连说,不怪我啊,这都是老书记要这么做的啊。两口子回去,给老娘套了新被,媳妇态度也变了,再也没有恶言恶语。后来依法办事了,眼见法院判决下来,但执行不了,那些没良心的儿子、媳妇还是虐待老人,老书记就津津乐道忆当年,说,什么法律,法律也没有我们那个有用。

大队部是一个庄子人最崇敬和向往的地方,它不仅伸张正义,还是娱乐的好去处。文艺宣传队一排练,姑娘们载歌载舞,那歌声唱得人心旌摇动,那舞姿跳得人身上痒痒的。这个时候大队部就不那么严肃了,老书记也不那么严肃了,大队部就可以随便出入了。小孩子在大人腿下钻来钻去,爬高上低;青年男女,欢声笑语,打打闹闹,先睹为快。待正式演出时,就可以在之前没来的人面前炫耀下一个是什么节目,哪个演什么角色。

寂静的村庄,大队部却是不夜城。

大队部有一部手摇电话,基本打不出去,只是接电话。据说它和有线广播是一根线,开广播时电话就不能打。会计说,一点不假,每天十二点我把话筒当耳机子听,里面有说有唱。老书记整天用红布把电话盖着,开始还叫民兵值班守护电话,不许人乱摇。值班人说也没有一个电话来。老书记说,不到世界大战,电话是不会来的。

大队部后来改成了村部,上级专门拨款盖了二层小楼,名为党群活动室,配了电视、图书室,可是整天关着门,很少有人去那儿,远没有以前大队部热闹。

乡 村 小 学

　　我最早看到的学校是在高庄舅爹家。他家前后三间两进，前屋迎门右边是烧锅做饭、吃饭的地方，中间是过道到堂屋，左边是个大磨，全村唯一，家家吃面就来此磨面，生产队安排两头驴轮流来磨面。没有驴时，比如驴怀孕了，生病了，就得人来推。

　　磨面不是天天有，闲着时空荡荡。这年来了一个北方青年——李侉子，识不少字。大队书记就说，你不用下地干活了，你把庄上的孩子找来念书。起初孩子都不想来。这个家长说，放羊呢；那个家长说，要割猪菜呢。好说歹说来了几个，趴在磨盘周围写字读书。

　　为了表示这是学校是教室，东面山墙上贴了一张毛主席像，两边是侉子青年的手写的"好好学习，天天向上"。磨房粉尘大，不久就把毛主席像给覆盖了，侉子就经常给老人家掸灰。下雨天就是星期天，农忙就是放假，上不上课都是学生和学生家长决定的，而不是老师。经常这样，侉子也失去了兴趣，没有了激情。老蛮子说，到秋天盖三间新的学校，按正规的来。

　　公社所在地有了完小，我读的两所小学校都在庙里。庙是土庙，但比民房高大。后来，宗教当成封建迷信了，和尚下岗了，老师就业了。和尚念经教小和尚，老师念书教小学生，内容不一样，工作形式相像。学生逐渐多了，庙小了，就拨款盖新校舍。新校舍起来了，庙就倒下了。先前有人说，看见下午放学以后从那庙门洞里伸出一只毛手。我们就不敢在学校、教室停留，脊背发凉往家跑。

　　每年，开学第一天，我们都会到沟边挖黄泥来修位子，位子就是现在的课桌。黄泥不脏,很卫生,不是淤泥黑而臭。我们在黑板上演算完毕,老师说上位子,我们就知道到哪里了。现在官场还用"位子"这个词。

修位子是在排位子以后,当老师确定你坐在哪一排、哪一段,你就负责修你那一段。我们小孩子都蚂蚁搬家一样来回跑,弄得泥头泥脑。直到位子补齐铺平了,铺上干灰或纸,老师才说,去洗手,准备上课,注意不要掉沟里啊!位子似一道道墙头,与膝盖差不多高,一个教室分左右,中间是通道,一般一边都在五六排。下课了,我们就把位子当战壕,躲在下面向对方攻击,或者把位子当跨栏。

有的小气鬼在位子上画线,邻居碰不得。王华就是其中一个,整天和两边为"过界"争吵不休。后来他家里死了父亲,回家替母亲的手脚,放猪去了。位子一直空着,好久没人敢占。我想,王华要是继续读书,搞外交,一定是寸土必争,绝不会卖国求荣。

小学校板凳也是自带,大多人家没有,有的孩子就跪着,有的找砖头、土坯代替,所以,裤子总是先坏,那时候也很少看到有穿整齐衣服的。

教室的窗户十二月前后开始堵起来,背风地方留点洞照明,来年开学再

扒掉，意义在于防寒。那时老师多来自外地，口音不一，只有一个是当地老师，叫耕读老师，那意思是一边种地，一边教书。虽说不专业，不正常来，但他就是我们的第一个启蒙老师。下雨天就是星期天，附近来三两个小孩，耕读老师把我们围在一起，讲故事给我们听。听故事是我们最喜欢的课程，即使很简单的情节都会使我们忘乎所以，耿耿于怀。

耕读老师名叫李展，现在身体还很好。我很尊敬他。

虽说日子清苦，这一顿等不到下一顿，但老师们个个诲人不倦，充满朝气。白天口干舌苦教我们，晚上还到农民识字学校（就是老百姓家空房子）忘情地教男女老少唱歌子，唱什么"黑格隆冬天上出呀出星星，黑板上写字放呀放光明，什么字放光明，学习二字我看得清……"；唱旧社会贫下中农受地主压迫剥削，没有机会读书，共产党来了大家都能上学了，唱幸福的生活万年长，公社是棵常青藤，社员都是藤上瓜，瓜儿连着藤，藤儿牵着瓜，藤儿越肥瓜越大，社员们心里乐开花……社员们热情高涨，一唱就唱到后半夜，一天的劳累全忘了。那真是一个激情燃烧的岁月。

有时，一个教室还不是一个年级使用。我们那个班，左边是三年级，右边是四年级，名曰"复式班"。老师个个有本事，文武双全，语、数、音、体、美往往集于一身。教过他们四年级，再教我们三年级。四年级的孩子就摇头晃脑对三年级的说，哎呀，这还不容易啊，等于九啊！我们就佩服他们，老师就手指他们不许说话。算术老师拎个毛算盘来，教我们三三见九，三九二十七，我一直没学会。

二十年后，我当了教师，那教室虽是砖瓦，还是没有大的进步，桌子还是泥位子。学生很少从门进来，除了窗户，他们还开了洞，教室里人数一直动态变化。门口就是庄稼地，有时会莫名其妙进来一只羊或一头猪或几只鸡鸭，它们刚进门就被孩子们赶走。农忙时，有的家长会直接到教室里叫孩子回家干活。下雨时，孩子就躲到不漏的地方。

现在我们家乡小学校都往集镇集中了，好不容易旧貌换新颜的小学校，很快就会新颜变旧貌。小孩子上学成本加大了，家长负担苦不堪言，一家分几下，心挂两肠，都怀念起当年的小学校来了。

医　疗　室

中华人民共和国成立以后，城乡经常搞爱国卫生运动，上面经常有人到小高庄宣传怎么防病治病，移风易俗，改变一些不良生活习惯。二十世纪六十年代初，上级要求每个大队选一个识字的人到县里学习医疗卫生知识，培训一个月时间，回来就能治头疼发烧，包包轻微的皮肉创伤，那时不叫医生，叫卫生员，一个药箱就放在家里，有病人就去他家。又过了几年，上级更加重视农民健康，把卫生员进一步培训，改叫赤脚医生，大队也特别给了一间草房子供赤脚医生专用，叫医疗室。医疗室三个字是大队会计李东标用石灰水写在土墙上的，很大。如此一来，赤脚医生治病的范围扩大了，桌子上瓶瓶罐罐多了起来，还能打青霉素了，老百姓基本做到小病不出村。这一来不仅方便，也很经济，每年交两毛钱，有病就去看，反正不管看多少次就紧那两毛钱。

小高庄医疗室后来因为需要，大队又给了一间草房子，变成两间。大队书记特批到大河堤砍了两棵碗口粗的洋槐树，请木匠打了两张条椅，来人有坐的地方，有的没病的人，无事也去那里坐坐，说说话，和医生谈身体。土墙上刷了石灰，贴上卫生宣传画，屋子里顿时鲜亮了很多。

政府为老百姓做了好事，老百姓心情舒畅，对于乡村的管理是事半功倍的，大队书记威信无形中提高，讲话更管用了。医疗室对于大队书记也多了一个部门，每次开队委会，作为一个部门，医生都列席参加，这是对赤脚医生的重视，同时也有分工，比如协助大队计划生育、流行病防治等，赤脚医生都

是有关领导小组的成员之一,给人感觉他们在政治上也很有地位。有的人跟赤脚医生走得近,遇到事情就托他(她)去给书记说,很管用。小高庄的工作,赤脚医生有调解、平衡、促进作用的,也给小高庄带来了文明气息。

供 销 社

　　比起食品站、粮管所,最厉害的要数供销社。它不仅阵容大,商品也多,分了几个门市,在公社的大街上,供销社要占很长一段。布匹是一个门市,蓝布、白布和灰布最多,花花绿绿的布也有,不多。买布要凭布票,没票一寸也不卖。有关系的可以买到零头布,也就是一匹布总要剩下的那一小块,行话好像叫"升溢"。烟酒是一个门市,当然还包括油盐酱醋糖,以及各种果子,比如樟木果子、麻饼、条酥、糖角蜜、月饼等。这都是奢侈品,除了干部家、有钱人家,一般老百姓只有生了大病才有希望吃到。还有百杂门市,有文具、图书、日用品、日历年画、乒乓球、橡皮筋、锅碗瓢盆、十滴水…… 还有农资门市,卖铁叉、扫帚、农药、化肥、犁铧、筐、塑料布…… 还有废品门市,收购破铜烂铁、狗皮、黄鼠狼皮、草绳、草药、碎玻璃……拥有了供销社,就拥有了一切。

　　门市还不算,供销社还有一个偌大的院子,里面还有煤炭单独出售,还有石灰、木料、竹子…… 烧煤的人家稀罕,大多是机关人家,老百姓不会烧。把煤买回家,要压成煤饼,煤和黄土比例要兑好,黄土多了不起火,少了成不了饼。煤饼晒干,就能烧了,首先得会引炉子。先把木柴放到炉底点着火,用扇子不停地扇底下炉门,待火头上来,就把煤饼掰碎放到火头上,煤饼经高温就燃烧起来,顿时红火变成绿火,一壶水一会就开了。不会引炉子的,可能一个上午都白瞎了,还被熏得泪眼婆娑,就扇子一扔,用脚踢翻炉子,骂道,妈的,还是烧草省事。

要讲实惠,烟酒门市最实惠,营业员想喝酒,就装一瓶。每月查货怎么办?虽然查货给予一定的损耗,但不能损得过分离谱。一坛子酒少了三五瓶就说不清,就要退赔,就要检讨,但是营业员也是实践出真知,只要倒入等量的水在里面,谁知道啊?我们供销社一个腐化堕落分子,居然把洗脚水倒里边补充喝掉的酒。后来这个家伙被开除了。

供销社都有食堂,里面每天的味道使人陶醉。有人从他们围墙走过,闻到酒肉余香,顿生自卑,就心里暗自敬佩——人家这也是一辈子。有人在后窗听到他们要吃猫耳朵饺子,就洋洋得意,四处告诉人家说,供销社用猫耳朵做饺子吃呢。终于碰到一个见过世面的人纠正了他的传说,那不是猫耳朵,还是面和肉包的,只不过那样子像猫耳朵罢了。传播者稍有点不好意思,但他还是坚信不少人连猫耳朵饺子这名字还没听过呢。

供销社时时为农村着想,为了农村致富也引进过兔子、绵羊给生产队养。只是因为没有经验,没有技术,全部死光,本都赔了也不够,闹得都很不愉快。还有蚕桑、草药、蓖麻、黄麻、烟草等,他们不仅推广还负责回收,科学加实践,效益还有的。后来又弄来田青和苕子给生产队种,这种东西叫绿肥,藤蔓枝叶生长旺盛,冬天种下,春天满地,耕地掩埋则腐烂,泥土变得黝黑,土地即肥沃。自从有了化肥,就没有推广和继续了。

后来不少地方供销社都解散了,营业员也失业了,但是经商的经验使他们在市场大潮中颠簸了几下,又扬帆远行了。

粮 管 所

粮管所,顾名思义就是管理粮食的处所。每年午收、秋收之后,队里要把颗粒饱满、晒干扬净的粮食交给国家。国家在哪里?具体地讲就在粮管所。粮管所里有很多高大的房子,房子里有很多粮囤子,再多的粮食似乎都能装下,粮食不装在这里似乎也不合理。大房子当然叫粮库,粮库即是国库,庄严不可侵犯,饿死人了,也没有人敢去偷去抢。粮库周围埋了许多大缸,缸里常年保持满水,是防火,还有毒药是防鼠防虫。粮管所里不光是粮食,还有食油、花生,都是老百姓喜欢和向往的东西。

所长儿子扁头和我是小学同学,很给我面子,使我能深入到粮管所里很多重要机关,粮库油库我都去过。最难得的是晚上带我进去,和他一道抓麻雀,这本身就是特别待遇而且充满意义,抓住麻雀还有其他相关更精彩的活动,就使我激动得身上一阵阵抽筋。抓麻雀,所长儿子扁头有高级电器,就是手电筒,麻雀晚上视力下降,飞不远,难怪我们庄子上把近视眼都叫麻雀眼。手电筒一照,麻雀闭眼不动,束手就擒,一晚上我们可在粮库檐下捉到几十只。扁头很残忍,为了管理好麻雀,抓到就把麻雀的头给捏碎了。麻雀也是的,为什么都集中在粮库?还不是鸟为食亡嘛!

抓到一定数量,扁头保留几只活的,他得意地说,看我教你怎么玩麻雀。我翘首以待。他喊来粮库保管员,叫他把马灯拿来。五十多岁的保管员像小学生听老师话,拎着马灯就跑来。扁头把麻雀沾上煤油,点着火,麻雀箭一样射向天空,现在想来应该是像导弹一样射向天空,像照明弹,又像闪电,

漆黑的夜空开了一个明亮的大洞。保管员小心翼翼地说，不玩了，不要玩了，要是飞到远处人家草屋上就危险了。所长儿子若有所思一下，就对保管员说，把剩下的剥皮，炸给我们吃。保管员就去照此办理。我们在保管员那里，看到油比我们家水缸里的水还多，惊讶得好似看到了太平洋。保管员也像舀水一样舀了一盆去一旁小屋里炸麻雀了。粮库的墙上到处写着——严禁烟火。

粮管所对于农民最悲壮的季节是冬季和春季。粮管所的粮食明明都是农民送来的，是农民血汗种出来的，可是一进粮管所的粮库，就是国家的了。农民冬春需要救济时，就得拿着公社批的条子来买他们种的粮食，一次五斤或十斤。能批到这样的条子就是领导的关心和关怀了。

粮管所最热闹的季节是午季和秋季，全公社各个大队粮食都往粮管所送，有的是车拉，有的是肩挑，有的是驴驮。车有牛车、板车、马车、手扶拖拉机。肩挑就靠一副肩膀，两个笆斗，一根扁担，百十斤粮食，十几里路，个把小时到达。那时的人，油水不足，体力倒是十分充足。到了粮管所，车水马龙，人山人海，各家都急着早点卖掉粮食，拿到钱，在街上找个熟悉人家买点酒菜享受享受。可粮管所管粮食，不管你急不急，就一杆磅秤，会计小姐那表情好像是人家在还她粮食。检验粮食的小伙子也铁面无私，抓起一把粮食，煞有介事地说，不行，还得晒晒。那你就得弄到一边水泥地上再晒。大队会计就到处找关系，给所长说好话，说客观困难，说实在没有办法，还有二十里路要走呢。直说得所长同情、理解、恩准。

粮食收下了，真是无粮也一身轻，挑着空笆斗都要飞起来。车空了，肚子也空了。会计就说，割二斤肉，买点小豆饼子，上我表叔家喝几杯。喝酒基本上都以生产队为单位，各自活动。

后来各家各户种粮食，粮食多了，粮管所反而不景气了，不少地方被撤并了，名字也改成粮食储备库。

食 品 站

　　一个公社有一个食品站,食品站主要功能就是收猪和杀猪。农民喂猪可以,猪长大了卖给食品站可以,自己私自处理不可以,如果私自处理,那么人就要被处理。猪长到一定程度,眼看没有多大希望再长大了,家人就要把它卖掉,一家人像做大事一样,又像护卫首长出行,老少几个跟着。听话的猪牵着就走,不听话的就要捆绑,抬着或车拉着。这样其实并不舒服——真是猪脑子。

　　人分地位,猪分等级。收猪的人在猪的脖子、肚子上抍几把,就得出是甲等还是乙等,以及等等。甲等价格最高,丙等最低,或叫三等。主家就央求会计提高一等,其实他不是真正意义的会计,但老百姓都统称会计的那位老兄,严肃地说,就这我还是多给的。既然多给了,还讲什么,再讲弄得"会计"不高兴,反给你降一级。称好斤重,用剪子在猪的屁股上剪横竖斜几道,非专业人士不知道其含义。据说那代表等级,也标志此猪是食品站的猪了,即便跑了,有身份证在屁股上,你也不敢私自扣留。若扣留,比非法拘禁还要罪加一等。

　　猪到了食品站,就过起了集体生活,开始刚进去还互相争咬,几天下来,熟悉了,知道都是难兄难弟,前景堪忧,加上管理人员的打骂调教,都和谐相处了。食品站收来的猪不是自己保留,绝大部分继续向上交,收到一定的数量,大约百把几十头吧,就往县里送。几个屠夫就暂时放下屠刀,拿起鞭子,赶着一群猪往县里去。猪们早已熟悉他们的声音,知道他们的厉害,在路上互相拥挤着前行,哪个敢出头离队,啪嗒就是一鞭子,不怕你皮厚,那鞭子是牛筋做的,撕心裂肺一样疼。所以,不少猪,即使没有记性,听到鞭子声音也

记忆犹新,身上麻麻发疼。几个屠夫身带干粮和水壶,缓缓地前行,什么时候到达就什么时候到达,急也急不了,你急猪不急。

有时也有野性难驯的几头猪,起义反水一般逃脱管制,这就很麻烦了。榜样的力量是无穷的,会引起集体骚乱。这时屠夫就紧张了,连哄带吓也无济于事,遍野的亡命之猪,少一头就是他们的责任,屠夫们只好向当地请求支援。社员们都是爱国爱集体的,听说国家财产要受到损失,就全力抢救。猪被四面八方的人围住,由原来猪多势众的优势变成劣势,就暴露出软弱胆小的一面,围在一起,抱成一团,瑟瑟发抖。屠夫们感谢农民兄弟的鼎力相助,表示回去一定送感谢信来,转脸就对那几个为首捣乱的家伙绳之以绳,戴脚镣一样,只能老老实实步行,不能奔跑。总算有惊无险,每趟大致都是这样,都有故事,没有事故。

有时食品站也收鸡鹅鸭,这些家禽虽有翅膀,但都在笼子里,失去自由,但可以坐车子,倒也有短暂的舒服。它们和猪一样被逐级选拔,给城里人享用,给部队改善生活。

食品站第二大事就是杀猪,每天限量杀几头,分配给领导、关系单位和个人,余下的随便购买。购买是抢购,人头攒动,臂伸如林,扑向柜台。干部要瘦的,不需要到第一线去买。老百姓异口同声要肥的,肥的好,又当肉又当油,辣馋过瘾,脑满肠肥才能心满意足。很多人只是徒劳地拥挤,求总是大于供,挤一身汗,要是冬天最多落得个暖和。

杀猪的人都有英雄气概,对付猪如同武松打虎。每天,食品站院子里只要传出难度很大、难以模仿的美声、民族、通俗混合的高中低音花腔,那一定是猪的悲剧,在做最后的咏叹。很快就有闲人去看热闹,有富人去等着买肉。食品站是猪的最高法院,可以随时判处猪的死刑,所以,食品站的杀猪人也都趾高气扬,不仅猪怕他们,人也敬畏他们。他们有势力,更有体力,只要想吃猪肉的都得拥护他们。

杀猪也有报应,张家弟兄几个都杀猪,刚到中年就相继去世,可谓英年早逝。医生没查明原因,和尚也许能解释清楚。

代 销 点

每当朱秃子大喊大叫,庄上一定是发生了大事,原来是代销点安到庄子上来了。朱秃子说,这叫上级派出机关。不错,代销点是公社供销社的一个分支机构,比供销社更是零距离接近群众,虽然货物远没有供销社的多,但比货郎担就多了去了。大队无条件让出一间屋子给代销点用,还把屋子里用石灰水刷得明亮,支上半人高的柜台,形成内外有别。外边是买东西人的地盘,里面是卖东西的地盘,柜台进出口处写着"经济重地,闲人免进"。庄上人都是自觉的,你就是不写那个条子,人家也不会进去,瓜田李下,一旦少了什么,谁愿意担那跳进黄河也洗不清的罪名啊?东西不见数来人,所以,老百姓都视柜台里面如雷区。

卖东西的叫营业员,不叫货郎,以往来的货郎都是老头,现在是姑娘,是讲着城市话的姑娘。她不断地纠正村民的习惯用语,是煤油,不是洋油;是肥皂,不叫胰子;是润肤霜,不叫歪歪油……庄上的男男女女通过买东西学到了不少新名词,很快整个庄子上发生了语言革命,不仅是商品的名称,还有生活中的用语。

会计有文化,和营业员谈起话来很投机,没有语言障碍,而且可以自由出入柜台里外。有时大队里临时急需用钱,也要从这里借,转个弯很方便,不过,会计得写个借条。庄上人没这个习惯,你若借钱,对方要你写借条,他宁可不借也不写,认为那是侮辱他的人格,是对他最大的不信任。他若讲给别人听,别人也会一致谴责,嗤之以鼻。乡里人都是守信用的,不会赖账。

借你一碗面,还你的时候,还是那个碗,面还是那个高度,不同的是上面按满了手指印,压得结实,一定比借的时候多。庄上人家若是杀猪或其他什么买卖,没钱可以赊欠,是过年给还是过麦给都可以,代销点就不行。那一包烟一毛三,你一毛二就拿不走;你上午买,说下午给都不行,公家事就是公事公办。有人就说,这个女人太呆(ai)了,但是,独此一家,别无选择。你总不至于因为一包烟、二斤盐跑一趟几里外的青阳街和她较劲吧?

那姑娘不久和一个国营工厂的人结婚了。那人隔三岔五就来,每次来都到小晌午才起床,青头紫脸,神情恍惚地穿着白色见风抖的睡裤在代销点门前刷牙,裤子里面一个悬挂的东西在依稀晃荡,庄上的女孩就看不惯,就嫌瘆人,心里骂道,穿什么表孙东西。那工人上班的时候,会计就会来和营业员东扯西拉,没话找话讲。有一次公社组织委员要找会计,在代销点找到了会计。搞组织工作的比较敏感,就说,你的入党申请上次我们才讨论过,同意给你填表,不过,你要好好表现才对,注意点影响。会计被说得莫名其妙。

一天夜里,会计来敲营业员的门。营业员半天不吭气,会计就一遍一遍轻声呼喊、敲门,耳朵伸进门缝听动静,里面好像有翻身的声音。会计执着,估计营业员睡得死,于是就从小窗户里爬了进去。这时灯点着了,会计定睛一看,组织委员披着衣服坐在那里,眼瞪着会计。

……

会计哪里知道,营业员是组织委员一手提拔的,要不是组织委员,她可能还在农村劳动呢。会计走后,组织委员又把营业员训了一顿。组织委员最后威胁道,我既然能提拔你,我也可以开除你。营业员就拼命往组织委员怀里钻,似哭非哭地说,都是他逼的,他说要是不同意,就不给我香油和大米。组织委员说,那你今后是要香油和大米还是要我?营业员用实际行动说话,死死地抱着组织委员。

没有多长时间,营业员调走了。又过了一段时间,私人也能开店了,代销点就撤了。那个营业员就再也没有来过我们庄上,倒是那个工人,现在搞推销,还经常到会计家喝酒。

工 分 票

　　工分票是生产队的一个流通货币。队长把社员们喊下地，一身汗水，一身泥水，一天的报酬就是那一寸宽、两寸长的工分票。工分票是上级专门机关用牛皮纸印制的，上面有一分、二分、五分、十分的面值。每天出满勤的劳动力可以拿到十分，妇女八分，十来岁小孩五分三分也可以。后来，毛主席看到问题，妇女能顶半边天，就应该和男劳力同工同酬，于是有的妇女也可以拿到十分。

　　工分票由会计发放，上面有队长、会计和生产队章，缺一不可。工分票面积小，队长、会计章盖的是全部姓名，公章只能盖大半个，主要有本生产队的名字就行了，后面什么生产小队就不太重要。社员们拿到工分票，就当钱来保管，收在小孩摸不到、老鼠吃不到、水火破坏不到的地方。到了一季、半年或一年结束，把工分票拿来给会计统计，你家三千分，他家五千分，各有不同，不同的原因是你家劳力少，他家劳力多，或者各家出勤的情况有不同。另外还有人家肥料积得多，青草割得多，草木灰交得多，这也按斤算工分的。工分少的人家，会计恩人似的说，就这还照顾不少呢。会计还会说工分多的人家，你家这下捡到了，要得不少粮食和钱呢。好像这些都是他赏赐的。老百姓喜欢哭穷，工分多的人家就算账了，你看，我们家哪个不能吃啊，一个抵两个呢。说这话的人一般多小气，怕人家找他们借账。有的两家情况大致相同，但是工分差距大，心里就犯嘀咕，就去找队长说理，就叫屈。队长就去找会计问怎么回事。会计说，我是良心账，绝不会有多有少，有偏有向。不

过,这也确实是笔糊涂账,当事人本身也没留账,会计记得也不系统,零零碎碎谁也记不清,只有怀疑,没有明确的证据。

后来上级看到这个问题,认为这样会影响一些社员的积极性,就要求每月公布各人工分,某天某日在哪里干什么事情,用红纸张贴上墙。一个月时间,不算太长,大家在一起回忆回忆可以不差大差。假如三毛那天去赶集,而红纸上却有他出勤的记录,这下好了,会计或记工员就麻烦了。几个人会当面扒皮(对质),会计或记工员就下不了台。这样一来,会计就有所顾忌了,多记几分可以,太多了就不敢了。会计和队长是常时工,即不出勤也记工分,一年三百六十五天,天天有工分,这不是他们自作主张的特权,是上级规定,社员也没有意见。再说,人家起早带晚吆五喝六,东奔西走又图什么呢? 有时还得罪人呢。都一庄老小,抬头不见低头见,言语轻了重了,哪能用秤来称呢? 他们也就讨这点巧,容易吗? 后来保管员、饲养员也都拿常时工,这也有道理,牛天天要喂,仓库天天要看。有时加夜班,比如春天夜里抽水,大渠满了往小渠淌,小渠满了往地里淌,地里满了就会乱淌,就要人夜里值班管水,这样就得加工分。人家在家睡觉,他在这里熬夜,挨累挨冻的。

工分的价值是浮动的,主要根据粮食产量来定。有时一分工分票,可值三分钱,有时可值五分钱,有时还不值一分钱,有点函数关系。我们一个同学,自作聪明,拿工分票到中学食堂买菜吃,因为工分票和菜票都是一家印刷厂印制,一个模样,只是章不一样。这位同学就把三分,五分的工分票拿去当菜票,打菜的小麻子居然没有识别——关键是谁也想不到。这位同学很得意。后来家里发现工分票见少,最后查出是这位同学拿去当菜票,被父亲揍了一顿,然后给他算账,你拿一分就是一分钱,今年队里收成好,还卖了很多棉花和黄麻,一分值五分钱呢。这位同学当时也是高一学生了,这一算,才恍然大悟。

一张工分票记录一个时代的生活、一个时代的劳动价值。那一张张小纸条是一个人、一个家庭存在、发展的通行证,也是凭劳动吃饭的证据。那一分二分三分……是无数滴血汗写成的,与印刷厂关系不大。农民的付出和获得永远不能相等,付出永远大于获得。然而,他们绝大多数始终如故乡的草木,深深扎根在那片土地上,他们绝不是仅仅为了那张二寸长的工分票,他们也绝不该局限在任何票据里等待兑现和恩赐。

染　坊

　　我们那个小街很小,小到门前经营买卖,家后就是一望无垠的麦地,后墙的树枝伸过来,可以为街心的人们遮阳。张英兰家的房子很多,不知家中其他人去向,众人只见就她一人居住,前面三间租给裁缝铺子,后面三间偏房就租给宋启生做染坊。

　　那时白洋布流行,因为它既结实又便宜,做个衬衣,从春天到秋天,上身就不下身。可是,都是白的也不好,单调不耐脏,还忌讳呢,白布老是与死人有关。于是,宋启生从小宋庄好似天降大任似的,来到小街开起染坊。

　　宋启生人很瘦,但瘦得精干,不是那种弱不禁风的瘦。他那细细的胳膊暴起青筋,两只眼睛黑得深邃,好似自己近水楼台先得月,把眼也染了。一看就是灵巧能干的手艺人。

　　染坊说起来简单也简单,屋里一口大锅,屋外三口大缸,染的颜色就是黑的、藏青的、毛蓝的,这是老百姓的三原色,也是宋启生的三原色。说复杂也复杂,一锅水,兑多少染料,放多少布,水温多少最能上色,全凭经验和技术。没经验、没技术的染的白布,一水洗过就成了烂猫色,迷彩了,花狗脸一样,还祸害其他衣服。再穿,自己悲哀,别人欢笑。所以多年来,宋启生生意很好,也没有人竞争。

　　平日里,四邻八乡的人把白布拿来,请宋启生染,这白布要聚到一定的量,才能生火。拿布的人有的说,宋师傅,我这是好布,不要弄混了噢。宋启生自有办法,在布角写上大号(姓名),记上尺码,把布角扎死,染料是覆盖不了的。因为有的染坊有克扣人家布的恶习，他就不厌其烦地告诉所有来人，白洋布缩水是多少，白纱布缩水是多少，白府绸又是多少。他做事透明，有言在先，不要来人心存怀疑，也暗暗冤枉了他。

染布的时候，宋启生一大早就开始对火，他的燃料都是收来的树根和木柴。这些东西不仅熬火受烧，还省去一个烧火的人，把锅膛里塞满柴火，不要问事，他自去潇洒染布。他未经改革开放，照样懂得减员增效，降低成本。

当一锅水翻腾时，他开始投放染料，这时不许有人靠近，为的是剂量的保密嘛。其实，说明都写在袋子上了，只是识字人不多罢了。不过，也没有人来看，远没有剃头铺、杀猪、炸油条那里观众多，因为他这里不仅热气逼人，而且染布水味道也难闻，臭鸭蛋似的。他的眼、鼻、手都是仪器，布在锅里煮了一会，反复搅动后，就知道时间到了，上色了，就立马拖出来沿着锅边丢进准备好的箩筐里，然后立即拿到门口水缸里漂洗、过水，接着就开始晾晒。

晾晒很壮观,像一种仪式,长长的染布不仅挂满几道晾绳,树上、缸沿上、箩筐上都是布。横扯斜拉,飘展摆动,小鸡就开始不习惯,吓得飞到屋顶还叽叽喳喳地议论、叫唤不已,小猫从下面老鼠一样地穿过,不敢停留。

按照约定时间之前,宋启生把布一一拉直,叠好,拉长到远远小于标准的缩水率,叠得整整齐齐砖块一样,没有一点褶皱,像刚拿来的白布一样。顾客都很满意,表示下次再来。

宋启生的染坊虽然只是黑色、藏青色、毛蓝色,色差如此接近,但是,穿到人的身上,就给人的生活带来色彩,就给人的精神带来色彩。他染的布虽是冷色,但也熠熠生辉,万紫千红。

到了上小学时,老师说,资产阶级是大染缸,白的进去,黑的出来,就是红的进去,也会变黑。这使我们不由自主地想到宋启生的染坊。后来,我们看报纸有看到斩断帝、修、反的黑手的大标题,又想到他那被染料染黑的大手,就不敢去那里了。再后来知道,这都是比喻,与宋启生毫无关系,而且人家还是贫农出生,还参加过解放战争支前民工呢。

菜　园

　　农村人一般不需要去市场买菜,菜园子是自家的菜市场。往日里,到农村一看,几乎家家门口都有一块地,菜地里不外乎随着季节而栽种的几种蔬菜。这些蔬菜大多是土著,谁也记不清这几种蔬菜伴随父老乡亲多少年、多少代。从春天起,菜园子里最早的是菠菜。接着,韭菜开始发芽,韭菜的根长期埋在土下,不断长出叶子,叶子长到拃把长就贴地割掉,不久又长出新芽。有人爱把一些难以消灭的事物比喻成割韭菜。韭菜的根长了几年后,发芽的劲头不足,就得彻底拔起,把老根切掉,重新栽上,叶子又开始逐渐茂盛,生生不息。三月到来,家家种菜,小青菜,撒下去种子,几天就发芽,不要断水,再几天就可以间苗,嫩苗做汤,很鲜。小青菜最怕糜虫,书上叫蚜虫,极小,但队伍庞大。它们到来,一片青菜很快不青,黄了,叶子纱网一样。乡亲们有办法,撒青灰在菜叶子上。蚜虫畏惧青灰,灰溜溜地走了、死了。虽然洒农药来得彻底、痛快,但对人不痛快。

　　天渐渐暖和,开始栽辣椒、茄子,这两样几乎是家家都有。这两种蔬菜,产量高,味道好,茄子炒辣椒,不知吃了多少代,也没人说吃腻了、吃够了。辣椒不仅开胃,更是老百姓取暖的好东西。寒天天冷,喝上一碗辣汤,就是添了一件棉衣。每道菜里没有辣椒好似缺了激情,缺了灵魂。辣椒老了就变红,其火辣从内心溢于言表,晒干,挂在屋檐下,随吃随揪几个下来。实在多了,就用石磨拐点辣椒酱,下饭啊!茄子不仅可以炒着吃、烧着吃,还可以蒸着吃。蒸熟的茄子捞出水,配上麻油、盐、醋、大蒜糜子,那简直就是人间

美味。

这两种蔬菜寿命长，奉献时间长，从收麦子一直吃到下霜。到了秋天，白露之前，家家就种萝卜、大白菜。它们也是深受庄里人欢迎的蔬菜，产量更高，有水有肥料就不遗余力地成长。白菜是卷心的好，雪白细嫩。白菜和肉确实有渊源，任何肉类都和大白菜和谐融洽，锦上添花。肉与大白菜烹调，有些人会青睐大白菜，剩下的往往是肉。

白菜吃不完，就要贮藏。不懂窖藏的就晒干菜、榨酸菜、腌咸菜，虽说不太科学，但也解决实际问题。萝卜用项更多，和猪肉同烧是流行的菜谱。切碎做丸子、包饺子馒头、卷饼、腌制萝卜干，天下谁人不识？霜冻来临，菜园子日渐萧条，即使不怕寒冬的大蒜、葱、芫荽、矮脚黄，也多灰头土脸，面目皆非，不是原来绿油油、郁郁葱葱的神情。但是，它们毕竟能越冬，都是那种叶烂皮枯心不死的。过去常用来比喻暗藏的阶级敌人，不甘心灭亡。现在形势不一样了，这种现象我们认为在艰苦环境里是一直不屈不挠、满怀信心的高贵品质。

菜园子各家都有分界线，有的用秫秸扎成篱笆，有的用泥土踩成矮墙，有的开墒沟，有互不侵犯、互相尊重领土主权完整的意思。他们在种菜时，既互相借鉴，互相学习，也暗暗较劲。菜园在门前，门前和菜园之间就是村路，路上就是全村子人的长安大街，你的菜长得好坏，就是你家的形象工程。队长总批评社员，你们要是把种菜园的劲头拿来干队里活多好。队长显然不懂计划经济和市场经济的奥秘，不懂管理学。

菜园中以茄子、辣椒、白菜、萝卜为主，边角地、篱笆上还有一些辅助的蔬菜，比如丝瓜、茶豆就沿着篱笆发展、成长。高秆的蔬菜如苋菜、刀豆也都靠边栽种。至于像黄瓜、西红柿、马铃薯、芹菜、西兰花、甘蓝等也有，但种的人家少。老百姓吃这些东西总觉得味道来自遥远，有点曲高和寡，难以接受，也可有可无，不是那些平易近人的白菜萝卜、茄子辣椒。那些外来菜，老百姓不仅不喜欢，还强行把它们的名字都改了，西红柿叫洋柿子，马铃薯叫地蛋……小菜园很方便，这边烧锅，那边去拔、去摘、去割都来得及。小菜园很安全,没有化肥农药,什么补药保健品,也没有这里的菜养人。小菜园也遵守自然规律,什么季节吃什么菜,它们就长什么菜,反季节蔬菜,把人的胃口都搞反了。现在经常听人说,这样没味道,那样没有过去的好吃。其实就是乱了、反了。

小菜园,那时不仅是菜园,也是我们的精神和生命家园,是我们怀念的圣地。

砖　井

　　一个庄子上，必有一口砖井，就是石头砌的，人们也还叫砖井，因为那石头也必须打造成砖头形状方可堞井。砖井有深有浅，这是由地下水位决定。打一口井，要举全村之力。砖井一般都在村头，离住家户稍远一点，免得被家前屋后脏物污染。挖井前，要有内行人勘察好地点，也要内行人来指挥。一口井直径一般不到一米，但是开的塘子要七八米还不止，土挖到"泉眼"为止，便开始用石块或砖头往上砌圆圈，井的形状初现。这过程中，人们要不断用桶向外排水，保证砌砖石的人和砖石始终高于水面。砖石渐高，下面就要接着培土，直至砖石高出地面许多。井口用四块条石围着，确定了井台的大小，也是便于保证井口不因为阴天涝雨流进污物和人来人往践踏毁损。井筒是圆的，井口多是方的，可谓内圆外方，有点中华古典哲学文化意味。

　　一口井建成，可能伤人，还可能死人，真是要奋斗就会有牺牲。但是为了全村人的福祉，无论如何，井还是必要有的——那是一个村子文明的象征、生命的源泉。一个村子如果连口井都没有，闺女出门还好办，儿子找媳妇就麻烦了，姑娘和做娘的都会异口同声说，单去他那个庄子，连口井都没有！

　　砖井早上最热闹，前村后庄，挑水的、抬水的、淘菜淘米的、洗衣服的络绎不绝，话也滔滔。遇上孤儿寡母、老弱病残的来抬水，好心人总是帮他们把水桶从井下拎上来。就有人触景生情，转换话题议论这没儿没女的苦处了，就有人紧随感叹，联系实际。

井边永远是水淋淋的,井边的草也是茂盛的,井里的砖石日子久了也总是油光水滑的,不管砖石是红的还是白的青的,最终都被青苔覆盖,变成黑黝黝的,和井水一样颜色。我们见到的井,活着的人都不知道它的年代、它的来历。我们村子那个活到九十三岁的老人也只说,听我老太太说她那时就有了。掐指一算仅仅从他老太太那时到现在也有一二百年了。所以,井还给了人们古老、神秘的色彩和各种传说。

砖井是过路人的驿站。夏日炎炎,他们见到有人挑水,就凑上去好言请求,咕噜咕噜喝上一肚子。井水越是天热就越发甘甜清凉,喝过就可以继续三五里的路程;还可以在井边坐下来歇歇,把肩上毛巾拿下来蘸点水,路上消暑,同时打听前面的路程和方向。若问本村某某人家,乡亲就以村上那棵大树为坐标,对问路人指手画脚,说东西南北。

井口朝天,时间久了,难免有杂物掉入,所以,隔几年就得掏井。掏井很费事,首先要把一井的水打出来,才能见底,才能挖出里面的淤泥杂物。那水是源源不断地往外渗,那水桶就得接二连三地往外拎水,一定是拎出来的水大于渗的水,否则,永远也掏不尽。到井底的人,得胆大麻利,具有不怕脏、不怕凉、不怕累、不怕潮湿的"四不怕"精神。身体虚弱的人下去,上来就发烧感冒。外行人说是冲到鬼气了,实际是那下面潮湿阴冷所致。

掏过井后几天一过,依然还有青蛙和小鱼等生物。青蛙好解释,失足落水。鱼呢?有人说,鱼会飞,是飞进去的;也有的说有水就有鱼,这是古话。反正没事就闲扯,谁也不用说服谁。不过它们是怎么来的不是大家关心的事,倒是治安主任在公社学习学到一招,凡是井里的活物莫名其妙地死了,那一定要报警,要请医院来化验,防止阶级敌人投毒破坏。

砖井给我们带来说不尽的好处,连那些寻短见的人也会成全,让她们如愿以偿赴黄泉,真是什么人的要求都满足了,好得好像没原则了。但也有例外,有个别妇人和男人打了架,没有获胜,转脸往外跑。男人开始一愣,马上就知道她要干什么,于是追了出去,到了井口她毫不犹豫纵身跳了下去,这是真想死的。庄上人就讨厌这妇人了,掏井时间没到,害得大家又得多掏一

次。前村后庄人都义不容辞地参加,有人出人,有力出力。

现在,砖井渐渐消失,被埋没,被遗弃,连同它的形象、它的故事都被埋没、遗弃。但愿它有灵(据说老井有灵)的内心能留下小村庄的印记。

砖井消失,村庄就消失了,我们这一代人也就离消失不远了。

汪　塘

　　汪塘是每个村庄最灵动的地方,每个村庄前面,几乎都有一面汪塘。汪塘的形状各异,但基本离不开方圆,都是方圆的变形。

　　晴天,白云飘过总要在汪塘留下倩影,小鸟会惊异自己怎么会在水里飞翔,鱼儿也在追逐水中小鸟。塘边几只鸭子和白鹅,也在百思不解,哪来的水上一个自己,水下还有一个自己。它们就游动,发现自己变了,变得弯弯曲曲,于是惊叫几声,平静一会,发现自己还在,并没有消失。

　　平时,汪塘最热闹的是早中晚三个时辰。早上,人们去汪塘边挑水,这多是冬天,砖井远了点,还要提水,井绳冰冷僵硬,不如到汪塘一瓦就是一桶,挑着就走。冬天的汪塘水可以直接饮用,且甘甜清冽。主妇们来洗菜、淘山芋、胡萝卜,这是早上的主食。吃完早饭,年轻的媳妇会来塘边洗衣服,洗衣服有的用团桶端来。团桶是木头做的,沉了一点,有的就用粪箕子背来。洗衣服一是洗,二是敲,敲是用棒头。汪塘边有公用的、永久的石板架在水边,衣服摆上去,用棒头猛敲,敲得水花四溅,进了一身一脸,若是夏日,清凉降温。衣服上的灰,与其说是洗掉的,不如说是敲掉的,灰毕竟是附着衣服,经不起敲打,就急于分崩离析,然后在水里涮涮,衣服就干净了。石板有几个层级,水深水浅都有石板在等待、在伺候。石板一有人来,小鱼就会游过来,那一定是淘粮食时,有秕糠漂出,小鱼蜂拥而上,张嘴吸食。洗衣服小鱼不来,受惊吓,还受脏水呛。石板始终有三三两两的妇道人家在那里或淘或洗或涮,她们总是没话找话,你说她淘的菜,她说你洗的衣服,但很快话

题又离开了衣服和菜。她们不懂什么意识流，但是她们闲聊的都是意识流。

夏天，汪塘内容更加丰富。西边柳树下，可能是泡汪的水牛。水牛怕热，天热则要命，就得在水里泡。水牛伸半个头在水上，那些无赖一样的牛虻、水苍蝇，全不理解水牛的甘苦，不失时机地袭扰，吮吸它们的鲜血。水牛轻则摇动耳朵驱赶，实在觉得不舒服，就愤然把头砸进水里，牛虻、水苍蝇忽然失去目标，惊恐乱飞。不一会，水牛要喘气，刚露出脸来，它们又叮上了。水牛依然是那两招对付。岸上的黄牛在树荫下也很惬意，但也同时受到牛虻和水苍蝇的袭击。它们有长长的尾巴，大鞭一样凶猛，不断挥舞。牛虻、水苍蝇被触之，不死也得折翅断腿。大片水里面是孩子，他们像鱼一样尽情自在，一颗颗黑头，远看也似一群黑鸭子。

三九天，汪塘封冻，铁板一块，淘洗的地方被人凿一个小洞，不一会又结冰了。洞开了，小鱼聚过来透气，有人把篮子沉下去，再提起来，就可以逮到很多小鱼。汪塘上还是小孩子天下，他们滑冰，并不是滑冰场上的那种，他们随心所欲，没有规矩，摔跤反而是亮点，引得大家开心。这时，冰层可能会闪电一样裂开，大家慌忙逃离，靠边。有不幸者掉下去的，多有惊无险。孩子们也无记性，过天把还来，毕竟滑冰每年也只有这几天。再过几天，生产队要抽水逮鱼了。那是年初放的鱼苗，快过年了，逮上来分给各家过年。

汪塘也有悲剧，有小孩子私自下水被淹死了；有妇女和丈夫吵架后，一时不能搁置争议，面向未来，头脑一热，一头栽进去，以死相威胁的，故意在人多时跳下去；也有真心想死的，就默默无闻跳下去，直至漂在水面，被人惊呼，噩耗不胫而走。

如今，无论喜剧还是悲剧在这里都没有了舞台。因为很多汪塘不是干涸了，就是填埋了，就是污染了，有的居然莫名其妙地消失了。幸存的也都已衰老了，哪还有半点以往的意思啊？在我看来，这才是悲剧。

坟　　地

　　庄里人活着的时候,似乎只有一个方向、一个选择,那就是去南湖地里干活。死了却有三个方向、三个选择,一个是东南的小江坟,一个西北的小离滩,一个正北的大乱岗子。

　　小江坟是因一个年轻女子而命名。相传清朝年间,江家有女初长成,欲嫁心爱之人却没有心想事成,最后双双服药死于此地,很有点兰花花和杨五娃的意味。不久这里土地荒废,野草疯长,阴阳先生说,这里埋人吉利。从此,坟头就不断增加。

　　小离滩三面环水,人迹罕至,是埋人的好地方,说是龙脉气盛,只是交通不便,先前有人埋过,后来就少了。一般死婴都扔在这里,还有就是无主死人丢在这里,国民政府杀土匪也选择这里。在老百姓心里,这里是官家的地,还有传说里面藏有土匪,这样老百姓就更不敢来了。共产党掌了政权,枪毙犯人也选择这里。小离滩比其他两个坟地略显血腥和恐怖,且死气沉沉。后来,在小离滩北面建了一个偌大的烈士陵园,陵园四面圩沟,南面与小离滩只有一沟之隔。考虑到小离滩名声不是太好,不配与烈士为邻,就被破除迷信的东方红拖拉机夷为平地。再后来,又有官员想到,小离滩已经不复存在,而老领导都七老八十,虽然功劳卓著,但进不了烈士陵园,于是,就把小离滩重新恢复其历史作用,凡是副县级以上领导,可以埋在小离滩,和烈士一沟之隔,也算是光荣连着光荣。再于是,路就往小离滩延伸了一段,这样一来,小离滩因埋了不一般的死人而恢复了活气,尤其清明时节,听说

还有南京、上海的大干部来，有小吉普停在路边，有衣着华贵的人来献花、烧纸，比烈士待遇还好。庄里人就丢下锄头，跑来看小吉普和鲜花。老队长说，回来，留细人家给你们逮走了。胆小的还真相信，走了一半就回来了。

正北的大乱岗子，一是大二是乱，名副其实。南北三四里长，北边已经靠近城里，城里死人就往大乱岗子派遣。我们村庄死了人就埋在靠近我们这一边，城里死人就靠城里那一边，坟地因此越拉越长。

林子一大什么鸟都有，坟地一大什么鬼都有。大乱岗子整日里野狗出没，成群结队，黄鼠狼、老鼠、蛇也找到了天堂。还有人说看见了獾子，看见了披头散发的游尸鬼。野狗时常袭击坟地以外的猪羊和人，民兵进行清剿过，无奈里面深不可测，地形复杂，有人还陷在塌方的坟墓里，顿时腿脚酥软，瘫痪不起，回来就大病一场。野狗却进退自如，一纵身，你就看不到它们消遁在何处。因为那时精力都在对付阶级敌人，区区野狗也就没有当回事，让它们快活了不少年。后来，来了一位县委书记，看偌大土地浪费，立即开展殡葬改革宣传，实行火化，十几台推土机一夜将其推平，一切鬼怪消失在光天化日之下。

地闲置在那里，过了几年，被开发商开发成居民小区，还给小区起了一个清新高雅的名字，人们也渐渐忘却了那恐怖、惊悚、污秽的昨天。现在，只剩下小江坟还在，主要是它远离人群，还因为它有凄美的传说，使后人多少有点呵护的情感。有人曾想在那里建垃圾场、建窑厂，都没有得逞，村民把路挖了，把汽车给掀翻了，来者就知难而退了。不管怎么说，捍卫祖坟还算有人性，伦理上占优势。那些火化的人，剩一把灰，还要拿来这里入殓下葬，埋在地下。在普通老百姓意识里祖坟胜过祖国，坟地胜过领地。

坟地是庄上人的精神家园，活着的人在地面上匆忙行走，死去的人理所当然地在地下安静长眠。坟地与村庄遥遥相对，常常在无声地交流。每当逢年过节，活人先不吃不喝，先把酒菜纸钱送去给先人，然后回来，才能心安理得。如果说，为什么农民到现在还有淳朴，还有真诚，还有勤劳，还有孝道，其中之一就是那坟地还在，他们所作所为，别的不怕，就怕对不起先人和祖宗。所以那坟地上的香火还在缭绕，斩不断，理还乱。绵绵不绝。

屋 山 头

老家乡村的房子平房占绝大多数,长方形的墙框两头有"人"字形山尖,顶端摆最结实粗壮的是脊木,顺"山坡"依次按比例排列着桁条。桁条上摆秫秸或芦苇,芦苇上面缮草,这就是当年的平房结构。很多村庄多是一条脊,就是一字顺延排开,几家、几十家也是如此,一家搭一家屋山,一条脊就是一字形的屋脊。如果是一家独立,东西或南北两端必有屋山头,如果是一条脊,几家、几十家,能看到的也只有两个屋山头。

在乡村,朝东或朝南的屋山头有着很重要的意义。尤其是冬天,早上太阳从东方升起,阳光迎面照在屋山头,不知是反光还是背风,屋山头的前面温度顿时就升高,很快就会聚集起一群怕冷的老人和不怕冷的孩子。老人晒太阳只是为了取暖,他们完全不知晒太阳还有更多的科学道理。太阳是他们一生中接触最多的远方亲人,无论盛夏和寒冬,他们都会念及太阳的好处。

冬天,太阳对于老人更是可贵,他们烤不起火,也没有恰如其分的保暖服,而最实惠、最方便的就是晒太阳。在哪里晒?当然是屋山头。不用带板凳,席地而坐,背靠墙根,因地制宜。时间推移,屋山头不动,太阳要动,晒太阳的人就要转到南墙或南屋山头。屋山头此时已被孩子们占领,他们在那里做花样繁多的游戏。手,只要不是残缺,人人都有,伸出来,你抓住我,我抓住你,扫腿扭腰,片刻精彩起来。斗鸡用腿,一腿弯到另一膝盖上,一手拎着脚脖子,另一腿站地,用弯着的膝盖冲撞对方同样弯曲的膝盖。这游戏不

仅靠力量，还要靠智慧，被撞倒或松手的一方为输。这些玩法也许粗暴了一点，难免破皮擦肉，轻伤就下火线了。女孩子就在一旁玩踢毽子、跳绳、跳房、丢包之类的文雅游戏。

总之，这屋山头始终是俱乐部、运动场、休闲地。小孩子风一样地走了，说不准又来了几个媳妇、婆婆，坐那里边做针线，边张家长李家短地铺陈开来，时叽叽喳喳，时窃窃私语。女人私密总比男人多。

屋山头顶尖的草上面，一般都有望砖。这望砖摆成坡状，一块压一块，大约五六块，带头一块昂首向天。屋子两端都这样，可以理解为压住屋山头的草不被迎风吹起。至于为什么叫望砖，恐怕还有深意，是风水美学还是图腾标志，是高瞻远瞩还是面向未来，如今恐怕摆望砖的人也是人云亦云，照办而已。在紧靠屋山头草下面的墙面，还有山眼，也就是在屋山头顶尖那里留两个长方形小洞。山眼还真像眼，黑洞洞的，深不可测，是乡村人最看好的那种"黑豆眼"，而且长得也是地方。

山眼并不能远眺，主要还是透气透亮。乡村草屋没有窗户，空气流通主要是门。早年乡村草屋很多不留窗户，恐怕与防风防贼有关。屋子四处是洞，在四处无屏障的原野，无论风，无论贼，都是可怕的，毫无安全感和紧凑感。而山眼因为小，因为所处位置特殊，无论风，无论贼都无法顺畅进入。雨天，屋里烧锅烟气不肯出去，唯有山眼可以吸引它们，那真是"一溜烟"似的出去。还有黑夜沉沉，屋里门一关上很容易不知时辰，此时可看山眼，光线射进来，是月光还是晨曦都可清晰分辨。

屋山头越来越少了，没有头，也就没有眼了。乡村还能望什么？

燕　　窝

　　提起燕窝,人们就会想到那稀世的雨燕山珍。这里说的燕窝是村庄农家屋里的燕窝,它既不能吃,也不好看。它不在悬崖绝壁,但也在很险要的地方。

　　三月春风起,燕子就如期到来。关于这燕子一冬在什么地方,听老人们说,是钻在泥土里。我们在冻土里发现过青蛙,但从来没有在冻土里发现过燕子。这我们暂且不去管它,反正它们来了,就把春天带来了。村民对燕子十分友好,专门为燕子开了门洞,以防关门出走,燕子无法进来。

　　燕子也并非水性杨花,随意和人们接近,也不是自来熟。燕子之所以大胆寄宿人家,也是经过长期考察才确定的。它们每天在人家门口盘旋,或在树枝上窥探,察言观色听声音,和善与野蛮即可了解十之八九。如果有万恶之人,容不得燕子,呵斥、挥舞加驱赶,还捣毁燕窝,凶似强拆,燕子就不会在那家落户。燕子不去的人家,那人缘一定很差。

　　燕子来了以后就是衔泥垒窝。一年之计在于春,春耕春种季节不饶人,饭碗一撂人都下地走了,门也关了,燕子更忙了,一对夫妻,你进来,我出去,如同主家人一样忙活,而不是趁无人之际卿卿我我,搞些猥琐的事情。它们都以只争朝夕的速度,按时完成工程。虽说时间紧、任务重,但绝不会是豆腐渣工程,它们对后代负责,对主家也负责。对后代负责,要垒结实的窝、严谨的窝,否则,自己的孩子们顽皮起来说不准把窝毁了,跌落下来;对主家负责,就是不要让那泥团掉下来砸到主家人,特别是小孩。燕子用嘴衔泥,不

是什么泥都用,得找黏硬适度的泥、坚韧的草,进料如此严格,不像我们的一些人能凑合就凑合,它们每一口泥都是自己亲自挑选。做一个窝要来回几千次,飞行远不止从北京到广州的距离。

燕子的窝几乎都在冲门的二路桁条上。从视觉上讲,主人回家抬头就见燕窝,燕子即可俯视主人回来,难免叽喳几声问候语。圆木桁条与屋巴形成夹角,之间垒窝,地势既险要又安全,猫、黄鼠狼也难以到达。燕窝垒好,酷似战壕,燕子趴在里面下蛋孵化雏燕,不吃不喝十好几天。等雏燕破壳而出,它们又得四处打食来喂雏燕。它们捉来的都是害虫,害虫也有蛋白质,好似坏人也有知识一样。害虫到了雏燕肚子里就化害为宝,几天后就叽叽喳喳,不是要吃,就是合唱。老燕子一来,一律张着黄口,像练美声。老燕子面对一色的五六个或七八个孩子,分得清,排得准,谁吃了几只蚂蚱,谁吃了几条青虫都心里有数,不偏不倚。稍大,雏燕就不安分,就要看看外面的世界,就会把窝里的软草羽毛弹出来,把细灰扑打出来,有时还会有粪便。而此时,或许主人家就在当门地吃饭,饭桌上方正是燕窝。不懂事的孩子可能会拿起竹竿捅燕窝。家长就说,不要动,过天把弄块硬纸做个"燕等子"。所谓燕等子就是一个面积几倍大于燕窝的硬纸或其他类似物品,剪得方圆,用绳子系在燕窝下面,这样就不会有杂物掉下来。

过了一段时间,雏燕都长大了,临行前在门前盘旋几圈,就不辞而别了,一家人就突然觉得心里空荡荡的,少了什么似的。那叽叽喳喳的声音还在耳边回荡,看屋前树梢上,天空中的燕子,都会想到那几只一定是或可能是在他家住过。看到它们都高高飞翔了,主人们心里也很愉快。回家后,就把燕等子拿下来打扫干净,再系好,为了下一个春天的到来。明年来的燕子,肯定是今年的燕子,除非它们遇难了。即使有一个活着,它也会回来,它们恋旧,也念情。

村民们都是知恩图报的人,和燕子友好相处不是一天两天,恐怕已经是千秋万代了。这种情谊世代相传,老人告诉孩子,燕子不能伤害,伤害会遭雷打,也不能抓来玩,手摸了会生秃子。孩子们就会远离燕子,这种远离实际是更直接地保护了燕子。那为什么不给孩子们讲燕子的好处呢？讲环保呢？讲生物链呢？村民们比教育家高明，对于这些无知小孩，他们怎么知道什么动植物保护、多打粮食、利国利民这些高大上的问题呢？美丽善意的恐吓最有效，既不伤害燕子，也不伤害孩子。孩子们大了，道理自然懂了。他们老了，只要还在乡村，他们还会继续对他们的孩子进行那些美丽善意的恐吓。

门　　洞

　　草屋时代的乡村，除了门和山眼，几乎没有动物可以进出的地方，当然老鼠除外。老鼠自由化倾向严重，故在乡村始终是打击对象。对于猫和燕子，村民自会专门给它们留有通道。很多人家门的下端一侧都挖一个小洞，最大可以进猫——也基本是为猫而开。猫洞不必按照猫的外形来开，以猫的腰部直径缩小几倍的洞，猫都可以轻松钻进去，因为猫是软骨头，这不是指那种意志薄弱的意思，而是它的骨头很有韧性，可伸展自如，即使从十几米高空坠落，猫依然轻如落叶。猫洞之所以宜小不宜大，大了就等于放宽那些不应该放宽的政策，使一些不该进去的进去了，比如小鸡、小猪，它们进去会上蹿下跳，胡吃海塞，搞得一地鸡毛。所以，那洞是严格控制的，你别看大狸猫比洞大几倍，人家只要头能进去，脖子一拉长，腰一弯，腿伸直，蛇一样就去了。

　　很多人家在门的上端一侧还会留一个洞，这个洞是专为燕子设计和开通的。有人会说，何必要开两个洞，下面不是有一个洞了吗？你有所不知，燕子都有灵气，它们断不敢从那里窜过。猫同样也有灵气，只要燕子一次从它的专用通道通过，它就会立即想到守株待兔的故事。燕子也知道猫说不准就在门洞里面等待老鼠，顺带把自己逮了。

　　每年春风来临，燕子必随着春风飞入寻常百姓家。农忙时节，家里无人，无人就要关门，那么就要为燕子开洞。洞开了，燕子就不受时间限制，夜以继日地衔泥、夹草、垒窝。

　　时间长了,门洞会因出入次数过多而扩大,这主要是猫和狗。有的人家喂了狗,小狗初期与猫相仿,也可自由出入。但狗与猫不一样,几个月就高大起来,而那门洞始终不变,那狗还死命往里钻,它有多种思考:其一,为什么我以前能自由出入,而现在却如此困难? 其二,它可能饿了,要进去找点什么吃的充饥。其三,它可能不服气,为什么猫出来进去如此顺当? 只是它不知道猫多少年如一日,体重到一定年龄就不再增加。有的狗就想不通这几个问题,仅为了自己的一点私利,就一意孤行往里钻,好不容易头进去了,头以下部位就不能跟进,越是不能还越挣。狗的脖子是最敏感的部位,杀狗都是用绳子勒其脖子,平时主人用手摸它别的地方,它顺从、欢欣,如摸其脖子,它就反对或反抗。这时它感到脖子受到约束,危机感出现,就难免紧张恐慌,继而就是挣扎,不求进入,退出也是首选了。然而,狗没有想到,退的时候下颌无意中张开扩大,前爪不知不觉为助力也塞进来,真是进退两难。若是主人此时回,还有一救。若是此狗性情平和,以逸待劳等待主人回来,也还有救,怕的就是它性情暴躁,又不愿意面对现实,必然歇斯底里,最后火急攻心而死。在一旁观望的猫看其狂吠、哀鸣、惨叫、挣扎,也吓得要死。

　　有时猫也会突发奇想,顺着门往上爬,试图从燕子那个通道出去。几次跌落下来,最后终于爬上去了,它看了一眼就下来了。它知道自己虽然会缩骨也缩不到燕子那么细。只为私欲,不能正确衡量自己能力、体态,硬拼会倒霉的。狗就是教训,这是猫亲眼看到的场面。前车之鉴,猫不会犯狗的错误。

　　门洞,是洞,不能看成门。怎么走,从哪里走,是人是畜生都不要走错。

曾经的床

睡觉是人生一件大事，不仅可以恢复体力，缓解劳累，从广义上说，也有传宗接代的意思。

夜晚睡觉，对于乡村人来说，一是蚊虫叮咬，一是闷热难以入眠。对付这些问题，多是烟熏驱蚊，凉床降温。凉床比之于板床更轻便，更透风透气，可随便移动。凉床经济实惠、易做，随便取几根木料即可成全。如果谁想独享夏夜的惬意，就找两根长木棍，两根短木棍，凿几个洞，打个长方形大框，再安上四条腿，凉床的主体工程就算搞好了。下面就是搓绳，准备几斤苘或者麻，搓成手指头粗的绳子，达到一定长度，就可以网在凉床上。以长为经，以宽做纬，先经后纬，经纬之间都留有约三寸见方的空格，总的说像织布一样，只是稠密不一样。绳子绷紧以后，凉床就成了。

一家子四五口、七八口人不可能人手一张凉床，那就得看谁需要，谁有资格。有时大人们睡凉床，脚头还有巴掌大地方，就把最小的孩子放在脚头享受，大人们最多把腿蜷一点。

凉床用处特别多，不要以为只是睡觉而已。由于它轻便，晒粮食需要它，遇到下雨立即整床带粮食抬进去。若是放在地上就得一把一把、一锨一锨往口袋或巴斗里装，然后再往屋里运。要是雨来得急，不仅前功尽弃白晒，还会随雨水冲走不少。白天晒咸菜、晒萝卜干、晒小鱼，能晒的尽管摆上去，晚上才承担床的任务。有时家里来人，没有凳子，恰巧凉床就在当门地，主人说，就坐凉床上吧。背靠墙，还沙发一样呢，真舒服。你若不拘小节，或是老熟人,坐累了,就手躺下,还是舒服。

凉床灵活之处还有很多,正是它轻便实用所致。秋收时节,打下的稻子还没晒干进仓,都临时堆在露天场上。老队长就说,富根啊,你今晚去社场看稻子吧。富根便一手夹个凉床,一手拎张席子就去了。到了场上,哪里平整哪里摆,哪里顺向哪里放,哪里风大哪里搁(这时节蚊子还没全部消失),然后躺在凉床上,席梦思似的,富有弹性,随之两腿伸一般长,沉醉不已。与其说是看稻子,不如说是来休养,眼一闭就是天亮了。若是半夜有人来偷稻子,你把他连床带人抬到三里开外,他都浑然不知。

凉床还是急救之物,类似担架、救护车。往日乡间道路难行,更无机动车辆。夜半时分,如果有人患了急病,急待去乡里、县里抢救。怎么办?快拿凉床啊!把凉床两头系上绳子,一头两个劳力,把病人往凉床上一放,绳子里扁担一插,抬着就跑。四个人八条腿与凉床协调,他们的步伐很快一致,速度自由增减,绝不会因内耗抵消他们的力气。很快病人被送到医院,不用换床——医院也没有那么多床,直接在凉床上检查,打针,挂水。过了几日,病人康复,就执意不睡凉床抬回家,既不好意思再劳累人家,也不好意让路人惊异看之(那时凡睡在凉床上让人抬着,多令路人惊异),自己坚持走回家。

到了冬天,凉床一般就不用了,家人都想挤在一起取暖。有个别喜欢离群索居之人,还继续使用凉床,就在凉床网子上铺了很多草,使其不至于寒从底来。实在不需要凉床了,就在墙上砸个橛子,把它高高挂起,等待来年。个别懒婆娘图省事,喜欢把凉床放在屋子一角,平时杂七杂八的破衣服烂棉花等都搡那上,需要哪样就翻哪样,直翻得尘埃飞扬,呛鼻子、迷眼。

过去乡村还有一种"床",那就是地铺。地铺与床几乎不搭界,虽"广"而没有"木",但是床的功能是一样的,而且我们当时认为比床还舒服。冬天来了,人们会选后墙与山墙交接处铺地铺,长宽根据山墙和后墙格局而定。从社场扯来柔软金黄的麦草,麦草还散发着麦子的醇香、夏日的温热,在屋子墙角里铺出一个长方形,把不靠墙的两面用土坯规范一下,防止麦草弄得满

屋都是。晚上，孩子们睡在这上面，打闹也好，跳跃翻腾也好，你总不会把地球打通闹塌吧；你沉睡不已也好，乱翻乱滚也好，也不至于从床上摔下来，你翻来滚去还在地上。真是安全第一，第一安全。

地铺很暖和，主要是麦草的原因，身下就时时冒汗。暖和是好事，但有的孩子饱暖思安逸，美梦不断，小便胀满，就是没有合适地方可以消解，好不容易找到个地方，就汹涌澎湃，居然这个梦中撒尿的好地方就在床上。一次两次也许不会暴露，麦草刷水，土地吸水，可时间长了，次数多了，还是暴露了。麦草不堪尿水反复浸渍就腐烂，味道掩盖不住了，就暴露出问题，掀开再看，金黄色已经腐败至浅黄、深灰、乌黑，好似一个人的堕落过程。于是，当事人被责骂，大人换草，直到春暖花开，不用地铺为止。

地铺是万能床，是任何地方都适应的床。往年民工扒河，在荒天野外，远离人烟，最好的归宿就是地铺。有"地"就有"铺"，找个干燥的地方，搭个棚子，铺上草，地铺就有了家的意味和温馨。

比地铺更像床的是扒柣床。它的高级在于比地铺高了许多，和正规床差不多高。扒柣床是用土坯砌成，也是一头靠山墙，一面靠后墙，用土坯四五排砌成间隔一尺左右的矮墙，矮墙的长短是床的宽度，类似床的横衬，矮墙的高度是床的高度，也是睡者选择的高度。矮墙砌好后等土坯之间抹缝的泥干了，就加上秫秸。没耐心、没技术的就直接把秫秸铺上去，有耐心、有技术的就把秫秸用绳子编织好，成一个整体铺上去，再加上席子，从外表上看就是床了。再穷的人家，要是娶媳妇就不能睡地铺了。话说回来，睡地铺人家能说到媳妇的很难，难于上青天。一般人家条件最差也要搞个扒柣床，怎么说从外形看它毕竟像床。

现在人爱失眠，即便住在五星级宾馆还是辗转反侧，寝食难安，找名医、求仙药，效果并不明显。我想是否可以铺一个地铺，睡上试试，或许能改善睡眠。亲近一下泥土，闻一闻泥土的味道，从这里找到你或你的前辈当年远行的起点，回顾你或你先人曾经的淳朴和纯真，回味你当年的胃口和爱好，卸掉你不该带回来的灰尘,这一夜,你或许能睡得很香。决定睡眠质量的,是你自己,而不是床。

　　我们村里人在弥留之际,人们会他(她)从床上转移到地上,也就是睡地铺。我想该是让他(她)在弥留之际重新回到大地母亲的怀抱,踏踏实实地长眠吧。

往 日 游 戏

往年乡村有一个游戏叫"跳房"。所谓跳房,跳是人的动作,房则是在地上画出两排并列四个格子,加起来八个格子。每个格子半米见方。游戏开始,把一块小手大的瓦片丢在里面,然后用一条腿走路,走进第一个格子里,并用那只走路的脚把瓦片踢出格,必须朝丢瓦片方向踢出。第一方格踢出,再把瓦片丢入第二格子,依然单腿走进去,单脚踢瓦片,必须踢进第一格,再从第一格踢出来,接着是第三格,第四格,一直到第八格,都是按顺序踢出。如果期间没有把瓦片丢到要踢的格子里,或者瓦片没有按规定一格一格踢出来,那就要暂停,由第二个选手上,也是如此这般。第二个如果在某个环节失手或失脚,那么第三个再接着来,直到把八个格子都依要求踢完,就算胜利。按照我这样介绍,这种玩法似乎很单调,可是在那个年代,这项活动简单易行,可以普遍开展,大家乐此不疲。寒冬腊月,玩得不断脱衣,玩到高潮,直至脱光。

跳房很能锻炼人的耐力和平衡。单腿行走,同时单脚踢瓦片,而且一格一格依次进行,方向错了不行,瓦片压线,脚踩线都不行,没有一定基本功,没有一定性格修养,根本玩不了。即使玩了,也难坚持下去。我后来发现,那些经常玩跳房的孩子,多聪明伶俐,多大有作为。最典型的是那个叫羊窝子的小孩,他小时候特爱玩这个游戏,后来参军,全县四十八个人都退伍了,唯独他提干了。后来参加自卫反击战,不幸炸断一条腿,转业地方,多了两根拐杖,一辆轮椅。在家他从不用拐杖和轮椅,一条腿能跑能跳,现在看来好像两条腿反而多余。

另一种游戏是"蹦金"。往年村子里人家铜角、明钱特别多,哪个孩子手里都有百儿八十。这些都是古代钱币,现在没有用了,不能买东西了,就拿出来给孩子们玩。这种游戏更简单,几个孩子拿着铜角或明钱朝墙上猛摔、猛掷,铜角或明钱则反弹回来,落地后,最远的打离自己最近的,即第一名打第二名,打到了,被打的铜钱归打的人,打不到,第二名再打第三名,依次排下去。会打的孩子一上午能赢一大把,不会打的则输一大把,输赢双方都会在如何使铜钱蹦得远,精准打击上下功夫。

这种游戏,孩子们愉快,但是在谁家墙上蹦谁家主人就不愉快,就驱赶,原因是那铜钱对土墙的破坏力很大,一场下来,泥平的土墙则千孔百疮,让主人看了心疼不已。所以孩子们为了安稳,都去找公家的房子,或者看那家没人,在那里玩。

还有一种是叫"砍老堆"。在地上画一个一米见方的四大框,在十米之外划一道线,先在四大框里中心放一摞铜钱或其他硬币,几个人就放几个,每人手持金缸碎片,碎片可手,也如手掌大小形状。站在十米线那里把瓦片依次掷向那摞起的钱堆,谁能把钱直接砸出框子外,钱就属于谁。若仅仅把钱堆就地砸倒,那就得在框子外面用瓦片以砍的姿态把钱砍出框子外,谁砍出来属于谁。这需要一点技巧,一般一次能获胜的极少。还有"赶老球",有点棒球的影子,一伙人分两队拿着棍子把一个圆木往各自洞里赶,圆木就是老球,谁赶进去谁赢。有时争夺激烈,难免老球没赶到,棍子敲腿上,人就可能是老球,疼痛引起争吵,争吵完了,或散伙,或破涕为笑继续来。还有"打花牌",用纸折角叠成正方、三角形就是花牌,先把花牌按在墙上让它自由落地,谁飘落得远,就打飘落近的,花牌对花牌猛摔,被打的花牌被摔翻过来,就归人家了。

时代发展,精明的人知道那些铜钱的价值,很快铜钱就迅速消失了。时代继续发展,比这好玩的东西又出现了,特别是以学习为第一生命的时代到来,望子成龙已是时代潮流,势不可挡。儿童还在,却没有了儿童时代,这些游戏就没有了生存可能,更遑论什么发展了。

风　箱

　　吃饭是人生第一件大事,要吃饭就要烧锅。那时烧锅全靠烧草,有干柴硬草烧起锅来就很爽,若是碎草湿草就难以燃烧,即便偶尔冒一下火头,顷刻又浓烟翻滚,直呛得锅上锅下的人泪眼婆娑,咳嗽不已。痛定思痛,聪明的人类发现,每当火头熄灭,朝里面吹口气则死灰复燃,于是风箱便应运而生。

　　风箱是一个长方形的木箱,里面主要是可以来回拉动的木板,木板边缘用鸡毛包围,即起到密封作用,又起到润滑作用。木箱两头分别有两个火柴盒大小的小方洞,上面有个关合自如的小门,这一端进风,另一端关闭;另一端进风,这一端关闭。进风靠人手拉风箱把手实现,不紧不慢,不管拉来还是拉去,中间出口有管道伸进锅底,这样总是有风向锅膛里吹,于是,锅膛里总是大火熊熊。人们心花怒放,锅上热气腾腾,无论炒菜贴饼,还是烧水下面条都充满节奏感,符合人们的心愿。我们常说,老鼠钻进风箱里——两头受气,也是一点不假,因为风箱里的风,一旦拉起来是不间断的。

　　有了风箱,烧锅就不是问题,而且可以扩大燃料范围,可以从整草到草末、麦糠稻壳,还可以烧煤炭。风箱的好处一时间被说得家喻户晓,纷纷仿效。但是,用风箱的锅必须是政府当时推广的高灶锅,所谓高灶锅是比之于低灶锅而言。低灶锅就是泥土垒成的一个圆圈,前面开个长方形小门,上面摆上铁锅即成。它既没有烟囱,也没有炉底透气,即使风和日丽,干柴也不会有烈火。高灶锅是上下两层,比低灶锅多了一层,下面通风,若风力不足,还有风箱强劲输入,既省了柴火,又燃烧得充分彻底。锅台高,做饭的人也不要弯腰屈膝、低三下四,烧火的人也不必跪下吹火、低声下气。有的孩子原来见烧锅就躲着跑,或宁愿干其他活计,现在有了高灶锅,都争着来烧锅,风箱呱嗒呱嗒响,风吹火旺,心旷神怡。

风箱还有圆的,那家伙高达几米,对抱搂粗,制造原理和家里烧锅的风箱一个样,但需要几人拉动,其出风口风力堪比台风,这种风箱主要用于乡间犁铧铸造之用。在当时乡间,有一支流动的铸铁队伍,他们依据巨无霸的风箱的优势,带着一个小高炉,四乡八邻去给生产队铸造犁铧、大锅等硬件。他们把废旧的生铁,靠风箱的巨大风力,增加焦炭的威力,熔化生铁,使之成为岩浆一样,倒进设计好的模具里,冷却后,锅是锅,犁铧是犁铧,一敲当当响。队长就问耕地的老把式,怎么样,结实吗?老把式点头称是。铸铁的那些人就说,老人家真是好眼光。

有一年,蝗虫肆虐,吃光庄稼,来年草根也不放过,造成巨大灾难。上级迅速组织生产一批喷粉器,喷洒农药。其原理也是靠风吹药粉弥漫空中而杀灭蝗虫,但那风是叶轮转动产生的,叶轮转动是靠大小齿轮转速比完成,四两力气则可产生四十斤的动力,齿轮稍稍转动,叶轮则飞转。风箱是来去生风,它是旋转生风,一个是直线,风有间隙;一个是圆弧,风更紧密。蝗虫灭了,喷粉器作用单一,就下岗了。精明的人发现它可以当风箱用,就偷回家烧锅了,其声音像摩托车飞驰而发,风力炼铁都行。后来有了煤气灶、电磁炉,风箱用不上了,也就慢慢绝迹了。

水　缸

　　小高庄人家的草锅旁必有一个水缸，水缸有砂缸、金缸之分。砂缸易碎，一到雷雨之前就大汗淋漓，阅世不深者以为缸漏了。砂缸不漏水，但不免渗水。金缸里外有釉子，闪着金光，故叫金缸。但无论质地如何，都是盛水。盛水干什么？都是为了烧饭，烧饭离不了水，离了水就只有吃炒面和米花。

　　农村人都知道穷锅门、富水缸的道理。有何道理？就是怕失火，几辈子积攒的家当不够大火烧几分钟。锅门穷了，就是没有一根剩下的草；水缸富了，就是要始终保持水缸满满当当，惊涛拍岸似的才好。所以，早晚每家挑水是一件大事，没水会带来一系列问题。没水就没法烧菜做饭，没水就没法洗锅刷碗，当然还有许多说不完的次生问题。

　　水缸要盖上，不然老鼠掉里去，会坏了一缸水。其他动物也可能失足，影响总是不好。那些口渴的孩子，水缸就是饮水机，拿个大碗就往缸里舀水喝。这些孩子最多比缸高一个头，要是满满一缸还好，就怕是半缸，就要伸头，就要跷起脚尖往水里够。越是够不到，越来劲；目标越明确，越急切；再伸头，再跷脚，头重脚轻根底浅，哗啦一头栽进去。如有人及时发现，救了上来，管他几天不思喝水。如没人救上来，管一辈子不喝水了。有一次，我就犯了这个错误，栽倒在缸里面，小伙伴没有司马光砸缸的智慧，但还知道喊人，总算在我混沌时分被拎了出来。清醒时，我听到的不是安慰，而是警告和恐吓。打骂有时是关爱生命最直接的举动。最终，水缸盖子，加了重物，如同给水缸加了锁。幼稚无知的孩子掀不动盖子，也就没有栽进去的可能，能掀动那盖子的孩子，自然也不会栽进去。

时间长了，水缸会长青苔，会生水锈，这并不会影响水的质量，影响质量的多是掉进去的易腐物质。过一段时间，把缸歪倒用刷把刷刷，就立即除去异味。聪明人家会逮些小鱼放水缸里，鲫鱼最好，既易养活，也很安静，那些性情不好的鱼会撞缸，会跳出来，会搅得水浑浊。据说，鲫鱼可以净化水质，使水保持新鲜。若在冬天，它们轻微的活动还会使水面不结冰，也不至于把缸冻裂。

小时候，我们家里老鼠很多。这老鼠也奇怪，越是口粮不足，它们越是趁火打劫。我们知道该我们的粮食被它们吃掉后，就心生报复，把木板搭一半在缸沿，一半伸向缸口中间，在木板尽头放上食物，老鼠不一会就闻香而来。当它靠近目标时，木板失去平衡，连同老鼠一道栽进缸里。我们在欢呼胜利之余，并没有受到父母的高度赞扬和充分肯定，老鼠逮了，水也脏了，得失皆有，谁能偿谁还说不清呢。

水缸与草锅并列，锅台也当案板，放上砧板就切菜，刀不锋利，就把刀口在缸沿翻来覆去快速荡来荡去，刀就立马削铁如泥。有时不小心火烧到锅外，烧锅人急忙拿过水瓢，从水缸里舀几瓢水，泼向火苗，虚惊一场，始知"富水缸"的要义。

水缸不是天生就为了盛水，既然盛水了，就不好改作它用。如果缸一开始就用来腌咸菜，也不能再做水缸，会产生异味。水缸也不能再用来盛粮食，会返潮、霉烂。看来什么东西分工都有道理，也很严格。

黄　盆

　　那时在小高庄经常可以听到大人们互致问候这句话:你上哪儿去? 答曰:我去五河黄盆窑呢,家里黄盆坏了。小高庄到黄盆窑大约二十多华里,为了一个黄盆要来回步行三四十华里,可见黄盆之重要。家里做饭和面必须有黄盆,没有黄盆无法做饭吃,你说重要不重要?

　　黄盆比我们现在洗脸的盆大一圈,也深几寸,是叫黄盆窑那个地方的土窑烧出来的。里面有釉子,很光滑,外面粗糙一些,不光滑,颜色橘黄,故称黄盆。乡村和面一般不是顿吃顿和,特别是做饼,一次要和上好几斤面,做的是发面。和面讲究手光,盆光,面光,这"三光"不是一般媳妇可以做到,所谓三光就是手上不沾面,盆上不沾面,面的本身也光滑。蠢媳妇会把面撒了一桌子,沾了一手,盆和面也混在一起。发面要糟头,就是上次做饼留下来的一小块发酵的生面团。这面团如星星之火,将它稀释后和在新面里,就可以燎原。面和好后用纱布盖好,若是夏天,片刻即发酵,半盆子面可以发展到满满一盆,泡泡嘶嘶地要外溢,这时就开始施碱。所谓施碱,就是把和好的碱水倒入发面中,直至发面消除浮肿,恢复原来规模。这是暂时的,熟了又膨胀。施了碱,面团则可离开黄盆,转移到面箔子上,或蒸或烙,主妇决断形状,丈夫呼应口味。黄盆至此并不闲着,淘菜也需要它,特别是逢年过节,蒸馒头、洗菜蔬,黄盆不仅在自家忙,还要被邻居借用。黄盆不用时,把蒸好的馒头、煮好的肉放进去,盖上面箔子,既安全又卫生。

　　黄盆不仅和我们活人紧密相连,和死人也难舍难分。乡里死了人,主家就会把黄盆摆在死者的头前,在里面放上黄沙插上香,或者把火纸放进去燃烧。烧了几天,等到死人下地安葬时,就请来子女双全的壮劳力来抬棺材。走在前面的是长子,在棺材出门时,长子端起黄盆,对着门前准备好的石头上猛一摔,摔碎为好。当时觉得可惜,现在也不知道为什么要把好好的黄盆给摔了。是不是摔了就意味黄盆与死者同归于尽,与死者结伴而去呢?如果是这样,是值得的,死者到阴间还是要吃饭的,还是需要黄盆的。再说,一生中吃饭是头件大事,黄盆是大事中主角之一,带去,无可非议,也就不足惜了。

与黄盆同类的还有二盆子,它比黄盆小几倍,虽说颜色一样、本质一样,小了几倍,就得叫二盆子。二盆子秀气、小巧,比碗大一点,可以用于舀水。烧锅时,火大锅快,需要加水,碗嫌小,黄盆嫌大,二盆子刚好。二盆子是摊油饼时调面糊子最好的器皿,油饼不可能调一黄盆面,油饼是奢侈品,偶尔食之。有时拌萝卜丝也用二盆子。总之,乡间无论人、物,都是一专多用的复合型材料。人尽其才,物尽其用,在乡村是最好的体现。

锅 边 物 件

　　油,对于我们老百姓太重要了。虽然我们不是内燃机,但是油到肚子里,顿时就精神,就油光满面,就有动力。我的一个亲戚去当兵,带兵的问他当兵动机,人家都朝高处讲是保卫毛主席,保卫党中央,最起码的也是讲保卫祖国,保卫家乡。他却是说为了去部队食堂当个伙夫油油嘴,肥肥肚子。这样回答后果是很危险的,但他不怕,可见油的魅力。

　　以前油不多,穷人家炒菜也就是靠油絮挠挠锅,沾点油星子。油絮使用前是浸入不少油的,按那时的认为是储蓄的油。油絮更多是在贴饼和摊饼时用,贴饼、摊饼之前,没它在锅帮上挠挠,饼就铲不下来,就沾锅,不黄亮。好的油絮是用棉布做的,形似公章,但不是盖,是挠。稍差的就是用玉米裤编成的,依然像公章,依然是挠,不是盖。

　　刷把是农家锅屋里家家必备的物件,是人们吃喝之后使用的工具。它没锅铲勺子最先尝到饭菜的味道,也落后于筷子与碗碟,等到杯盘狼藉,刷把才派上用场,用来刷锅洗碗,尝到的多是刷锅水和桌子残羹剩汤。没有它,就没有干净的碗筷、干净的锅。

　　刷把有在水里使用的,比如锅台上的刷把,整日湿漉漉的,生命很短暂。还有一种是不沾水的,主要用于扫磨盘、面板上的面粉,有时还为人掸扫衣服上的灰尘。刷把多是高粱穗子做成。高粱熟了,有心人就专门挑那些穗长秆硬的,用锄头反过来,刮掉高粱米,然后把这些穗子捆绑结实,以手握适宜为好,刷把即成,立即就可投入工作。心细的妇人用完刷把,会把刷把头朝下挂起来，使其淋干水分，或者拿到太阳下晒晒。粗心的妇人，就哪儿用过丢哪儿，时间长了里面就会腐烂，还会生蛆。尽管高粱穗有耐水自净能力，但你不能超过它的能力，谁的能力都是有限的。不同地区有不同的材料，竹林地区人家用竹子做刷把，竹子开成细丝的刷把更耐水耐腐。有的地方就用丝瓜瓢子代替。霜降以后，老丝瓜干枯，除掉皮，磕尽里面的黑种子，就直接取代刷把，不仅耐水耐腐、韧性好，还有去油污的功能。推而广之还用作搓澡的毛巾，既去灰又煞痒。得寸进尺的人们又把丝瓜瓢子变成鞋垫等物，可谓举一反几了。

庄上人做饭离不开火叉，分单股和双股。好的火叉手持这一段还有个铁环，用起来叮当作响。火叉是在锅膛里起到挑拨作用，这也像社会活动，一经挑拨，顿时死灰复燃，怒火熊熊。这时，火叉就闲了下来，隔岸观火。我在烧锅时又赋予火叉新的使命，有时偷一块肉或面团叉上放锅底烤，尽管那时我还不知道世界上有烧烤这样的美食，有点无师自通。父母也不知道烧烤是何物，就骂我是日本鬼子托生的。母亲说她看见过日本鬼子把小鸡架在火上烧着吃。我有时会把烧红的火叉放到水里，激起泡沫和热气，很有看点。有的人家买不起火叉，就用硬的树枝一次性使用。我也用过树枝，业余时间，用其木炭在锅墙上乱画。

火叉用了两三年，就不能再赴汤蹈火了。主人就把它改成钉子钉在墙上挂东西，也算是安度晚年，发挥余热了。

瓢

　　乡村有一种植物,藤蔓肆意攀缘,叶子圆似莲叶,结出果实近似上小底大的"8"字。一讲你们就知道那是葫芦。葫芦给我们很多文化色彩,起初我们听大人说以前有宝葫芦,要什么只要把葫芦一摇,就出来了,还有的神仙带着宝葫芦,里面有仙丹。对于一些居心叵测的人,人们会说,那家伙不知葫芦里卖什么药。我们还看到渔民的孩子身上都系着葫芦,开始以为是玩具,后来知道是救生用的,落水有葫芦浮起——看来不是系着玩的。现在孩子知道的是葫芦娃,神话传说,很少有机会看到自然界真正的葫芦。

　　葫芦青的时候是菜,可以炒着吃,烧汤吃,做馅子包饼吃。一旦老了,别说吃,你啃也啃不动。怎么办? 不可惜了吗? 不会的,葫芦不是人,年轻时有用,老了就退休了。葫芦就是干枯了,还正是有用的时候。葫芦黄了没有青白色好看,但是一经摩擦就金黄,也很美观。那么葫芦黄了干什么? 庄子上人有办法,可手的,上下破开一分为二,掏去里面的瓤子和种子,进一步晒干,拿在手里十分轻便。你把它用来瓦面、瓦米、瓦其他粒状粉状的东西,它就是干瓢;你把它用来舀水或舀其他流质,它就叫水瓢。干瓢似乎就那么回事,水瓢就特别了,它长期水渍,外表如玻璃和釉子一样,滴水难侵,里面近似海绵,似与水有缘,与水合群,也不见腐烂。若不是故意毁坏或重力摧残,仅水是难以破坏的。水瓢长期丢在水缸里,它浮力好,不沉底,舀水时随手可取。家里菜园子种菜,需要浇水,水瓢就跟着水桶走,舀水泼菜。人们渴了,拿起水瓢当茶杯舀水喝。

　　葫芦的外皮结构紧密坚固，有珍贵的菜种、粮种放哪里都难免老鼠偷食，虫子啃啮。那木箱子够结实的吧，老鼠不知不觉就把它啃通了，可就是对葫芦无能为力，它的爪牙沾葫芦，直打滑，恨得老鼠牙根发酸也无计可施。我朋友胡院长的祖父习惯用葫芦盛酒。酒是挥发很厉害的液体，酒厂每年在控制酒味挥发上要化大笔资金，要大动脑筋，装在葫芦里，就是一点味也出不来，放那很久时间打开，里面依然浓香扑鼻。葫芦还可以当水壶，夏天水放里面数日也不会发馊。

　　有一年冬天，城里来了一个四大白胖的女人，在朱秃子带领下挨家找葫芦。她看似福气富态，却病病歪歪，脸色发青，好像说有腰子病。听说她要找葫芦，乡里人以为她"害孩子"（妊娠）了要吃葫芦，就说，你真是城里人喽，这冰天雪地哪还能长葫芦。那女人说，是干葫芦。热心的村民拿一个给她。她为难地说，太新了，当年的不要，要陈的。村民又以为她嫌新的贵，要价高。那胖女人说，不是的，我要拿旧的，是治病的，越旧越好。小凤妈妈说，哎呦，昨天还被我拾掇一个，都发黑了，在家后呢。那胖女人赶紧循路去找，找到一个已经发黑、一身油灰的葫芦。她连连说，就要这个，就要这个。拿着就跑。后来，不见那人再来。这事谁也没当一回事。

　　现在葫芦还有，大多在青脆时期就成了刀切锅炒之物了，即使留到干枯的，再也没人破开做瓢了，都用塑料、金属代替了，很不环保，很不低碳。

蓑 衣

小高庄华连生老人，在我印象当中，一辈子就是放牛，而且不是小孩子那样放牛有季节性，就仅仅夏天那段时间，老华几乎一年四季，牛忙了，他就放驴。无论放牛放驴，他都是撒手不管，无为而治。他不怕牛、驴跑到人家地里吃庄稼，被其他生产队逮去，扣留。他有着深厚的社会背景和四乡八邻的关系，无论周边方圆十几里哪家把他牛、驴逮去，他也能要回来，人家说不定还留饭呢。几十年在这块土地上，那不是白混的。这样，他就有很多时间干其他的活儿，每年春夏之际，他主要事情就是拔茅草。

茅草是这里田埂上主要草族，直根埋在地里尺把长，直根下延伸的横根如节节甘蔗，也似甘蔗鲜甜，地面以上的是长长的叶子，剑一样刺出去，叶子边缘都是小齿，如竹叶一般坚韧耐腐。据说鲁班就是被这叶片划破手指发明了锯子。老华不会去考虑锯子不锯子，但他会编蓑衣、斗篷。这也不是简单的工艺，虽说不是他发明，但他可以继承发扬，这也很难得。

茅草要连根拔起，根是白的，干了变紫红；叶子先青，后变浅棕色。老华把拔起来的茅草洗掉泥土，摆齐，头尾分明，晒几个太阳背回家去。等到下雨天没事了，就开始编蓑衣。果然，没几天就下雨了，出不去，就在家编吧。蓑衣很像披风，披风简单，裁一块布，脖子下两边缝根带子就行了。蓑衣不行，它要用细绳子做经纬，一层一层从底摆编到脖子，一层一拃长，根朝里，叶子朝外。这是有道理的，叶子活着的时候就是在外面饱经风霜，有资历；根则在土里，根部稍硬，起到框架作用。老华每次取三根左右茅草为一个单

296

位,用绳子交叉编进去,依次排去。底层编完,绳子通向第二层,继续如此编法,只是胸腹部放宽一点,给胳膊留点活动的空间,脖子那里就往里收一点。蓑衣跟褂子长度差不多,或比褂子稍长,便于行动。蓑衣底边很大,好似孔雀开屏,可以照顾到裤子不被雨水打湿。

与蓑衣配套的斗篷,老华也会编。小高庄没有竹子,有芦苇,他就用芦苇篾子编。编法无非交叉旋转,变成尖顶圆边就成,不过中间部分无现成原料,最好的树叶几场雨也就烂完了,那就得到供销社买油纸,没有油纸,找块塑料布替代也成。有了这两样东西,夏天出去,心里就踏实多了。乌云满天、狂风大作时,只见那些没有遮挡的人们,"跑反"一样往家跑,有伞的也不敢打,风会把伞卷上天。再看人家老华,依然闲庭信步,不急不躁,身背蓑衣斗篷,就等着这一刻呢。果然,大雨倾盆,老华慢条斯理戴上斗篷,展开蓑衣,往身上一披,把脖子上、肚子上绳子一系,风不透,雨不漏,再看老华好似一个刺猬,又像一只水鸟,那雨刚落到身上,随即就滑落地上。老华在地里逡巡,看地里有积水,就开坝放水,有窜入庄稼地浅水里的鱼,他就顺手抓住。有时太阳高照,老华还穿蓑衣,因为那蓑衣此时又遮阴透风。回到家不用了,就挂在屋檐下飕干,等待着下一场风雨。

老华死的时候,家里人把他的蓑衣和斗篷都烧了,烧了不可惜吗?外行不懂,烧了,就跟老华去了,到那边一样用。

草　　鞋

对于亲近泥土的人，最爱惜的是脚，最不爱惜的也是脚。爱惜，是因为农民的脚，从没有约束，赤脚时大地是鞋，泥土是鞋。你见过农民生脚气吗？他们很多都不知道什么是脚气。只有那些穿着皮鞋，套着袜子的人，才会经常使用达克宁、皮炎平。农民脚踩大地，随四季变换，阴阳五行，天人合一，什么日月精华、天地精华，都被他们占有了。我们的先人不都是赤脚一路走来的吗？只是一代不如一代，退化了，受不了坎坷荆棘，才穿鞋的。这是玩笑，不管怎么说，时代变了，现在赤脚无论如何也登不了大雅之堂。

鞋子多种多样，但穿过蒲鞋和毛翁的人肯定不多。蒲鞋，顾名思义是蒲草做的。蒲草是宝草，冬暖夏凉，柔软而有韧性。人们穿过的蒲鞋，只是名义上的蒲鞋，其料子多是稻草，说是蒲鞋只是好听，满足精神需要。不过稻草鞋也不错，红军就是穿着它走过两万五千里长征的。

草鞋是夏天的凉鞋，多是老人们穿，小孩不会穿。老人穿草鞋是因为他们步履不需要或不能迅疾了，或脚底脆弱了；再说德高望重的，赤脚走亲戚上街也不雅观，快走也有失稳重。

草鞋制作从选料开始，蒲草是首选；其次是茅草，茅草有筋，结实；再次就是稻草。草鞋是编出来的。先编鞋底，样好脚的大小，用旧布条和苘麻做鞋底，耐磨。几根粗绳做筋骨，勾画出鞋底轮廓，然后用细绳细布条上下排着在几根筋骨中穿来穿去，不断压紧。在脚后跟、大脚趾、脚面上几处多加一段粗绳，固定好大脚趾。脚后跟、脚面上有鞋袢，有点凉鞋的意思。若要暖和就全部编织好,把脚整个包围起来,穿起来也跟脚、舒服。

毛翁是草鞋的升级版,而且有质的提高,用料也更讲究。毛翁的底子一定要厚,可用木板,但木板也不是一般木板,必须是松、枣、槐木之类。木板上编织的绳子可以是棉绳,也可以是毛线绳,最次也该是苘麻。绳与绳之间还夹着鸡毛编进去。你若是用草做毛翁,人家必说你是穷骚包。所以,毛翁都是有一定身份人穿的,上身配着毛领大衣,很是气派。毛翁的做法和草鞋大同小异,只是毛翁的鞋口比草鞋高,有点像浅靴子,做起来费时费工。

这些东西现在都难得一见了,要是还有人穿,此人要么是超凡脱俗的高人,要么是穷困潦倒的低人。小高庄的丁琴是一个乡村女子,早年初中毕业也算人才,但地方没把她当人才使用,她就云游江湖。一日,她来到风景秀丽的青龙山下,看见一白发老人穿着草鞋,上身却是绸缎。丁琴聪明伶俐,知道如今老百姓都不穿草鞋了,此人如此装扮肯定不凡。老人过那木桥,木桥似比他还老,颤颤巍巍,人更颤颤巍巍,人桥僵持。稍停片刻,老人再次冲刺,丁琴马上过来扶着老人过了独木桥。原来这老人是个老红军,和许世友是战友,正要去许世友那里叙旧。于是便带上这个助人为乐的好姑娘,并介绍她参了军,还成为重点培养对象。你看,草鞋,从哪方面讲都不可小瞧,也值得回忆。说不准有一天,人们心血来潮,怀旧心起,草鞋、毛翁就流行了。

火石和火刀

多年前,小高庄火柴十分紧张,有人就主观臆测地说,可能要打仗,火柴头都拿去造炸药了。其实是火柴厂转行,去干其他事情了。买火柴要靠供应,一家一个月一盒子,一盒子几十根,每天烧三顿饭起码得三根。每次点火,大人对烧锅的小孩不放心,都亲自点火,像要求发射火箭一样万无一失。晚上若点灯,就在烧锅时,借用锅膛里的火,绝舍不得再浪费一根火柴。吃饭是第一件大事,火柴必须保证烧饭使用。

对于那些老烟枪,抽烟也是件大事。有的老烟鬼就说,不吃袋烟就吃不下去饭呢。这些人,没烟抽,就无精打采,就哈欠连天,泪眼汪汪。它们抽的都是烟叶,没有烟叶,就弄点树叶、黄豆叶放烟袋窝里怄,呛得咳嗽,就找到了抽烟的感觉。乡间老人,身配烟袋,是一个行头,也显示身份。他们一生不仅要抽烟,对于行头也十分在意。烟袋杆是一根坚实的紫色灌木做成,手指头粗细,中间空心,可长可短。一般烟窝是铜的,也有铁的铝的,嘴子是玉的,铜的烟袋窝总是被主人擦得铮亮,在阳光下熠熠生辉。铁、铝的烟袋窝主人用时,总把手捏住,它不太生辉,就干脆遮掩吧。不管你生不生辉,没有了火柴,辉不能生火啊,这可把那些抽烟的人急死了。

燧人氏钻木取火过于落后,放大镜取火他们没有放大镜,也不相信。烧锅时可以将就吃几锅烟叶,可是烧锅以外需要更多,有的就去乡间铁匠铺占点便宜,但炉火也不是长明的,铁匠炉也不是哪地方都有,最终老人记忆中的火刀火石点燃了他们的希望。于是,火刀火石应运而生,粉墨登场。

火刀(又称火镰)形似鲫鱼,三寸左右长,两三毫米厚,铁匠会做,但老人们要求必须是钢板,钢火硬,打在火石上火花多。火石就在鹅卵石里找,小高庄西边车门山上这种石头很多,老人们十里八里,多至二十里也去找。火石最好是那种紫红色的,看上去好像里面凝聚了很多火种,黄色、白色的无人问津。紫红色的很少,转了半天能找到一块就算不虚此行,够半年用的了。

有了火刀火石,还得要火纸媒。到底是媒人的"媒"还是煤炭的"煤"说不清,火纸媒确实起到媒介的作用。火纸媒就是把草纸卷紧成手指粗,先用活火燃烧一点,然后灭掉,保留死灰,把火石夹在左手拇指和食指之间,火纸媒夹在左手食指与中指之间,只露那保留死灰的一点点。右手拿着火刀,用力对着左手上的火石连砸带划,迸出火花,火花若接触到火纸媒死灰处,就会立即死灰复燃。若火花火力不济,就得连续撞击划擦,直至死灰复燃。死灰冒烟,说明已经有效,还得用嘴轻轻吹拂,才有活火。若性子急,不懂火候和运气,一口气吹过会连根拔掉——死火也没有了。

有火了,就点着烟袋,这袋吃完,把含火的烟灰小心翼翼地倒下来,迅速再装上一烟锅,手按着上一锅的烟灰,猛吸,就点着了。其他人想抽烟,装好烟叶,就把自己的烟锅和别人已经点着的烟锅口对口,互相吸引,则双双冒烟。聪明老人闲时就用玉米的缨子搓成长绳,点着,导火索一样往前烧,但速度远远慢于导火索,这样随时可点烟。玉米缨子有药用价值,如不入药,在乡间做火绳是它的唯一价值。

油　灯

那时候乡村只有油灯,每家人口再多也只有一盏,哪里需要端哪里。油灯也分三六九等,有的用墨水瓶,卷根火纸捻子,捻子外面用铁皮卷着,瓶口有个圆铁片,捻子从铁片中心通过,把灯火与瓶里煤油隔开,这也叫油灯。这灯街头有卖,自己有材料和工具也可以做。次等就是个破碗倒点豆油,捻个棉花捻子,靠碗边上,说是灯,太勉强。条件好的人家直接去供销社买现成的"美孚灯",来家倒上煤油就可以点,灯捻子是棉织的,灯头还有旋转的齿轮可以调节灯火大小,有的还在灯头上加个玻璃罩子,那光亮要大几倍。这种灯一般人家不使用,也用不起,稍不注意还会把薄如纸的灯罩打坏,那损失就大了。再说那时也没有必要那么亮,既没人手不释卷,也无人奋笔疾书,只要晚上看见对面有个影子就行了。大多数人没事天一黑就钻被窝,点灯熬油不要钱哪?用灯罩子的多是加班加点的会计家,人家要写要算的,再说那油也不要自己掏钱,公家事,公家报销。灯捻子烧长了会结灯花,老奶奶就说,有喜事了,明天要来亲戚了——不知是什么根据。小孩子听说明天来亲戚了,第一反应就是有好吃的了。年轻人一看灯火一跳一跳的,就拿剪子剪掉一截,灯火复明。

我曾在九岁那年制作了一盏煤油灯。一个墨水瓶,一个牙膏头,揪团被子里棉花拧个捻子,穿过牙膏头,偷点煤油倒在墨水瓶里,灯就成了。等到别人都睡了,我点亮灯。我做这个灯是因为一个老地主给我一本《水浒》,当时不知道老地主是想培养我文学爱好,还是想拉我下水,反正我觉得这书很有意思,就暗下决心,煤油灯值得一造。这是有风险的,在当时家中我造这个东西,比伊朗、朝鲜造原子弹压力还大,不仅要浪费血一样的煤油,而且可能会酿成火灾。那时候,屋里有草,床上铺草,屋顶就是草缮,可谓危机四伏。但是,好奇的力量战胜一切,我敢保证,我绝不是勤奋好学、凿壁偷光、悬梁刺股那种人,绝不是为中华崛起而读书,纯粹就是好奇。以前在人家墙上只看过一百零八将其中几个将的年画,让我遐想好久。今天一百零八将全在我手中,这一夜,我要和他们一一会面。老地主给我的时间也就是第二天早上还书,而且反复告诫不要给别人知道,否则就没有下回了。就在这一百零八将即将排座次的时候,母亲醒了,她闻到了屋子里有一股皮毛糊焦的味道,她警惕起身查看,我被抓了个现行。母亲把灯没收,我把书藏了起来。此时,小广播已经开始唱《东方红》了。第二天,我才发现前额的头发全烧黄了,皮毛糊焦味就是来自被烧的头发,鼻子里擤出来的鼻涕也全是黑的。看完此书,后来好长一段时间很想到一座山上去,在那里,结识天下英雄好汉,行侠仗义,劫富济贫。

房东刘忠厚老人给我们讲了一个活灵活现的故事,主人翁就是他祖父,他没见过祖父,祖父去世早。据说这油灯不宜长久使用,长了就会出鬼。那是一个寒冬晚上,他家挂在墙上的油灯突然围着墙转了起来,速度越来越快,很快像一条火龙飞入屋巴,顿时就火光冲天。家里人哪还顾得上什么家产,拖老带小跑出门外,痛苦万分地欣赏这千姿百态的火苗和烟云。我还听他说点油灯必须睡觉前就得灭掉,要不然的话,夜半时分,那火苗自己就会伸长舌头(实际是风拉长了火苗),专门去找那可着火的东西。还有黄鼠狼,一旦你家有人得罪了它们,它们也会趁无人清醒之际来报复,掀翻油灯,燃起大火,它们就会隔岸观火,在远处等待被火赶出的蛇和老鼠,真谓趁火打劫。

油灯给我们带来过光明,豆大的火光就能充满一屋子。油灯带来的灾难,我们不能怪油灯,要怪就怪我们自己。任何事都要从我们自身找原因。

土　瓮

　　说人类是来自泥土，我从不怀疑。从我来到世间，我一直和土地最亲密，睡在地上，玩在地上，幼小无知的时候还会抓起一把土往嘴里送，也没有什么不良后果，只不过觉得味道不理想，就吐了算了。渐渐大了，去田里割草、割猪菜还是和泥土在一起。做游戏，离不开泥土的参与，泥土做玩具，做武器。我们住的房子，几乎是泥土的包围，死了埋了还是泥土包围着。在乡村，泥土和我们就是鱼水关系，泥土解决了我们很多生活实际问题。城里有家具，整齐鲜亮，器宇轩昂。农村没有，可是家什要存放，何处可存放，土瓮来帮忙。

　　土瓮，是农村当年流行的家具。盛粮食，盛衣服，盛杂七杂八，其原料取之不尽，其形状多为方形，少许圆形。方如木箱，圆如酒坛。方多，因为好做；圆少，因为需要技巧。做一个方的土瓮，要和好泥，泥要麦糠麦草做筋，互相在泥里拉扯，保持坚固。做土瓮时，先要在平地上洒一片大于土瓮底部面积的麦糠或沙灰，防止粘连。在麦糠或沙灰上先摊一个底子，土瓮是方的，就是方的底子；圆的，就是圆的底子。方底子决定上下差不多大小，圆底子不一定。底子做好，向上加泥，两手夹泥向上拍，一寸厚，最多拍到三五寸高就得停下来。第一次，高了，泥软，会塌下来。等到上次半干时再用泥接着这个茬口往上接续，一米高的土瓮，最起码要三五次。晴好的春天，大约三天加一次，接头处要尽可能做到天衣无缝，浑然一体。全部晒干后，里外稀泥抹平，土瓮即成。小心翼翼抬回家中，下面垫上木板防潮，就可放东西了。土瓮放粮食、放衣服不霉不烂,湿度居然自己可以调节。老鼠也不破坏,也许是因为坚固,但这点坚固不足以阻挡老鼠。老鼠可能看这东西怪异,不像土墙,有厚度,打个洞钻进去有安全感。这是什么呢?是圈套?是陷阱?聪明而又愚蠢的老鼠就不敢轻举妄动。估计可能是这个原因,不然,凭它们高超的打洞能力,寸把厚的土瓮不费吹灰之力。

过去一个家庭,土瓮也是实力的体现,每个屋子里有几个土瓮,必是殷实人家。媒人介绍对象,女孩子来相亲,土瓮子不能不看。从那里抄起一把小麦玉米,这就是未来的美好生活;按按土瓮子里厚实的棉絮,这就是未来的幸福温暖。女孩子一一记在心里,回去还会对母亲说,他家不仅土瓮子多,关键还都是满满的,没一个空的。爱情是虚幻的、不可捉摸的,衣食是实在的、贴身的,这门亲事就这样订了。

茅　厕

　　过去农村人少地多，青纱帐、小树林出门便是，在很长时间里，农民在野外会充分利用地形地物，随地解决排泄问题。在村子里就要讲究点隐私、人伦，以防有伤风化，那么就必须使用茅厕。在一排排村庄的后面，家家户户都一个建筑，那就是茅厕，是人们方便的地方。讲茅厕是准确的，它是公共厕所、卫生间、洗手间的祖先，一个"茅"字充满简陋、原始、自然的意味。功能单一，但指向明确。

　　茅厕是村庄每家家后必备的设施。茅厕多是秫秸围成的圆圈，留个门让人进去即可。在人蹲下的身后留个洞，通到茅厕外边，紧接着是一个坑，那就是茅坑。有条件的人家也有用土坯砌成，用泥土垒墙一样垒成，上面加个顶，就是全天候的，下雨下雪都不怕，可以心平气和地在那里解决问题。若是露天的，遇到雨雪急降，这事就有点局促不安了。

　　生产队的时候，各家茅坑里蓄积的粪便也不是随便私人使用，先集体后个人是大原则。过一段时间，生产队会派专人来运走，或粪桶，或粪车。当然也不是无偿使用，这毕竟是人家自己生产的东西。生产队会按斤或按桶给工分。为了防止散放的猪来胡吃海喝、白吃白喝，有的还用盖子盖好，也起到防止不懂事的孩子掉进去的作用。

　　茅厕使用高峰一般都在早上，一家人谁去那里，基本心照不宣，不会有什么冲突，怕的是外来的冒失鬼，贸然冲进去，往往会给人带来尴尬，有讲究的人还会一阵臭骂。冒失鬼自知理亏，不敢久留，赶紧再换一个地方。文明的人就互相配合,在茅厕里面的人听到脚步声,会无中生有地咳嗽一声,以示提醒或警告。外边的人在接近茅厕时也会用咳嗽声来试探。如果里面有人,也会发出同样声音回应,好似在对暗号。于是,外面人或离开,装模作样、若无其事地在不远处等待,或另行选择。还有聪明的人进去之后,把裤带放在茅厕门外显眼处,只要视力好,一眼可见,来人也不会长驱直入,搞得双方都狼狈尴尬。但是有的调皮鬼就有了热闹,他们会拿走裤带,让你拎着裤子回家,他们会在远处得意大笑。你最多骂他们几句,都是玩得不错的青年男女,不至于翻脸。

茅厕保密的问题,受到一些恶少干扰,有的村庄总有几个说懂事又不懂事的孩子,不知是出于神秘,还是出于邪恶,总喜欢在人家姑娘上茅厕时在那里窥视,或在很高的树上寻找好视角,或者干脆就躲到茅厕后面,利用墙体、篱笆的缝隙猎艳。我们村里黑猫和大嘴喜欢这事,十来岁的孩子,也不知为什么这么早熟,两个人常常这样干。一次,在某茅厕后面窥视,黑猫说,走吧,上课了。大嘴说,再看一个。不料被来人发现,问其趴那儿干什么。二人语塞,欲哭。见其年幼,便放了他们。黑猫长大成人,还是因为男女问题被关了几年。有人说他道德败坏,源远流长,由来已久。也有人说,他有病,其实他没那方面能力,只是精神满足。

也有人家不需要茅厕,像光棍李大头就用不着。他认为,我一个人盖个茅厕是浪费。早晨起来,他总是一路小跑,一口气来到他家庄稼地新陈代谢,肥水不流外人田嘛。到了冬季,田野光秃秃一片,他失去了掩蔽,就找干沟、洼地当茅厕,宽敞而且空气新鲜,很惬意。如这两项条件都不具备,就找人家茅厕去。后来人就说,李大头啊李大头,狗讨一辈子巧,两个蛋子还露在外面呢。李大头知道那是指桑骂槐,但他不反击,事实就是这样,他连个茅厕都没有,有什么说话资格呢。别看你家厨房像个样,茅厕要是不像样,也会被人瞧不起。

茅厕在当年很不卫生,是苍蝇的摇篮和乐土。夏季每天都有大量蛆虫产生,到了雨季,雨水漫过粪坑,蛆虫白花花地四处随波逐流。勤快人家经

常掏一点锅底草木灰洒在粪坑里,可以杀死蛆虫,也阻止了苍蝇下蛆。粪坑溢满,也会及时把粪水泼到庄稼地里肥田。

那一年,我在德国生活一段时间。有一天主人带我去参观农场,在一片玉米地里,小便条件反射似的来凑热闹。往日乡村的习惯让我不假思索就解开皮带往里掏小便终端处理器,那德国朋友不懂汉语,但知道我要干什么,连连摆手,连忙拉着我上车,开了十分钟,在路旁很豪华的公厕里解决了这点小问题。德国人真是死脑筋,可能认为厕所是大小便唯一的解决地方。

粪　堆

庄稼一枝花,全靠肥当家。在乡村,庄稼最不说假话,不搞假象。无论是集体还是私人,你的庄稼长势说明你家一切情况,是先进、是落后,是勤劳、是懒惰,一眼看去,是绿油油的还是黄歪歪的,大家心里就有数了。乡亲们也会说,最能笑话人的就是庄稼。不管你巧舌如簧,也不管你聪明伶俐,庄稼是评判你家是不是一个过日子的人家,是不是心灵手巧的唯一标准。那么庄稼的好坏,全来自肥料在暗地里支援,肥料是地下英雄。

肥料来自乡村每家的一个粪堆。这粪堆未必全在家后茅厕,也可以在门前不远处挖个坑,把平时垃圾都往里倒,也可以在门前的猪圈那里。猪睡的前面留一个池子,经常拉些薄泥熟土放里面,那猪必然上去踩踏排泄,很快泥土发酵变黑,就成了肥料。于是,人们就把这发酵的成品肥料挖出来,堆在粪坑旁边,这就是粪堆了。勤快的人不断如此炮制,粪堆也就巍巍见长,不久,生产队就组织几十副筐、布兜挨家挨户来抬肥料。这是一件大事,既关系集体利益,也关系社员利益,两者关系摆不好都会产生矛盾。所以,队长要亲自参加,亲自掌称,一斤一两不含糊,那是双方利益的核心。记工员要紧跟队长,一分不能多记,一分不能少记。这样一来,斤重没问题了,可是各家肥料质量就成了问题。有的说,我家这全是猪粪,应该是最高分,你看那一家都是黄泥掺在里面,怎么能和我家比呢?几个德高望重的老把式就用铁锨翻开切开,看黑不黑,闻臭不臭。最后,民主评议,这家一百斤十分,那家一百斤八分。事实面前,大伙儿都心服口服。伪装欺骗一时一人可

以，群众的眼睛是亮的——这话那时谁都会说。

粪堆大小可以看出一个家庭的经济状况和人的状况。当年，要是媒人带姑娘来相亲，看见人家堆积如山的肥料，就会把它当作财富，也是物质的保障。说不准这堆肥料也是亲事成否的筹码。你说你家再有粮食、再富有，可那粪堆就是可怜的一筐，就难免质疑。庄稼人，知道粮食是好东西，看着粪堆不恶心，只看到油菜花的美丽，只听到庄稼拔节的声音，只想到大米、白面的香甜和金山一样的粮食。

粪堆被生产队集中拉走后，只留下空空的粪坑，勤快人家很快就把扫地灰、草木灰倒进去，把尿盆里尿倒进去，把砍来的青草树叶倒进去。不几日那里又开始冒泡，所有不同颜色的物品都变成一种颜色，那就是黑色。黑色似发酵粉一般，这时再加进黄土，几日后黄土也被同化变色，这不是做假，而是加工，黄泥变得也同样有肥力。

夏季炎热时，生产队还会组织社员在村前屋后大规模地铲地皮土，扒废墙头土，掏锅膛里土集中堆起来，把烂麦糠、草木灰、青草、树叶堆在里面，成了超级粪堆，上面留上洼坑，朝里面浇水。天热，这些堆积物很快就会发热腐烂，细菌病毒也都死光光了。经过一夏天发酵就成了所谓家杂肥，秋天拉到地里种麦子，麦子就碧绿一片。

现在都用化肥了，貌似卫生、轻便，其实一点也不卫生、不轻便。不卫生的是化肥给我们身体带来隐患，不轻便的是那一笔不小的开支使农业成本大大增加。那些有机肥因为所谓的卫生间、洗手间白白流入江河湖海污染环境。

我怀念那粪堆。

炊　烟

荒无人烟——不用说，人，就是我们这一类；烟，大约指炊烟。

早晨，村庄上最生动的不是鸟鸣鸡啼，不是牛羊欢歌，不是晃荡的青枝和排排的绿波，是炊烟。

炊烟无声，开始浓重地从屋顶的烟囱奔涌而出，乌云翻滚，这是柴草初燃，很费力气时吐出的一口闷气；当火苗在锅膛里快活地舞蹈时，炊烟顿时就变成青蓝色，像蓝宝石一样透明闪烁，若隐若现。

与炊烟相匹配的是草屋。草屋是中华民族历史上最长的建筑物之一，炊烟和草屋在一起，最有历史感，也最富有田园风光和自然诗意，给人温馨和安详。

一个村庄，如果炊烟能不约而同相继升空，这个村庄就充满生机，就知道那里有人烟，有生活的希望。在田间劳作的人，汗滴禾下土也好，可怜身上衣正单也好，只要看到炊烟升起，就顿时像炊烟一样飘逸起来。透过炊烟，仿佛看到或母亲，或妻子，或姐妹把日子过得蒸蒸日上，欣欣向荣，红红火火。

炊烟是呼唤，是真情流露，家里人知道地里人的苦累，知道口渴了满嘴苦咸，喉咙里开裂出火，知道肚子饿了头昏眼花，上气不接下气，病了似的，寸步难行。这些都需要茶饭，有了茶饭，即使粗茶淡饭，他们就会雨露滋润禾苗壮，顿时灵动而精神。

炊烟是安详，是心灵安慰，就算你在田里累了、渴了、饿了，看到炊烟心

情就稳定多了,多种不适就缓解了,那种即将到来的享受,只有在这个时候才有意义,才意味无穷,才意气风发。炊烟有时顺风能飘到田里,细心的人能闻到哪一缕炊烟是他家的,那是豆秸的味道,那是麦瓤的味道,那是冬上楼的草,那是春天挖的茅草根,这时鼻子比眼睛还灵。炊烟中还夹着饭菜的味道,孩子深谙母亲的厨艺,丈夫熟悉妻子的口味,一个锅里抹勺子,心心相印,酸甜苦辣都相同了,不是一家人,不进一家门,闻闻炊烟的味道也不会走错门。

阴雨天,炊烟恋家,藏在屋里不出来,最多也就在屋檐下徘徊,主人并不喜欢它们这样。也许是因为田里没人干活了,炊烟不必再高高地召唤,也许是因为和这些下田的人接触较少,今天就和他们亲热个够。老农常说,烟暖烟暖,冬天草屋子有炊烟在弥漫,总会叫人泪眼婆娑,随之身上燥热。畏寒的老人就喜欢这样,没有炊烟,他们也会妪一盆死火,故意让它冒烟取暖。

炊烟,透过绿油油的枝叶、笑盈盈的晨光,或直上蓝天,或融入晚霞,或飘落在原野,给我们最诗意的熏陶、最温馨的慰藉。那种田园牧歌式的水墨画,那种农耕时代的抒情诗,永远地留在我们的记忆中。

炊烟也越来越少见了,不必矫情,谁将来还不是一缕青烟?只要安详,只要宁静,炊烟是我们安详的身影,更是我们宁静的灵魂。

烧 锅 草

那年月,一到冬天,粮食少,草也少,要把粮食烧熟,就得去弄草。到哪里去弄? 当然去向大地求索。怎么弄? 除了挖草根,就是搂草。一场冬雨,一场霜冻,草叶枯死,草根也被冻酥软的泥土松动,正是搂草最佳时节。

搂草要靠搂耙子,搂耙子要专门制作。一根根大号铅条,一寸左右等距离排列,穿进两根横的木条中心固定,着地的一头铅条弯成钩,整个耙子长宽大约在一米左右。搂草时,用一根扁担,一头绑在耙子横木条上,一头架在搂草人肩上。木条两端系绳子,挂在搂草人肚子上,搂草人走动,肚子上绳子牵引、带动搂扒,搂草开始。搂扒梳子一样梳过大地,尘土飞扬,地面上不坚定的草就被搂起,纷纷顺着铅条依次向上面拥挤。拥挤不动时,搂草人手里有一个长钩子,用力地把草往上钩,让刚刚上来的草继续轻松地拥挤上去。等到搂扒上草已经饱和,搂草人就朝卸草的地方走去,把耙子上草用耙钩敲打下来。然后再选准一个方向,继续前进。如此反复。

搂草很辛苦,天不亮就要起来,要走很远的路,因为附近的草早已被他人扫荡多次了。随身带点干粮,中午是赶不回去吃饭的,否则,时间就全部丢在路上了。他们不仅埋头拉动耙子,还要抬头看路,目测远方的枯草密度,道路、田埂或河堤的走向,所以看似漫无边际,实际上胸怀天下。搂草不仅动脑子,更要动腿脚,脚步的快慢,行程的长短,决定搂草的多少。在当时那种情况下,一天搂一担草,约百来斤,不会少于百把几十里行程。夕阳西下,搂草人就开始捆草,解下挂在肚子和耙子两端的绳子,把绳子分成两道,

把耧来的乱草一把把理齐压在膝下，压成方正再摆到两道绳子上，绳子顶端有一个近似 V 字形的树杈，叫柴绳拘子，绳子通过它，在耧草人手脚配合下把草煞紧，如此分成两捆，轻的一捆就放耙子配平重量，这时把绑在耙子上的扁担解下来，挑起两捆草回家。那是英雄和功臣回家一样的感觉，家里人也像对待功臣和英雄一样。

耧草有专业和非专业，专业耧草，工具比一般非专业的要大、要好用，他们大都以此为生，一担草，块把钱，就够生活好几天。非专业的，偶尔为之，聊补锅膛不足，看耙子的明亮程度亦可知业余和专业了。

后来庄稼丰收，烧煤炭的日子都过去了，煤气、沼气、电气成为流行，秸秆都成了负担，烂在田沟地头污染水体，烧在地里丑化天空。虽然秸秆不会产生多大毒气，可每到午收秋收，政府必须逮贼一样守候烧秸秆的人。

比之耧草，拾草就有另一番滋味了。以前的春天，对于城里人和文人富有诗意，而对于我们是青黄不接，不接的不仅仅是粮食，还有烧草。农民一生都依附大地，大地是他们从不耍赖的保险公司，是他们永远的衣食父母。

耧草专业性强，要专业工具，要善于奔走的双脚和体力，而拾草妇孺老小皆可，那时我属于拾草者序列。过年前后，是拾草的大好季节。犁铧翻过的高粱根，上面泥土被霜冻解体，我们拿着小锛，背着粪箕就来了。我们一手支撑小锛，一手捡起高粱根，朝小锛的柄子上敲打，泥土哗哗下落，待泥土下落完毕，它就变成了烧草。高粱根不是很多，有时只露一部分，要靠眼尖手快，眼尖就要迅速发现目标，发现目标还要手快，因为拾草的绝不是一两个人。就这样深一脚浅一脚地找啊敲啊，一上午可以拾到三十斤高粱根、玉米根和黄麻根。

拾草到了山穷水尽的地步，就有点残忍了，有人就开始去刨已经没有树干的树根，愚公移山似的开挖很大的塘子，最终把树根的每一个根系都完整地挖出来；有的去砍树枝，砍得原本根深叶茂的大树瘦骨嶙峋。初春时节，树根挖没有了，砍树枝被队长发现并引起了警觉，受到阻止，于是便去挖田埂上的茅草。茅草不是重点，重点是茅草的根，它很长，用三股挖钗挖起一块土，抖抖砸砸，一把雪白的茅草根就出现了。茅草根细如筷子，长的二尺，短的五寸,长短不一,一节一节,似竹根。到了中午,感觉饥渴,把茅草根上残留泥土用手捋干净,放到嘴里细嚼,那种甜丝丝的味道,清纯淡雅,带有泥土香甜,沁人肺腑,饥渴全无。当草发芽了,我们便开始割猪菜,割牛草。

麦收时拾草,是很有忧患意识的。如果只看到满眼麦草,万物葱茏,而高唱"今天又是好日子",那是短见,是鼠目寸光。麦子割了,麦根还留在地里,勤劳的人们也不会让地里的麦根被犁铧埋没,或被雨水烂掉,他们会把麦根拔起来,运回家晒干,堆起来。待到冬日,这就是上好的烧锅草。

如今,茅草还在,麦根还在,树枝还在,而那些拾草的人很少再来。拾草人有自己的时代,只要我们记住那个时代,我们会更好地善待未来。

扁 担 和 筐

　　扁担和筐是一对生死患难的兄弟,尽管没有血缘,或血缘较远,但比嫡亲还亲。它们又都是人们肩膀的亲密伙伴。人的肩膀,对于原始的运载是轨道,是河流,是桥梁。

　　一个劳动力,有一根好扁担,犹如战士有一支好枪;有一副好筐,犹如车夫有一辆好车。那扁担不轻易借人,用它时候,要慢慢吃劲,宁可自己挨累,也不能让扁担受伤。稍有裂纹即用棉线丝麻厚布缠绕,不用时就收在屋里干燥的地方,防霉防变形。那筐子编得细密,编织材料是腊条子,它丛生在水边沟埂,柔软坚韧,轻便结实。有的筐是紫穗槐条子、大杨柳条子的,这两种筐很重,无端浪费不少力气。

　　制作扁担以桑树、槐树为最佳,它们都是乡间珍贵树种,生长很慢,一般要长到七八年才能做一根扁担。人生能有几个七八年? 能用扁担的又有几年? 所以,好扁担是勤劳苦干的农民的命根子。有个好工具,顺手顺心,干活也不觉得累。

　　扁担和筐,冬天多用于抬土、挑土。力弱的抬,两个人,一根扁担,一个筐,个大的在后面,个小的在前面。筐子的绳子,十字交叉四根,通过筐底,沿筐子边缘四等分固定,高出筐子的绳子根据人的高矮确定长短,扁担插进绳子里,筐就被抬起。在后面的大个子若有爱心,一般把那扁担上绳子靠近自己这一端放,前面人就轻快好多。力大的人,一个人挑,一根扁担挑起两个筐。在生产队时期,队长心里有数,挑的人总比抬的人工分高。按劳分配,大家都能接受。收工了,仔细的人把筐上泥土砸干净,把零乱的筐系整理好,挂在墙上把水汽飓干。到了春天,扁担和筐运肥料,抬的抬,挑的挑,来来往往好热闹。肥料又臭又臊,长出庄稼又甜又香,又多又好。肩膀经得起重压,筐子不嫌弃肥料,扁担乐得两头翘。肥料刚运完,又要挑秧苗。不过两个月,还要挑水稻,一年四季,扁担和筐总是那么辛劳。扁担弯了,腰也弯了,筐子断了几根腊条。扁担弯了,找村里聋木匠绑一根衬条,扁担又能负重了;腰弯了,好好睡上一觉,一年两年,百十来斤依然可挑,只是那筐子经不住水渍日晒长期煎熬,底子通了,系子断了,只能当烧锅草。夏秋之交,趁眼下农活少,拿把镰刀去沟南埂上收割腊条,编个新筐,等待劳动的号召。

在运载烂泥时,筐子因沾泥土而厚重,而且缝隙还漏稀泥,代替筐子的是布兜。一米见方的白布,四角系上绳子,拎起四角,就形成一个兜,里面就可以放烂泥。这时筐赋闲了,扁担还要用。往年,只要抬,只要挑,承载的工具可以换,可以是筐,可以是布兜,可以就是一根绳,但无论哪一个,都要扁担来抬起,来挑起。

扁担也有偶尔的休息,比如搬大石头,超过了扁担的承受力,就用杠子——扁担的升级版。杠子没有扁担做工精细,它可能就是一根凑手的整木料,或者是一棵树,能撬,能抬,有时要好几个人抬。

无论工具怎么换,肩膀换不来。肩膀创造了人类无数奇迹,千里百担一亩田,说的是人们用肩膀从远处挑土抬土来,在青石板上造田。移山填海,说的就是肩膀的事,大运河、红旗渠、万里长城,无不与肩膀密切相关。说泰山压顶不弯腰,依据可能就是来自肩膀的实践;说铁肩担道义,说我们的队伍像太阳,肩负着民族的希望,都是有肩膀切身感受的。

现在不用扁担锻炼了,也没筐来考验了,讲"肩负重任"也只是模糊的口号、虚幻的概念。现在的年轻人不曾见过扁担和筐,更没有肩负过它们的重压,根本就不知道"肩"能"负"什么重任,还谈什么担当呢?

邻 里 之 间

那时乡村多平房，门挨门，出门就见面，不是现在住楼房，住几年还不知对面是何人。

邻里故事多，充满喜和乐。

二垒子家离我家不远，父亲仅仅弟兄二人也不团结。早年上辈出于睦邻友好，把两个弟兄房子盖在一起，意在相互照应，加强联系。谁知娶了媳妇，同胞的情谊就日渐疏远，女人枕边风比政治思想工作厉害。开始只是心里憋气，后来就言语争斗，再后来就是利益、面子、是非的决战，最终两家因为几寸墙根地而大打出手。二垒子父亲被父亲的弟弟按在泥里，起来找不到鼻子眼睛，裤子也掉了，算得上是奇耻大辱。双方乱了伦理，失去理智，异口同声骂自己的父母。

老二家弟兄多，老大不是老二的对手，即寡不敌众。于是，决定让二垒子弃文就武，来到泗县草沟拳堂子找师傅练散打搏击。二垒子练了三天，第一天师傅叫他跑一千米把疝气跑了下来。休息半天，再练压腿，又把腿扭了。练踢腿吧，右腿刚起，左腿吃不住，一个干净利落的漂亮后倒。这把师傅吓一跳，以为这小子来者不善，身怀绝技。其实那是失去重心造成的，是意外的效果，是无心插柳柳成荫。教练回过神来叫他再来一个，他趴在地上再也没有起来，抱头打滚喊疼。这一倒，睡了四五天。

二垒子细腿细脚，腰长腿短，两眼长期不在一个方向，于是就被小伙伴们取笑戏弄，二垒子就丧失信心，忘记家仇未报，当了逃兵。第二天，瘦弱又报仇心切的父亲仍不死心,坚信只要功夫深,铁杵磨成针,声泪俱下拖着二垒子重回拳堂子。拳师说,强扭的瓜不甜,我们无法实现你报仇雪恨的愿望。再说练武是强身健体,武德修养,二垒子恐怕也没有这个远大理想。就他这条件,不说练武,你给他穿上公安服,再弄把冲锋枪给他挎着,你家老弟兄也未必怕他。还是回家吧,回家还能干点其他事情,在这里白耽误时光。弟兄之间闹矛盾忍一忍就过去了。二垒子父亲听拳师一说,还没绝望,还想一试。教练说,除非去找金庸练奇门怪招。父子不知什么意思,等待拳师的解释。拳师等待他们父子的悟性。相望两无言。

远亲不如近邻。邻居关系好的,天天说不够、讲不够,一家人一样。东家吃个蚂蚱,少不了西家一只大腿。西家买二斤小鱼,东家也得来尝几筷子。来了亲戚朋友,自然要请队长和书记,但也不会少了邻居,关系亲密的隔墙头喊一声或小孩去带句话,就按时来了。关系还差一点的,主人就主动去请。有的人客气,就要拖拖拽拽,到了这份上,就是诚心所至,客人要足了面子,就去了。时间长了,也只要小孩去带句话就行。

书记队长未必是邻居,有时缺席他们未必知道,但邻居能闻到香味,能听到大人不断指挥吆喝孩子抱草淘菜,就知道隔壁今天什么情况了。一次不邀请,心里就犯猜疑,两次不叫,心里就不满,就开始如此报复。人情来往,实际都是礼尚往来,说穿了都是赠送式的索取,一方如果只想讨巧,不想付出,时间长了,另一方则渐行渐远,即使不反目,心里也有数,渐渐成了路人。有时就会和另一个新交说起,某某不够意思,不是玩意。新交闻之也有所警觉。

两家好了,什么都好说,一家人不说两家话;恼了,针尖大的事都能闹出磨盘大矛盾来。处得好,你家丝瓜爬到我家这边,两家可以共享丰收成果。什么你家我家的,你家少棵葱,我家缺把盐,菜园子里你随便薅,盐坛子里盐你大把抓。反之,不是斩断丝瓜去路,就是私摘丝瓜,脏水也往门旁泼,于是隔墙比鸡骂狗吵得一庄子来看热闹。

在农民的心里土地是生命,生命只有一次。农民上访多与土地有关,土

地是祖业,祖业是"过去",忘记过去等于背叛,丢掉祖业还不等于辱没祖宗吗?凭什么土地革命会吸引那么多不要命的农民?为什么那么多政党总要以土地诱惑来策动农民去造反,去拼命为他们实现夺取政权的目的?道理很明白。邻里关系大部分都在争地边、地界上。小的户与户争,中的家族与家族、庄子与庄子争,大的邻县邻省都可以大干一场。

遇到村与村的利益争夺,大队书记还开动员会,还放战斗影片鼓舞士气,还颁布职权范围内的抚恤奖励政策和法规。梅花山向南三十里,一条淮河隔成两省。两省人,处得好就经常来往,弄点酒喝,向晚醉醺醺回家,实在连站立都不稳的,就留下明早吃过饭再回去;处不好就经常动刀动枪,多数是为了争夺边界上的自然资源。

我们家乡有湖泊,湖滩芦苇多,它是盖房子三大材料之一,它可以编屯粮的褶子、铺床的席子、遮雨避风的斗笠,芦花可以做雨雪皆宜的毛窝鞋,芦根还可以烧水治病,芦叶还能卖给城里人包粽子,最次的可以烧锅。芦苇没有边界,不受行政区划限制,哪儿有水有土哪儿长,不知不觉长到人家地盘,给人带来了麻烦。过去,每年砍苇子季节,苏皖交界乡镇,本省泗洪盱眙,时常有人因为芦苇而献身,血染湖滩。不等公安到来,血流不会停止。后来,芦苇功能被其他东西代替了,逐渐失去了争夺的价值,冬天一片金黄常在,芦花早已散尽。闲人无奈,就一把火烧了。红了半边天,黑了万亩地,害苦了在此过冬的小鸟。

出　五　服

　　岁月延伸,时代变迁,原来胞兄弟,经过几代繁衍,一代一代关系就渐行渐远了。到了第五代,就是出了五服。相处好的,他们都会记得是一个坟头烧纸,一个门里的,平时里在各种社会关系中,依然比那些没有瓜葛的家族密切。到了第五代这个节点上,他们都以还没有出五服为亲密的依据,逢年过节,五服里的人依然你请我邀,喝点年酒,叙点旧情。到了乱葬岗烧纸,给自己父母爹爹奶奶烧过,也会绕过去找到更长的长辈烧几张纸勉勉人心。说明源头还在,源流清晰,家族就是家族。

　　出了五服,禁忌要少多了,同辈的、兄嫂弟媳妇,说话轻重无所谓,挑逗的语言黄得惊心,也不碍事。来点实际的,就是暴露,也不至于被谴责为乱伦有伤风化。有的居然还能通婚,但会有舆论,也会有阻碍。有情深意长的,抗不过家族势力的反对,只有远走他乡。

　　小虎和大美子是一个姓,一个家族,一个辈分,只是出了五服,年轻人本来就不管五服不五服,以自己需要为需要,先是躲躲藏藏,后来家喻户晓。双方父母一致反对这种行为,说无脸见人。姓石的那一门子,姓许的那一门子有好说话的,见到江姓认识的就说,我听说小虎那孩子和庆安家那大美子搞上了?江姓的要么无可奉告,要么就说,哎呀,现在社会,什么洋相没有啊,我们也管不了。倒是庆安发了狠话说,你们要成亲,除非我死。两个孩子闻言,也不敢乐极生悲,没有办法就只好离家出走,三十六计,走为上计。事大事小,跑了就了。时间像潮水会冲刷一切印记,好在小高庄也有新的事

件不断发生，大家注意力就转移了。

　　这两个孩子在外面打工，而人家或只要男的，或只要女的，就不能在一起上班。即使双方都找到工作，不是相距很远，就是时间上不一致，他夜半，她黎明，她夜班，他白班，有时他下班，她就要出门，生活和工作都受到了影响，再加上房租的压力，日子过得捉襟见肘，他们就开始怀念小高庄的悠闲生活。这个时候正是秋收季节，天气凉爽，空气新鲜，忙几天，喷香的大米下来了，菜园子菜就绿油油一片了。不久就是中秋节了，院子里石榴红了，葡萄紫了，柿子黄了，小公鸡炒毛豆米真是鲜甜哪，嫌饭（妊娠反应）这当口正想吃啊。吃完早饭去三里以外的小城逛街。再过几天小麦都种完了，老人晒太阳，孩子们去上学，妇女在家做点家务，饼都不做了，面条也不擀了，电瓶车一骑咱们去买现成的。那里没有机器的轰鸣，没有车水马龙喷洒熏人的尾气，没有人挨人互相呼吸臭气，没有油烟呛人的大排档，那里水没有漂白粉味道……想着想着就想回家，估计父母气也消了不少，再说生米早已煮成熟饭。

　　还是舅舅有办法，小孩在外面流浪也不是个事情，没有根啊。做父母的也只是表面上气急败坏，痛定思痛还是心疼孩子的。据说小孙子四大白胖，都会笑了。舅舅就对女方说，把大美子改跟她妈妈姓陈。这样虽说有点掩耳盗铃，但是给人感觉有了差异，明显淡化了同姓同辈的印记。因为他们姓名的前两个字完全一样，一个讲江圣虎，一个江圣娟，别说在本庄，走到千里，只要是在汉人区，都叫人看了有点不是滋味。也有的说，哎呀，都出了五服还有什么啊！但那些老人就坚持向姓许的那一门子学习，说，我们姓江的也不乱。可是说归说，做起来又一套，即使五服限制婚姻，乱辈分也会发生。富农的三叔和富农媳妇暗地来往，还振振有词说，他能胡来我就能胡来。小娘还在喘息困难的情况下应和说，对，是他先胡的！

　　五服里与五服外，差别是存在的。随着社会的发展，这种家族意义只是一个象征、一种记忆了，最终还是以利益来决定其亲疏远近。一旦利益发生冲突，别说你出了五服，就是一服的同胞兄弟也会大打出手。当腐朽污染了淳朴，这种事件会屡见不鲜，层出不穷。

辈　分

　　一片庄稼无边无际，一条小路弯弯曲曲消失在庄稼中；一道河坡，枝叶交错，树木层次不分，如云如浪，而真云和真浪却在遥远的天边。这时两个人，或放牛的，或看青的，或行人，只要走到一起，即便不熟悉，总会有一方热情地招呼，问长问短，问从哪里来，到哪里去，住在什么庄子，叫什么名字，家里人都干什么，很像审问机关的开头，而这在小高庄却是最友好的表示。问着问着就找到了互相之间的关系，其中某一人是小高庄石绍新的表侄子，小高庄许昌会是这个人庄子上胡三贵的姑父，这样，会谈会继续下去。小高庄人会说，石绍新和我还是姨兄弟呢。那个人也会说，胡三贵舅舅是我表叔呢。这样话题就更多了，就开始叙起辈分来，问属相，是属大龙，还是小龙，是午马未羊，还是申猴酉鸡。甲会根据属相，说，呦，我该叫你表弟了，或说，哎呀，这样叙起来你还是老长班(辈)呢。若无事，再继续谈胡三贵现在干什么，也快有六十了吧，小孩子呢，都成家了吧。对方一一作答，当然许昌会也同样在询问之列。感觉找到了，就开始称呼了，那，老表中午不要走，到我们家认认门。对方或比较自觉，就说，下回吧，下回得闲你上我们庄，我招待你。从萍水相逢，到依依不舍告别，是那时经常发生的事，一点也不稀奇。有的人随和，就跟人家去了，人家确实也以礼相待。这样一来二去，关系就建立了。下回那人再来，那人是湖边的，就带来咸鱼、虾米什么的。若是冬天，还有鲜鱼、菱角米、鸡头米，对于远离湖边的人家这些都是稀罕之物。

　　随机的邂逅都能叙出班辈来，那么在小高庄班辈就再明白不过了。班

辈在这不仅是风俗,还是法律,甚至比法律还威严。小高庄三大姓,许姓有一段辈分排列是克、修、乃、尔、昌,江姓是怀、安、富、曾、志,石姓是家、安、绍、庆、业。在这个时段里各取所需,论资排辈。如这几个字用完,就得要家族里几个权威人士继续发掘,或去寻宗问祖,从祖地那里得来辈分排序,或在一定范围内大家商讨,再选几个字作为辈分的标准,以便后代们遵照执行。历史延续下来的,前面都有记录,万不能与前辈有冲突,那就是欺祖犯上,大逆不道了。小孩子上学之前,就得请老长辈算计一下,起个好听的名字,还不能犯上。

小高庄小学校有个外地老师,自认文采不凡,把他班学生许尔仁改名许修远。他认为,这个"仁"字有点封建的意思,也不大气,修远,那有底蕴,有含义,有志向,有激励,老师越看越觉得自己有才气。一日,许尔仁告诉大大,说自己名字已被老师改成许修远了。这"修"字辈应该是许尔仁祖父那一级。没等族里老前辈说话,许尔仁大大许乃久,人称老久,就只身来到小学校,张口就骂那老师狗屁不通,不知好歹,说,你都是按你爹爹辈分起名字吗?那老师一头雾水,浑然不知从哪冒犯当地土著,很是紧张。事后不耻下问,才知犯了大忌,最后登门道歉,还把名字改了回去。

枯树马,是一个庄子,"枯树"对于这个庄子可能是历史上一段可歌可泣的故事,也可能是一道景观,"马"就是这个庄子上的大姓。这个庄子有个叫马少文的,有点文化,但不正经。有一次在上青阳的路上遇到一个同姓,经过交谈后,马少文得知那姓马的是鲍集大嘴子庄的,比他辈分要长,马少文要喊他爹,马少文有点不情愿,他灵机一动就告诉对方他是"永"字辈的。这样,在理论上马少文就反败为胜,原本要喊那个马长波爹爹,这下马长波要喊他爷爷。那个马长波也是受过正统传统教育,不容置疑,一口一个小爷长小爷短的,马少文暗自得意。

回到庄上,他还自作聪明讲给庄上人听,被老一辈人骂个狗血喷头,说他是狗吃不的东西。这事传到小高庄,引起小高庄人的义愤,众口一词说,这下他不是和他爹爹弟兄了?简直不是人!还是我们姓许的牛,就是不乱。

这话不假，在小高庄方圆百里，有百家姓，说起其他姓氏，都说不出三代的辈分，包括权威的孔孟之姓，而说起许姓的辈分，其他姓氏总会脱口而出，克、修、乃、尔、昌。有的大姓一个庄子上都续不起来，令许姓匪夷所思。

辈分就是这样一个东西，不是政府规定，不是法律授予，而是传统的血脉留下的印记，是宗族的长幼有序及尊老爱幼的刻度，是维系家族血缘的纽带，是民族文化延续的精神航线。我们村许姓京官许联镖，皇帝都高看一眼，可是到了小高庄，十里之外就得下轿，遇到许姓长辈即叩首作揖，见到外姓长者也施礼问安。你就是高官，到了家族里，辈分就取代你的级别，你摆架子，你盛气凌人，你到官府去。在家族里，人小骨头重，三岁小孩比你辈分长，你就得称呼他长辈。谁的风光不是为了光宗耀祖？不是给亲近的人看呢？不熟悉你的人，管你风光到天上又如何？你特朗普当了美国总统，与我小高庄家族有什么关系？但你是姓许的出去的，只有姓许的父老乡亲为你的成败欢呼和安慰，混得身无分文回来，小高庄管吃管住，管人家什么事？辈分胜于你的官阶。比如当年县长许乃皋，还经常被乡长许修成骂呢，只因为许修成是长辈。

说到婚姻，辈分是一个必须考虑的戒律，是不可回避的问题。如果与另一人的辈分冲突，就要考虑是毁约，还是采取其他变通方法，如改名换姓（随母姓），爱情似乎不是首位，伦理才是第一。

现如今有钱就是大爷，乡村的年轻人也不讲辈分了，老少爷们都是兄弟。闹了矛盾，骂起来不约而同骂自己共同的祖宗，还浑然不知。

老 人 服 饰

　　这些服饰，保留着几百年前的样式，在我们乡村，直到二十世纪八十年代才渐渐消失，或者说是那一代人全部逝去，这些服饰就再没有了。这些人多是清末民初出生的人。

　　在小高庄生活，表现在穿衣上也是追求宽松舒适，即使咱买不起更多的布，哪怕做一件也要宽松。二十世纪七八十年代，小高庄的老年人还穿着棉袍大褂，这应该是古代人千百年来的最后遗存，再朝后就真没有看到过。从他们身上的棉袍大褂，可以想象到古人的服饰。老人们每人都有一件棉袍大褂，也是他们一生最后的辉煌、最后的珍品。即使活着没有穿上，临死时，也会提出最后要求——穿一件棉袍大褂，含笑九泉。

　　棉袍大褂长至膝盖以下小腿肚处，第一个纽扣在右腋下，最后一个在膝盖外侧。冬天来临，这是老人出行必穿的衣服，它御寒，风吹雪压，老人们闲庭信步，那做派像皇帝上朝，像员外还乡，不会有缩头鳖颈的狼狈。晚上睡觉，棉袍加身，暖和也快活似皇帝。有被子，棉袍盖在被子上，是锦上添花；没有被子，棉袍直接当被盖，也是雪中送炭。有棉袍还得要大褂来配。棉袍做起来费事，洗起来也费事，于是便做件大褂蒙在棉袍上，每年只洗大褂即可。棉袍上不可或缺的还有腰带，这腰带长约一丈，可围着腰身转三圈之多。老人说，那一根腰带还抵上一件棉袄呢。腰带一勒，中气收敛，精神足，劲头也足。棉袍里面不需衬衫、棉毛衫，空桶子也无所谓，那种松快，是上下通透一致的松快。

　　小高庄的老侉子,每年秋收时就要老婆子把他棉袍拿出来修补。老婆子说,早着呢,不耽误你穿。老侉子就来气了,说,难不成非要到下雪才穿吗? 今晚我去看队里山芋,就要穿。是的,秋凉如水,夜半三更,对于老人来说,棉袍子是必需的。有人就会说老侉子,我大爷,你这棉袍子没让钱啊,一年穿大半年呢。是的,收麦子时候,队里要他看管麦子,他也把棉袍带上,是需要,也是情结。棉袍好像是他的护身符。老人的心理,年轻人不懂。

　　和棉袍大褂相结合的还有大腰裤,顾名思义裤腰肥大。一般二尺腰围,裤腰要三尺多,不知什么原因,无非还是为了宽松吧,或许还希望将来吃好喝好发胖了,也就不用再改尺码了。我看到大腰裤的优点是不要裤带,把多余裤腰两手相向一拉紧,往肚脐方向一卷一塞,裤子就掉不下来。大腰裤子不仅裤腰大,裤筒也大,三条腿伸里面也不拥挤。

　　这就是我们庄里人,正如前面所说,即使无钱,即使做一条裤子,也绝不做那缩手缩脚的衣服,这当然还有其他考虑。马小鬼是我们乡邻,这家伙手脚不老实,见到人家丰收果实总想据为己有。别看他两手空空出去,回来肩上总是扛着满满一口袋战利品,或山芋,或花生。老婆纳闷,口袋在家呢,你哪来的口袋? 马小鬼说,你看这是什么? 老婆看清了,是马小鬼的大腰裤。

娃 娃 亲

　　小高庄婚姻形式多种多样,其中娃娃亲较为常见。江家顺强和石家志才是从小的朋友,一起割草,一起放牛,一起到孙河小学读书,一起回到队里种地,稍有闲空就到一起玩耍,你有一块糖一嗑两半,我有一根香烟每人半截,真是到了割头不换的境界。他们同年结婚,立下契约,两家孩子若是男女就是夫妻,若是同性,男的是弟兄,女的是姊妹,反正我们的友谊得万古长青,永垂不朽。

　　苍天有眼,果不其然,顺强生了男孩,志才生了女孩。两家来往密切,孩子交往更多。几年一过,小学毕业,几年一过高中毕业,孩子之间似乎都有感应,两小无猜初,羞涩腼腆今,开始从友好向感情方向发展。双方家长也把当初约定告诉他们,一拍即合,水到渠成。顺强儿子先上了大学,毕业后在小城教书,志才女儿考上法院,在基层法庭。开始双方家庭担心将来孩子地位或许会有差距,就先下手为强,让他们早日完婚。结婚后,顺强热爱家庭,教书育人之余,还兼做保姆。校长要他报考在职研究生,他口是心非,完全沉湎于温馨的小家庭里,研究菜谱,研究装潢,研究媳妇的喜好。媳妇身在基层,志在高远,没有家务纠缠,没有孩子在身边烦心,考职称,考学历,摇身一变当上了法庭庭长。法院院长经常带她出去参加会议,到外地,人家都以为是院长夫人,敬酒时总说,来,我敬你们夫妻一杯,他们很自然地回敬。顺强儿子感觉风声不对,就旁敲侧击地表示不满,叫老婆注意影响。老婆很不高兴,就对院长说,她男人好似看出了什么。院长打电话叫顺强儿子到法院一趟。他去了,院长说,听说你最近有情绪啊?说给我听听,都是些什么情绪?院长那审判的口气使这个习惯了放眼家庭,胸怀老婆的中学老师感到惊恐,连声说没有情绪,没有情绪。院长说,小娟同志是我们系统的优秀法官,高院都很看好,希望你不要拖后腿,要做好贤内助。你要知道,在小城没有我办不到的事情,你安心工作,我会考虑你的安排。院长一席话,胜读十年书,老师回来更加勤奋搞好后勤,妻子来去自由,时间无定,他只当家里是旅社宾馆,一切为了顾客,为了顾客一切。

三年以后,院长被查办,累及志才女儿,双双去职。老师以为这下小娟会在家里会一心相夫教子,过着温馨小家庭生活。他为老婆设计了未来,反正有职称文凭,咱们到民办学校教书,比公办学校工资还高,晚上逛地下商场,假期去连云港游泳,星期天吃肯德基,周末看电影,可这些都不是小娟的爱好,家雀安知鸿鹄之志。院长去职,人脉还在,几家房地产公司请他做顾问,做董事长。他们念及院长过去的暗助才发了横财,于是小娟跟随院长去从事房事产业了。事到这个地步,两家大人才感到人心不古,世事难料,感慨、叹息均已于事无补。外人总结道,老一辈好,未必能保证下一辈好。亲兄弟反目多的是,你老一辈情深似海又关我们什么事?

许家和周家包尿布做亲也很戏剧性。这两家孩子都是在接生站出生的,两家床挨床,住了几天,两家有了感情,半真半假地说,将来这两个孩子就结为夫妻吧。随着时间推移,两家来往甚密,两个孩子很有夫妻相。周家女孩在小高庄是一枝花,又当了大队小学民办教师,那是美不胜收。许家担心女孩心高变故,这时确有小城里国家干部来提亲,周家守信用没答应。第二年,许家男孩参军了,女孩并不担心。按惯例,总是女孩找比自己地位高的丈夫,男的总是找比自己地位差的老婆。谁知三年过后,男孩提干,在部队文工团找了一个舞蹈演员,和教师一比就比出很多优点来,于是男孩就变心了,对民办教师说,目前战备紧张,个人问题暂时不谈。许家顾全大局,就写信骂儿子,妈的,老子我不就是在炮火中结的婚吗?你战备算什么?儿子回信又说没有共同语言。看来是最后通牒了。许家还是大公无私,就唆使

周家女儿去部队讨说法,许家男人和周家女人,以及周家女儿一起到了部队,说明原委,部队严肃批评了许家儿子,舞蹈演员得知后就和他断绝了关系。许家儿子被提前转业,分在小城广播站。两家儿女终于无奈完婚,但是夫妻之间战斗和当时中苏边境一样,不是剑拔弩张,就是大打出手。那教师也没有血性,看男人当了官就非他不嫁,一厢情愿地死活也要在一起。许家儿子暗恨生,在广播站和女播音员不明不白,以缓解心头恶气。更绝的是,许家老男人也和周家老女人建立了如胶似漆的密切关系,一旦小夫妻吵架打架,他们就去说服教育——只是没有现身说法。

　　美好的初衷,多没有一如既往。能凑合,就是美好。

桑树挂棒子

桑树结桑枣那是天经地义、亲密无间的血缘关系，如果说桑树挂棒子，虽说也连接在一起，总是很牵强，一个"挂"字就知道其间关系。在小高庄有一种亲戚关系叫"桑树挂棒子"亲戚。人家说朱秃子亲戚最多，到处是亲戚，别人就会不屑一顾，说，没一个周正亲戚，都是桑树挂棒子亲戚！

这种亲戚不是直系，有的甚至拐了几道弯，记性不好的记在本子上都能忘了。比如朱秃子表叔的孩子的舅舅的姨夫，朱秃子见了面也姨叔长、姨叔短的，你说亲吧，实在太远，你说不亲吧，这线索还很明晰。你若不接受人家称呼，人家会说你拿大，会说驴大马大值钱，人大有什么用？这个"大"不是伟大高大，而是自高自大，自以为了不起。小高庄人最讨厌拿架子、大目日眼（目中无人，不理睬人）的人。

乡下人讲亲情，你不要说直系的，就是还有点蛛丝马迹的亲缘，一叙起来那就会天涯若比邻。原来你是外奶奶姨侄子的表兄弟，那我也得拿你当长辈看待，念及外奶奶的恩德延续到姨侄子的表叔依然情深似海。回忆过去，就唏嘘，就相见恨晚，就说，哎呀，要不是你这么一说，我们就是人头打出狗脑子也不知道啊。就靠这一层关系，这个古老的亲缘传承，两家关系就会重建，就会带回家喝酒。这样，重建的亲情，估计先人九泉之下也会很欣慰。

有人说，全国人民是一家，想想不仅是政治上的需要，也是生活的慰藉。要是按照桑树挂棒子的原理，还真有可能。朱秃子就是证明全国人民是一家的重要证据之一。朱秃子喜好热闹，这热闹不是电影，不是戏剧，他说那

都是胡扯的;也不是说书,不是唱扬琴,他说那都是瞎编的。听书淌眼泪,替古人担忧,我不干,唱歌跳舞他嫌烦人,他最感兴趣的是红白喜事,那才叫热闹。死人又怎么了,那一大家在一起,哭哭啼啼也是热闹。更主要的是朱秃子可以借此加固和发展桑树挂棒子的亲戚。这方面他是有想法的,也是有实际意义的。

无论兵荒马乱的年代,还是安居乐业的岁月,小高庄人都希望建立广泛的人脉关系,他们多不趋炎附势,但对大队书记、生产队长还是敬畏的。如果他们的"桑树"能挂上这些"棒子",虽说缥缈一点,也有现实意义,讲给那些挂不上"桑树"的"棒子"听,有底气。

朱秃子没事会到十里八乡去游荡,人家到哪里都不会挨饿,每一个庄子上都有他的表叔、姨舅、三姨爹、姨叔、舅爹。进了人家门,说我是某某,你家外奶奶是我表叔的表姨呢,弯子很多,游丝烟尘般的联系,但人家也认,话题就在历史友情上深入回忆和探讨。乡下人客气,再穷,你到我门上了,就是凉水变热水你也得留下喝一碗。

有一次朱秃子的儿子开三轮车在湖边收螃蟹,轮胎坏了,前不巴村后不靠店,就打电话向父亲求救。父亲问清具体位置后,说,你东边一里地那个庄子叫周台子,你大姨舅舅周一仓在西头第三家,他家三儿子就是修车补轮胎的。你没看见路边墙上挂几个破轮胎吗?朱秃子觉得儿子和自己比不是一般的差劲,很不高兴地挂了电话。果然,朱秃子儿子按图索骥找到周家,一提起老父是朱发贵,人家有印象,老周连忙带他去三儿子家,胎补好了,不要钱,还留吃饭喝酒。三儿子问其父什么亲戚,其父回答是老亲。这老亲,已是浏阳河拐过了九道弯。

在朱秃子官至大队民兵营长那阵子,大儿子结婚摆了五十多桌。那会子还没有电话,通知四面八方人来喝喜酒全靠捎书带信,当面传达。正日子那天来了几百号人,亲戚到一起难免问长问短,问和朱秃子什么亲戚,一半说不清楚。可人家朱秃子一目了然,对待来人称呼什么如同人家看他的头顶那么明白。农村人好面子,请到你,说是喝喜酒,那是一定要来的,即使心里不情愿花那几块钱,费一天的工夫,嘴上还说,好好,一定去。朱秃子儿媳妇有一段时间和丈夫不和,闹离婚,而面对桑树挂棒子的复杂关系,感到压力巨大,于是就打消念头。什么爱情,什么共同语言,孩子一生下来,就安心带孩子,对丈夫的不满都被孩子化解了。

后来时代变了,直系亲属都疏远了,桑树挂棒子这种关系远不如酒桌上刚认识的那些人关系深,亲情爱情也被酒肉金钱左右着。

四 大 害 虫

苍　蝇

苍蝇若是看它长相、色彩是很美丽的,头部光亮,有暗红色,有墨绿色,翅膀具有玻璃和金属的双重质感,像一架战斗机,垂直起降也好,平行起降也好,旋转起降也好,都不是问题,但说到它的生活习性、它的危害就有点令人生厌,有点恶心了。

苍蝇盛行于夏季,消遁于秋末冬初,收大黍季时,苍蝇的数量和生命力达到最高峰。这个时候农村食物丰富,食物丰富带来粪便也丰富,苍蝇利用这个时候一边疯狂吮食,一边肆意繁殖后代,连瓜地都难以幸免,看瓜老人指着瓜的背阴一面上的疤痕说,瞧,这是地蛆啃的。蛆是苍蝇的后代,和苍蝇黑白分明,苍蝇在短暂的交配之后,立竿见影,在食物和粪便上顷刻就种下白色的种子。片刻,种子开始发芽,蠕动,到成蛹不动。几天后,破蛹而出,便在空中飞翔,这个短暂转变是人类万年的梦想。

对于不知道什么是病毒和细菌的乡亲们来说,乡村苍蝇的危害似乎并不太大。大船腿上害了个疮,久治不愈,浓血交流,油画一样的色彩。他不洗不擦,故意让苍蝇吮吸,苍蝇不负所望,一会就把浓血吸干,似比医生清理得还干净,不一会就开始结痂。幼儿饭碗一撂,倒在秫叶上就睡了,嘴唇四周的稀饭延伸到脸上,苍蝇趁他熟睡之际,一哄而上,进进退退,片刻幼儿的脸上像洗过一样。魏营乡肖书记喝汤时一个苍蝇落在上面,这边喝汤,看那边苍蝇浮游,重视卫生者惊叫"苍蝇"！肖书记咽下汤说,我早就看见了,这是饭蝇,它下的蛆可好吃了。

每年夏季的积肥,来源主要是各家茅厕粪缸,雨水多,蛆漂了一层,一沉一浮往缸沿爬。我们挑着粪桶挨家把粪水挑到水稻地里,蛆就跟我们到水稻地里,有的产生异变,好似成了水中生物,像白色的蜈蚣,有的则耐不住清汤寡水而饿死。雨季是苍蝇的灾难期间,多数躲到屋子里,天气稍凉就伏在墙上不动。到了秋阳又暖时,苍蝇只是疯狂地进食,养儿育女就停止了。寒潮来时,绝大多数就无影无踪了,有几个体质好的,在锅屋里坚持露面,刷存在感,但行动明显迟缓。

那年夏天,小黍黍红头了,正是三伏的最后一伏,我们村南湖小江坟那天空阵阵黑云,东南风时还飘来阵阵怪味。公安闻讯赶来,如履薄冰地往小黍黍地里走去,走到里面,被苍蝇团团围住,有个公安当时就把胆汁都吐出来了,趴地上硬是起不来。感谢苍蝇,他们寻找的失踪已久的人终于找到了。可惜,被苍蝇、蛆吃得差不多了。

上小学时,春天,老师常带我们去挖蝇蛹,往茅厕里洒石灰和炭灰,苍蝇受到很大遏制,后来有了杀虫剂、黏蝇纸、灭蝇箱等,手段现代化了,苍蝇并不见少。不久前,我看到一条污染的河流,泛着五彩的波纹,竟然连苍蝇都不敢靠近。

蚊 子

比起蚊子,我们真要赞美苍蝇了。蚊子真是个万恶的东西,越是你肌肤暴露的季节,越是疲惫困倦时机它越是恶毒,让你在黑暗中常常遭暗算。在没有蚊帐的年代,乡村的人,为养活蚊子做出了重大牺牲,那献出的血,足以汇成波浪滔天的江河大海。

　　湿热的夏季,乡村的草和庄稼在阴雨的刺激下,都异常兴奋,疯长不已,坑坑洼洼里也都注满雨水,这些都成了蚊子的五星级宾馆和特级产房。到了夜晚,屋子里热,蚊子多,大伙都到外面过夜,外面蚊子一样多,但图了清凉,清凉也多来自后半夜。蚊子多了,婴幼儿不知原委,就盲目地啼哭,母亲就不停地用扇子、毛巾或褂子在婴幼儿身上扫来荡去,驱赶蚊子。孩子稍大,就知道父母顾及不了一窝八代,姊妹五六,只好自己拍打。有的人皮厚,任蚊子如何猖獗,我自岿然不动。有的人家点燃麦糠烂草,以其浓烟驱赶蚊子,他们在浓烟里享受安宁,却要忍受熏呛,几乎要和蚊子同归于尽。大一点的孩子就拖张席子跑到村外的社场上,那里刚收完麦子,社场光光堂堂,没席子的孩子,就地睡到,也没什么不快和妨碍。这里无遮拦,风大,蚊子因而少了许多,一觉睡去,哪管他苏联放原子弹,还是身下地震。有个别攀缘高手爬到三层楼高的大草堆上,被饲养员发现,只见他手拿钢叉在下面大叫,狗日的,你不吃粮食了,草堆踩漏了,草烂了,拿你喂牛啊。那小子便从另一端悄然溜下逃走。夏夜很短,三折腾,两摆弄,天就亮了。孩子们精力过人,睡不成,干脆就去偷瓜,瓜吃完,东方破晓,就去放牛割草了。蚊子对于这些清醒的人没办法下口。

　　我们这里靠湖边,湖边的蚊子更离奇,体形是城里蚊子的几倍,傍晚就迫不及待地袭击人类,有船的人家就把船划到湖心去过夜,没船的就自想办法来对付,无非烟熏,无非蒙头盖脚,能忍一夜是一夜,就盼望那秋风阵阵,雪花飘飘。好在劳动人民早已劳其筋骨,练其肌肤,不影响他们的生存和繁衍。

　　蚊子有时是可以要命的。那年,我们那里小刀会抓了一个恶贯满盈的湖匪,惩罚就是把他赤身绑在湖边的柳树上,让蚊子叮咬。夜来,蚊子密布其身,好似穿了一件蚊衣。四寡妇与他有多夜夫妻之恩,比海深多了,就来给他驱赶蚊子。湖匪大骂她是蛇蝎毒妇。原来,蚊子叮咬饱餐后就伏在湖匪身上不动,危害也就到此为止,若是打死现在的蚊子,第二批、第三批就会接踵而来,继续上来吮吸叮咬,直至血水枯竭。四寡妇含泪委屈而去,湖匪最后果然失血而死。

蚊子还会带来疾病。我们那时经常打摆子，又叫半日病，一会热，一会冷，乡间有草药可治，卫生室有赤脚医生针灸能疗。对于那些胆小的得病者，不吃药，怕扎针，就拿癞蛤蟆、蛇、老鼠等来出其不意地吓唬他们，有时竟然也能奏效。小时候，我们看到墙上写道"疟疾蚊子传，吃药不要钱，得了疟疾病，快找卫生员"。人们得了疟疾病，就去找卫生员，果然吃药不要钱，就是还不明白，蚊子怎么能传染病呢。

和人类一样，蚊子绝大多数是好的，它们大多在旷野浅唱轻舞，自娱自乐，还用生命为其他动物提供食物，保证了动物种群的平衡，只有极少数对人类有害。试想，它们如若一起来攻击人类，人类早就灭亡了。

老　鼠

我曾看到一篇报道说，人类和老鼠的基因极为接近和相似。这就使我回想起和我同时代的老鼠，确有类人之处，还有过人之处。

那个时代的猫是敬业的，除了短暂的休息、吃食之外，没什么业余爱好，几乎全部精力都在抓老鼠上。有时，为了守候一个老鼠，它隐蔽潜伏在那儿，几个小时，甚至一天，不达目的，或不完成任务是绝不下班的。

那个时代，人都吃了上顿没下顿，怎会有多余的食物给老鼠？那个时代鸟类还没有受到现代手段的打击，老鹰满天盘旋，追杀老鼠；那个时代蛇也是到处漫游，入洞吞噬老鼠；黄鼠狼也不念亲戚关系，常把老鼠当点心；人类还有会做老鼠夹等暗器的，街上还有卖老鼠药的，老鼠就是在这样的环境下，经久不衰，而且一代更比一代强。

每到夜晚，老鼠出动，尽管在夜色掩护下，它们也是提心吊胆，小心谨慎，每一步都如履薄冰。即便闪电般通过，那也是在侦察确认万无一失后，

也是勇气和智慧的促使，也是拿命拼的，它们始终记住有一个叫猫的敌人，技高一筹，它们常常会死于智者千虑的情况之下。老鼠知道居安思危，知道防患于未然，每天不停地挖洞，有进口，有出口，还要有紧急逃生的暗道；住处要有粮食仓库，有卧室，有卫生间，有活动场所，还要考虑防水，防蛇，防冻。冬天来临之前，要屯粮，要置备铺盖，每件设施都要安排得井井有条，这不仅是日常生活需要，也是对自己负责。如果几个场所混乱不堪，通道不畅，遇到危险，如何进退自如呢？

老鼠在它的生存努力方面是可圈可点的，但老鼠确实与人类有不和谐之处，它偷食的粮食，可使千家万户脱贫致富。我们曾经在绿豆地挖了一个老鼠洞，里面仅绿豆就有二十多斤。这些绿豆我们还没吃到一粒，人家已经开始收藏，说它不劳而获好似不准确，搬运、收藏二十来斤绿豆，凭一只或几只老鼠，那真是够辛苦的。

我认识一个聋耳人，至今还在控诉老鼠。据说，那一年，他才三岁，夜里熟睡，被老鼠吃掉大半个耳朵，后来听力全无，只能看人眼色行事。因为耳朵，五十依然未婚。他恨老鼠入骨，巴不得变成一只猫。

难道冥冥之中，人类真和老鼠有什么默契吗？今天，人类貌似尊重爱护猫类，提拔它为宠物，使它们饱食终日，酣睡无虞，却毁灭了它的天性，失去了生命的动力。现在很多猫胖得如猪，懒得如蛇，连发情都兴趣索然，还薄情养育之恩，稍微长成，或不顺心，即不辞而别，时常改换门庭。

老鼠就是在自己貌似低调、人类的错爱下，如今依然活得春风滋润，油光水滑。人类从老鼠身上应该来反思自己了。

臭　虫

有句俗语说得好，嗑瓜子磕出个臭虫，很是扫兴。臭虫小于瓜子，否则，怎么可能从瓜子里嗑出来？这是开个玩笑。臭虫颜色深红，状如微型螃蟹。

臭虫真是可恶,好在它说没有就没有了,现在几乎绝迹。比起虱子、跳蚤,它算是弱势群体。在蚊子、苍蝇、老鼠、臭虫中,虱子、跳蚤危害是小的,比之,只是无伤大雅了。所以,跳蚤、虱子不能列入我认为的四大家族。

臭虫的流动性很差,活动范围几乎只限于床铺,而且大多时间都是躲在床铺的裂缝里。这不是说它低调、老实,而是它的本性决定的,它没有翅膀,行动不如苍蝇蚊子,也没有老鼠的机巧和迅捷,甚至不如虱子善于隐形,遇险则自动脱落,更不如跳蚤一跳就无影无踪。然而,臭虫很阴毒,很可恨,可恨是在你熟睡时,失去一切戒备和防护,它出动了,它要么不下口,下口就会使你美梦成噩梦,心烦意乱地醒来,还带着几分惊恐。再看,身上片片红肿,奇痒难忍。若是婴幼儿可能溃疡,可能去医院,哭声经久不息,这时不约而同会想到追查凶手。此时,人家已经酒足饭饱,回到防空洞里休息了。你拔剑四顾心茫然,找不到对手,只有怀恨在心,留痛痒在身。这一夜,就这样完了,这一夜说是刻骨铭心也不算过分,看着床,原来那里是人生第二故乡,是修身养性的宝地,人生的一半时间,心照不宣的精彩大都在那上面发生。现在却迟迟不敢上去,不敢接近,因为那里有暗藏杀机的阶级敌人。

痛定思痛,第二天决定严惩凶手。于是,把床和床上一切拿到光天化日之下,提来一壶还在沸腾的水挨着木缝灌水,那水带着怒火、仇恨和身上还继续的痒痛。随后,床重新回到屋里,主人心有余悸,皮肉随之反应,这不是过敏,实际上也没有斩草除根,还有臭虫躲在墙缝里,夜深人静的时候,它们就会先下后上,继续偷袭熟睡的人。

听张胖子说,臭虫是论人的,有的人家就是招臭虫,有的人家就是不招臭虫。他没有说出为什么,我们那时小,还不懂问为什么。再说了,臭虫多在春天猖狂,我们这些小孩到了夏天早就忘了春天。

编后记

卫国兄，你好
《远去的乡村符号》，你好

认识卫国兄已整整十年了。和他的相识、相知，进而成为挚友，缘于一本叫做《远去的乡村符号》的书稿。

那年我"北漂"在京，同样为"北漂一族"的胡德林老总打电话给我，说有本非常好玩、非常有趣的书稿，让我看看是否可以出版。我告诉他，我先看看书稿再定吧。随后的几天，我一头扎进书稿，被它的内容深深震撼和吸引住了，它打开了我记忆的阀门，勾起了儿时的回忆，让我仿佛回到了少年时代。

可以说，我是在时而惊喜、时而回忆、时而会心一笑中完成本书的编校的。读到精彩处，还不忘和时任总编辑、著名出版家郭济访老师分享。郭老师赞叹道，那哥们真神、真能写，其叙事的灵动、人物的刻画、细节的描写绝对是一流的。

那年的五一假期，我和卫国兄相约，去泗洪拜访他并作些实地考察。一路颠簸，几经辗转，终于见到了卫国兄。他没有我想象中的那样倜傥风流、伟岸挺拔，看上去不太像个文化人，倒像一位邻家大叔，虽觉亲切，但无法把他和作家这一身份联系起来。他个子不高，圆圆胖胖的，脑袋大大的，方方正正的脸上写着农民特有的淳朴，但多了些许乡间文人的见多识广和"狡黠"。

爱屋及乌，出于对其作品的喜爱，心里虽然有些失落，但还是一本正经地、郑重其事地寒暄着,说些不痛不痒的鸡零和狗碎,只是少了几分对偶像的崇拜和敬佩。

苏北的民风彪悍而淳朴,苏北的百姓热情又好客。晚上这顿大酒自然是免不了的。推杯换盏中,谈兴渐浓;觥筹交错间,话题渐深……待到醉眼迷离时,彼此隐约发现,原来都是有故事的老杆子,实为同道中人,顿生惺惺相惜、相见恨晚之感。

一回生、二回熟,和卫国兄的接触渐渐多了,自然也就变得热络起来,最后称起了兄、道起了弟。后来我又陆续为他编辑出版了《许卫国文集》《原来上帝是个近视眼》等。卫国兄的作品非常符合我的阅读趣味,这源自我对乡村生活的亲身体验和深刻了解。他书中所描述的那些人、那些事、那些记忆,我都能在遥远的记忆中一一找到对应。

卫国兄看似木讷、寡言、谨慎,实则大智若愚,极为机智、幽默、豁达。他古道热肠,热衷于公益事业,是泗洪的乡贤、资政、百姓的代言人,自称"农民的文书"。在繁忙的创作之余还经常为家乡的建设、百姓的民生出谋划策、摇旗呐喊。在卫国兄的提议下,我们同心协力,先后策划并组织了两次活动,一次是首都专家代表团一行八人赴泗洪考察调研,为革命老区建设献计献策;另一次是首都医疗团一行十人赴泗洪人民医院为老百姓义诊。这在泗洪的历史上未曾有过,因此受到了当地媒体的高度关注,得到了当地政府和老百姓的好评和称道。

随着城市化进程的不断加快,很多历史悠久的农耕文化符号正在逐渐消失。如果我们稍不留神,许多年后,想要重新找回这些符号和记忆将会变得十分困难。看不见故乡山水,找不到回故乡之路,对我们的精神世界而言,终归是一个无尽的遗憾!

《远去的乡村符号》一书中所描述的那些东西其实并不遥远,也就是发生在 20 世纪六七十年代的事情,但是,从乡村的现状来看,对那些九 0 后和 00 后来说,他们的祖辈、父辈们所经历的这些点点滴滴,无疑和魏晋汉唐一样遥远。本书的价值之一,就是为这些后生回顾历史,展望未来。

卫国兄是一个语言高手,胸怀赤诚,对故乡有着深深的眷恋和热爱。诚如南京大学王继志教授所言,"我惊奇于他对生于斯、长于斯的那片土地的风景和风俗能描写得那样细腻;我惊奇于他对家乡的那些情感记忆对象会是那样丰富、具体;我惊奇于他笔下的人物情态是那么生动、逼真,充满着鲜活的生活气息。"亦如著名作家、评论家李彬所言,"许卫国是位极富激情才情的作家,在江淮乡村的大背景下以独立、朴素和诚实的笔触,展示了个人、农民以及乡村在繁杂、喧嚣、浮躁的生活中的深入思考和葱笼声音。"再如中国戏剧家协会副主席、著名文艺评论家季国平所说,"我佩服他叙事的流畅、手法的娴熟和语言的机趣,嬉笑怒骂,皆成文章。"

卫国兄独具慧眼,善于从不同视角捕捉人物、景物和事物,捕捉思想和诗意,然后按照自己的所思所想、所感所悟,再以文学的方式加以表述;无论是人物的刻画、意境的叙述,亦或真情的流露,都有着白描般简洁有力的勾勒。他的语言平实,俏皮幽默,却又高度凝练,极富表现力和画面感,给读者留下无限的想象空间。在他的作品中,我们可以遇见更多的细节、生活和日常,从而体会乡村文化的各种微妙。这些微妙无论是妥帖的,还是夸张的;无论是现在的,还是过去的;无论是温暖的,还是冷峻的;无论是现实的,还是浪漫的;都属于卫国兄自己的、属于文学的。

卫国兄写作的出发点是为了记忆和宣泄,他凭借于来自乡村和土地的精神教养,这种教养一旦遭遇艺术的灵感,犹如干柴遇到烈火,熊熊燃烧。乡村的人和物在他脑海中云蒸霞蔚、云谲波诡地展现,那里的历史和现实、苦乐和悲欢和他息息相关。因此,其文字中留给我们的印记和回忆是真实可感的、触手可及的,为我们提供的那些时代社会生活中人的心灵、际遇、价值观和精神取向,往往比高台教化更亲切、更富感染力。从他的字里行间,我们可以看到根脉,看到未来,看到自我救赎,看到文化自觉。

对卫国兄的文字,我具有强烈的认同感,我认同他对故乡的复活。因为他面对故乡大地时,他心存敬畏,是以一个"农民的文书"的角色在写作,而不是外来的观察者或闯入者,更不是高高在上的文化批评者在卖弄乡土情怀。他的姿态是弯腰向下的,是匍匐在大地之上的,所以,我们能深切感受到他对故乡的眷恋之心、赤诚之爱。但他又能跳出大抒情或大悲恸之类等外在情感的俗套,他的笔触是润物细无声的,他是故乡土墙下的一只蟋蟀、河堤上的一头老牛、枯河边的一架水车。他眼中的故乡是真实的、朴素的,他的情感隐藏在文字里,深入到故乡的肌理中。他是故乡文学的孝子贤孙,用暖人心脾的文字抚慰故乡的伤痛与沧桑。

乡村记忆看似平常,但在不同作家手里会有不同的文学呈现,卫国兄的文学呈现不事张扬、低调而接地气。他深谙文学的真谛,不离不弃,贞心如初。故乡的往事在他笔下常常是不留痕迹地娓娓道来,丝毫未曾打扰到故乡,惊动过春风。

卫国兄的文字一如母亲的抚慰、故乡的春风,让人陶醉、让人留恋。在我看来,他的作品、他的文字是慰藉心灵、开阔情怀的一副精神良药;是不忘初心、把握未来的一个绿色路标!

民族的即世界的!愿更多的读者喜欢卫国兄的文字,愿卫国兄的作品再多一点雅致和节制,愿卫国兄在文学之路上越走越远!

图书在版编目(CIP)数据

远去的乡村符号 / 许卫国著. —南京:江苏人民
出版社,2019.4
　　ISBN 978 - 7 - 214 - 23397 - 4

　　Ⅰ. ①远… Ⅱ. ①许… Ⅲ. ①散文集-中国-当代
Ⅳ. ①I267

中国版本图书馆 CIP 数据核字(2019)第 088513 号

书　　　名	远去的乡村符号
编 著 者	许卫国
插　　　图	孙宝林
责 任 编 辑	唐爱萍　张延安
装 帧 设 计	刘葶葶
出 版 发 行	江苏人民出版社
出版社地址	南京市湖南路 1 号 A 楼,邮编:210009
出版社网址	http://www.jspph.com
照　　　排	江苏凤凰制版有限公司
印　　　刷	江苏凤凰通达印刷有限公司
开　　　本	718 毫米×1000 毫米　1/16
印　　　张	22.75　插页1
字　　　数	240 千字
版　　　次	2019 年 6 月第 2 版　2019 年 6 月第 1 次印刷
标 准 书 号	ISBN 978 - 7 - 214 - 23397 - 4
定　　　价	48.00 元

(江苏人民出版社图书凡印装错误可向承印厂调换)